冬天的柳叶 著

上 册

青岛出版集团 | 青岛出版社

图书在版编目（CIP）数据

玉无香/冬天的柳叶著.—青岛：青岛出版社，2024.4
ISBN 978-7-5736-2047-7

Ⅰ.①玉… Ⅱ.①冬… Ⅲ.①长篇小说－中国－当代 Ⅳ.①I247.5

中国国家版本馆CIP数据核字（2024）第050239号

YU WU XIANG

书　　　名	玉无香
作　　　者	冬天的柳叶
出版发行	青岛出版社（青岛市崂山区海尔路182号）
本社网址	http://www.qdpub.com
邮购电话	18613853563
责任编辑	郭红霞
校　　　对	李晓晓
装帧设计	千　千
照　　　排	梁　霞
印　　　刷	三河市良远印务有限公司
出版日期	2024年4月第1版　2024年4月第1次印刷
开　　　本	16开（710mm×980mm）
印　　　张	49
字　　　数	998千
书　　　号	ISBN 978-7-5736-2047-7
定　　　价	89.80元（全3册）

编校印装质量、盗版监督服务电话 4006532017　0532-68068050

目录

上册

第一章 噩梦 　1

第二章 闹开 　27

第三章 新生 　55

第四章 救人 　82

第五章 是你 　108

第六章 盗信 　131

第七章 山寺 　158

第八章 选妃 　183

第九章 阿星 　208

第十章 刺杀 　233

目录

中册

第十一章 喜欢 259

第十二章 赏灯 281

第十三章 表白 308

第十四章 退婚 336

第十五章 相拥 364

第十六章 灵雀 389

第十七章 夺夫 415

第十八章 废储 441

第十九章 无香 467

第二十章 易容 492

目录

下册

第二十一章 立储 … 521

第二十二章 毒杀 … 546

第二十三章 劫持 … 571

第二十四章 战起 … 596

第二十五章 真人 … 620

第二十六章 凯旋 … 643

第二十七章 大婚 … 670

第二十八章 查案 … 693

第二十九章 母子 … 720

第三十章 花好 … 745

番外一 如初 … 767

番外二 出海 … 771

第一章　噩　梦

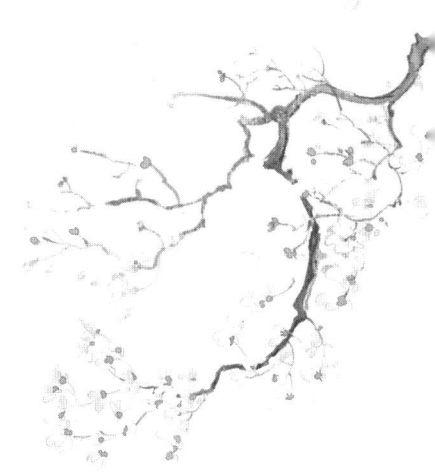

夜深了，长春街冷冷清清，只有一些店铺的屋檐下垂挂的红灯笼散发着微弱的光，给屋顶、路边的积雪平添几分暖色。

温好一身黑衣，脚步轻盈地走在积雪未融的青石板路上。她走走停停，不时小心地环顾四周，最后进了脂粉铺子旁的一条小巷。

小巷狭长幽深，静得令人心悸。

温好在一处民宅前停下，轻轻地叩了叩门，才敲响，门就被拉开了。

门内的女子眼神急切，一把抓住温好的手腕把她拉进来。

一进屋，女子就跪扑在温好身上失声痛哭："二姑娘，婢子万万没想到您还活着！"

温好睫毛轻颤，轻轻拍了拍女子的肩头，从袖中抽出一方折好的纸笺递过去。

女子起身，颤抖着手接过纸笺，打开来就着烛光看清纸上的话：莲香，我大姐是怎么死的？

莲香看到这句话，泪又涌了出来："二姑娘，我们姑娘她……"

温好咬唇，压下心中的急切之情，用纤细的手指用力地戳在那个问题上。

京城中这个圈子的人都知道，侍郎温家的二姑娘生来便是个哑子。

莲香忙擦了擦泪，说起来。

"那日姑爷带姑娘出门，到傍晚才回来，姑娘进了内室就没再踏出房门。夜里小荷起夜，发现姑娘悬梁自尽了……白日里是小荷陪着姑娘出去的，婢子逼问她是怎么回事，小荷说……"

温好死死地盯着莲香，等她说下去。

莲香脸色苍白，深吸一口气，艰难地吐出后面的话："小荷说……姑娘可能被别的男人轻薄了……"

温好双手撑住桌面，好一会儿才压住排山倒海的怒火，指了指纸，又指了指自己的口。

莲香会意，奈何家中没有纸笔。好在她灵机一动，取来一盒唇脂。

温好以指尖蘸取唇脂，直接在桌上写道：谁？

莲香摇了摇头，哽咽地道："小荷不知道是谁，也没瞧见那人的面貌，只是从姑爷的言谈举止中感觉出那人身份不一般……之后姑娘自尽的消息传开，天还没亮，就又传来小荷殉主的消息。婢子知道小荷是被灭口的，于是趁着混乱逃出了伯府，从此隐姓埋名在长春街谋生……"

温好胸膛起伏，怒火在胸中燃烧。

三年前，温好就是察觉了父亲与继母的龌龊打算才逃出温府那个虎口的，没想到已经出阁的大姐会遭遇与自己如此相似的厄运。

"对了，二姑娘，三年前温府来报信，说您病逝了，您怎么……？"

温好蘸着唇脂继续写道：有人害我，我逃了……

莲香掩面而泣："姑娘当时怀有身孕，接到信后不能回去，后来伤心之下小产了。一开始姑爷还算体贴，时日久了就对姑娘冷淡起来……"

温好一动不动地听莲香讲着，直到案上的烛台积满烛泪。

"二姑娘，您要去哪儿？不如留下与婢子同住，以后让婢子服侍您。"莲香追至院门口。

温好摇了摇头，因为口不能言，没有解释，只是轻轻地推门走了出去。

寒风扑面而来，夹杂着细碎的雪粒子。

又开始落雪了。

温好回头摆了摆手，示意莲香关门回屋，自己则快步离开了巷子。

巷子外风更大，吹打在脸颊上，刀割般疼，温好却浑然不觉，向着一个方向快步走着。

风在耳边呼呼作响，极度的冷麻木了人的感知，当她竭力往一侧避开时，那把飞刀已经没入她的后背。

温好匆匆扭头看了一眼。

风雪中，面容模糊不清的人渐渐逼近。

温好顾不得看仔细，踉跄着向前跑。

她要逃回京城，还有太多事要做，绝不能死在这里。

可随后，温好猛然停住了身子。

一名蒙着黑巾的男子迎面而来，雪光下，他手中的长刀闪着寒光。

前有狼后有虎，温好后退一步又停下，举起匕首向蒙面男子刺去——

既然逃不了了，带走一个也够本。

血腥味包围而来，她跌入一个怀抱。

蒙面男子紧紧拥着温好摔在地上，后背没入一柄飞刀。

温好张张嘴，思绪一瞬间凝滞了。

明明是前后夹击她的人，为何替她挡刀？

可她来不及想明白了。

蒙面男子吃力地拽着她要起身时，后方的人已经到了近前。

长剑落下，刺入蒙面男子的后心，再刺进温好的心口。

热血在雪地上漫延开来，如大朵大朵绽放的红梅，已分不清是谁的。

温好用尽全力睁大眼睛，想看清倒在身上的人。

他蒙着黑巾，只露出一双眼。

那是一双很好看的眼。

你是谁……

陷入黑暗前，温好嘴唇翕动，无声地吐出这个问题。

不知何方有喧哗声传来，越来越近。

雪大起来，很快落了静静倒在雪地血泊中的二人满身。

…………

温好眼神恢复清明，入目是少年微微仰起的脸。

那张脸熟悉又陌生，墨玉般的眸子中带着几分茫然。

温好一瞬间有些迷茫。

下方的人是谁？

等等，下方？

温好下意识地往下扫了一眼。

绿罗裙摆上的迎春花柔嫩娇艳，露出的鹅黄鞋尖悬在半空中。她这是……

温好再次看向少年，神志彻底回笼。

是靖王世子祁烁！

几乎是凭借本能，温好便要转身，可剧烈的眩晕突然袭来，她眼前一黑栽了下去。

祁烁一个箭步上前，张开双手接住了从墙头掉下来的少女。

放大的俊脸，肢体的接触，令温好心乱如麻。她脱口而出："不对！"

祁烁眼中满是震惊。

"你……能说话？"

眼睛猛然睁大，温好以手掩口："我……"

只一个字，泪珠便争先恐后地涌出来。

一声惊呼响起："世子！"

祁烁面色微变，把掩口哭泣的少女往旁边轻轻一推，跳了起来。

小厮长顺飞奔而来，脸上满是惊慌："世子，您没事吧？"

"不要大呼小叫。"祁烁轻斥一声。随后他冲坐在地上的温好伸出手："温二姑娘，我送你上去。"

春光正好，少年的手修长白皙，美玉般通透。

温好盯着那只手,还没有从巨大的冲击中回神,只喃喃念着两个字:"不对……"

祁烁眼中带了困惑,却依然耐心地伸着手。

"那不是温好吗?"

一道女子的声音响起,墙根下的人齐齐转头。

不远处,几名盛装少女神色各异,往这边走来。

"大哥,这是怎么回事?"为首的黄衫少女将视线在祁烁与温好之间游移,姣好的面上难掩震惊之色。

开口的是靖王府的小郡主祁琼,祁烁的胞妹。

"这还用问?定是温好偷窥世子!"最先开口的少女站在祁琼身边,居高临下地看着坐在地上的温好。

温好表情木然地看向她。

鄙夷的眼神,不屑的神色,鲜艳夺目的石榴裙……这情景她经历过。

母亲除孝不久,赶上靖王妃生辰,父亲本要带着她与长姐前往靖王府贺寿,最终只带了姐姐去。

父亲说,她口不能言,何必带出去让人轻视。

母亲听了不快,与父亲起了争执。她拉住母亲,示意自己不想去。

然而,不能去与不想去怎么一样呢?

外祖父在的时候,千方百计哄她出门,就是心疼她口不能言,怕她怯于见人。

她想到过世的外祖父,一个人回了将军府。

将军府与靖王府只隔了一道墙,她不知不觉走到此处,鬼使神差爬上墙头,谁知靖王世子正站在墙的另一边,被撞个正着。

许是过于惊慌,也或许是霉运当头,突然眩晕感袭来,她从墙头摔了下去。

再然后……

温好看向祁烁,眼神有了变化。

再然后情况有了不同。

那时靖王世子装作没有看到摔在地上的她,径直走了。她会些功夫,本来悄悄翻墙回去不成问题,谁知脚扭了,这么一耽搁,便被逛到此处的小郡主等人瞧见了。

武宁侯府的二姑娘唐薇一通冷嘲热讽,很快温二姑娘爬墙头的事就传了出去。

可现在,靖王世子伸手接住了她,还打算助她上墙头。

她现在是在梦中,还是说脑海中那些经历才是梦?

"是这样,"一道低沉醇厚的声音传入温好的耳中,"刚刚我心口突然有些不舒服,长顺又不在身边,就喊了一声'救命'。温二姑娘心善,听到了呼救声……"

祁烁的解释令小郡主祁琼的脸色好看了些,她定定地望着温好:"温二姑娘,是这样吗?"

温好深深地看了祁烁一眼,微微点头。

祁琼神色微松,刚要开口,便听到了一声"是"。

这声"是"如一道惊雷落入众人耳中。

"你……你居然能说话！"唐薇伸手指着温好，极度震惊之下，声音都变得尖厉了。

小郡主祁琼不由得走近一步："温二姑娘，你……"

将军府是温好的外祖家，温好从出生到现在，大半时间长在这里，与祁琼从小便认识。

"小妹，还是先送温二姑娘回去吧。"

祁琼反应过来这么围着不合适，冲婢女示意。

婢女上前一步去扶温好。

钻心的疼痛令温好腿一软，冷汗也冒了出来。她低头盯着鹅黄色绣鞋，眉头紧蹙。

梦中扭了脚，她也能感到这么痛吗？

可若不是梦，她为何能说话？

"温二姑娘，你没事吧？"祁琼问。

温好看看她，再看看祁烁，把手放入口中，用力一咬。

血迹从白皙的手背上渗出，进而染上朱唇。

惊呼声此起彼伏。

唐薇如见了鬼般："温好，你……你疯了？"

各色目光下，温好抬袖，掩面而泣。

她是疯了。

这原来不是梦啊。

"二妹，你没事吧？"接到小郡主祁琼打发人送去的口信，温婵匆匆赶来。

泪眼蒙眬中，温好努力看清那张脸，投入温婵的怀中。

"大姐，我能说话了……"温好扯了个最适合的理由，放声痛哭。

她活着，姐姐也活着，那些悲惨原来是一场噩梦。

"二妹，你能说话了？太好了，太好了……"温婵语无伦次，沉浸在惊喜中。

祁琼轻咳一声，打断姐妹间的温情："温大姑娘，温二姑娘扭了脚，早些带她回去吧。"

温婵擦了擦眼泪，连连点头："是，我这就带二妹回去。多谢郡主……"

温婵一顿，恢复了理智："二妹怎么会与郡主在一起？"

祁琼神色古怪地扫了兄长一眼，说出祁烁给的理由。

祁烁冲温好姐妹抱拳："是我连累温二姑娘了。"

"世子客气，任谁听到有人呼救都不会无动于衷。"温婵压下心中的惊疑认了这个理由，与带来的丫鬟一左一右扶着温好离去。

"哼，我才不信……"随着祁烁冷淡的目光扫来，唐薇将后边的话咽了下去。

温好回眸，视线蜻蜓点水般在祁烁的面上停留了一下，又转了过去。

刚刚在靖王府的情景与噩梦中的别无二致，唯有靖王世子的反应不一样。

温好被温婵带回了将军府。将军府紧邻靖王府，回这里自比回温府方便许多。

老夫人听了禀报，奔出来："阿好，听说你伤了脚？"

温好望着面带急切之色的老夫人，眼泪簌簌而落："外祖母——"

这一声喊惊呆了众人。

老夫人愣过后抱住温好，用颤抖的手摸摸她的发，又摸摸她的脸，只以为在做梦："阿好，阿好——"

温好口不能言一直是压在疼爱她的长辈心头的一块大石。

"外祖母，我能说话了。"温好含泪而笑，视线舍不得离开老夫人片刻。

梦中，没多久外祖母就过世了——

被父亲气死的。

"婵儿，你爹娘可知道阿好能说话了？对了，今日你不是随你娘去靖王府了？"老夫人喜不自禁，后知后觉地想起来，"阿好不是在咱们府里吗，你们怎么是一起从外头回来的？"

温婵看了一眼目不转睛地盯着外祖母的妹妹，无奈地道："二妹翻墙过去的。"

老夫人只怔了一瞬便笑了，看着温好的眼里满是疼爱："阿好这调皮性子，随我。"

温好伸出手，轻轻地拉了拉老夫人的衣袖。

"阿好，怎么了？"老夫人看着外孙女，眉梢眼角的喜悦藏不住。

"外祖母，我好像惹麻烦了。"

"什么麻烦？"老夫人想到温婵的话，不以为意地笑笑，"哦，翻墙头的事啊？那有什么打紧？你小时候就翻过。"

将军府本是国公府，追随太祖打天下的林老将军论身份虽不如王爷尊贵，但论实权与在太祖心中的地位，没有几个王爷能比。后来太祖驾崩，性格软弱的平乐帝继位，面对齐人进犯一退再退，赔款割地，短短两年就失了十城。

林老将军是个火暴性子，骂一次皇帝被降一等爵位，骂来骂去就把国公府骂成了将军府。许是顾着先皇余威，皇帝倒是没让林家搬出国公府，只把门匾换过了事。

再后来，平乐帝的胞弟安王攻入京城，平乐帝于混乱中不知所踪，安王登基，改年号为泰安。泰安帝欲重新封林老将军为国公，林老将军虽心痛平乐帝对外软弱，但亦不喜泰安帝不光彩的继位手段，遂坚决不受。

"我摔在了靖王世子面前，还被小郡主等人看到了。"

老夫人闻言扬了一下眉梢，把温好揽入怀中安慰："那也无妨。阿好记住，流言蜚语不过一阵风，只要疼你的人不在意，转头就散了。"

"我记住了。"

这时，一名医女提着药箱走进来。

老夫人指着温好道："快给二姑娘看看脚。"

温好一只脚踝青肿，所幸没有伤到骨头。医女用软巾包裹住冰块，替她冰敷。

温婵心疼之余，忍不住嗔怪道："扭了脚不说，怎么还把手咬伤了？若是落下疤痕如何是好？"

温好看着小心翼翼替自己涂药膏的长姐，笑着道："发现能说话了，以为在做梦。"

温婵手一顿，垂眸掩泪。

妹妹可算是苦尽甘来了。

等医女处理好温好身上的伤退下，一名头梳高髻的美妇匆匆挑帘而入。

"我一猜婵儿就是带阿好来母亲这里了。"林氏风一般来到老夫人身边，一脸紧张地看着温好："阿好，你没事吧？"

她正与一众贵妇陪着靖王妃谈笑，王府一名侍女悄悄对她说了小女儿的事，害她吓个半死。

温好望着林氏，一时没有吭声。

林氏看看嘴角含笑的长女，再看看面带喜色的母亲，一脸的莫名其妙："怎么了？"

"娘——"温好脆生生地喊了一声。

林氏一愣，直勾勾地盯着温好："阿好？"

没等温好开口，林氏抬手狠狠地拧了一下自己的脸颊。

老夫人阻止不及，嗔道："你们真是亲母女。"

林氏激动得唇都是抖的，哪怕脸颊疼着，也不敢相信："阿好，再喊一声'娘'。"

"娘。"温好哽咽了。

林氏搂住温好，控制不住地哭了起来。

老夫人拭泪，笑道："快把这大喜事告诉女婿去。"

温好听了这话，眼神一冷。

梦中这个时候，父亲还是外祖母眼里的好女婿，母亲眼里的好夫君。

温好从林氏的怀中挣脱："娘，我们先回府吧。"

"阿好，你伤了脚，就在这里养着，等好了再回去。"老夫人开口阻拦。

"又不远，坐上马车几步就到了，等我脚好了再来陪您。"

林氏也道："母亲，我带她们姐妹回去吧，省得扰了您的清净。"

林老将军过世，林氏作为出嫁女只需要守孝一年，老夫人则需要为夫守孝三年，是以现在还未除孝。老夫人想到这点，遂没再拦。

温府确实离将军府很近，母女三人乘上马车，连一刻钟都没用便到了。

温好挑起车窗帘，定定地看了一眼着"温府"二字的门匾，无声地冷笑。

这座宅子还是父母定亲后，外祖父千挑万选买下的。母亲是独生女，外祖父与外祖母希望她住得近些，回娘家方便。当然，最主要的原因是那时候父亲不过是刚考中庶吉士的寒门进士，既不愿住在岳家伤及自尊，又没钱置办宅院。

"阿好，看什么呢？"林氏心情极佳，笑着问探头往外看的小女儿。

温好放下车窗帘，笑道："总觉得像做梦，连家都瞧着有些陌生了。母亲，不如别给父亲送信了，等父亲回来，给他一个惊喜岂不是更好？"

林氏自幼受尽千般宠爱，虽嫁人多年，却还有着小女孩心性，当即觉得这个提议不错。

等到将近黄昏，婢女才来得及禀报一声"老爷回来了"，温如归便大步走了进来。

"老爷……"林氏看清温如归铁青的脸色，嘴角的笑意一收，不由得愣住了。

温如归面色沉沉，视线越过林氏落在温好的面上。

二八年华的少女如舒展开的杨柳，纤细、美丽。

可温如归见了只有厌烦。这个女儿生来口不能言，带给他的只有耻辱，而今年纪渐长，竟学起轻浮女子的行径了。

"阿好，你可知错？"

林氏回过神来，没把温如归的发怒放在心上："老爷，你知道吗？咱们阿好会说话了！"

温如归闻言，语气越发冷厉："既然能说话了，那怎么不回话？还是说你不觉得自己有错？"

温家二姑娘开口说话的奇闻宴席一散就传开了，随之传开的，还有温二姑娘爬墙头偷窥靖王世子的流言。

温如归听闻气了个半死，立马回府问罪。

林氏对温如归的疾声厉色大为不解："老爷，你没听清吗？咱们阿好能说话了。"

"我不聋。"温如归语气冷淡，是林氏鲜少见到的模样，"既然与常人无异，那就更该懂规矩。女儿犯了错，你当母亲的不知训诫，是要把她骄纵得无法无天，最终害人害己吗？"

一直没吭声的温婵忍不住劝道："父亲，您消消火……"

"父母说话，你不要插嘴。"

温婵抿了抿唇，神色有些难堪。

温好心头怒浪滔天，但还是竭力保持着冷静："女儿错了，女儿不该听到靖王世子呼救就翻墙一探究竟。"

"听到靖王世子呼救？"温如归冷笑，"传言可不是这样。"

"那传言怎么说？"温好平静地问。

温如归看着母女三人，一声冷哼："说你偷窥靖王世子，心思不正！"

这个说法足以毁掉一名女子的闺誉。

林氏气红了脸："老爷，你不要听那些嘴碎的人瞎说，阿好是心善，担心靖王世子出事。"

温如归怒极而笑："糊涂！就算事实如此，世人谁又肯信？"

林氏看着盛怒的丈夫，觉得有些陌生："世人不信又如何？阿好被世人误会，咱们心疼还来不及，老爷怎么还对阿好发火？"

"你！"温如归指着林氏，气得甩袖，"真是慈母多败儿！"

林氏对温如归全心全意，自然受不得对方指责，当即便跟他吵了起来："我看老爷才是顽固迂腐，读书读多了……"

二人争执起来，声音越吵越大。

温婵悄悄握住温好的手，神色不安。

温好反而越发平静。

做了一场大梦她才明白，很多事情绝不是突然发生，而是早有征兆。

举案齐眉的父母这一年来争执格外多，不过是因为外祖父过世，父亲忌惮的人不在了。没了忌惮，父亲对不爱的妻子就少了掩饰。

在梦中，不久后父亲就会把养在外面的表妹带回府中，一起来的还有一双儿女，长子温辉甚至比姐姐还要大上一岁。

外祖母打上门来为母亲做主，父亲却说当初金榜题名后是被外祖父逼着娶了母亲，他那时已经与表妹成亲，外祖父威胁他，若是不答应亲事，就断他前程，伤害表妹，他迫不得已，只好应下亲事。

外祖父年轻时曾占山为王，当过绿林好汉，这个说法有些人不信，也有些人信了。二十年前的林老将军还是定国公，以这位的土匪性子，为了爱女能嫁给心上人，还真可能做出这种事。

外祖母怒斥父亲信口雌黄，父亲却找来了人证，一个是当年陪他进京赶考的书童，一个是才从老家进京的族兄。

这样一来，便坐实了父亲的话。

外祖母气火攻心，一口气没上来含恨而亡。母亲拔了剑要与父亲同归于尽，最后只是把父亲刺伤了。

父亲有了理由与母亲和离，还要被世人赞一声"仁义，没有休妻"，之后为当年停妻再娶上书请罪，念及他是被逼迫，皇帝没有追究。

接下来，表妹常氏名正言顺成了她的继母。

母亲受不住这般打击，变得疯傻。父亲把母亲接回府中，说愿意养着她，让她在温府终老，此举自是又赢得不少称赞。

便是长姐，当时虽心疼母亲的处境，却也能体谅父亲的难处。

只有她，见过继母常氏几次后知道了真相。

父亲进京赶考前根本没有与常氏成亲！

父亲满口谎言，诬蔑外祖父，不过是想让母亲给他心爱的女人腾位置，让他唯一的儿子拥有嫡长子的身份。

她只恨自己口不能言，又被人紧盯，无法揭穿真相。

温好想到这些，心里就充满了恨，"咣当"一声摔门响拉回了温好的思绪。

林氏怔怔地盯着晃动的门帘，唇色苍白。

温婵握住林氏的手，柔声劝慰："母亲，您别生气，父亲是一时没想通……"

温好打断温婵的话："娘，您不觉得父亲变了吗？"

"阿好为何这么说？"因为温好以前不能说话，所以林氏不觉得她这么说反常，反而多了聆听的耐心。

笼在袖中的手握紧，温好让自己尽量显得平静："在女儿的印象里，父亲与您这些年都没红过脸。这一年多来，父亲却对您发过几次火了。"

林氏一怔，下意识地道："是你外祖父仙逝，娘心情不好，所以总与你父亲争执。"

"娘刚经历丧父之痛，父亲更该体谅才是，怎么反而与您计较呢？"

林氏不由得被问住了。

回房的路上，温婵趁没有旁人，低声叮嘱伏在丫鬟背上的温好："二妹，以后不要对母亲说那样的话，免得母亲与父亲生了嫌隙。"

温好望着温婵沉默一会儿，轻声问："大姐，你会信我的话吗？"

温婵弯唇一笑："自然是信的。"

"那大姐随我回落英居吧，我有话对你说。"

正值初春，落英居中一株红梅在墙角无声地盛开，随风送来缕缕暗香。

"二妹，你要对我说什么？"进了屋，温婵随意地坐下，接过侍女奉上的茶水，先递给温好，再端了一盏捧在手中。

多年来，妹妹的先天缺陷让当姐姐的忍不住多照顾她，这也是温好十分信任温婵的原因。

"宝珠，你出去守着门。"

奉茶的丫鬟早就退下了，屋中只有一名圆脸婢女，闻言默默地退了出去。

温府上下都知道，二姑娘只允许婢女宝珠在跟前伺候，其他丫鬟婆子等闲不许往二姑娘身边凑。温府下人私底下议论，二姑娘生来是个哑子，才这么古怪，只是不知宝珠一个不怎么灵光的丫头是如何得了二姑娘青眼的。

温婵见妹妹把宝珠都支出去了，越发好奇。

"大姐……"温好收紧捧着茶盏的手，斟酌着措辞。

一只手伸来，轻拍她的手腕。

"二妹有话就说，跟姐姐还要见外吗？"

温好把茶盏放下，定定地望着温婵，落下两行清泪。

温婵吓了一跳："二妹这是怎么了？"

"大姐，父亲他养了外室。"

茶盏落地的声音传来，温婵一脸不可置信："二妹，你不是发热说胡话吧？"

温好避开温婵伸过来摸自己额头的手，眼泪如断了线的珠子掉个不停："若真的是发热说胡话就好了。父亲不只养了外室，还有一子一女，儿子叫常辉，女儿叫常晴，都是随了他们生母的姓……"

这些话砸得温婵的脑袋嗡嗡作响，听妹妹连外室子女的名字都说出来了，哪怕再不相信父亲会做这种事，她也不由得信了几分。

"二妹，你……如何得知的？"温婵心头乱糟糟的，一时不知该不该信。

"上街时无意中撞见了，当时还不敢信，又悄悄跟踪了一段时日，再无法自欺欺人。"温好收了泪，唇角挂着讥讽，"大姐知道吗？常辉比你还大呢。"

温婵身体一震，脸色越发难看。

"二妹，会不会是你……"

温好垂眸打断温婵的话："大姐不要问是不是我误会了。妹妹以前虽不能说话，但眼睛是好的，耳朵是好的，脑子也是好的。"

温婵以手撑着桌面，难以恢复平静，许久后才艰难地问道："他们……住在何处？"

"如意坊麻花胡同。"温好不假思索地给出一个住址。

有了住址，温婵又信了几分，喃喃道："那个地方正在父亲上放衙的路上……"

温好握住温婵的手："大姐去看看吧，只是不要打草惊蛇。确认了，咱们才能一起解决母亲的危机。"

温婵点了点头。

这个时候，让她说完全相信妹妹的漂亮话，她说不出。

温婵无心再留，匆匆离开。

放在桌上的茶已经冷了，摔在地上的茶杯四分五裂，茶水淌得到处都是。

温好靠着床头静坐片刻，喊道："宝珠。"

圆脸丫鬟快步进来，扫了地上的碎瓷一眼，没有自作主张立刻收拾，乌黑的眸子中满是欢喜："姑娘有什么吩咐？"

温好弯唇笑了："宝珠看起来很高兴。"

宝珠咧嘴笑："姑娘的声音真好听。"

"是吗？"温好伸手，轻轻捏了捏宝珠丰润的脸颊，"我也这么觉得。"

这世上，唯一对她的话丝毫不打折扣的人，只有宝珠。

宝珠本是将军府的烧火丫头，幼时温好的贴身侍女换了一个又一个，被她亲自选中并一直留在身边的只有宝珠。

温府下人最不解的就是二姑娘为何选了外祖家的烧火丫头近身服侍，还赐名宝珠。

对温好来说，她亲自挑的这个丫鬟就是名副其实的宝珠。

没有人知道，口不能言的温二姑娘有个异能：能偶尔感应到没有血缘关系的人心里的念头。

服侍一个不会说话的主人，婢女就算没有恶念，也难免腹诽。温好那时候年纪小，感知到这些就不愿再让那些丫鬟亲近，直到发现了宝珠。

她只从宝珠心里听到过一句话：姑娘可真好看。

谁不喜欢这样的宝珠呢？

等一等……温好后知后觉地想到一个问题。

从摔下墙头到现在，她好像再没听到那些乱七八糟的声音。从靖王府到将军府再到温府，她遇到了那么多人，没道理一次都没听到。

为什么？

是凑巧还是……纤细的手指碰到微凉的唇，温好一个激灵。

是因为她能说话了吗？

温好忍不住笑了。

若这是她能开口说话的代价，那真是太好了。对她来说，这不是付出代价，而是解脱。

"宝珠，取笔墨来，我写个单子，你明日照着去采买。"

天色越发晚了，温好换过衣裳靠着床头，盘算着要做的事。

其实她也不用多想，不过是有仇报仇，有恩报恩。

温好的脑海中浮现出一双好看的眼。

梦中的风很大，雪很冷，她被他挡在身下，却觉得那个怀抱很热。那是他们的热血交融在一起，给含恨死去的她最后的一点儿温暖。

现在仔细回想，那人替她挡住飞刀前便已受伤了，很可能如她一样当时正处在危机中。那人以血肉之躯替她挡刀剑，可惜她没有看到他的脸，想要弄清对方的身份只能慢慢来了。

翌日一早，温婵悄悄出府，宝珠也出了门。

靖王府这边，靖王妃才用过早膳，便听侍女禀报说世子来了。

靖王世子祁烁在京城的存在感并不高。靖王与靖王妃育有二子一女，长子祁烁，次子祁焕，女儿祁琼。

八年前，泰安帝召藩王入京，从此各路王爷长住京城。靖王世子进京途中生了一场病，来到京城后便深居简出，不像二弟祁焕经常与贵公子聚会玩乐。

而今祁烁已有十九岁，多年的清静生活使他少了皇亲贵胄的张扬骄矜，多了一分沉静温润。

看着走进来的儿子，靖王妃的唇角不自觉地上扬："烁儿可是有事？"

祁烁向靖王妃请过安，道明来意："母妃可听闻了外面的流言？"

无论是大家闺秀偷窥小王爷，还是哑子开口说话，都远非寻常的流言蜚语可比，何况还是发生在自家院里，靖王妃自然听说了。

她端起茶盏轻抿一口，不动声色地问："烁儿听说了什么？"

"人们都传温二姑娘……偷窥儿子……"

靖王妃微微挑眉："难道不是？"

虽说她从一双儿女口中听到的不是这样，可她并不相信那个时候烁儿喊了救命。

她的儿子，她还不了解吗？

靖王妃深深地看了长子一眼，等着听他说什么。

"当然不是。儿子昨日便说过了，温二姑娘是听到了我呼救，才翻墙的。"

靖王妃定定地望着青竹般挺拔的儿子，心生疑惑：烁儿为何这般维护温家二姑娘？

不管心中如何想，儿子都这么说了，当娘的自不好拆台。靖王妃便笑着道："世人就爱以讹传讹，生出这种流言不足为奇。"

祁烁神色郑重起来:"可这种流言会毁了一个女子的名声。"

"那烁儿打算如何?"

"母妃不如命人送些礼物到温府,聊表谢意。"

靖王府主动送礼物到温府,就是认下了温二姑娘翻墙是为了救助靖王世子,这样一来,人们明面上至少不会再提那种流言。

靖王妃睨了祁烁一眼,似笑非笑:"烁儿倒是想得周到。"

祁烁垂眸,面上浮起惭愧之色:"温二姑娘毕竟是为了救助儿子。"

靖王妃嘴角抖了抖,附和不下去了。她端起茶杯,淡淡地道:"便是如此,以后温二姑娘在亲事上也会受影响。要知道,世人只愿相信自己想相信的。"

祁烁似是没想到这一点,一扬眉梢:"若是如此……反正儿子尚未娶妻,母妃可以去温府提亲……"

"咯咯咯!"靖王妃被茶水呛得剧烈咳嗽起来。

一旁的侍女忙轻拍靖王妃的后背。

靖王妃摆摆手示意侍女一边去,望着儿子的眼神仿佛见了鬼:"母妃刚用过早膳,不适合听令人心绪起伏过大的玩笑。"

"儿子没有开玩笑,温二姑娘毕竟是为了救助儿子。"

靖王妃险些忘了王妃的仪态翻白眼,深吸一口气道:"儿啊,母妃知道你心善宽厚,但也不必如此牺牲……"

祁烁笑着道:"谈不上牺牲。温二姑娘国色天香,家世也不差,真要受儿子连累嫁不出去,儿子娶她也算两全其美。"

靖王妃再也忍不住了,一拍桌子:"烁儿,你是不是就看中人家国色天香了?"

她的长子,靖王府的世子,居然是个爱美色的!

祁烁目露困惑:"那母妃中意什么样的儿媳?容貌须平庸一些吗……"

"那怎么行?"靖王妃断然否定。

她的儿媳当然要国色天香,不然岂不给未来孙子、孙女的长相拖后腿?咦,要这么说,温二姑娘还挺合适。

靖王妃后知后觉地想通了,淡定地啜了一口茶水:"烁儿今年也有十九了,是到了娶妻的时候。既然你觉得不错,回头我与你父王商量一下,若你父王也没意见,就请人去问问温家的意思……"

祁烁不料靖王妃态度转变这么快,一时有些出神。

"烁儿?"

祁烁回过神来:"母妃叫我?"

靖王妃叹气:"怎么说到提亲,你又心不在焉了?"

祁烁面色微红:"婚姻大事讲究父母之命媒妁之言,儿子都听您的,没有任何意见。"

靖王妃嘴角狠狠一抽,没好气地道:"若是无事就回去吧,母妃也该理事了。"

"儿子告退。"

等祁烁一走，靖王妃忙道："珍珠，快给我捏捏肩。"

自己早晚被两个儿子气出心疾来！

落英居洒满明媚春光，温好终于睡饱了，被采买回来的宝珠背到院中，坐在藤椅上晒太阳。

"芍药，去把林小花牵来。"温好随口吩咐院中的一个小丫鬟。

小丫鬟应声"是"，拔腿跑向通往后边的月亮门，不多时便牵着一头毛驴回来了。

小毛驴通体灰色，只头顶有一撮白毛，一见温好就热情地去蹭她的手。

这是温好十三岁时外祖父送她的生辰礼物。与骏马相比，小毛驴个头儿矮，性情温顺，正适合小姑娘骑。

温好摸了摸小毛驴的脑袋，替它顺毛。

梦中她察觉父亲与继母的算计后，就是林小花载着她逃走的。小花驮着她一直跑一直跑，最后死于匪徒刀下。

"二表妹怎么在院子里？"一名少年从院门走进来。

温好一只手落在小毛驴的背上，看向来人。

来的是表兄程树，真要说起来，其实与她并无血脉联系。

程树的父亲是林老将军的义子，成亲后生下程树便远游去了。程树自幼在将军府长大，称林氏为姑母，与温好姐妹以表兄妹相称。

温好看着程树走到近前，喊了一声："表哥。"

少女的声音甜美清脆，程树眼中迸出惊喜："二表妹，你真的能说话了！"

少年的喜悦纯粹不加掩饰，令温好的心情有些复杂。

外祖父去世前数月安排程树进了金吾卫当差，而梦中她逃离京城，三年后归来悄悄打探，程树已经成了令人生畏的锦麟卫，名声不佳。她出于谨慎没敢与程树接触，也不知道他为何成了外祖父厌恶的锦麟卫。

"表哥怎么来了？今日不当值吗？"阳光下，温好侧头一笑，收拾好纷乱的思绪。

"我听说二表妹能说话了，就告了假来看看。"丰神俊朗的少年笑着道，露出一口白牙。

温好似是来了兴致，笑吟吟地问："表哥只听说了这个吗？"

程树的神色一瞬间变得古怪，旋即恢复了自然，他道："只有这个啊。哦，确认二表妹能说话我就安心了。我还有点儿事，回头再来给二表妹庆贺啊。"

二表妹听到那些谣言，万一气得又说不出话来怎么办？偏偏他不擅扯谎，还是先走为妙。

程树一溜烟儿跑了，险些撞上往落英居这边走的婢女。

"表公子。"

程树一扫婢女身后几个捧盒挑箱的下人，纳闷儿地问道："你们这是……？"

"夫人让把这些礼物送到二姑娘院中去。"

姑母多疼这个表妹，程树是清楚的，当下不再好奇，快步走了。

院门边的小丫鬟一见婢女，当即禀报道："姑娘，夫人院中的芳菲姐姐来了。"

芳菲走到温好面前，屈膝行礼："二姑娘，夫人命婢子等把这些礼物给您送来。"

"给我的？"视线扫过那些匣子箱笼，温好有些意外。

母亲的嫁妆丰厚，她时不时将女孩子喜爱的小玩意儿往温好与姐姐院中送。可在温好的印象里，这个时候母亲并没有送过这么多东西。

温好意外的不是这些东西，而是与梦中的不同。

芳菲笑着解释："是靖王府给二姑娘的谢礼。夫人吩咐直接送到二姑娘这里来。"

"我娘呢？"

"正与王府来的管事说话。"

温好点点头，等芳菲离开，盯着那些礼物思索起来。

要说不同，原因还是在靖王世子身上。

靖王世子把事情揽过去，给她解了围，这才有了靖王妃打发人送谢礼。

昨日……温好仔细回想每一个细节。

是了，她摔下墙头时忍不住喊了一声，而梦中她直接摔在了靖王世子面前，只有一声"扑通"。

这么说，靖王世子是因为听到她的喊声才有了不同的反应，而她是哑子时，就视而不见？脑海中难免闪过这个念头，温好摸着林小花的脑袋笑了笑。

不管怎么说，靖王世子都帮了她的忙，不能苛求于人。

温好想通了靖王世子反应不同的原因，便不再把此事放在心上。

到了傍晚，靖王悠闲地踱步去了靖王妃那里，靖王妃就把事情提了。

"你是说，想要替烁儿求娶温二姑娘？"靖王显然被靖王妃的话吓得不轻，眼睛都瞪圆了。

"王爷小点儿声。"靖王妃嗔怪地瞪了他一眼，"这不是和王爷商量吗？再说还要看温家的意思。"

靖王挠挠头，一时拿不定主意："烁儿是世子，娶世子妃不能马虎。"

"那咱们再挑挑？"

"千挑万选出个特别如意的，那位恐怕就觉得不如意了。"靖王冷静下来，苦笑一声。

他们这些王爷在封地的时候万人之上，被召回京城，说得好听是皇上舍不得这些兄弟，其实不过是要他们老老实实地活在皇上的眼皮子底下罢了。

当年皇上就是以藩王的身份攻入京城夺了皇位，自然要把这个隐患消除。

便是现在，皇上对他们这些王爷的疑心也没减过。

"是你觉得温二姑娘不错，还是烁儿的意思？"

靖王妃毫不犹豫地把儿子卖了："烁儿觉得温二姑娘生得美。"

"肤浅！"靖王正准备把儿子鄙视一番，看到靖王妃似笑非笑的表情，讪讪一笑，"倒也实在。"

他当年也是对貌美如花的王妃一见钟情，执意要娶，为此还挨过父皇训斥。

"温家的门第不高不低，倒是合适。难得烁儿满意，王妃过几日安排人去问问温家的意思吧。"

这一日，林氏几乎是小跑着来了落英居。

温好看着呼吸急促的林氏，有些意外："娘有急事吗？"

林氏大步走到温好跟前，目不转睛地盯着女儿。

温好抬手摸了摸脸颊："莫非女儿脸上有脏东西？"

林氏径直坐下，神情犹如做梦："阿好，发生了一件稀奇事。"

"什么事啊？娘再卖关子，女儿要急坏了。"

"刚刚靖王府来人打探你的亲事。"

温好愣住了。

"亲事？靖王府？"

"靖王府有意替靖王世子求娶你。"林氏不是个藏得住话的人，一口气说了出来。

"不可能！"温好脱口而出。

"是啊，娘也觉得不可能！"对上女儿的目光，林氏反应过来，连忙解释，"娘不是说阿好配不上靖王世子，咱们阿好配皇子都绰绰有余。只是太突然了，娘与靖王妃来往不算少，可一点儿没瞧出她有这个意思……"

温好亦想不明白，不过有个问题十分紧要："娘，您该不会答应了吧？"

林氏摇头："哪能对方一提就应了呢，总要问问你的意思。"

温好心一酸，握住林氏的手。

有娘疼到底不一样，哪怕来提亲的是王府，母亲最先想的也是女儿的意愿。

"阿好，你觉得这门亲事怎么样？"

温好从林氏的目光中看到了期待，显然林氏对这门亲事乐见其成。

只是她注定要让母亲失望了。

"女儿觉得不好。"

想要她在意的亲人避开梦中的悲剧，只要揭穿父亲的真面目就好，说来说去只是家事。

靖王府却不同。

梦里她重回京城后得知，靖王府因谋逆罪被满门抄斩了。她若嫁到靖王府，就把亲人拖进了这个泥潭。

"阿好觉得哪里不好呢？"林氏虽没有勉强女儿的意思，却忍不住问。

靖王世子虽不大出门，但因着娘家紧邻靖王府，林氏也是见过多次的，世子生得俊逸不说，举止也稳重，一点儿没有皇室子弟的骄矜之气。

"靖王世子……身体好像不大好吧。"温好蹙眉道。

林氏一惊，握着温好的手紧了紧："阿好，还是你想得周全，娘险些忽略了这个！"

靖王世子进京时大病了一场，身体不行呢，万一不能与妻子白首……阿好可不能嫁给一个病秧子！

林氏暗道一声"好险"，回头就婉拒了靖王府的提亲。

靖王妃万万没想到温府居然会拒绝，气得早膳都没吃下。

"叫世子来。"

不孝子真不给她长脸！

祁烁一进来，便看到靖王妃黑着一张脸。

"母妃怎么了？"

靖王妃瞥了儿子一眼。

身姿挺拔，举止有度，怎么看都是无可挑剔的乘龙快婿，温侍郎居然看不中！

靖王妃早就把不中意这门亲事的人分析出来了。

据靖王妃派去试探温家意思的人回报，林夫人一听靖王府有意求娶爱女，登时喜上眉梢，上扬的嘴角压都压不住，只是出于女方的矜持说要与老爷好好商量一下，结果就等来了拒绝的消息。

这不就很明显了吗？

"还不是温家，一个小小的侍郎府，竟还挑三拣四……"

"温家无意结亲？"祁烁的面色依然平静，只是他眸光黯了几分。

靖王妃丢了面子，本有些迁怒儿子，可听他这么问，不由得又心疼了。

"烁儿，美貌的姑娘千千万，回头母妃定给你挑一个比温二姑娘还好看的。"

祁烁一笑："多谢母妃替儿子打算，不过儿子也不急着娶妻。"

这小子又不急了？

靖王妃看着儿子，心中多了几分思量。

祁烁若无其事地一笑："原就是担心温二姑娘受儿子连累的补救之法，并不是儿子着急娶妻。"

"这样啊。"靖王妃轻抿一口茶水，"母妃知道了，烁儿也别把这件事放在心上。"

"母妃别为此不快就好。"

"怎么会，母妃是会为了这么点儿事烦心的人吗？"

晌午靖王后过来，靖王妃就把温家婉拒的事说了："就是不论家世，咱们烁儿也是一等一的，一个小小的侍郎倒是眼高于顶。"

"王妃没生气吧？"

"也没怎么生气，就是早膳和午膳没吃罢了。"

"岂有此理！"见靖王妃撩眼皮，靖王忙解释，"我是说那温如归岂有此理。"

"没眼光的人，不提也罢。"

翌日散朝，靖王挤在人群中往外走，悄悄走到温如归身后就是一脚。

温如归一个趔趄扑倒在地，正摔在礼部张侍郎的脚边，慌乱之下抓住了对方的裤腿。

张侍郎面部僵硬："温侍郎，你这是干什么？"

众目睽睽之下摔了个狗吃屎，向来好脸面的温如归脸涨得通红，狼狈地爬起来道歉："对不住，刚刚脚滑了。"

他说着回头看，身后是好几双看热闹的眼睛，温如归的脸色更差了。

刚刚分明有人踹了自己，奈何这种场合不好叫嚷出来，他只能吃下这个哑巴亏了。

此时泰安帝还未离去，便问身边的内侍："下面闹腾什么？"

内侍忙道："回禀陛下，好像是温侍郎跌了一跤。"

泰安帝摇摇头，往内殿去了。

温如归放衙时表情还是阴沉的。

因为出身寒门，他自步入官场就格外注意仪态，唯恐被人嘲笑粗鄙，没想到今日出了这么大的丑。

春寒还未退，马车中却有些闷，车轮转动的声音更是听得人心烦。温如归挑开车门帘，吩咐车夫："去悦来茶馆。"

没过多久马车停下，温如归下了马车，向不远处的茶楼走去。

悦来茶馆对面的酒楼雅室内，一个小厮打扮的人低呼一声："姑娘，那好像是老爷！"

温婵扶着窗，脸色瞬间变了。

如意坊麻花胡同的第三户人家，主人家是一位太太，带着一双儿女，儿子叫常辉，女儿叫常晴。

这几日打探来的消息与妹妹的话全对上了，只是她没有亲眼瞧见父亲出入这里，到底不愿相信。

"小荷，你立刻跟上去看看老爷进了哪户人家。"

小荷应一声"是"，快步离开了酒楼，不知过了多久，终于返回。

"老爷进了哪家？"温婵站起来问。

"老爷去了第三家。"

温婵跌坐回椅子上，面色苍白。

"姑娘……"小荷一脸担心。

温婵以手撑桌站起来，艰难地吐出两个字："回府。"

男装打扮的主仆二人离开酒楼换回女装，回到温府，直接去了落英居。

一见温婵的脸色，温好便明白了，示意宝珠去守着门口，轻声道："大姐看到了吧？"

温婵握着温好的手冰凉："是大姐不好，我应该早就发现的……"

她难以想象，前些日子还不能开口说话的妹妹面对这一切有多么难受。

"父亲……"再吐出这两个字，温婵竟觉得有些陌生了，"父亲不会让那母子三人一直在外头的。"

亲眼瞧见比她还年长的常辉，她不会天真地以为父亲对母亲有表现得那么敬重。

"二妹，这件事先不能告诉母亲。"

温好点头："我知道。大姐有什么想法吗？"

"常辉与常晴都这么大了，阻止他们进温府的门不大可能。至于常氏，我们当女儿的也没有拦着的道理。母亲脾气急，与父亲硬碰硬恐不好收场，我们寻个合适的时机把事情告诉外祖母。外祖母以长辈的身份压着父亲把常氏远远送走，至少少一个给母亲添堵的人。"

温好默默听着，心中轻叹。

世人最重视的便是香火传承，若是不让常辉认祖归宗，恐怕父亲还会赢得许多同情。便是姐姐，也认为只打发了常氏就好。

只可惜姐姐想不到父亲的狠心程度。

他要的何止是常辉认祖归宗，他还要给心爱的女人正妻之位，给唯一的儿子嫡子身份，还有林家的万贯家财！

"我听大姐的。等我养好了脚，咱们一起去找外祖母说吧。"

转眼就是礼部尚书府陈三姑娘的生辰，温府早几日就收到了帖子，邀请温好姐妹小聚。

"二妹真的不去？"直到出门前，温婵还忍不住问。

温好笑着推了推长姐："大姐再不走该迟了。靖王府那事过去没多久，妹妹去了怕是会平白听些闲话。"

"那大姐先走了，回来给二妹带万吉铺子的点心。"

等温婵一走，温好便收了笑，垂眸藏住眼中的冷意。

梦中，她也没去陈三姑娘的生辰宴。那张请帖虽提了她，实则想邀请的只有大姐，毕竟陈三姑娘最讲闺秀仪态，可看不惯她这个动不动翻墙头的野丫头。她不是自讨没趣的人，自然不会去凑热闹。

"阿好，你的脚也好利落了，陪娘去珍宝阁逛逛吧。有些日子没去那里，估计上了不少新花样。"

温好看向说这话的林氏，心头一暖。

梦中，大姐出门后母亲也是这么说的。

母亲说是让温好陪着去珍宝阁，其实是担心女儿没去陈三姑娘的生辰宴心中失落。

珍宝阁，她确实要去。她思量过，梦里打她主意的那个人，很可能就是这次珍宝阁之行见到的她。

外祖父过世的这一年多时间里,她要么在温府,要么在将军府,就没在外头走动过,便是因为意外从墙头摔进靖王府,也很快由大姐陪着回了将军府。陈三姑娘生辰这日,是温好唯一在外面久留的一次。

再然后父亲带着常氏回府,外祖母气火攻心去世,她既要为外祖母守孝,又心疼母亲的处境,再没出过门,直到大姐出阁。但那时她见过的生人也就是大姐夫。

温好不想失去找到那个恶徒的线索。能让父亲做出卖女的事,那个人的身份定不一般,与其被动地不知哪一日被他盯上,不如主动掌握对方的身份。

长春街上人来人往,热闹非凡。林氏带温好下了马车,走进珍宝阁。

林氏既是珍宝阁的常客,又是大主顾。

林老将军曾追随太祖打天下,受封定国公。山大王出身的他对囤积财富颇为拿手,说林家有泼天富贵也不夸张。林氏是独生女,又有两个如花似玉的女儿,若不是这京城中最出名的银楼常客反倒稀奇了。

只是自林老将军过世,林氏有一年多没踏足这里。

母女二人不出意料受到了无微不至的招待。

长长的桌案上摆满钗环等各种首饰,金闪闪的晃人眼睛。

"夫人您看这对玉镯,通透碧绿,水头极好,最衬二姑娘的肤色……"

温好适时出声:"娘,外面好像很热闹,我想出去看看。"

"是不是觉得无聊了?"林氏笑着捏捏温好的手,"去吧,把帷帽戴好。"

温好戴上帷帽,带着宝珠走出珍宝阁。

珍宝阁不远处一群人围聚,时不时传来锣声与喝彩声。

温好定了定神,举步走过去。

人们围着的是一个舞刀少年。少年看起来十四五岁的样子,身姿矫健,翻腾旋转,难得生得眉清目秀,不似常见的卖艺人。

温好望着少年,有些出神。

她想不起梦中此时为何看人舞枪弄棒看那么久了。

总不能是因为看这少年长得好吧?她又不是这种人。

"好!"

少年在喝彩声中收了势,一旁的老者翻转手中的铜锣,绕场讨赏。

铜钱打在铜锣上,发出叮叮当当的声响,还没等老者走到温好这边,人群中就发出惊呼声。

"竟然是金叶子!"

人们在好奇之下往那个方向挤,想要看一看是不是真的金叶子。

温好记得在梦中自己很快就在这突然拥挤起来的人群中被碰掉了帷帽。

"姑娘小心!"宝珠挡住往温好这边挤的人,护着她往外走。

温好转身,这时一人从她的身边快步走过,碰到了帷帽。帷帽掉在地上,很快被人踩在脚下。

宝珠拉着温好跑离人群，一脸紧张："姑娘，没有被踩到吧？"

"没事。"温好抬手把微乱的青丝理到耳后。

"姑娘，还是回珍宝阁吧。"

"不，再看看。"温好将视线落在那处，双脚没动。

梦里她很快就回珍宝阁了，这一次她选择停留，情况会不会有不同？

卖艺的一老一少得了金叶子很快就走了，看热闹的人也陆陆续续散开。刚刚还人潮涌动，转眼就变得冷冷清清，只剩一顶帷帽孤零零地躺在地上。

"婢子去把帷帽捡回来。"

温好没有立刻点头。

梦中的祸端，莫非就是由这顶落下的帷帽而起？

她正犹疑，就见一名锦服青年向那里走去。他弯腰把帷帽捡起，向温好走来。

温好紧紧地咬唇，抑制住因为过于震惊而急促的呼吸。

宝珠冲了过去。

跟在锦服青年身后的两名护卫立刻上前，挡住靠近的宝珠。

"这是我们姑娘的帷帽！"宝珠恼怒地道。

锦服青年望了温好一眼，把帷帽递给宝珠，笑着道："还给你们姑娘，仔细不要再掉了。"

宝珠接过帷帽，跑回温好身边。

温好面无表情地转身，快步向珍宝阁走去。

锦服青年目送那道背影消失在珍宝阁门口，淡淡一笑："倒是傲气。王贵，回头查查是哪家的姑娘。"

"是。"

温好走进珍宝阁，手心里已全是冷汗。春日渐暖，她却好似跌进冰窟窿，从头发丝冷到了心尖。

是太子，那个人居然是太子！

泰安帝子嗣单薄，养住的皇子只有两个，一个是太子，一个是四皇子魏王。

太子乃先皇后所出，嫡长子的身份让他的储君地位不可动摇。

魏王的生母如今虽高居妃位，却是宫女出身，能有今日不过是母凭子贵。至于魏王自身，也远远不如太子得泰安帝喜爱。

温好从极度的震惊中回过神，又不觉得意外了。

父亲再不喜她，她也是他的女儿。能让他堂堂一个侍郎悄悄把女儿送给人玩乐，对方的身份定然贵不可言。

外祖父、外祖母过世了，母亲疯傻了，她又是个哑子，别说许给门当户对的人家，就是许给门第比温家差上两等的都不容易，再往低嫁，对一个不会考虑女儿终身幸福的父亲而言没有任何助益，还不如就养在家里，费些口粮而已。

这样的她，不过是温府无人在意的一抹孤魂，能入太子的眼为父亲换来储君的器重，父亲怎能不动心？

毕竟他是不动声色地把结发二十余载的发妻置之死地的人。

"阿好，是不是不舒服？"打量着女儿有些苍白的面色，林氏关心地问道。

温好扬唇："没有不舒服。娘挑好了吗？"

林氏一指桌案上琳琅满目的首饰："都装起来吧。"

母女二人上了马车，林氏把其中一个花梨木匣子递给温好："阿好看看喜不喜欢。"

温好接过来打开，险些被满满一匣子熠熠生辉的首饰晃花眼。

她想到梦中逃亡路上的艰难，眼角发涩。

别说是一匣子精美绝伦的珠宝首饰，就是一匣子朴实无华的银元宝她也喜欢啊。

"女儿很喜欢。"温好认真地点头。

"娘的眼光还是不错的。"林氏嘴角高扬，拍了拍另一个大小差不多的匣子，"这匣子是给你大姐挑的。"

她显然心情极好，而开心的原因再简单不过：给女儿买的东西女儿喜欢。

就是这样心无城府，全心全意爱着父亲的母亲，被夫君那般算计、践踏。

温好挽住林氏的胳膊，头靠在她的肩头："娘，大姐肯定也会很喜欢。"

进了温府，温好辞别林氏，不疾不徐地往落英居的方向走，才走没两步就迎面遇上了管事温平。

温平脚步匆匆，不知道是太着急还是别的原因，竟险些撞上温好。

温好手一松，匣子掉到了地上。

本就装得满满的匣子被这么一摔，珠宝首饰直接扑了出来，在阳光下散发出夺目的光彩。

温平看着满地金光，直了眼。

宝珠怒目骂道："温管事是不是没带眼睛？冲撞了姑娘你担待得起吗？！"

温平一个激灵回神，躬身给温好赔不是："是老奴没长眼，老奴给二姑娘赔罪。"

温好对散了满地的珠宝视而不见，目光落在温平的身上："温管事有急事？"

"是有点儿事要处理……"温平低着头，视线不自觉地被满地珠宝吸引。

"那温管事去忙吧。"温好语气波澜不惊，听不出喜怒。

"二姑娘大量，多谢二姑娘不怪。"温平深深地作揖。

温好盯着温平匆匆离去的背影，目光越发冰冷。

温平便是替父亲做伪证的那个书童！

当年陪父亲进京的小书童而今成了大管事，也是温府有头有脸的人物了。

今日他如此着急，应该是赶着去赌坊。

宝珠捡起首饰，松了口气："还好没有摔坏。"

温好微微点头："那就好，先回落英居。"

她是故意摔的匣子，为的就是刺激温平，而看温平的反应，效果很不错。

回到落英居，温好一刻都没有歇，重新换了一身衣裳，带着宝珠又出了门。

主仆二人没有用温府的马车，而是雇了一辆。

"去千金坊。"

千金坊是京城的大赌坊之一，每日赌客络绎不绝，也是最容易生乱子的地方。这个时候就有一名少年被几个人堵在门外的墙根处，哭哭啼啼地求饶。

进出赌坊的人甚至都没往这个方向瞧上一眼，显然对这种情景早已司空见惯。

"云少，你说是剁你左手的小指呢，还是右手的呢？"

少年神情惊恐，涕泪横流："别……别剁我手指，我爹马上就带钱来了……"

"那怎么还不来？"

"快了……快了……"

"上一次你爹来还钱可是说了，以后再不管你了。"

"我爹肯定会管的，他就我这么一个儿子，你们相信我——"少年哭喊道。

有人凑到领头的人耳边说了一句，领头的人往某个方向扫了一眼，冷笑着道："把他的手指剁了！"

得了吩咐的人拽着少年的左手往墙壁上一按，举起菜刀。

"住手！"温平远远地喝了一声，飞奔而来。

"哟，温老爷来得及时，令郎的小指还在。"

"爹，爹快救我！"

"你们……简直无法无天！"温平浑身颤抖，既气儿子没出息，又恼这些无赖行径卑劣。

"温老爷这么说就不对了。欠债还钱，天经地义，不信咱们去官府问问官老爷去。"

温平气得脸色铁青，却知道今日不给钱是无法脱身了。

他虽是侍郎府的管事，可能在京城开赌坊屹立不倒的岂有简单的？事情真要闹大了，老爷定会怪罪他。

"多少钱？"

那人伸出一根手指。

"一百两？"温平心疼得一哆嗦，便要掏钱。

曾经一百两对他来说不算大钱，可摊上这么个儿子，再厚的老底也被掏空了，如今别说一百两，就是掏一两银子都难。

那人冷笑一声："温老爷说笑吧，一千两，少一两就把令郎的手指留下来。"

"什么？"温平脸色当即变了，瞪着那人的目光仿佛能喷火，"你们怎么不去抢？！"

那人一副好脾气的样子："温老爷消消火，发火也解决不了问题。"

不知哪个小声道："抢劫哪有这个来钱快啊？"

温平听得心口闷痛，呼吸艰难："我……没有这么多钱。"

"没有？"那人笑意一收，杀气腾腾地道："还等什么？把他儿子的手指剁了！"

手下应一声"是"，抢起菜刀就砍了过去。

"啊——"

"等等！"温平的喝声与少年的惨叫声几乎同时响起。

少年侧身抵着墙面，缓缓滑落在地上。

温平煞白着脸扑过去："云儿，云儿你没事吧？"

温云双目紧闭，毫无反应。

"你们这群畜生给我等着，就是拼得鱼死网破我也不让你们好过！"温平跳了起来。

那人笑了："温老爷别急，你儿子只是被吓昏了。"

温平一愣，这才想起去看温云的手，看了左手看右手，发现两只手都完好无缺，立刻看向墙壁。

墙壁上一道淡淡的刀痕，似在嘲笑他的狼狈。

拎着菜刀的人嘿嘿一笑："温老爷这么心疼儿子，怎么还舍不得一点儿银子呢？"

"一点儿？那是一千两！"提到银子，温平被吓掉一半的魂儿又回来了。

领头的人逼近一步，面上没有丝毫表情："温老爷，刚刚是给了你一次机会，下一次菜刀就不会只落在墙上了。你好好想想吧，是出钱还是留下你儿子的手指。"

"就……就不能少点儿吗？"温平终于意识到了这些人难缠，语气软下来。

温平失去一根手指并不影响生活，可温平怎么面对老爷的询问？

到时候，他为了给儿子堵窟窿做的事很可能会暴露！

这个险不能冒。

温平咬牙道："我没这么多银子，你们宽限些时日……"

"几日呢？"领头的人立刻追问。

"半个月……"一见那人脸色不对，温平立刻改口，"十日，给我十日时间！"

那人伸出三根手指："三天。三日后带银子来，把你儿子带走。"

"三天实在太紧了。"

"那是你的事。"那人手一挥，"把云少带走好好伺候着。"

温平脸色一变："你们要把我儿子带去哪里？"

那人一笑："温老爷放心，在这三日内，令郎金贵着呢。"

眼看着儿子被几人拖走，温平神色变了又变，仿佛瞬间老了几岁。

"温老爷可要抓紧了。"那人说了一声，背手走了。

温平一动不动许久，才迈着发软的双腿慢慢往回走。

一千两，他怎么凑到这一千两？！

浑浑噩噩中，一个人挡住了他的去路。

温平转了转眼珠，看清挡路的人。

"宝珠？"

"我们姑娘在前边的茶楼等你。"宝珠撂下一句话扭身便走。

温平在原地愣了一会儿，追上去："宝珠，二姑娘找我什么事？"

宝珠往千金坊的方向看了一眼，面无表情地道："不知道。姑娘找你，你去就是了。"

温平留意到宝珠的反应，心登时悬了起来。

二姑娘知道他儿子去赌坊的事了？

意识到这一点，温平的一颗心沉到了谷底，他随着宝珠深一脚浅一脚到了一家茶楼。

雅室里，绿衫少女托腮望着窗外，一副悠闲的姿态。

"姑娘，温管事到了。"

温平走过去行礼："不知二姑娘叫老奴来有何事？"

温好的目光落在温平的面上，直到盯得他有些不安，她才扬唇一笑："我说温管事今日为何脚步匆匆，原来是来赌坊赎人的。"

温平的脸色登时一变，错愕地望向温好。

他猜到二姑娘叫他来与他去赌坊有关，却不料二姑娘如此直接。

他年轻时是老爷的书童，是偌大的温府里唯一一个从老家来的下人，便是夫人都很给他脸面，二姑娘是什么意思？

温好端着茶，浅浅地啜上一口，并不示意温平落座。

温平越发觉得摸不着底："二姑娘，老奴回府还有事……"

温好把茶盏往桌上一放，轻笑道："回府筹钱吗？"

温平神色大变。

"三日内，一千两不容易筹吧？"

"二姑娘不要听些风言风语……"

温好懒得废话，淡淡地道："宝珠。"

宝珠伸手入袖，掏出一沓银票往温平手上一拍。

温平托着银票，声音都变了调："二姑娘这是何意？"

"宝珠，去门外守着。"

等宝珠默默退出去，温好步入正题："温管事，咱们谈谈我父亲交代你的事吧。"

温平一时没反应过来："二姑娘是指……"

温好嫣然一笑："就是让你撒谎说他进京前已经与表妹成亲的事呀。"

这话如平地惊雷，温平大睁着眼，看着温好的目光仿佛见了鬼。

温好并不急，垂眸喝了一口茶。

不知过了多久，温平才找回声音："二姑娘，您从哪儿听来的荒唐话？"

温好脸一沉："我劝温管事想想一千两再开口。"

温平仿佛被卡住了脖子，登时没了声音，脑子里全乱了。

二姑娘怎么会知道青夫人的事？甚至还知道老爷对他的交代？难道见鬼了？

少女的声音幽幽响起："若要人不知，除非己莫为。温管事觉得这话对吗？"

温平的脸上血色褪尽，美貌无双的少女在他眼中竟有些森然。

他……他可能真的见鬼了！

"您想怎么样？"先是在赌坊那里受到了惊吓，再是温好的反常，温平这个平时还算稳当的人顿时慌了手脚。

"不是我想怎么样,是温管事想怎么样。"温好面无表情地看着他,"温管事是想收下银票做一个有良心说实话的人呢,还是想助纣为虐睁眼说瞎话,三日后等着给温云收尸呢?"

"收尸?"温管事瞳孔一缩。

温好抬手抚了抚发间的桃花簪,盈盈浅笑:"不是说有钱能使鬼推磨吗?为了一千两他们可以剁下温云的手指,我要是出一万两……应该可以买他这条命吧?"

"二姑娘,你……"

温好冷着脸把桃花簪拔下,拍在桌上:"温管事,你知道的,我出得起一万两。哦,对了,我还知道一件事。"

第二章 闹 开

金簪锋锐,随着这一拍,簪尾温润晶莹的粉玉花瓣轻轻颤了颤。

温平十分清楚,二姑娘随便一样东西都价值不菲,自然是拿得出一万两的,真正令他吃惊的是二姑娘后面的话。

温好也没卖关子,云淡风轻地道:"我父亲存的那些好东西都被你搬空了吧?"

这话一出,温平如遭雷劈,整个人都僵了,好一会儿才想起来辩驳:"二……二姑娘,您冤枉老奴了,老奴怎么可能做这种事呢?"

温好并不急:"是不是冤枉倒也好查明,我回家随便扯个理由让父亲查一下库房就是了,只是到那时温管事恐怕就无暇顾及令郎了。"

温平管着温如归的私库钥匙,温好很早之前就凭着读心的能力知道了温平监守自盗的事。

只是对父女关系冷淡的温好来说,这和她有什么关系呢?只要温平不把贪婪的手伸到母亲的头上就好。

不过现在,她正可利用这一点令温平倒戈。

温好这一番话如重锤敲击在温平的心头。他的心防终于彻底崩塌,他腿一软跪了下去:"二姑娘饶命!"

温好往后仰了仰,依然不疾不徐地道:"温管事这话错了,我明明是救命。救你的命,也救你儿子的命。"

"是,是,是,二姑娘说得是。"

"温管事是不是有很多疑问?"把温平不断变换的神色尽收眼底,温好笑吟吟地问。

温平立刻集中精神:"老奴是有一些疑问……"

"那就憋着。"

温平一窒，再次领教了小姑娘的喜怒不定，擦着额头的汗问："不知二姑娘要老奴做什么？"

"很简单，将来摊牌问到你的时候，只需要你说实话。"

那句"二姑娘怎么知道的"险些脱口而出，在少女冷淡的目光下温平硬生生憋了回去。

"一千两银票换你一句实话，很划算吧？"

温平捏着银票苦笑："老奴就是担心到时候老爷……"

"担心我父亲收拾你？"

温平讪笑着点头。

温好唇角轻扬，讥笑一闪即逝。

这是向她要后路了，真是想得美！

"温管事，有句话听说过吗？"

"二姑娘您说。"

"甘蔗没有两头甜。"温好一字一顿地道。

她说着，随手拿起桃花簪转动："一个是眼下的致命危机，一个是将来的小小困难，温管事若不知道如何选择，那我就有点儿失望了。"

温平艰难地笑笑。

小小困难？他要承受的可是背主的后果。

不过二姑娘说得对，要是不跟着二姑娘走，现在他们父子就要完了。

"老奴听二姑娘的。"温平低下头。

温好扬唇喊道："宝珠——"

宝珠推门而入。

"替我送送温管事。"

温平忙道："不敢劳烦宝珠。"

等温平走了，宝珠忍不住问："姑娘，就这么把一千两给了他，不担心他反悔吗？"

"他的亏空何止一千两，他早就回不了头了。"温好随意地将目光投到窗外，淡淡地道。

搞定了温平，下一个就是父亲的族兄。

说来可笑，温平助纣为虐是为了儿子，父亲的族兄助纣为虐亦是为了儿子。哦，就连父亲，把母亲逼入绝境大半也是为了儿子。

温好回到温府用了午膳，小憩了一阵子，温婵便来了。

"大姐这么早就回了？"

"那种宴会一年要参加十几次，没什么意思。"温婵举了举手中的油纸包，"万吉铺子的酥油鲍螺，我记得二妹最喜欢吃他家的……"

温婵朱唇微扬，唇角的弧度与温好轻笑时那般相似，那双纯黑的眸子中满是亲昵。

温好目不转睛地望着长姐，落下泪来。

姐姐与自己长得真像啊。

梦中莲香说的那个轻薄了姐姐的男人……也是太子吗?

这个猜测令温好心如刀绞。

"二妹怎么了?"看到温好的反应,温婵一头雾水,"是想到父亲养的外室了吗?别怕,有外祖母替咱们做主呢……"

"大姐。"温好抱住了温婵,热泪沾到温婵的衣衫上,"我没有想那些,就是觉得大姐对我太好了。以前我不能说话,现在终于能对大姐说声'谢谢'了。"

温婵轻轻拍了拍温好的后背,心疼又心酸:"净说傻话。我是你姐姐,对你好不是应该的吗?"

温婵打开油纸包,拿了一块酥油鲍螺递给温好。

"大姐也吃。"

姐妹二人吃过点心,温婵道:"二妹,咱们明日便告诉外祖母吧。"

"后日吧,娘说明日带咱们回外祖家。"

温婵点了点头:"那就后日咱们悄悄过去。"

母亲对父亲用情至深,又是个急脾气,还是先跟外祖母通个气更稳妥。

除了此点,温好还有另外的考虑。

今晚,她也该在那位堂伯面前露个脸了。

天色晚了,一轮弯月挂在空中,静静地打量着人间。

一辆马车停在温府门口,下来一位中年男子。男子走路有些晃,到了侧门处,用力地拍了拍门。

门房打开门,笑着道:"八老爷回来了。"

男子打了个酒嗝儿,摆摆手走了进去。

门房在男子身后撇撇嘴,先前被藏好的鄙夷露了出来。

一个上门打秋风的,还把自己当成温府的主人了。

被门房腹诽的中年男子是温如归的族兄温如生,在族中排行第八。

温家村地处偏远,大半个村子的人都姓温,温如归是温家村几十年来第一个考中进士的。可想而知,温如归给族里带来了多大的荣耀。也因此,温家村的读书风气比其他村子浓得多。

谁家不想出第二个温如归呢?

然而天生的读书的料太难得,温如生来到京城就是因为他儿子也是块读书的料。温如生的次子温峰,去岁秋闱时桂榜有名中了举人,一开春就赶到了京城准备参加会试。

温如生陪着儿子进京,自然来投奔族弟温如归。

温如归对族兄与侄儿的到来感到十分高兴,好酒好肉招待着,银钱也给了不少。

看着族弟气派的大宅、成群的奴仆,温如生眼红不已,对儿子越发寄予厚望。

堂弟就是中了进士飞黄腾达的,他儿子若是中了进士也能像堂弟一样了。

春闱在即，眼看儿子四处结识同科，讨教学问，温如生也忍不住四处走走。这一走就发现京城太好了，喝酒喝上一个月都不会重样。

再过几日，儿子就要进考场了。

温如生抬头看了一眼弯月，脚下一转去了温峰的住处。

屋内静悄悄的，透过窗子只能影影绰绰地看到摆设。

"还没回来啊。"温如生嘀咕一声，有些失望。他还想叮嘱儿子与同科小聚时少喝酒多吃菜呢。

温如生转身欲离开，余光突然瞥到一道一闪而过的黑影。浑身的汗毛登时竖了起来，他死死地盯着窗子看。

那道黑影是从窗内闪过的，也就是说，在儿子屋里！

难道儿子在里面？

那也不对，温府不怕费灯油，入睡时也会亮着一盏小灯方便起夜，现在屋里昏暗，说明儿子还没回来。

温如生一步步靠近窗子。许是喝了酒的缘故，明明心头恐惧，他却鬼使神差地将脸贴到了窗子上往里看。

什么都没看到，许是自己眼花了。

温如生不自觉地松了口气，刚转身准备离开就听屋内一声响，像是重物落地。

他瞬间脑子一片空白，推门冲了进去，手忙脚乱地点上灯，举着烛台里里外外走了个遍——没有人，也没有物件掉在地上。

真是邪门儿！

温如生一个激灵，酒意彻底没了，只剩下不寒而栗。

儿子该不会被邪祟害了吧？

不行，他要把儿子找到！

温如生父子刚来时，考虑到温峰读书需要清静，温如归特意命人把外院与内院相接处的一个跨院给了温峰住。从跨院的一个月亮门出去，便是花园。

温如生几步就走到了花园里。

花园清幽，处处都是花木的疏影，人在深深的夜色里很容易迷失方向。

温如生绕过一丛花木，猛然停住了脚。

前方一株树上，一团白影晃了晃。

温如生以迅雷不及掩耳之势躲到了花木后，这反应浑然不似饮了酒的人。

他屏住呼吸，小心翼翼地探头看。

那白影还在晃。

温如生揉了揉眼睛，借着月色才勉强看清楚。

是个白衣少女。

少女坐在树上，双脚悠闲地晃来晃去，正"咔嚓咔嚓"吃着东西。

那是……

温如生蓦地瞪大了眼睛。

是二姑娘！

温如生在温府已经住了月余，自信绝不会认错。

清冷的月色，坐在树上欢快吃东西的少女，很美好的画面，温如生看了却只觉毛骨悚然。

哪个正常的大家闺秀大晚上坐树上吃东西？他就说二姑娘突然能开口说话太反常，二姑娘该不会被邪祟附身了吧？

窸窸窣窣的声音传来，温如生一惊，忙往后躲了躲。

一名青衣婢女走来，仰头喊树上的少女："姑娘，吸够了月光就回去吧。"

"嗞——"温如生倒抽一口冷气，急忙捂住嘴，一个靠谱儿的猜测冒出来：二姑娘在吸收日月精华！

"走吧。"幽幽夜色中，白衣少女的声音显得空灵缥缈。

主仆二人往温如生的方向走着，越来越近。

温如生大气儿都不敢出，瞪大眼睛看着。

眼看二人走近了，青衣婢女突然脚下一停。

"姑娘等一等，您的嘴角沾了东西。"

白衣少女咬了一口手中的吃的，笑盈盈地摆手："没事，反正夜里无人瞧见，回屋洗干净就是了。"

主仆二人走远了，温如生瘫坐在地，已是面无血色。

二姑娘刚刚吃的……居然是人的手指！

温如生想尖叫，却发现极度的恐惧下根本发不出声音来。

天上的月躲进云层，更浓的黑笼罩下来。

不知过了多久，温如生才哆哆嗦嗦地爬起来，跟跟跄跄地跑回房里。

太可怕了，二姑娘居然是吃人的妖怪！

温如生蒙着被子浑身颤抖，抖着抖着猛然想起一件事：儿子呢？儿子会不会被二姑娘吃掉了？

他想到温峰屋内的黑影与古怪的声响，呜呜地哭起来。

起风了，窗外的芭蕉晃动着叶子，轻轻地打在窗棂上。

温如生如惊弓之鸟，蒙着头熬到天亮，立刻爬起来冲到儿子的住处。

里面空荡荡的，儿子与温府安排服侍儿子的小厮都不在。

"儿啊！"温如生拍拍门框，放声痛哭。

"八老爷怎么了？"妇人疑惑的声音传来。

温如生一看是负责洒扫的婆子，张口道："你们二姑娘……"

"是妖怪"三个字被他硬生生咽了下去。

不能让二姑娘知道他看见了，不然二姑娘会把他吃掉的！

怎么办？怎么办？

温如生转了几圈，拔腿就跑。

他要去告诉堂弟！

这个时候温如归已经上朝去了，温如生扑了个空，找下人打听了衙门所在，跑过去等着。

温如归回到衙门，便听属下禀报说族兄来找。

温如归是个爱面子的人，心中未尝把温如生当回事，却爱惜在老家的名声，不愿落下嫌弃穷本家的话柄。

"八哥找我可有急事？"温如归和和气气地问。

温如生扫了扫左右，欲言又止。

温如归拧了拧眉。

看堂兄脸色惨白又不愿当着外人面说的样子，温如归猜测事情恐怕不小。

他打发走旁人，温声道："现在没有外人了，八哥有事尽管说。"

温如生扫了一眼门口，不放心地问："不会有人听见吧？"

"八哥放心，不会的。"

温如生这才放下心来，压低声音道："十弟，你小女儿是个妖怪！"

"什么？"温如归以为自己听错了。

"我说……你小女儿是个吃人的妖怪！"

温如归确定没听错，脸色登时一沉："八哥，你是不是还没睡醒？"

"我昨晚根本没睡！"见温如归不信，温如生急了，比画着道，"我亲眼瞧见的，你小女儿吃手指头，人的手指！"

温如归脸色更差了："八哥要是不舒服，我送你去看大夫，只是话不能乱说。"

温如生"噌"的一声站起来，急得脸通红："十弟，我真没骗你，我昨晚回来在花园里瞧见的！"

"八哥大晚上去花园干什么？"温如归语气冷淡，显然温如生的说辞令他大为恼火。

"我晚上喝酒回来去看峰儿，看到他屋子里晃过一个影子。可他屋里什么人都没有，我担心之下出去找，结果在花园里看到你小女儿在吃人的手指……"

温如归忍无可忍，一拍桌子："八哥，你分明是喝醉了眼花，现在竟还说醉话！"

"十弟，你怎么不信呢？"温如生快急哭了。

他是不敢招惹妖怪的，但十弟是那妖怪的爹，想来能降服她吧？

"我信什么？信我堂堂侍郎的女儿是吃人的妖怪？"温如归面色铁青，顾不得再维持温和的样子。

别说这种话太过荒唐离谱儿，就算是真的，也不能让人知晓！

"我发誓我没眼花，不然让我天打雷劈！"

见他信誓旦旦，温如归恼怒之余又有些硌硬，淡淡地道："正好我手头的事不多，就随八哥回去看看。"

温如生大松了一口气。

二人赶回温府，才下马车就见一名青年带着个小厮往府中走。

青年看到二人，拱手行礼："爹，十叔。"

温如归皱眉看了温如生一眼。

温如生一脸震惊，指着青年问："峰儿，你……你没事？"

温峰面露愧色："儿子昨夜未归，让您担心了。"

"你去哪儿了？"温如生吃惊之下完全忘了这是在大门外，大声问道。

"儿子……"

温如归淡淡地打断温峰的话："八哥，你有什么要问峰儿的就回府里问吧，衙门那边不能一直没人，我先回去了。"

"十弟，十弟——"

眼见温如归头也不回地上了马车，温峰一脸疑惑："爹，十叔怎么了？"

在温峰的印象里，十叔是个很和善的人。

"你昨晚到底去哪儿了？"温如生怒了。

温峰忙拉着温如生往里走："爹，咱们进去说。"

父子二人进了府，没走几步就见林氏带着两个女儿迎面走来。

温如生猛地刹住身子，视线不受控制地落在温好的面上。

温好抿唇一笑。

温如生一哆嗦，慌忙收回目光。

"八哥与峰儿一起出去了啊。"林氏笑吟吟地打了招呼。

林氏是个很简单的人，在她看来，这是丈夫的族兄，无论是贫还是富，既然来了就要好好招待，不能让人委屈了。

温如生忍不住想往温好那里瞟，又不敢，落在林氏眼里就成了挤眉弄眼。

林氏面露关心："八哥的眼睛好像抽筋了，要不要请个大夫来看看？"

"不必了，不必了。"温如生急忙推辞，几乎是逃回了住处。

"爹，您今日有些奇怪，是遇到什么事了吗？"

温如生脸色漆黑："你昨晚为何没回来？"

"儿子与朋友喝酒，不小心喝多了，朋友留我住了一宿。"

"那怎么不让小厮回来送个信？"

"听风留下照顾我了，送信的话还要劳烦朋友家的下人，多不好意思。"

"峰儿，你可不要交一些狐朋狗友……"

"是尚书府的公子。"

"那就好，那就好。可是昨晚……"

"昨晚怎么了？"

"没什么……"温如生咽下了想说的话。

难道真是他眼花了？

一辆宽敞豪华的马车上，林氏拉开固定在车壁上的抽屉，露出满当当的果脯蜜饯，招呼两个女儿吃。

温婵哭笑不得:"娘,用不了一刻钟就到外祖家了。"

"到了你外祖家就不能吃了。"林氏随手拈起颗蜜枣放入口中,"大夫说了,你外祖母年纪大了,要少吃甜食,偏偏你外祖母又管不住嘴……"

听着母亲念叨外祖母,温好与温婵对视一眼,皆心情复杂。

这样平静无忧的日子很快就要被打破了。

温好才吃了第三颗梅子,便到了将军府。母女三人先后下了马车,温婵与温好一左一右拥着林氏往里走。

林氏突然脚步一顿,指着靖王府的方向惊奇地道:"不知那老者是什么贵客,靖王府竟然开了大门。"

温好顺着看过去,心生疑惑:梦中此时母亲带她与大姐回外祖家,并没有撞见靖王府来贵客。

外祖母与母亲出事已近在眼前,这段时间发生的事温好都反复回忆过。

"芳菲,去打听一下靖王府来了什么人。"

听了林氏的吩咐,温婵嘴角微抽:"娘,没必要打听吧。"

母亲这八卦的爱好能不能改一改?

"打听一下又不费什么事,省得我一直好奇。"

温婵无奈地看向温好。

温好笑笑:"我也有点儿好奇。"

温婵:"……"

林氏带着两个女儿去见老夫人。

老夫人并没特意准备什么,毕竟女儿离得近常过来。只是再常来,见到女儿与外孙女,老夫人还是特别开心。

"母亲这两日睡得可好?"

"好着呢。"老夫人顾不得搭理女儿,拉住温好的手:"阿好的脚还疼吗?"

"外祖母别担心,我的脚早就好了。"

"那就好,以后可要小心点儿,别爬那么高的墙了。"老夫人笑呵呵地叮嘱着,视线不离温好左右。

阿好喊"外祖母"真好听啊。

林氏看不过去:"母亲,您打算把阿好盯出朵花来啊?"

老夫人睨了林氏一眼:"我自己的外孙女,想看多久看多久。"

"以前也没见您这么看我。"

老夫人翻了个白眼:"你小时候只知道气我,哪有婵儿和阿好乖巧?"

想当初老头子是山大王,她是压寨夫人,女儿整日里满山头跑,偶尔还参与一次打劫积累经验。

万万没想到乱世一来,老头子成了定国公,她成了国公夫人,野小子一样的闺女成了名门贵女。

可她一直知道，他们家和那些传承百年的世族不一样，女儿这个贵女和别的贵女也不一样。

女儿长到出阁的年纪，居然看中了一位新科进士。

她与老头子本打算把女儿许给武将家，奈何女儿就是认定了那个人，最后他们只能依着她。好在女婿寒门出身，家里没那么多规矩，女儿不必压抑本性生活。

女婿还有一个最大的长处——长得好，让她有了两个如花似玉的外孙女。

老夫人想着女儿女婿这些年举案齐眉，还有两个可心的外孙女，当年的那些担心早就烟消云散了。

祖孙三代其乐融融地说着话时，被林氏委派"重任"的婢女芳菲进来了。

"打听到了？"林氏忙问。

老夫人一头雾水："打听什么？"

林氏笑着道："下车的时候发现靖王府的大门开了，一位衣着寻常的白须老者正被人请进去，女儿怪好奇那老者的身份，就让芳菲去打听了一下。"

高门大户的大门等闲不会开，平日进出都是走侧门。

"你这孩子的脾气什么时候能改改？"老夫人无奈。

林氏指着温好笑吟吟地道："阿好也好奇呢。"

突然被母亲扯进来，温好一时忘了开口。

老夫人理所当然地道："阿好还小，当然有好奇心。"

林氏一窒，视线落回芳菲身上。

芳菲忙道："是靖王府特意给靖王世子请来的名医。"

林氏登时上了心："靖王世子怎么了？"

"说是前些日子突然胸闷心痛，这位名医最擅长此道，是靖王府好不容易从外地请来的。"

林氏一听怒了："靖王府太过分了！"

老夫人不赞同地睨了林氏一眼："人家儿子病了，请医问药不是正常吗，哪里过分了？"

"母亲您不知道……"林氏一开口，才想起长女也在。

"知道什么？"

林氏是个直性子，想想长女是个沉稳的，就憋不住说了："前些日子靖王府来人试探我的口风，想替靖王世子求娶阿好呢。"

"靖王世子求娶阿好？"老夫人惊得险些将手中的茶盏掉地上，"就算求娶，也该求娶婵儿吧？"

婵儿是姐姐，比阿好要长两岁呢。

林氏一阵窒息："母亲，求娶哪个重要吗？重要的是靖王府不厚道，想替病秧子儿子求娶咱们家姑娘！"

"是不厚道。"老夫人已经飞快地在心里把靖王世子的身高长相、脾气秉性过了一遍，难免觉得有些可惜，"之前只听说靖王世子有些体弱，没听说有心疾啊。"

林氏连连点头："是呢。我刚听说时也有些意动，还好阿好提醒了我。幸亏阿好心细，知道那靖王世子有心疾。"

温好："……"她什么时候知道这个了？

靖王世子有心疾吗？

她记得梦里没过多久，靖王世子就出远门了。靖王夫妇能允许才看过医生的儿子舟车劳顿？

还是说，那名医有大神通，立刻把靖王世子的心疾治好了？

若是这样……温好眼睛一亮。

外祖母在梦中就是气急攻心去的，或许心脏此时已有隐患，把那名医请来诊断一番总没坏处。

温好正这般想着，就听林氏道："母亲，您前段时日不是也说心口有些发闷，正好靖王府请来了名医，等那名医给靖王世子瞧完，咱们也把名医请来给您瞧瞧。"

老夫人不以为然地摆手："用不着。人上了年纪，难免胸闷气短，平时大夫来问诊也没说什么。"

一只手伸过来，拉住老夫人的衣袖。

"外祖母，就让名医给您看看吧。"还有些婴儿肥的少女微仰着头，秋水般的眸中满是担忧与乞求。

老夫人登时心软，答应下来。

阿好因为生来口不能言，本就比寻常的小姑娘敏感，还是不要让这丫头担心了。

林氏腹诽一句"亲娘偏心"，想到靖王府对名医的重视，便亲自去了一趟王府。

此时名医正给靖王世子祁烁把脉。

"神医，烁儿如何？"

"这个……"朱大夫沉吟着看向祁烁。

祁烁也默默地看着朱大夫。

见朱大夫迟迟不语，靖王妃着急了："神医尽管说，我受得住。莫不是……"

不行，她要昏过去了！

靖王忙扶住靖王妃，神情无比凝重："神医再仔细瞧瞧。烁儿……烁儿应该无碍吧？"

祁烁轻轻咳了一声。

在令人窒息的安静中，朱大夫终于开口："世子的心疾……不算严重。"

靖王妃不信："若是不严重，神医为何吞吞吐吐？"

朱大夫深深地看了祁烁一眼。

少年一脸无辜。

"老夫只是出于谨慎，不能轻易下诊断。"

"那就好，那就好。"靖王妃一口气刚松下来，又猛然提起，"可这毕竟是心脏的毛病，再不严重也不能掉以轻心吧。请教神医，以后该如何将养呢？"

朱大夫捋了捋胡子，慢条斯理地道："王妃担心得是。心疾常起于劳思气滞。待老夫开个药方，以后按方吃药，另外尽量顺心就是了。"

"顺心？"靖王妃抓住了重点。

医道的事她不懂，让儿子顺心还是能做到的。

大夫被请下去歇着，靖王妃忧心忡忡："烁儿小小年纪，怎么就有心疾了呢？"

"母亲不必担忧，神医不是说了，儿子并无大碍。"

"心脏的毛病能叫没大碍吗？"靖王妃一个眼刀飞向靖王："都怪王爷当初的馊主意，不然烁儿也不会憋出心疾来。"

靖王一脸委屈："怎么又扯到当初了？"

"不是你说进京后要小心谨慎，让咱们烁儿装病吗？"

靖王妃提到这件事就心烦。

在北地的时候，烁儿鲜衣怒马，意气风发，不过十岁就杀过齐人，到了京城却成了世人眼里的病秧子。

她这当母亲的，看在眼里疼在心里，做梦都想一家人回北地去。

"那么多藩王世子，有哪一个像烁儿这么委屈的？"靖王妃说着，红了眼圈。

本是张扬肆意的年纪，却整日窝在家里，烁儿可不就憋出病来了？

"烁儿不是有些特殊吗？"

靖王妃冷笑："不过是出生时的一点儿无稽之谈，也就在北地有人提一提，到了京城谁还留意？"

靖王苦笑："王妃莫要闹了，小心驶得万年船，就算其他人不会留意，保不准那位会忌讳。"

祁烁出生那日，有彩云霞光笼罩在靖王府上空，直到他降生才缓缓散去。北地的人都说靖王世子注定不凡。

当父母的听到这种传闻自然高兴，毕竟靖王在北地是说一不二的王，没有什么可顾忌的。坏就坏在安王进京夺了帝位，从藩王摇身一变成了大周天子。

安王能当皇帝，别的王爷自然也能当。

泰安帝继位名不正言不顺，因而格外多疑。靖王当然没有这个心思，焉知当今天子不会这么想呢？

"父王、母妃莫要吵了，不然儿子更内疚了。"

靖王妃其实只是发泄一下心中的郁闷，闻言忙道："我和你父王只是拌嘴玩儿，你可不要瞎操心。你现在的任务就是安心养着，早日把身体养好便是尽最大的孝了。"

"前几日母妃说让儿子去外祖家，接表妹进京……"

靖王妃摆摆手："让你二弟去就是了，他闲着也是吃酒玩乐。"

这时侍女珍珠进来禀报："林夫人来了。"

靖王与靖王妃面面相觑。

"王妃请了林夫人？"

"没有啊。"

"难道温家后悔了？"靖王下意识地看了祁烁一眼。

少年垂眸，一派云淡风轻。

靖王哼了一声。

他儿子如此人才，竟被拒绝，现在温家知道后悔了。

靖王妃与靖王想到一处去了，顿觉扬眉吐气："我就料定温家会后悔的，只是这次别想我痛快地点头。"

"烁儿的意思呢？"靖王看向祁烁。

祁烁笑笑："父王、母妃看着办就是了。"

"那就拒绝了？"靖王试探地问道。

"父王、母妃若觉得不满意，拒绝便是。"

靖王实在没从儿子那张平静的脸上瞧出什么来，不由得对靖王妃那日的话产生了怀疑："王妃不是说烁儿倾心温二姑娘吗？"

靖王妃悄悄掐了靖王一下："我什么时候说烁儿倾心温二姑娘了？烁儿只是喜欢貌美的姑娘。"

祁烁："……"

林氏在花厅等了约莫一盏茶的工夫，见到了靖王妃。

"让林夫人久等了。"

林氏有求于人，露出热情的笑："王妃事多，打扰了。"

"林夫人请喝茶。"靖王妃端起茶盏抿了一口，矜持地问道，"不知林夫人有何事？"

"是这样，我听说王府请来一位名医……"

靖王妃一愣，这可和预料的不符。

温家不是来重提亲事的？

见靖王妃不语，林氏心一沉。

靖王府不会这么小气吧，就因为亲事被拒，便想霸占神医？

短暂的尴尬沉默后，靖王妃回神："是有这回事。"

虽说请大夫不是什么见不得人的事，可王府下人的口风还算紧，林夫人是如何得知的？

林氏见靖王妃不像能痛快答应的样子，便豁出去了："王妃，实不相瞒，我今日是求您来了。"

"林夫人此话怎讲？"

林氏抹了一把眼角："家父过世后，家母便郁郁寡欢，近来时常说心口闷痛。我听闻王府请来的名医尤擅此道，特来求王妃让神医去将军府给家母看一看。"

靖王妃大感失望，林夫人登门原来是为了这个。

她虽觉得憋屈，却不会在这方面为难人："珍珠，去请神医随林夫人走一趟。"

"多谢王妃。"林氏顿觉靖王妃和善可亲，对其妄想替病秧子儿子求娶女儿的不满散了一丝丝。

没多久，朱大夫提着药箱随侍女珍珠前来，与林氏一道去了将军府。

林氏离开后，靖王妃登时沉下脸，命管事去查透漏风声的事。

管事很快查明情况，前来禀报："是门房说出去的。"

"守门的老王这些年还算妥当，怎么会犯这种错？"

管事面露难色。

靖王妃皱眉："有话就说。"

"门房说……是世子吩咐的。"

靖王妃大感错愕，提脚去了祁烁那里。

"母妃怎么来了？"

靖王妃端量儿子几眼，见他面色还不错，这才道："林夫人上门，原来是为了替她母亲请神医。"

"原来是这样。"祁烁露出意外的神色。

"烁儿，你为何吩咐门房随便对人提你请大夫的事？"

祁烁沉默了片刻道："儿子上次'生病'已是八年前的事了，也该偶尔提醒一下世人，这才吩咐门房，若有人问不必瞒着。"

靖王妃叹了口气，疑问全化为了心疼，继而忍不住嘀咕："林夫人也太八卦了，见神医登门竟还专门遣人来打探。"

"是啊。"祁烁微笑。

将军府那边，朱大夫仔细给老夫人把过脉，真的发现了问题。

林氏后怕不已："母亲的心疾竟如此严重吗？"

"老夫人此疾由顽痰死血而发，若不及时化瘀通脉，极可能造成严重后果。老夫配制的金香丸对此症效果颇佳，早晚须各服三粒……"朱大夫郑重交代着相关事宜。

温好默默听着大夫的话，庆幸外祖母的病被及时发现之余，疑惑更深。

到底是哪里发生了变化，让梦中本不曾出现的名医登了将军府的门？

一个名字在她的心头缓缓浮现。

与靖王府有关又与梦里不同的地方，温好不由得想到一个人：靖王世子祁烁。

靖王一家是八年前搬到将军府隔壁的。

那时候温好八岁，祁烁十一岁。在温好的印象中，这位算是幼时相识的靖王世子体弱安静，在这一片的孩子中没什么存在感。

也因此，她对祁烁的印象并不深刻，只是认识而已。

现在，她不得不重视起来。

是她能开口说话造成了靖王世子的改变，还是这改变源于靖王世子自身？

在将军府陪老夫人用了午膳，林氏并没带温好姐妹回府，而是留下午睡。

温好回房后无心睡觉，吩咐宝珠："我去花园走走，若有人来找，就说我睡下了。"

将军府的花园很大，这个时节已是花开满园，草木葱郁。温好走走停停，不知不觉就走到了与靖王府相隔的围墙处。

她与靖王世子本就不熟，在母亲婉拒了靖王府的提亲后，若直接与之打交道，无疑有些尴尬。

温好仰头盯了围墙一会儿，纵身一跃。

罢了，想得多不如做得多，自己先观察一下再说。

少女灵巧如脱兔，随着轻轻一跃，双手攀上墙头，然后手一松，重新落回地面。

她靠着墙壁，深深地吸了口气。

靖王世子是什么毛病？他为什么在墙的那一面？

墙的另一面，手持书卷的少年仰眸瞥了一眼空荡荡的墙头，唇角微扬。

"世子，午后有些晒了，不如回房吧。"小厮长顺劝道。

"春日的太阳晒着正舒服，何况有树荫。"少年动也不动，靠着藤编摇椅继续看书。

长顺实在难以理解世子的爱好。

偌大的王府，处处都是好地方，世子怎么就喜欢在这里看书歇息呢？

"世子，您当心温二姑娘又爬墙头，砸到您身上。"小厮显然对那日世子受到的伤害耿耿于怀，且没发现刚刚的暗涌。

少年睨他一眼，淡淡地道："莫要嚼舌，那日只是巧合。"

"小的瞧着温二姑娘爬墙很熟练呢……"

温好耳朵贴着墙壁，听到主仆二人的对话，有些尴尬：没想到被靖王世子的小厮鄙视了。靖王世子……还算厚道。

隔墙不再有声音传来，温好放轻脚步走至不远处的一棵树下，灵活地爬了上去。

有枝叶遮挡，她总算能安心看一看情况。

墙的另一面有一株桂树，靖王世子就坐在桂树下的摇椅上闭目假寐，一卷展开的书册静静地躺在他的身前。

春风拂动少年的袍角，这画面宁静美好。

温好沉默。

原来墙的另一边是靖王世子偷闲的地方。

靖王世子的喜好与她所见的那些名门公子不大一样。

想到靖王世子年纪轻轻就有了心疾，温好生出几分同情。没有一个健康的身体有多难过，她早就体会过。

但这并不能消除她对靖王世子的疑虑。靖王世子都到了请名医的地步，梦中为何能出远门？

她坐在树杈上遥遥望着少年想得出神，不经意间对上一双黑眸。

温好险些从树上掉下去：被发现了！

她试图补救，扶着树杈若无其事地移开视线，余光悄悄一扫，发现少年还在看着她。

温好泥塑般坐了一会儿，突然心一横，跳下树去。

墙的另一面，祁烁见温好突然从树上跳下，不由得站了起来。

小厮长顺被世子突然的举动弄得一愣，随即反应过来，赶紧问道："世子，怎么了？"

祁烁凝视着某处，语气淡淡的："没什么。"

她上次从围墙上跳下来扭了脚，这次从更高的树上跳下……

"世子是不是不舒服啊？"见祁烁神情不佳，长顺一脸担忧。

"不要唠叨。"祁烁斥了一句，眸光微闪，"长顺。"

"世子您吩咐。"

"有些口渴，回去把我常用的那套茶具拿来。"

墙头处，温好再次探出一点儿头，见祁烁身边没了旁人，干脆利落地从树上跳下。

靖王府的地很实，可她望着走来的少年，心有一些虚。

等会儿靖王世子该不会以为她失心疯吧？

转念一想，反正她已经被看到了，破罐子破摔问个清楚也好。

等少年在面前站定，温好表面恢复了淡定："世子。"

祁烁沉默一瞬，唇角挂上浅笑："温二姑娘若有话说，我们可以去那边。"

温好顺着他手指的方向望去，是一处花架，此时蔷薇新绿，倒是个方便说话的地方。

只是靖王世子未免太淡定了，见她翻墙来见，他竟神色如常。

她琢磨着对方的心思，却难以探出深浅。

二人在花架处站定，祁烁笑着问："温二姑娘今日来访，不知有什么事？"

来访……

温好一时无言。

她从没见过这么会给人台阶下的人。

"我……"温好抿了抿唇，憋出去问道，"世子何时患了心疾？"

祁烁微怔，似是没想到她会问这个。

"今日听闻王府有名医登门，我有些好奇。"

祁烁莞尔："我也有些好奇。"

"世子好奇什么？"

"好奇温二姑娘为何好奇这个。"

"我与世子自小相识，而今我能开口了，却听闻世子患上心疾，算是……出于关心的好奇吧。"温好厚着脸皮给出理由。

"原来温二姑娘是同情我。"祁烁深深地看着她。

温好稳了稳心神，面不改色地道："世子风华正茂，患有心疾谁能不可惜呢？"

"温二姑娘真的想知道？"祁烁笑着问。

温好微微颔首。

少年轻叹一口气："本来并无此疾，那日温二姑娘突然从墙头掉下，不知怎么就吓出心疾来了。"

温好瞠目结舌。

心疾是被她吓出来的？

她怀疑靖王世子在碰瓷！

见温好呆若木鸡，祁烁轻轻咳嗽了两声。

温好缓缓回神，狐疑地看着一脸认真的少年。

靖王世子安静温和，不像是会开玩笑的人，何况他们并不熟。

难道这病真是被她吓出来的？

所以靖王府请来了名医，梦中靖王世子的远行自然没有了。

虽说被人一吓就吓出心疾来有些罕见，但想想靖王世子一直体弱多病，倒有可能。

尽管温好觉得有些冤，毕竟摔下墙头的都没事呢，墙头下的人倒吓出心疾了，找谁说理去？可她不是逃避责任的人。

沉默了片刻，温好微微屈膝："真是抱歉，那日我不是故意的。我无法替世子承担病痛，只能回头遣人送些药材补品聊表歉意。"

祁烁摇头："温二姑娘不必如此，我并不缺这些。"

温好坚持："世子贵为亲王之子，自然什么都不缺，但世子的病既然是因我而起，我总不能跟个没事人一般。"

"温二姑娘应该知道王府曾去贵府提过我们的亲事吧？"少年将眸光笼罩在少女面上，令人瞧不出心思。

温好登时脸一热。

这人怎么这么直接？

她心一动，想到一种可能：该不会因为被她吓出了心疾，靖王世子打算让她赔上自己吧？

刚刚他可说了，药材补品那些统统不缺。

"是吗？我没听家母提起。"温好心头波澜起伏，面上却半点儿不露。

承认是不可能承认的，不然让靖王世子知道她前脚拒绝了亲事，后脚翻墙找他解惑，他肯定会觉得她脸皮太厚。

少年轻轻扬了扬唇角，转而压下："原来温二姑娘还不知晓。"

"世子提及此事是何意？"温好心中警惕，淡淡地问道。

"父王、母妃并不知道我的心疾因何而起，温二姑娘若突然送补品，恐引起他们的误会。"

"误会？"

祁烁一笑："比如误以为温二姑娘后悔了。"

温好："……"

风不知从何处而来，送来花香。春风温柔了少年的声音："所以温二姑娘就不必送东西了。我的心疾虽因温二姑娘而起，但我并不怪你。"

温好默默听着，总觉得哪里有些怪。

小厮的呼声传来："世子，世子您在哪儿？"

"温二姑娘还有疑问吗？"祁烁并不急着回应小厮，耐心地问道。

"没……"温好已经不知该说什么。

"那温二姑娘在这里稍微等等再走，我就不送了。"

祁烁冲温好笑笑，转身向外走去。

小厮长顺迎上来："世子，您去哪儿了？"

"等得无聊，随便走了走。"

长顺用衣袖掸了掸藤椅："您坐，小的给您倒茶。"

"不用了，刚刚走着有些热，还是回房吧。"

长顺愣了愣，随即忙点头："哦。"

少年信步走在前，小厮抱着茶具走在后，靖王府花园的一角渐渐没了声音。

温好拂开花枝走出来，遥遥望了靖王世子离开的方向一瞬，熟练地翻墙回到将军府。

清风袭来，她这才留意到，将军府的花园中同样有桂树，有花架，有开得正盛的玉兰花。

一墙之隔人不同，春色却是相似的。

温好自然没有全信靖王世子的话，提脚去了朱大夫歇息之处。

不比靖王世子的心疾"不算严重"，老夫人的心疾需要仔细调养，朱大夫白日便留在了将军府。

听闻二姑娘来见，朱大夫压下诧异走出来。

"冒昧打扰神医，是有一事想问。"

"不知姑娘要问老夫何事？"看着眉宇间尚未完全脱去稚气的二八少女，朱大夫越发疑惑了。

"靖王世子……"

温好一张口，朱大夫的心就提了起来，他现在听到靖王世子就头大。

见朱大夫神色有异，温好转而问道："神医怎么了？"

"没事，姑娘接着说。"

"靖王世子的心疾……"

朱大夫眉心一跳。

他听到这个头更大！

"靖王世子的心疾可严重？"

"不严重，不严重。"朱大夫沉住气道。

"那神医是否能诊断出靖王世子的心疾因何而起？"

朱大夫看着温好的眼神有了变化："病患的情况老夫不该对旁人多言，姑娘为何问这个？"

温好露出难过的神色："外祖母一直身体康健，却突然患上心疾，听闻靖王世子也是如此，我便想多了解一下此病症。"

朱大夫咳了一声道："心疾的发病原因不尽相同，老夫人的心疾与靖王世子的心疾大不一样。"

"那靖王世子年纪轻轻，为何患上心疾呢？"温好不甘地追问。

"靖王世子嘛……"朱大夫捋了捋雪白的胡须，缓缓道，"应是突然受到惊吓所致……"

温好面色微变，顿觉心头沉甸甸的。

靖王世子的心疾竟真是被她吓出来的。

梦中她直接摔到了地上，靖王世子视而不见走了；而这一次，靖王世子伸手去接她，她把靖王世子砸倒在地上。

恩怨分明是温好为人的底线，从神医这里确定了此事，她再难心安理得地觉得自己没有责任。

心疾不是小事，靖王世子万一因此而……温好苦恼地揉了揉脸颊。

那她岂不是背上了人命债？

见小姑娘愁得直抓脸，朱大夫觉得良心上大为过不去，忙道："靖王世子的症状还轻，对生活无甚影响。"

"敢问神医，靖王世子的心疾能否痊愈？"

心疾不比旁的疾病，再轻微也可能出大事。

"这个嘛……"朱大夫艰难地道，"还是要看靖王世子自身。"

温好叹口气："多谢神医。"

直到坐着马车回温府，温好依然神情凝重。

温婵看出妹妹有心事，关切地问道："二妹可是有心事？"

嗑着瓜子的林氏闻言亦看过来。

温好想了想，决定听听母亲与长姐的意思。

"若是特别亏欠一个人，该如何弥补呢？"

温婵听得一愣。

妹妹是盼着父亲悔悟，弥补母亲吗？

林氏把瓜子皮一吐，不假思索地道："多给些银钱，给到对方满意为止。阿好，你别嫌金银俗，对受害的一方来说，给这个最实惠了。"

"可要是对方不差钱呢？"

不差钱……这可把林氏难住了。

她认真想了想,道:"一个人不可能什么都不缺,要看他缺什么,缺什么补偿什么最好。"

缺什么?

脑海中唇畔含笑的少年一闪而过,温好不由得想到了靖王府来提亲的事。

靖王世子好像缺一个媳妇……这可不行!

"阿好,阿好?"

温好收回飘开的思绪,看向母亲。

"想什么呢?难道我们阿好欠了人情?"

温好忙摇头:"没有。"

她虽然愿意承担责任,但不包括把自己赔上。

母女三人回了温府,就见管事温平在庭院中打转。

"温管事这是怎么了?"林氏驻足,问了一句。

温平收起焦急的神色,低头道:"老奴丢了个荷包……"

"里面装了不少银钱吗?"

"那倒没有,只不过那荷包是老奴家的臭小子送的……"他说着,往温好的方向看了一眼。

"若是这样,温管事再仔细找找。"林氏理解地点点头,带着温好姐妹向前走。

与温平擦身而过的瞬间,温好淡淡地道:"温管事何不去花园找一找?我记得你昨日去过那里。"

温平忙露出感激的神色:"多谢二姑娘提醒,老奴这就去那里看看。"

温好颔首,随林氏离去。

林氏回了正院,姐妹二人在岔路口分别的时候,温婵低声跟温好商量:"二妹,明日我们还过去吗?外祖母查出心疾,我担心她突然听了这消息受不住。"

"那就后日去吧。"

后日便是梦中父亲主动摊牌之日。他先去了麻花胡同,把那母子三人直接接回府中。

温婵有些犹豫:"后日与明日区别不大吧。"

"大姐放心,我今日特意去问了神医,神医说外祖母只要按时服用金香丸问题就不大。等今明两日外祖母对药丸有个适应,后日说起的时候多些铺垫,再有我们在一旁安慰,应该不打紧的。"

"可心疾受不得刺激……"温婵难以放心。

说是不打紧,万一外祖母受不住出事,谁承受得了呢?

"大姐,你应该比我清楚,父亲早晚会把那母子三人带到世人面前。与其等父亲突然行事让外祖母与母亲毫无准备,还不如我们占据主动权。"

温婵明白妹妹所言有理,略一思忖,点了点头。

"大姐,那我回落英居了。"

与温婵分别后，温好脚下一转去了花园。

温府的花园比将军府的花园小上不少，温好一眼便瞧见温平焦灼地来回走动。

她目不斜视地从温平身边走过，走向一处假山。

温平左右看看，见发现无人，便快步跟了过去。

"温管事有事？"靠着山石，温好语气冷淡。

温平"扑通"跪了下来："二姑娘救命！"

温好居高临下地看着伏在地上的人，一时没有开口。

"二姑娘，求您救救云儿吧，老奴保证以后都听您的！"

少女波澜不惊的声音从上方传来："不是给了你一千两银票赎回你儿子吗？"

温平仰着头，脸色难看至极："那个小畜生……小畜生……"

"温管事慢慢说。"

温平用力捶了一下地，哭着道："老奴昨日得了二姑娘的银票，想着至少让那个小畜生在那些人手里待上一晚吃些苦头，不然他还以为老奴的银钱来得容易，所以到今日才去赎人，结果……"

他顿了顿，才道："待老奴把银票交给那些人，他们却不放人。"

"他们想赖账？"

"他们说闲来无事赌起了钱，那个混账东西又欠了他们五百两银子！"温平面如死灰，涕泪横流。

"令郎还真是不懂事啊。"少女一脸遗憾，唇角却翘了翘。

这个令人遗憾的后续与梦中的情景一样。正因为知道此事，她才痛快地给出那一千两。有一千两为饵，温平遇到解决不了的麻烦第一个想到的就会是她。

"二姑娘，求您再帮帮老奴吧，那些人说这次要是凑不齐钱，会砍掉他一只手！"

"他们可给了期限？"

"七日，七日之内要把银钱凑齐。"温平说着，恨不得抽自己一巴掌。

他怎么就鬼迷心窍想让那个畜生尝尝苦头呢，早些把人赎回来不就没有后面的事了？现在后悔也来不及了，他只能指望二姑娘了。

"七日啊……"温好微微一笑，"那行，七日后温管事来找我拿钱就是了。"

"多谢二姑娘，多谢二姑娘！"温平连连磕头。

"温管事不必如此，我也是看你良心好，才乐意帮一把。"温好头也不回地往落英居去了。

温平瘫坐在地，久久不动。

这一刻，他无比清楚，除了跟着二姑娘走，没有其他路了。

到了落英居，宝珠奉上花茶。

温好接过抿了一口，笑着道："这下不用担心了吧？"

宝珠眼睛晶亮："只要跟着姑娘，婢子就没什么可担心的。"

"那去准备一下,我晚上去会一会我那位堂伯。"

转眼一轮弯月悄悄挂上树梢,夜色笼罩下的温府显得比往日更静谧。

温如生独坐屋中,越想越是害怕,干脆起身去了儿子那里。

院中空荡,屋内不见光亮。

"峰儿怎么又大晚上不回来?"温如生嘀咕一声,失望地转身。

就在这时,屋内的烛火亮了起来。

原来峰儿在屋里啊。

温如生心中生出不对劲的感觉,脑子却迟钝了一些,还没反应过来便推开了门。

他刚迈入,身后的门就"吱呀"一声关上了。

温如生霍然转身,扑上去拉门。

"八伯。"温如生背后传来轻柔的声音。

温如生猛地转过身子,映入眼帘的是少女的如花笑靥。

"你……你别过来!"温如生后背抵着门,退无可退,脸色吓得惨白。

"八伯为何这么害怕?"温好笑着问。

温如生牙关打战,强撑着道:"我……我不是害怕,是有些不舒坦……阿好怎么在峰儿的屋子里?"

不能表现出他知道她是妖怪了,不然妖怪会现原形把他吃掉的!

温好盈盈一笑:"八伯问我为何在这里啊?我喜欢吃的食物不多了,所以过来瞧瞧。"

温如生腿一软,险些瘫倒在地上,拼命去拉房门。

房门纹丝不动。

"放我出去,快放我出去啊——"温如生彻底崩溃,声嘶力竭地喊着。

一只微凉的手拍了拍他的肩头。

"八伯若是再喊,我就把你吃掉。"

哭声戛然而止,温如生死死地瞪着靠近的白衣少女。

"你……你……你真的是妖怪?"

温好轻轻摇头:"八伯说笑了,哪有我这么好看的妖怪呢?"

温如生一屁股坐到了地上。

他确定了,她就是妖怪!

传闻妖怪专爱附在美貌的少女身上,好用一具好皮囊来蛊惑人心。

见温如生吓成这样,温好心情复杂。

那令她深恶痛绝的异能,如今却成了最大的助力。

她这位堂伯,特别胆小怕鬼。

梦中的某日傍晚,她在花园遇见有些酒意的堂伯,从他的心里听到一句话:这么大的花园,会不会有鬼啊?

当时她就惊呆了。她从那些人心中听到过无数恶或善的念头,竟是第一次听到这种话。也因此,她对这位堂伯胆小怕鬼这事印象深刻。

"八伯,我们进西屋说吧,地上凉。"

西屋被布置成书房的格局,是温峰平时温书的地方。

温好坐在玫瑰椅上,指了指一侧的矮榻:"八伯快坐。"

温如生扶着榻边哆哆嗦嗦地坐下,视线不敢往温好面上落。

"八伯果然怕我。"

温如生看了温好一眼,如被针扎般急忙收回视线,哭着道:"阿好啊,你到底想怎么样啊?"

按说妖怪要吃了他,现在就会张开血盆大口了,怎么还让他坐呢?

"俗话说,不做亏心事,不怕鬼叫门。"温好手撑在椅子的扶手上,神态悠闲,"八伯做了什么亏心事,这么怕我呢?"

后日便是父亲摊牌之日,这个时候必然已经叮嘱过堂伯了。

"我……我……"温如生张着嘴,说不出话来。

"八伯看着我说。"

温如生低着头不敢看。

温好一拍桌案。

温如生吓得一颤,老老实实地看过去。

在烛光笼罩下,少女的表情有些朦胧,她看起来身上越发少了烟火气。

"八伯要害我娘。"少女摆弄着手指,语气笃定,她的手指纤细修长,鲜红色的指甲在灯光下仿佛闪着血光。

温如生瞳孔一缩,想到了昨晚少女坐在树上"咔嚓咔嚓"吃手指头的情景。

他从矮榻上跌下,跪坐到地上。

"我……我没有……"

"真的没有?"温好起身,走到他面前。

温如生盯着地面,视线中是雪白的裙摆、大红的绣鞋。

他仿佛被施了定身术,僵硬得动弹不得。

"可我从八伯的心里听到了。"温好一字一顿地道。

温如生猛然抬头,表情惊骇欲绝。

"八伯打算怎么做呢?"温好温声细语地问。

温如生浑身的汗毛竖起,他结结巴巴地问:"阿……阿好要我怎么做?"

温好蹲下身,直视着对方的眼睛,一字一顿地道:"八伯只要说实话就够了。"

整件事多么简单,又多么可笑。

在梦中这些人但凡说一句实话,外祖母就不会被气死,母亲就不会疯傻。

可是没有一个人说实话。

想着这些,温好神情冰冷,注视着温如生的眼神如同看一个死人。

"我说实话,我说实话!"温如生被温好的眼神吓到,点头如捣蒜。

温好重新坐下，似笑非笑地问："八伯该不会去找我父亲告状，说我是吃人的妖怪吧？"

温如生一僵，望着笑意盈盈的少女，越发恐惧。

她知道了！

"八伯不了解我父亲啊。"少女把玩着颊边垂落的青丝，"他可不信这些呢。"

温如生险些委屈哭了。

是啊，堂弟他不信！

"所以八伯就不要想这些没用的了，你不害我娘，我自然不会找你麻烦。"

温如生拼命点头。

"那八伯快回去歇着吧。"

温如生如蒙大赦，爬起来就往外跑，跑到门口处猛然停住，转过身来，小心翼翼地问："峰儿呢？"

温好一时无言。

真是不容易，八伯还能想起儿子。

"八伯不必担心十一哥，他好着呢。"

"求求你放了峰儿吧，他的皮太糙，不好吃的……"

温好微笑："我不挑食。"

温如生眼一闭，颤声道："那让我换峰儿吧，峰儿还没娶妻呢。"

"八伯别紧张，只要你别害我娘，十一哥定能按时参加春闱。"

温如生刚刚为了儿子爆发出的勇气散了大半："还……还有四日春闱就开始了……"

"四日内八伯别害我娘，你们父子就能平安顺遂。"温好唇边的讥讽一闪即逝，"等十一哥金榜题名，造化或许比我父亲还大呢，到那时八伯就是养尊处优的老太爷了。"

温如生神色木然，脚步虚浮地走了出去。

温好在屋中立了片刻，又悄无声息地回了落英居，沉浸在热气腾腾的水中，才彻底放松下来。

"姑娘，您把温峰藏起来了吗？"替温好舀水冲头发的宝珠好奇地问。

浮着花瓣的热水洒在肩头，热气氤氲，温好懒懒地道："那么大一个人，我怎么藏起来？"

宝珠越发好奇："那他去哪里了？"

温好闭了眼，语气随意："许是又和朋友吃酒去了吧。"

她吓唬温如生，是因为温如生助纣为虐。至于温峰，他并没有参与到这件事情中，她不会殃及无辜。

只能说老天不算太绝，恰在这个时期让温峰几次夜不归宿，给了她机会。

转眼便到了后日。

林氏看着手牵手的两个女儿，只觉赏心悦目。

"这么好的天儿是不该窝在家里，去玩儿吧，带的银钱可够？"

"娘不用担心这些，我都准备好了。"看着眉眼含笑的母亲，温婵心中不是滋味，面上却不敢流露，更不敢往温如归的方向多看一眼。

"照顾好你妹妹。"林氏随口叮嘱了一句，实则对两个女儿颇放心。

长女稳重，次女乖巧，旁人都可惜她没生个儿子，她却不觉得遗憾。

"那我们走了。"温婵屈了屈膝，牵着温好的手走出去。

待两个女儿离开，温如归便站起身来。

"老爷要出去？"

"嗯。"温如归并没多说，提脚欲走。

"今日不是休沐吗，老爷这么早出门做什么？"

温如归眼底藏着不耐烦："有点儿事。"

林氏不满地嗔道："最近老爷总说忙，我还有事没和你商量呢。"

"什么事？"温如归不以为意地问了一句。

他不认为整日最大的苦恼就是怎么花钱，怎么打扮两个女儿的妻子有什么正经事与自己商量。

"那你坐下再说啊。"林氏心头无端生出烦躁。

她总觉得夫君变了，但具体哪里变了又说不出来。

温如归这才坐下，淡淡地道："说吧，什么事。"

林氏端起茶杯抿了一口，平复了心头的浮躁之气，这才开口："还是前些日子靖王府来提亲提醒了我，婵儿今年都十八了，亲事也该打算了。"

两年前林氏就与温如归商量过温婵的亲事，只不过两个人有些分歧。林氏觉得程树与温婵年龄相仿，知根知底，若是两个孩子彼此有意，不妨亲上加亲。

温如归却不同意。他希望乘龙快婿从文臣或勋贵中选出，那对长女才是最大的保障。

二人因为有分歧，就将此事搁置了一阵子，后来林老将军又突然病逝，于是事情便被拖到了现在。

温如归皱了皱眉，复又起身："我还有事，婵儿的亲事待我回来再商量吧。"

"老爷——"

眼睁睁看着温如归头也不回地走出门，林氏灌了几口冷茶，一阵气闷。

温好与温婵出了门，直奔将军府。

老夫人听下人禀报说两位姑娘来了，又是高兴又是疑惑。

"怎么这么早就过来了？用了早膳吗？"老夫人一手拉着一个，笑呵呵地问。

温婵扫了眼左右："外祖母，我们有事要对您说。"

见外孙女神情郑重，老夫人冲屋中伺候的人仰仰下巴。

眨眼间丫鬟婆子都退了出去，只留下一位近身服侍的心腹嬷嬷。

"说吧，什么事。"老夫人虽重视，却没往深处想。在她看来，两个正值青春的外孙女，最大的心事无非是少女怀春。

"外祖母，您服过神医开的药了吗？"温婵关心地问道。

老夫人点头。

"我们要说的事，您听了或许会震怒……"温婵怕老夫人受不住，慢慢铺垫。

老夫人一愣，看了温好一眼。

温好跟着点头："您肯定会很生气的，我和大姐都担心您会气坏身子。"

老夫人的语气还算平静，她道："说说吧，是你们两个谁的事？"

难道是外孙女和某个臭小子做了出格的事？

不气，不气，嫡亲的外孙女，打死了自己还要心疼。当初土匪一样的闺女非要嫁给一个书生，最后他们夫妻不也捏着鼻子认了吗？

"等一下，我喝口茶你们再说。"

老夫人接过嬷嬷递来的茶喝了半杯，觉得冷静了不少："说吧，别怕，天大的事有外祖母给你们做主。"

温婵开口："父亲这一年来与母亲常有争执。"

"两个人吵架了？"老夫人暗暗松了口气。

虽说女儿、女婿不睦会让她挂心，但夫妻哪有不拌嘴的，说到底不算什么大事。

"比吵架严重许多。"温婵又铺垫了一句。

老夫人眉毛一竖："难道动手了？"

总不能是婉晴把女婿打坏了，两个外孙女来求她替女婿出头吧？

温婵迟疑了一瞬，终于说了出来："父亲……养了外室。"

"什么？"老夫人陡然色变，拍案起身。

"外祖母，您别急！"见外祖母身子微晃，温婵吓白了脸，忙扶住外祖母的胳膊。

老夫人缓缓坐下，眼睛紧盯着姐妹二人："事情具体如何，你们给外祖母讲清楚。"

温婵看了温好一眼。

"是我无意间发现的……"

听温好讲完，老夫人已是怒容满面："这个畜生，当初我们真是瞎了眼！"

温好伸手拉住外祖母的衣袖，软声劝道："您消消气，若是您因此事气坏了身子，我和大姐可怎么办呢？"

"阿好放心，外祖母的身体好着呢。那母子三人在麻花胡同是吧？"老夫人站起身来，随手抄起祥云拐杖，"走，随外祖母去麻花胡同逛逛！"

麻花胡同就在如意坊，离将军府不太远。

老夫人越想越恼怒。

按时间推算，那个混账东西与婉晴成亲不久就养起了外室，还把人安置在家附近，实在欺人太甚！

"那母子三人整日在家？"马车中，老夫人沉声问。

温婵道："常氏母女大半时间在家中，常辉平日会去学堂，傍晚才归。"

老夫人攥着拐杖不说话了。

在这压抑的气氛中，马车终于停了下来。温婵与温好下了马车，伸手去扶老夫人。

老夫人直接跳下车去："走。"

看着健步如飞的外祖母，再看看自己伸出的手，姐妹二人对视一眼，本来紧绷的神经莫名其妙地一松。

"就是那个胡同里的第三户人家？"

温婵应"是"。

"你父亲一般什么时候来？"

"我盯了几日，只见父亲来过一次。"

老夫人的神色突然变得微妙："若是这样，今日咱们运气不错。"

温婵顺着外祖母的视线看过去，不由得吃了一惊。

温如归一身寻常长衫，正脚步匆匆地走进麻花胡同。

竟然这么巧，外祖母一来就撞见父亲过来！

老夫人颇沉得住气，盯着那个方向一动不动。不知过了多久，她开口："我看那围墙不算高。翠香，你去攀墙看一看内里的情形。"

那被唤作"翠香"的其实是个已四十出头的嬷嬷了，闻言应一声"是"，提脚走了过去。只是她还没来得及攀墙查探，便转了回来。

"老夫人，姑爷带着母子三人出来了。"

"看清楚那母子三人的模样了？"

"女子看起来三十多岁，儿子看起来与大姑娘年纪相仿，女儿与二姑娘差不多大。"

老夫人目不转睛地盯着胡同口，声音极冷："就说今日运气不错，这一家四口倒是齐齐整整。"

在几道目光的注视下，温如归带着常氏母子三人走出麻花胡同，向一辆停靠在路边的马车走去。

温婵看到那辆马车登时变了脸色。

那居然是温府的马车！

父亲这是打算今日把人带上门去？

老夫人拎着拐杖就冲出去了。

"外祖母——"温婵愣了一下，看向妹妹，只见妹妹也冲了出去。

老夫人几个箭步冲到温如归面前，举起拐杖就砸。

"混账东西，居然背着我女儿养外室，今日我抽死你！"

温如归哪里预料到这个，便是料到，一个手无缚鸡之力的文官也不是当过压寨夫人、上过战场的老夫人的对手。

拐杖结结实实地砸在他的身上，温如归一声惨叫。

听到惨叫声，店铺里的探出头来，大街上行走的立刻驻足。只一瞬间，四周便挤满了看热闹的人。

"你是谁？不要伤害我父亲！"跟在温如归身侧的少年伸手去抓老夫人的拐杖。

静静站在一旁的温好提脚踹向少年的膝盖窝。少年腿一软，扑到了地上。

"辉儿！"

"哥哥！"

常氏与常晴花容失色，赶紧去扶常辉。

温好瞥了一眼正被外祖母揪着拿拐杖猛打的温如归，只想冷笑。

父亲把这母子三人当宝贝，到了关键时刻，他在他们眼里好像没那么重要呢。若是母亲，见父亲被一个突然冲来的人打，定会拼命的。

越是如此，温好越觉愤怒悲凉。

"泰水大人，快快住手！"温如归一边躲一边喊。

老夫人又用拐杖砸了两下才停下来，怒容满面地质问："温如归，你这么对我女儿，哪儿来的脸叫我'泰水大人'？"

到现在，围观群众已经有些明白了：这是当女婿的养外室被岳母发现了。

啧啧，看那外室的一双子女不比老太太这边的两个女孩子小，难怪老太太如此生气。

对于养外室这件事，人群中的女子皆神色愤愤，大多数男子则有一种微妙的包容心态：手中有些闲钱，家中母老虎凶残，悄悄养一房温柔小意的外室也正常。

"你出身寒门，成亲的宅子都是我家买的，结果你却拿我女儿的钱去养外室！温如归，你的良心莫非被狗吃了？"老夫人怒目圆睁，再次举起拐杖。

老太太本就是土匪婆出身，气急的时候可学不来名门贵妇的委婉含蓄，专拣温如归的痛处说。

这话一说出口，人群顿时一阵议论。

"养外室不算什么，用媳妇的嫁妆养就不厚道了啊。"

"没听说吗，连成亲的房子都是媳妇家买的。"

人群中不知是谁"啊"了一声："这人不是兵部的官老爷吗？有一回我瞧见他从衙门出来，衙役叫他'温大人'！"

"居然是位官老爷？"

人们更震惊了。

官老爷也要用媳妇的嫁妆养外室吗？

纷纷议论钻入温如归的耳中，他一张俊脸涨成了猪肝色。

"泰水大人，有话我们不妨回府说个清楚。"

"老身与你没什么可说的。"老夫人把拐杖往地上重重一戳，"老身这就进宫去请教太后，你这般德行可配当天子门生！"

一听老夫人要进宫找太后告状，温如归脸色大变，将本准备回府再谈的话直接说了出来："泰水大人，常氏并非外室。"

现场顿时一静。

一道有些尖厉的声音陡然响起："温如归，她是谁？"

众人闻声望去，见一名华服高髻的美貌妇人大步走来。

"娘——"温婵下意识地要迎上去，被温好一把拉住。

她不解地看了妹妹一眼。

温好低声道："大姐，娘总要面对的。"

母亲不是那种发现男人背叛就活不下去的菟丝花，外祖母平安无事便是母亲最大的倚仗。

林氏走到温如归面前，定定地望着他："温如归，你说她是谁？"

温如归看着咬唇质问的女人，多年来压抑的情绪在这瞬间爆发，痛快地说了出来："她是我的表妹，我的原配妻子。"

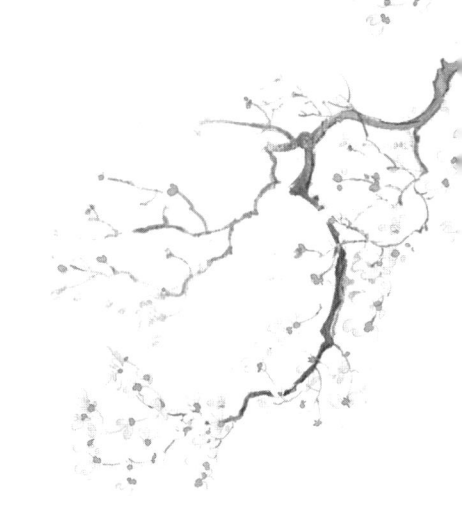

第三章　新　生

"原配?"林氏看向常氏。

本来躲在温如归身后的女子往侧边走了一步,让自己光明正大地置于众目之下。

常氏生得清丽婉约,苍白的面上带着几分惊惧,林氏却从这个看似柔弱的女人迈出一步的动作中感受到了挑衅。

一股热血直冲脑门儿,林氏下意识地去摸腰间,却摸了个空,这才反应过来,年少时缠在腰间的长鞭早就不在了。

那时她年少肆意,生气的时候总喜欢甩出长鞭唬人;后来嫁得如意郎君,一来怕他不喜欢,二来与心上人共白首,欢喜还来不及,哪儿还有特别生气的日子呢,那长鞭自然用不着了。

林氏心神震荡,震得她反应迟钝,只凭本能质问近在咫尺的丈夫:"她是你的原配妻子,那我是什么?"

问出这句话,林氏觉得眼前熟悉又陌生的男人、柔弱又挑衅的女人,还有那围得水泄不通指指点点的行人,都变得不真实起来。

她觉得自己坠入了一个泥潭、一场噩梦,直勾勾地盯着温如归反复问:"我是什么?我是谁?我是谁?"

温婵红了眼睛,不知该不该上前。

温好亦心如刀绞。

老夫人则没想这么多,一个箭步冲过来就给了温如归一拐杖:"畜生,你当林家没人了吗?众目睽睽之下呢竟说出这种荒唐话来!"

温如归被打了个趔趄,眼前阵阵发黑。

他不能晕,晕了就不好收场了。

他咬了一下舌尖,以当年头悬梁锥刺股读书的毅力在老夫人的拐杖下保持了清醒:

"泰水大人，您忘了当年的情形了吗？"

"情形？什么情形？"老夫人怒容满面，根本不知道眼前的白眼儿狼在说什么。

温如归抬手整理了一下衣襟，忍着被拐杖抽打的疼痛平静地道："那年我金榜题名，不知怎么入了婉晴的眼，泰山大人便把我叫去，问我可愿做国公府的乘龙快婿。"

老夫人没有打断，沉着脸听着。

她自然记得这些。

大周初建时百废待兴，忙乱了三两年才算顺当，温如归参加的那一届春闱乃是大周第一届春闱。

可以想象，当年是怎样的盛况。

金榜题名的学子无不大出风头，年轻俊美的温如归更是不知被多少小娘子看在眼里。

婉晴对老夫人说心悦这个新科进士，老夫人虽觉得两个人不合适，但到底有几分理解女儿。

年轻俊美才华横溢，御街夸官风光无限，正值青春的小娘子又有几人能不动心呢？

他们就这么一个女儿，拗不过爱女的坚持，还是满足了女儿的心愿。

温如归有些激动的声音在老夫人的耳边响起："其实那时小婿已经与表妹成亲了！"

老夫人因为震怒，声音都抖了："胡说八道！当年老身亲口问过你家中情形，你从没说过已娶妻的事！"

温如归神色归于平静，露出苦笑："泰水大人真的要小婿说个明白吗？"

"你说！"老夫人横举拐杖，对着温如归，"老身不信你能颠倒黑白！"

温如归叹了口气："既然泰水大人如此说，小婿只好把当年的情况说出来。"

人群一时静下来，无数人竖着耳朵等温如归说下去。

温如归忽然觉得这个摊牌的场合还不错。

还有什么途径比这些看热闹的人口口相传效果更好呢？

停妻再娶是触犯律法的，他需要百姓的支持与同情，好让皇上念在他是被逼迫的分儿上不予追究。

温如归调整了一下情绪，说了起来："当年小婿明确告知泰山大人家中已有妻室，泰山大人却要我瞒下早已娶妻的事，娶婉晴为妻。我本不从，泰山大人威胁我说若是不答应，我的官场前程就此断绝，便是远在家乡的妻子也不会有好下场……"

说到这儿，温如归抬袖拭泪，声音微颤："若只是断我前程也就罢了，大不了十年寒窗付诸东流，可拿我爱妻的安危要挟，我实在没有办法，只好答应了泰山大人的要求……"

"放屁！"老夫人破口大骂，举着拐杖便打，"我打死你这个睁眼说瞎话的狗东西！"

温如归慌忙抱头躲避，声音都走了调："泰水大人停手，停手——"

他安排好了一切，独独没有办法躲开老夫人的拐杖。

不过，正因为老夫人这般表现，等人们记起林家乃山匪出身，才会更相信他的话吧。

温如归想着这些，一个失神，被老夫人的拐杖打在臀部，当即发出"嗷"的一声惨叫。

众人看着狼狈的温如归，心情微妙。

官老爷被打了屁股，惨叫声和寻常人也没啥区别啊。

"让开让开，发生了什么事？"

一队官兵赶来，看热闹的人让出一条通路。

"何人当街斗殴……"为首的官差喝了一声，看到举着拐杖猛挥的老太太，后边的话卡了壳。

要是哪家当娘的教训败家儿子，那就是家务事了。

老夫人完全不理会到来的官差，继续追着温如归打。

常辉心疼父亲，喊道："差爷快救救我父亲，我父亲要被打死了！"

温好见确实打得差不多了，上前一步拉住老夫人，小声道："外祖母，您歇歇吧，小心累坏了身体。"

老夫人也知道不能真把人打死，便顺势收了拐杖。

"温大人？"领头的官差认出温如归，不由得一惊，下意识地去看老夫人。

这一看，他更吃惊了。

竟是将军府的老夫人！

"见笑了。"温如归冲领头的官差拱了拱手，转向老夫人，语气依然恭敬："小婿明白泰水大人的心情，但小婿所言句句属实，没有半句虚言。"

老夫人冷笑："狗东西，你不过是欺老头子不在了，往他的身上泼脏水！"

温如归从容作了一揖："泰水大人若是不信，何不问问当年的知情人？"

旁观者往往会下意识地相信弱者。

二十余年前，林家是国公府，温如归只是个寒门进士。国公府的姑娘看中了年轻英俊的新科进士，以国公府的势力逼着他停妻另娶，这不就是话本子里的故事吗？

看热闹的人已对温如归的说辞信了大半，一听还有知情人，越发来了精神。

"知情人是谁？"老夫人厉声问。

她与老头子夫妻多年，绝不相信老头子会做出逼人停妻再娶的事来。

"为了今年春闱，开春时小婿的族兄陪儿子进京来了，如今就暂居在温府中。"温如归神色越发淡定，"我与表妹成亲，当年村中人都知晓，一问族兄便能真相大白。"

温好立在老夫人的身侧，闻言心冷如冰。

父亲可真是半点儿不心虚啊。

温家村地处偏远，一个来回至少两个月工夫，他就是料定了无人会费力去求证。

退一步说，就算真有人去，那种封闭抱团的村子，多年来享受父亲飞黄腾达带来的好处，谁会说实话呢？

可一个人良心要坏到什么地步，才能面不改色地把妻女逼入绝境？

温好越想越恨，面上反而没了表情。

比起温好的冷静，温婵却有些慌了。

她既不愿信父亲说的是真的，又怕父亲说的是真的。

倘若真如父亲所言，母亲该如何自处？她与妹妹又该如何做？

温婵抖着冰凉的手，握住温好的手。

无论是什么结果，她都要护住妹妹！

感受到温婵的恐惧，温好反握住温婵的手，凑到温婵耳畔轻声道："父亲说谎。"

温婵瞳孔骤然一缩，神情错愕。

她不知道妹妹的笃定从何而来，却几乎没有犹豫便信了。

不信感情深厚的妹妹，难道去信要把母亲与她们姐妹打入地狱的父亲？

握着妹妹的手，温婵突然不慌了。

她怕的是外祖父用不光彩的手段逼迫了父亲，是母亲这个妻子的身份从一开始就是抢来的，是她与妹妹的出生便是对另一个女人的不公平。

若不存在这些，她又有什么可怕的呢？

"那便找你的族兄问个清楚！"老夫人眼里揉不得沙子，毫不犹豫地道。

温如归暗暗松了口气。

他担心的是老夫人不管不顾，直接进宫去太后面前哭诉一通。好在他对这位泰水大人还算了解，事发突然又震怒之下，她果然跟着他的脚步走了。

老夫人连马车都不坐，提脚就往温府的方向走，走了几步骂道："婉晴，你还傻戳着干什么，还不扶着你老娘？"

一直处在呆滞状态的林氏下意识地走向老夫人，走得太急，险些跌倒。

老夫人把手伸到女儿面前，声音响亮："走稳当了！"

混沌的目光恢复了几分清明，林氏伸手扶住了老夫人的手臂。

见这些人往温府走，看热闹的人毫不犹豫地跟了上去。

比没热闹看更痛苦的是什么？是热闹只看了一半。

刚刚还堵塞的街道眨眼间变得空荡荡，只剩赶来维持秩序的官差。

"头儿，咱们怎么办？"

领头的官差犹豫了片刻，强忍不舍道："继续巡视。"

热闹虽好看，可他们毕竟是官差，万一两边打起来怎么办？一边是将军府，一边是侍郎府，两家还是姻亲，这种烫手山芋没法儿接。

温府离此处并不远，一群人没多久便到了。

管事温平奔出来："老爷，这是……"

温如归沉声问："八老爷现在可在家里？"

温平用余光扫过老夫人等人，心中明白摊牌的时候到了，面上不敢表露出来："八老爷一早出去了，好像还没回来。"

"好像？"温如归对这个回答可不满意，对温如生更不满意。

早上自己还特意打发人去告诉堂兄，让他今日不要出门，他怎么会出去了？

"老奴问问门房。"

温平忙找门房询问，给了肯定的答复："老爷，八老爷没回来。"

温如归的脸色有些不好看了："打发人去把八老爷叫回来。"

跟来看热闹的人有些着急。

证人不在，他们要是进了温府等着，自己岂不没热闹瞧了？

果然就听温如归道："泰水大人，不如先移步府中歇一歇？"

温婵突然上前："外祖母，八伯何时回来还未可知，您先进府喝杯茶吧。"

这些看热闹的人一颗心分明偏向了父亲，而堂伯与父亲是同族，很有可能附和父亲的话。

一旦堂伯当着这么多人的面给父亲做证，母亲这边就难了。

老夫人看出了外孙女眼中的担忧，微微点头。

温婵松了口气，忙扶住老夫人的胳膊。

就在这时，人群中响起一道怯怯的声音："十弟……"

温如归一见温如生，心中一喜："八哥，你去哪儿了？"

"我就出去逛了逛。家里发生什么事了，怎么都在外面？"温如生眼神闪烁，控制不住地往温好的方向瞄，余光扫到的是一张面无表情的俏脸。

温如生心肝一抖，险些捂眼。

这妖怪不怕光不怕人，不给我活路啊！

温如归可不知道族兄此刻的惊恐，见他如此，只以为是不习惯众目睽睽的场合。

"泰水大人，我族兄是个老实人，您直接问他吧。"

老夫人将目光落在温如生的面上："你是温如归的族兄？"

"是。"

"那你说说，温如归是何时娶妻的？"

温如生下意识地去看温好，少女微勾的唇角令他头皮一麻，很自然地开始左右张望，最后将视线落在林氏的面上。

"十弟何时娶妻，没有人比弟妹更清楚啊。""老实人"纳闷儿地道。

林老将军一死，温如归就动了心思。他耐心等待了一年多，不知在脑海中想过多少次今日的情景，每一个可能的疏漏都在一次次的想象中被堵住了。

他做了万全的准备，也因此，一听温如生这话就听出不对来。

"八哥，老夫人问的是我何时娶妻。"温如归在"何时"二字上加重了语气。

老夫人一拐杖砸在温如归的脚边，砸得尘土飞起："你插什么嘴？！"

"小婿是担心族兄紧张，说错了话……"

老夫人冷笑："我看你是心虚。"

温如归一窒，看向温如生，眼神中藏着警告。

温如生挠了挠头，一副手足无措的样子。

老夫人语气温和了些："你就说你知道的，不必想别人。"

温如生看看温如归，又看看林氏，更局促了："可我记不太清十弟与弟妹是何时成亲的了。当年十弟是在京城拜堂成亲的，离家里太远了，我没能来……"

温如归的脸色沉了下来，他忍怒提醒："八哥，老夫人是问我进京之前。"

"进京之前？"温如生一脸茫然，"进京之前十弟没成亲啊。"

此话一出，温如归面色大变。

便是老夫人都有种被天上掉下来的馅儿饼砸中的感觉。

这果然是个老实人啊。

"八哥，你是不是糊涂了？"温如归语气严厉，额角冒出青筋。

他万万没想到会在万无一失的事上栽了跟头。

温如生父子来到京城温如归就好生招待，没有一丝怠慢，还把族侄引荐给不少人。傻子都知道温峰将来的前程少不了温如归的助力，所以温如归想破脑袋也想不通眼下是怎么回事。

面对温如归的质问，温如生有些顶不住，余光又忍不住往温好那里扫去。

"咔嚓。"站在老夫人身后没有多少存在感的少女从袖中摸出一物，面无表情地咬了一口。

温如生一哆嗦，脸色惨白。

老夫人用拐杖敲了敲地面："温如归，你吓唬老实人干什么？你当别人都和你一样狼心狗肺？"

温如归一口气险些没上来。

可是这时候，想扭转不利局面还是要靠温如生。

"八哥，你难道忘了小青了？"温如归尽量放缓语气，示意常氏上前来。

小青是常氏的闺名。

顶着无数道视线，常氏冲温如生福了福身："八哥还记得我吗？"

温如生盯了常氏片刻，露出恍然的神色："是小青妹妹啊。"

温如归神色稍缓，趁机提醒："八哥不记得我和表妹的事了？"

温如生一拍脑门儿："记得！"

不待温如归松口气，温如生就道："你们两个不是口头上有过婚约吗？后来十弟进京赶考，没多久传来你金榜题名还娶了高门贵女的消息，小青妹妹就不见了，原来是进京寻十弟来了……"

温如归彻底冷了脸："八哥，进京前我与表妹就成亲了，你记错了！"

温如生一听这话就急了："你与小青妹妹有没有成亲我怎么可能记错了？我别的不如十弟，记性可好着呢……"

人群已是一片哗然。

"温侍郎不是说自己是被林老将军逼着停妻另娶的吗？原来没有与表妹成亲啊。"

"那我想不明白了，没成亲怎么非要说成过亲呢？在咱们大周，停妻再娶可是触犯律法的。"

一人摸着山羊胡子给出理由："这有什么想不明白的？你看看站在林家老夫人身旁的两个小姑娘，再看看站在温侍郎身后的一儿一女，温侍郎肯定要为唯一的儿子打算啊。"

"可就算是庶子，作为温侍郎唯一的儿子，将来也会继承侍郎府的一切，何必如此呢？"

"放在寻常人家如此，放在侍郎府可不一定喽。没听林家老夫人说吗，连温侍郎住的宅子都是人家林家的呢。温侍郎把这些全给儿子能那么容易吗？"

温如归已经听不进这些议论了，死死地盯着温如生，怒到了极点。

分明叮嘱好的事，八哥是怎么了？

可他再怒，众目睽睽之下也无法发作。

"温如归，你还有什么话说？"老夫人又恨又觉解气。

温如归竭力保持冷静："八哥那日说撞了邪，莫非还没好，所以才记忆混乱，胡言乱语？"

"撞邪？"温如生飞快地扫了温好一眼，头摇成了拨浪鼓，"没没没，我怎么会撞邪呢？倒是十弟怎么了，为何非要说与小青妹妹成过亲……"

"八哥，你想清楚再说话！"

温如生吓白了脸："十……十弟，你要我想什么？"

"你……"温如归气得热血翻涌，明白温如生指望不上了。

他知道这其中有蹊跷，可这种时候哪有查明白的机会？

万不得已，温如归喊了声："温平。"

温平低头上前，不敢看温如归的眼睛："老奴在。"

温如归看向老夫人："族兄沉溺饮酒，神志有些不清楚。温平是我中举后就跟着我的，也清楚当时的情况，老夫人不妨先听他说说。我知道温平是我的人，说出的话难以采信，回头老夫人大可派人去温家村查验。"

以温如归当年的家境，自然是养不起书童的，中了举人就不同了，有人送金银，有人送田地，也有人送下人。

温平便是当地的员外送的。

温如归知道温平说出的话分量轻，但眼下也没有更好的办法。哪怕绝大多数人信了林家一方，只要这事有争议，就有理由派人前往温家村查问，而外人到了温家村，能问出真相才怪。

这些年他给村中捐钱修祠堂、建学堂，外村人因为温家村出了他这个高官也不敢得罪温家村的人，可以说温家村人人得过他的好处。

他不信还有温如生这么蠢的人。

"温平,我与表妹成亲时你就在场,把当时的具体情形讲给老夫人听听。"

温平躬身低头,没有动。

"温平?"温如归突然生出不祥的预感。

温平抬头看了温如归一眼,额头冒汗:"老爷……您是不是记错了?您与青夫人没有成过亲啊。"

轰隆隆!

温如归只觉一道天雷直接劈在了天灵盖上,劈得他脑海一片空白,好一会儿没有反应。

作为一个在官场混了二十来年的人,温如归本是个沉得住气的,可眼前发生的一切太诡异了,让他完全无法理解。

同族的堂兄,心腹的书童,别说已经被提前叮嘱过,就算事发突然,也该懂得怎么说。

他们却倒戈向林家。

阴谋!

温如归用茫然阴沉的目光从温平、温如生的面上扫过,又扫过林氏、老夫人等人,脑海中盘旋的是快要逼疯他的疑惑:到底是谁在算计他?

温平被温如归的眼神吓到,悄悄看了一眼温好。

身穿白绫衫绿罗裙的少女抬起一只手,素手如玉,五指纤纤。

温平浑身一震,把头埋得更低了。

二姑娘这是在提醒他,他还欠那些地痞五百两银子!

他其实早就无法回头了。

温平心中苦笑着,内心深处滋生的那点儿对主人的愧疚烟消云散。

既然无法回头,为了自保,他只能把事做得更绝。

温平盯着打扫得纤尘不染的青石路面,声音中透着惶恐与疑惑:"当年老爷不是对青夫人说,等金榜题名再回去提亲吗?"

这事的发展出乎意料,人群安静了一瞬,而后议论声陡然大起来。

"这是金榜题名后有高门贵女下嫁,他就抛弃了远在老家村里的表妹啊。"

"什么被逼无奈?这分明是始乱终弃!"

"呸,男人真是太恶心了。"

"别扯我们男人,没几个男人能做出这种事来——毁了与青梅竹马的表妹的口头婚约娶了高门贵女,等与表妹生的外室子长大了,又把污水泼给结发妻子,说是被逼的。"人群中,有年轻男子大声嚷嚷。

围观者无暇留意说这话的是哪个,毕竟正是热闹的时候,议论的人太多了,只要这话有理就够了。

当即就有无数人附和起来。

"温平，你个狗奴才是收了谁的好处，居然诬蔑主人？！"温如归终于找回声音，怒火冲天。

温平吓得后退一步，慌张地道："老爷，您可冤枉死老奴了，老奴怎么会收别人的好处诬蔑您呢？"

人群中有了解情况的人大声解说："这温平是跟了温侍郎二十多年的书童，如今是侍郎府的大管事。"

"要是这样，那他不可能为了一点儿好处背主啊。"

"看来这也是个不会扯谎的老实人。"

有人感慨："没想到啊，温侍郎这么不厚道，身边倒全是老实人。"

笑声四起。

温如生福至心灵，喊道："十弟，不是哥哥不想帮你，只是做人要实诚啊，峰儿马上要参加春闱了，我不想以后别人提起，说他有个睁眼说瞎话的爹。"

"你……"温如归指着温如生要说什么，却绝望地发现，根本无法在短时间内找出反击的点。

"唰"的一声响，是拔剑的声音。

听到响声时，看热闹的人还没反应过来，待看清楚林氏手中闪着寒光的长剑，离得近的人立刻往旁边一闪。

林氏提着剑走向温如归。

在她身后，小厮长顺傻了眼："世子，您的剑！"

不就是看个热闹吗，林夫人怎么把他家世子的佩剑给拔走了？

时下名门公子有佩剑的风气，绝大多数其实不会武艺，佩剑只是装饰，就如佩戴美玉一般。靖王世子这柄长剑的剑鞘就格外花哨。

可再花哨的剑也能伤人。

林氏在盛怒之下并没留意借用了谁的剑，只是急于发泄积聚在胸中那仿佛要把她逼疯的怒气，需要这么一把剑把温如归的心口刺穿，看一看他的血是不是冷的，心是不是黑的。

"娘！"一道纤细的身影冲出来，抱住了林氏那只提剑的胳膊。

看着挡在面前的女儿，林氏神情悲愤："阿好，你让开！"

她今日不把温如归碎尸万段，难解心头之恨。

"娘，您看看那边。"温好指着一个方向。

林氏木然地看过去，看到的是老夫人苍白的发、长女焦急的脸。

"娘，您不要做傻事，我们都要好好的。"

林氏愣住了。

时间很短，似乎又很长，那只提着剑的手终于垂下来。

温好把剑从林氏手中拿过来，林氏没有反抗。

老夫人中气十足的吼声传来："婉晴，娘早就跟你说过砍人也要看是谁，这狗东西他配吗？"

林氏定定地盯着温如归，缓缓吐出三个字："他——不——配。"

话音落，林氏身子一晃，短短三个字仿佛耗尽了她所有的力气。

温婵快步走过去扶住林氏。

"婵儿，陪你娘回将军府歇着。阿好，陪外祖母进宫去。"老夫人紧握拐杖，不屑地瞥了温如归一眼，"老身要找太后聊一聊我的好女婿！"

老夫人转身就走，脚底生风。

温好快步跟上，走了几步突然想起手里还拎着一柄剑，脚下一顿转过身来。

人群中，小厮长顺忙挥挥手："是我们世子的剑！"他说着，就要跑过去接剑，衣衫却被一只手从后面揪住。

长顺这么一停的工夫，温好走了过来。

"抱歉，家母今日有些失态。"

祁烁把剑接过，微微一笑："人之常情，温二姑娘快去吧。"

少年的笑纯真无邪，以至于长顺产生了怀疑：刚刚那只手不是世子的吧？

一定不是世子揪着他不让他动的。

温好冲祁烁微一颔首，提着裙角快步去追老夫人。

没了热闹可看，围观的人散了大部分。

祁烁带着小厮长顺走在回靖王府的路上，唇角微扬。

长顺见世子心情不错，问出心中疑问："世子，咱们看热闹，您怎么还让小的喊那些话呢？"

长顺是真的疑惑。

也是巧了，世子难得走出家门，一出门就遇到了这样的热闹。可看热闹就看热闹吧，他看得也起劲呢，世子居然让他混在人群里喊那番话。

什么"别扯我们男人，没几个男人能做出这种事来"，还有温管事的情况，都是世子交代他喊出来的。

他喊话时可紧张了，生怕被人留意到，害世子也成了别人眼中的热闹。

"喊完那些话，人们什么反应？"少年笑着问，脚步轻快。

"更热闹了啊，人们都骂温侍郎不是东西呢。"

"这就是了。"少年抚过腰间的佩剑，唇边的笑意更深，"喊几句话让场面更热闹，那我们这些看热闹的人不是更不亏吗？"

"原来是这样。"小厮恍然大悟，带着几分庆幸，"小的还以为世子是为了帮温二姑娘呢。"

吓死他了！

嗯？

少年挑眉，语气有些淡："不能帮温二姑娘吗？"

小厮不假思索地道："那哪儿能呢？到现在还有人传温二姑娘偷窥您呢，再让温二姑娘发现您帮她，她岂不得寸进尺？"

温二姑娘与他家世子毫无交集还敢翻墙砸在世子的身上呢，要是察觉世子心善，谁知道会做出什么可怕的事来？作为世子忠心耿耿的小厮，他誓死捍卫世子的清白！

"得寸进尺？"听着小厮的话，少年有了几分兴趣。

他握住腰间的刀鞘，陷入思索：还能……得寸进尺吗？

"是啊！"长顺扫一眼左右，压低声音，"小的冷眼瞧着，温二姑娘胆子可大了，万一偷看您沐浴怎么办？"

"闭嘴。"少年呵斥了一句，不知想到什么情景，耳尖悄悄红了。

长顺一瞧，更担心了。

他家世子多纯良，多心善啊，他必须保护好世子！

"以后不得胡说。"祁烁正色说道。

见世子认真起来，长顺忙点头："小的知道了。"

祁烁不再理长顺，提脚向前走去。

温府门前，温如归终于如梦初醒，拔腿就走，看方向，竟与林家老夫人是一个方向。

"娘，我们该怎么办？"常晴拉着常氏的衣袖，哽咽地问道。

温如归离得匆忙，没顾上安置常氏母子三人，三人的处境陡然尴尬了。

常氏深深地看了一眼题有"温府"二字的门匾，咬牙道："我们先回去。"

"娘！"常辉与常晴异口同声地喊了一声，对常氏的决定错愕不已。

这一日，他们一个盼了十九年，一个盼了十六年。虽说这么说有些夸大，但他们从懂事起就盼着住进温府，光明正大地喊温如归一声父亲。

听了常氏的话，兄妹二人无比失望，而常氏有了决定后提脚便走，竟没有再回头。

她比儿女更渴望光明正大地踏进温府的大门，可是眼下的情形容不得她冲动。

温府至少有一半下人是林氏的人，谁让人家命好，有那样的娘家呢？

温平看着常氏的背影，暗暗感叹。

这位青夫人真是不简单，也难怪当年不过十几岁，听闻老爷在京城娶了高门贵女，就敢拎着一个包袱跑到京城来。

温平是清楚常氏的情况的。

常氏的娘是温如归的姑母，年少时嫁了一户富户。

当然，在温家村那种地方，所谓的富户就是有些田地，农忙时能请几个佣工罢了，与京城这边的富贵人家有云泥之别。

但在当地，这便算是好日子了。

只可惜好景不长，常氏十来岁时，爹病死了，她娘带着女儿投奔了娘家。

再后来，温如归的爹娘陆续过世。不过他那时已经显露出非凡的聪慧，这读书生涯就没有中断过。

他先是用爹娘积下的家当读书，等家底被掏空了，常氏的娘一咬牙，用自己的嫁妆与悄悄从夫家带回来的财物继续供侄儿读书。

温如归也争气，先是中了秀才，后又中了举人，再奔赴京城，参加春闱。

常氏翘首以盼，等着她的凤冠霞帔，却不想等来了表哥另娶他人的噩耗。

没过多久，常氏就失踪了，只给她娘留了一封信。哪怕常氏的娘病死，常氏都没再回过那个偏远的温家村。

老夫人已经带着温好到了皇宫。

"老夫人，太后请您进去。"一名内侍走出来道。

老夫人点点头，拄着拐杖蹒跚地往里走。

温好有一瞬目瞪口呆。

外祖母的腿脚……刚刚不还健步如飞吗？

前面传来老夫人催促的声音："阿好，还不赶紧来扶着外祖母？"

温好忍着叹服快步追了上去。

太后随意地靠在榻上，一见老夫人进来愣了一下："一年多没见了，老夫人可还好？"怎么瞧着走路都不利落了？像是半截身子入土了……

老夫人见过礼，抹泪长叹："半截身子入土的人了，好能好到哪里去呢？前些日子还请了名医问诊。不怕太后笑话，老身是求您给我们孤儿寡母做主来了。"

太后闻言，嘴角极快地抽了一下。

林老将军是去世了，可老夫人的外孙女都能嫁人了，孤儿寡母的说法是不是夸张了点儿？

太后心里闪过这个念头，面上还是带着关切的："老夫人这话从何说起啊？"

老夫人立刻不哭了，握着拐杖说了起来："当年婉晴闹着要嫁给温如归，我是不愿意的，可谁让婉晴喜欢呢？当娘的对子女总是会心软的……"

太后不由得点头。

她不也是这样吗？那年次子领兵进京夺了长子的帝位，她虽气次子胡来，可看到次子因为部分官员的反对举步维艰还是心疼了，于是摆出支持次子的姿态，助次子渡过了刚继位的那段艰难时期。

她当然也心疼长子，可长子失踪生死未卜，次子就在眼前，她不帮次子能怎么办呢？

想到这里，太后捏着手绢按了按眼角。

"我本想着他一个寒门进士将来少不了岳家助力，对婉晴总不会差，可谁想到就在今日，他居然要把外室和一对外室子领进家门！"

"竟有这种事？"太后面露震惊之色，实则毫不意外。

听老夫人说了这么多，她再猜不出温如归金屋藏娇就太蠢了。

不过对老夫人的愤怒，太后并没有那么感同身受。她当上这个太后，不知看过帝王身边多少莺莺燕燕，一个外室也值当林家老夫人进宫来哭诉？

林婉晴可真是被老夫人宠坏了，宠傻了。

太后对林氏自然是熟悉的。

林老将军跟随先皇争天下时，老夫人也曾随夫上过战场，林氏被留在后方，常被太后叫去说话。

那时的林婉晴也就十来岁，性子并不得太后喜欢，太后常关心她的原因不言而喻。

"太后险些就见不到老身了！"

太后咳了一声："老夫人放宽心，这男人嘛……"

老夫人打断太后的安慰："老身一看那外室子居然比婵儿还大，一口气险些没上来！"

这一下，太后是真的有些吃惊了。

"比婵儿还大？"

这岂不是说，林婉晴与温如归成亲不久，温如归就养起外室了？

难怪老夫人如此愤怒。

这不只是打将军府脸的问题，还让温如归对林婉晴表露出来的恩爱都成了笑话。老夫人把林婉晴当成眼珠子，能不生气吗？

"这也就罢了，谁让当初是婉晴先看中的他，有情郎哪儿是那么好得的？"老夫人神色由愤怒转为冰冷，"可他当着无数人的面说当年是被我家老头子逼着答应的……"

太后听老夫人一直讲到管事温平。

"好在他身边的人都是老实的，没有助纣为虐帮他扯谎，不然将军府跳进黄河也洗不清了。"说到这里，老夫人红了眼睛，"那心狠手辣的畜生装了二十年，不过是看我家老头子去了，老身和婉晴失去了最大的依靠，才亮出了獠牙。太后啊，老身别无他法，只能找您做主了……"

听着老夫人的哭诉，太后想到了自己。

与那些靠争宠争斗由普通嫔妃爬上皇后之位的女人不同，先皇争天下前她就是他的发妻了，之后当上皇后顺理成章。

便是这样，先皇驾崩那段时期，她也体会到了失去丈夫支撑的一些艰难。

那些艰难与老夫人所遇并不相同，却相通。

看着红了眼圈的老夫人，太后心中尘封许久的些许情谊被唤醒了。

说是些许，并不是说林老将军陪先皇打天下时两家女人的情谊很浅。在那个特别艰难、心中惶惶的时期，太后与林老夫人一度走得很近。当然，太后与好几位先皇的左膀右臂的夫人都走得很近，这就不必细说了。

只是二十多年过去，时间把这位大周最尊贵的女人的心一点点磨硬了，把曾经真挚的情谊冲淡了，而这一刻的相通，终于让太后心软了。

"真是没有想到……"太后叹了口气，拍拍老夫人的手，"老夫人有什么打算呢？"

老夫人神情坚决："温如归诬蔑我家老头子，与逼死我无异，义绝，必须义绝，林家不愿与这等德行败坏的人扯上丝毫关系！"

义绝啊。

太后并不意外老夫人的决定："闹成这样，确实做不成一家人了。"

"两个外孙女要回林家，不能跟着她们那个狼心狗肺的爹！"老夫人再道。

这是她进宫找太后告状的最大目的。

她没有丝毫耐心与那个畜生争夺两个外孙女的归属，找太后做主是最快捷的方式。

至于让温如归丢官罢职，那是御史言官会做的事。温如归有了这么大的把柄，不论出于什么动机，总会有言官站出来。

太后这才把注意力放在静静站在老夫人身后的少女身上。

少女穿着半新不旧的白绫衫绿罗裙，梳着简单的双丫髻，打扮再寻常不过，却显出夺目的清丽。

"这是阿好吧？"太后凭着印象问。

温好屈膝称："是。"

太后不由得多看了温好几眼，笑着道："哀家原先听闻阿好能说话了还有些不信，没想到竟是真的。"

她说着，又拍拍老夫人的手："老夫人，你这个外孙女样样都好，不能说话是唯一的遗憾，如今没了这个遗憾，好日子定在后头呢。"

"都是托太后的福。"老夫人松了口气。

太后这么说，显然是愿意插手了。

老夫人带着温好离开不久，泰安帝便来了慈宁宫。

泰安帝对太后十分孝顺，只要不是忙得不可开交，一日里总要来慈宁宫陪太后聊上几句。

"母后怎么看起来不大高兴？"说了几句话，泰安帝便看出来了。

太后神色淡淡："刚刚林家老夫人进宫来了。"

一听"林家"二字，泰安帝立刻反应过来是哪家，毕竟连国公之位都不要的，天下也就林老将军独一份儿。

"莫非林家老夫人惹母后不快了？"

"林家老夫人倒没有惹哀家不快，只是听老夫人讲了女婿的事，哀家心里沉甸甸的。"

太后把老夫人带来的信息说了，轻叹一口气："哪怕到了林家老夫人这个年岁，女人失了丈夫，也只能任人欺凌吗？"

泰安帝听完太后的感慨，面沉似水。

"这个温如归，竟如此过分。"

臣子的家事他关心不过来，但惹母后不快，他就要好好关心一下了。

"母后您别这么想，有儿子在，谁都不能惹您生气。"

太后听着这话心中舒坦，感慨道："林家老夫人落得如此境地，不就是因为没有个儿子吗？"

没有儿子，林老将军才舍得拒绝国公之位。

倘若林老将军过世后有子嗣继承国公之位，温如归又怎么敢做出这种事来？

说到底，温如归是欺林家无人。

"母后放心，儿子会处理好此事。"

太后欣慰地点头："别的哀家不问，只是闹成这样，林、温两家是做不成姻亲了，林家老夫人进宫来，只求女儿与温如归义绝，把两个外孙女带回林家。"

"这是应该的。"听太后这么说，泰安帝觉得老夫人不算多事，对林家的印象好了些。

当初林老将军拒绝国公之位时，他不是不怒的。那时他刚登基，受到很多非议，急需各方支持，林老将军连国公之位都拒绝，摆明对他继位有意见。

他甚至动过杀心，只是考虑到林老将军的功绩和自己当时的处境，不能肆意妄为。

而今林老将军不在了，林家只剩下妇孺，泰安帝也早已坐稳龙椅，心境自然不同于当年。既然母后开了口，他不介意给林家一点儿照拂。

泰安帝离开慈宁宫。一个嬷嬷立在太后身后，替太后按捏肩膀。

不知过了多久，太后合上的双目睁开，语气感慨："没有想到，向来横冲直撞的窦春草也会哭了。"

这句话就有些意思了。

替太后按捏肩膀的嬷嬷默默地把动作放得更轻。

"都老了啊……"太后发出一声意味深长的叹息。

泰安帝才回到寝宫，就听太监朱喜禀报，温侍郎求见。

泰安帝撩了撩眼皮，语气平静："就说朕陪太后还没回来。"

朱喜领命而去。

温如归正焦急地等在外面，一见朱喜，立刻迎上去："朱公公——"

朱喜抬手打断温如归的话，顺便隔开距离："温大人请回吧，皇上还在慈宁宫陪太后。"

温如归一听，脸色登时煞白。

老夫人进宫找太后告状了，而皇上在陪太后，这意味着什么，他再清楚不过。

温如归都不知道是怎么走回温府的，对身后跟了一串看热闹的人毫无反应，才到大门口就一个趔趄，栽倒在地。

"老爷，老爷！"门房大喊起来。

"这是没追上将军府老夫人？"

"看来是了。"

"啧啧，温侍郎腿脚不行啊。"

看热闹的人聚在一起议论纷纷之际，几名官差敲响了温家大门。

面对来到家中的官差，温如归失魂落魄，早没有了平日的从容淡定。

"温大人，林家老夫人告到官府，请求判林氏与您义绝，劳烦您随小人走一趟。"

温如归仿佛没有听见。

"温大人，我们大人可是在等您呢。"官差加重了语气。

跟在温如归身边的是另一位管事，见温如归不动，焦急地喊了一声："老爷——"

温如归神情麻木地起身，浑浑噩噩地随官差到了官府。

衙门外已里三层外三层挤满了人，不知谁喊了一声"来了"，人群顿时骚动起来。

"不要挤，不要挤。"官差好不容易分出一条路把温如归领进去，佩刀都险些被挤掉。

公堂上，顺天府尹正襟危坐，看到温如归面无表情。

放在往常，他对同僚自然会客气些，今日得了上边的指示，便没有这个必要了。

"温侍郎，将军府老夫人告你诬蔑岳丈，要女儿与你义绝，你可有异议？"

"我……"温如归麻木的神色有了变化，他道，"我没有！"

顺天府尹有些意外温如归的反应，还以为温如归多少会挣扎一下的。这样一来，倒是给他省事了。

"既然如此，那便判你与林氏义绝……"

"我说我没有诬蔑岳丈。"温如归高声道。

老夫人冷笑："温如归，到现在你还百般狡辩，死不悔改？！"

温如归垂死挣扎："泰水大人对小婿不满，要婉晴与我义绝可以，但对于没做过的事小婿绝不会认。"

在公堂上承认了，他就彻底完了。

"温侍郎，你的族兄与管事可不是这么说的。"顺天府尹淡淡地道。

温如归定睛一看，温如生与温平都在场。

触及他的视线，二人皆垂下眼。

怒火瞬间被点燃，温如归厉声道："你们两个究竟收了谁的好处，如此陷害我？"

"你的外室子比婵儿还大，也是别人陷害你吗？"老夫人冷冷地问。

温如归一窒。

一直没有吭声的林氏突然笑了起来，笑声越来越大，到最后，悲凉的笑声响彻公堂。

"温如归，我以为你是披着人皮的狼，没想到只是阴沟里的老鼠。我可真是眼瞎，一次次抬举你！"

这话如一记响亮的耳光抽在温如归的脸上，他愤怒又难堪。

老夫人不愿女儿与温如归再有牵扯，催促顺天府尹："大人，刚刚温如归也同意了义绝，请判决吧。"

有温平与温如生为证，温如归就算百般抵赖也不可能改变舆论，他的口供对林家没什么意义。

"如此，就判温如归与林氏婉晴义绝，二人所生二女随林氏归入林家……"

"等等！"温如归打断顺天府尹的话，"便是义绝，女儿为何归入妻族？天下可没有这样的道理。"

把两个女儿捏在手心，将军府就算要对付他，也会投鼠忌器。

顺天府尹向温如归投以同情的目光，提醒道："温侍郎，天有公道。"

温如归听完脸色瞬间变得灰败。

天有公道，这个"天"，分明说的是天子！

很快，判处义绝的文书便交到双方手里。老夫人把判决书替女儿收好，豪气干云地一挥手："走，我们回家。"

一行人顶着无数道目光坦然地走着，一直走到将军府门口。

人群中，温如生眼巴巴地瞧着温好的背影消失在门口，上前一步，又退后，焦急之下来回打转。

他都照着阿好的要求说了，阿好怎么还不把峰儿放了呢？

"嗞——"难道峰儿已经被阿好吃掉了？

想起众目睽睽之下那声"咔嚓"，温如生浑身一震。

那……那……那莫非是峰儿的手指头？

温如生跌跌撞撞地挤出人群，到了墙根处一屁股坐下来，开始哭。

一双脚出现在他的眼前。

温如生慢慢抬头，映入眼帘的是管事温平神色复杂的脸。

"吃包子吗？"温平蹲下来，递过去一个白胖胖的大包子。

温如生接过包子咬了一口，肉馅儿的包子又软又香，满嘴流油。

温如生三两口吃完，望着温平，纳闷儿地问："为什么给我包子吃？"

温平咬了一口肉包子，长叹一声："同是天涯沦落人啊。"

八老爷定然与他一样，被二姑娘捏住了命脉。

为了救儿子，他踩老爷时不遗余力，现在尘埃落定，前路只有一片黑暗。

温如生一听这话，眼泪又下来了："温管事，你儿子也被阿好吃了吗？"

温平脸一僵，把含在嘴里的肉包子吐了出来："八老爷说什么？"

温如生凑近，绷紧的身体透露出紧张："我跟你说，阿好其实是吃人的妖怪，她今日在温府门前还吃手指头呢……"

"神经病！"温平没等温如生说完，起身拂袖而去。

他还以为八老爷是同病相怜的伙伴，没想到是个白痴，白瞎他三文钱买的大包子了。

温如生靠着墙脚，满脸绝望："都不信，都不信，阿好果然没说错……"

"爹，您怎么在这儿？"

温如生的念叨戛然而止，一见出现在面前的青年，他就跳了起来。

"峰儿，你没事？"他说着就去摸儿子的脸，摸完脸又摸手。

热的，儿子的身体是热的！

温如生泪如雨下。

温峰有些无措："爹，您别哭，十叔的事我听说了……"

"我的儿，你竟然还活着！"温如生用力抱住温峰。

温峰有些蒙："爹，您这话从何说起？"

"你不是被阿好抓走当零嘴儿了吗？"

抓走了，当零嘴儿……温峰觉得父亲说的每个字他都明白，连在一起却如听天书。

"朋友带我去平城拜访一位大儒，不料回来的路上遇到桥断，只好绕了远路……"温峰解释着两日未归的原因，"爹，您说我被阿好抓走当零嘴儿是什么意思？"

温如生已经听愣住了，呆呆地问："你和朋友出去玩儿了？"

"是去拜访大儒。那位大儒在八股制式上很有水平，能得他指教，定会对春闱有帮助……"知道父亲心情不好，温峰忙解释。

温如生愣了许久，又哭了。

妖怪还会骗人！

见老父亲哭得伤心，温峰把他扶住："爹，我知道您因为大义灭亲觉得对不住十叔，但儿子为您骄傲。您说得对，咱们要堂堂正正做人……"

温如生愣愣地看着儿子，看到了儿子眼中的光。

他一个激灵，用衣袖把眼泪抹干净。

能不能堂堂正正做人他不知道，但能让儿子发自内心地尊敬，真是意外之喜。

"爹不难过了。峰儿，你一定要好好准备春闱，别受你十叔的事影响。"

"您放心，儿子会好好考的。"

父子二人离将军府渐渐远了。

温侍郎与妻子义绝的消息如一阵风，很快吹遍了大街小巷。

这还不算完。

翌日，弹劾温如归的折子就如一片片雪花，飞上了泰安帝的案头。

泰安帝把一沓折子翻过，摇了摇头。

这个温侍郎，还真是不得人心。

事情发展到现在，其实已经不是不得人心这么简单了。

林老将军是有一些故旧下属的，温如归诬蔑林老将军的事刚闹出来，林家便以迅雷不及掩耳之势与之义绝，这让他们想帮忙都没来得及。过了一日，弹劾温如归的折子自然准备好了。

一些御史言官发声则是职责所在。

言官本就有风闻奏事之权，何况此事还有人证。

另有一些人，或是本就与温如归不对付；或是想着侍郎的位子一腾出，说不定自己有机会；或是从顺天府尹干脆利落判温家二女随母归入林家揣测出圣意，纯粹凑个热闹。

墙倒众人推便是如此。

温如归居侍郎之位，虽然才能是有一些，但到不了安邦定国的水平，大周少了他照样转，再加上能哄太后高兴，泰安帝没有犹豫便给出了罢官的批示。

温侍郎被罢官了！

这个消息虽不如昨日温、林两家决裂轰动，却是那场热闹的后续，自然成了京城上下茶余饭后的谈资。

老夫人对这个结果半点儿不意外，把温好与温婵叫到面前，心情舒畅："婵儿，阿好，族谱已经改过，以后你们就姓林了。"

温好，哦，不，林好喃喃地念着新名字，扬唇笑了。

看着两个如花似玉的外孙女，错了，现在是孙女了，老夫人心情舒畅之余，又担心温如归被罢职的事影响二人的心情。

"你们父亲被罢职的消息，你们听说了吧？"

姐妹二人对视一眼，齐声道："听说了。"

老夫人叹口气："好端端的家成了这样，祖母知道你们心里不好受。便是你们父亲做了这样的事，父女之情也不可能完全斩断。只是你们要记着，以后你们父亲若是找上你们，不要私下处理，一定要跟祖母说。"

这件事中，最伤心的是女儿，最为难的却是两个孩子。

温如归享了二十年富贵，如今一无所有，早晚会找上两个女儿。

两个孩子归了林家不假，但以世人的观念，与生父的血脉之情是不可能割断的。温如归若是找上门来，她与婉晴打得骂得，两个孩子却不能翻脸，不然就会遭受非议指责。

老夫人愿意顶在前面，但担心姐妹二人对父亲心软，任对方纠缠压榨。

"孙女知道了。"林婵垂眸应了，神情凝重。

不过两日，家中就发生了翻天覆地的变化，她恨父亲不假，可父亲若是找上她，她不知道自己能不能做到视而不见，不管他的死活。

老夫人见林婵应下，看向林好。

比起姐姐的沉重，林好就显得轻松多了："祖母放心，已经斩断了。"

听了这话，老夫人与林婵都愣了一下。

林好语气淡淡，说得更明白些："从昨日起，我便只有祖母、娘亲和大姐，再没有父亲了。"

"阿好……"老夫人反而更担心了。

她不愿孙女被所谓的父女之情束缚，可也不愿孙女大受打击之下变得偏激。

见老夫人如此，林好"扑哧"一笑："祖母，我放得下，您看起来怎么更担心了？"

老夫人实话实说："祖母担心你钻了牛角尖。"

林好微微侧头，笑容甜美："不会的。孙女觉得天还是蓝的，花还是香的，咱们将军府的叫花鸡还是最好吃的。"

老夫人怔了怔，而后大笑。

两个孙女中，婵儿温柔稳重自小就能看出来，而阿好因为口不能言，性情如何反而难说。如今看来，阿好竟是个难得洒脱通透的。

只是啊……

老夫人抬手抚摩林好的发，不知是高兴还是忧心："阿好这般洒脱，只怕世人不懂。"

林好不以为意地笑笑："世人如何想，孙女才不在意，我只在意祖母、娘亲和大姐。"

"你娘要是能像你这么想，我就放心了。"老夫人叹了口气。

昨日回来，林氏就一头扎进了房间里，到现在还没出过屋。

老夫人了解女儿的脾气，知道劝解无用，她要自己想通了才会走出来。

"我去娘那里看看。"

林婵亦道："我和二妹一起去。"

老夫人点头："也好，你们去吧，劝不动也不要着急，你们娘就是个倔脾气。"

虽是个倔脾气，遇到天大的打击却不会像寻常女子那般寻死觅活。这一点，老夫人还是放心的。

"我和妹妹们一起去看姑母。"发生这么大的事，程树特意告了假。

"树儿就不要去了，还有事要你去办。"

程树听老夫人这么说，没再坚持。

林好姐妹离开后，老夫人沉下脸来："树儿，你带人去一趟温府，把咱们家的宅子收回来。"

程树眼睛亮了："您放心，我定会把事情办好！"

他早就憋着一肚子火没处发了。

"翠香，你陪树儿去。"

"是。"立在老夫人身侧的嬷嬷应道。

林氏屋门外守着婢女芳菲，一见林好二人来了就屈膝问好。

"太太用过饭了吗？"林婵问。

芳菲低头道："送进去的饭没有动过。"

林婵脸色有些难看，伸手欲推门，被芳菲拦住。

"大姑娘，太太说想一个人待着。"

"便是一个人待着，也不能不吃饭。"林婵轻轻敲门："娘，我和二妹来看您了。"

好一会儿，里面传来林氏嘶哑的声音："是婵儿啊。你带阿好回去吧，娘想一个人静静，过了这两天就好了。"

林婵不敢逼得太狠，将语气放得更柔："娘，那您要吃饭啊，不然身体受不住。"

"会吃的,等会儿我就吃。"

林婵看向芳菲,芳菲摇摇头。

"娘——"

林氏打断林婵的话:"婵儿,听话,娘只是想清净一下。"

林婵不敢劝了,又不敢走,将无奈焦灼的目光投向妹妹。

林好揉揉眼,扑在房门上哭得凄惨:"娘——"

面对这突发的情况,林婵脸色一变。

林好哭着冲林婵眨眨眼。

林婵:"……"

门一下子被打开,林氏一脸惊慌:"阿好,怎么了?"

林好扑到林氏怀中,呜呜地哭着:"娘,我做了个噩梦,太害怕了!"

"噩梦?"林氏一时没反应过来。

她突然听到女儿凄惨的哭声,脑海中一片空白,待反应过来,已经扑到门口了。

林好抬头,泪水打湿了双颊:"我梦到娘出事了,父亲以此为由把我和姐姐带回了温府。温府的女主人成了常氏,我和姐姐要喊她'母亲',她做主将我和姐姐被许给了两个人品比父亲还差的男人,常晴却嫁给了……"

林好一时没编出来,顺口道:"嫁给了隔壁靖王世子,陪嫁用的全是娘的嫁妆。"

少女惊恐又委屈,哭声又大了几分:"娘啊,您要是不吃饭,就可能出事;您要是出了事,父亲的外室就要占着您的位置花着您的钱欺负您的女儿,我们还要老老实实喊她'母亲'……"

林氏一听,气哭了。

"阿好别怕,娘这就吃饭……"

看着抱头痛哭的母女二人,林婵目瞪口呆。

劝好了母亲,林好带着宝珠直奔温府。

温府门前已围满了看热闹的人。

"姑娘,咱们要进去吗?"人群中,宝珠小声问。

林好盯着大开的府门,摇摇头:"不,今日咱们只看热闹。"

她与这里面的人已经没有关系了。

府内,程树面对神色憔悴的温如归,表情冷硬:"温老爷,劳烦把房契交给我。"

"房契?"温如归沮丧的神情被警惕取代,他问道,"什么房契?"

程树冷笑:"温老爷何必装糊涂?自然是这座宅子的房契。这座宅子是二十年前老将军送给女儿的,如今您与我姑母已经义绝,总不能还占着姑母的房子吧?"

温如归脸色难看起来:"这座宅子,当年泰山大人亲口说赠予我的。"

"赠予你?"程树摇摇头,"我不信,温老爷拿房契来给我看看。"

温如归没有动作。

程树冷冷地警告:"温老爷若是嫌累,我可以自己动手。"

75

温如归的脸色更灰败了，他示意管事去取房契。

不多时，管事抱着一个挂着铜锁的小匣子来了。

开锁翻盖，温如归颤抖着手去拿房契。

一只手横插过来，先一步把房契拿了过去。

温如归怒目看向程树。

程树把房契展开，视线落在"议价出典，由……管业"那处小字上。

不出所料，"由……管业"那处并没有写买家名字，而是空着的。

这也是大周买卖房屋的惯例，房契上会写明卖家名字、中人名字、房屋地址、情况及售价，唯独买家那处或是只写姓氏，或是干脆空着。签字时亦是如此，售房者与中人都会签字，买房者却不用签字。

从某种意义上说，房契落入谁的手中，谁就是这座宅子的主人。

这种房契被称为白契。

为了解决这一漏洞，官府其实采取了办法，要求买房者把白契拿去官府备案留底，盖上官府大印，变成红契。

实际上，真的拿去官府备案的少之又少。原因无他，契税太高，大部分人承担不起。

林家自然承担得起，但许是林老将军没把一座宅子当回事，买下后懒得折腾，就直接交给了准女婿。

这一点温如归没扯谎，这座宅子不是作为林氏的陪嫁，而是直接给了他。究其缘由，不过是林老将军为了维护女婿可笑的自尊心罢了。女婿少些不自在，对女儿总归会更好些。

"没有温老爷的名字呢。"程树慢条斯理地把房契折好，揣进了怀里。

"你！"温如归脸色大变。

程树摇头："到现在温老爷还认不清现实吗？别说房子本就是林家出钱买的，就算是温家买的，你凭什么守住？"

程树直接把房契拿到手，不过是省点儿事罢了。温如归若坚持不交出房契，将军府告到官府，他也只能把房契乖乖交出来。

老将军赠给他的？

口说无凭，而房契上明明白白写着的售房者与中人却能被请来做证，证明房子是林家买的。

"老夫人心善，给温老爷两日时间收拾行李。"程树说罢，吩咐带来的人："你们今日就在这里住下。可要看好了，莫要外人拿走咱将军府的一针一线。"

"是。"将军府家丁齐声道，声音响亮，如重锤砸在温如归的心上。

程树懒得看如丧家之犬的温如归，交代好带来的人，便与老夫人的心腹翠香嬷嬷一同走出温府。

府外是无数伸长脖子看热闹的人，一见程树面色平静地出来，难免有些失望。

76

双方居然没有打起来？！

程树脚下一顿，转过身去仰头看。

题有"温府"二字的门匾在春日和煦的阳光下熠熠生辉。

程树看着很不爽，后退几步，小跑助力，纵身一跃把门匾拽了下来。

"好！"人群顿时激动起来。

"当"的一声响，门匾被扔到了地上。

"带回去劈了当柴烧。"程树对家丁说罢，大步向将军府的方向走去。

看热闹的人忍不住靠近温家大门，啧啧感叹。

"将军府真把这宅子要回去啦？"

"不要回去，难道留给温侍郎养外室吗？"

"刚刚那位公子跳得可真高。"

"是呢，很有几分英气潇洒呢。"

…………

人群中，宝珠悄悄拉了拉林好："姑娘，有好多小娘子在夸公子。"

本来宝珠是叫程树表公子的，现下林好入了林家族谱，宝珠对程树的称呼就变了。

林好莞尔："大哥确实英气潇洒。我们回去吧。"

亲眼看到义兄干脆利落地把宅子拿回来，她就放心了。

少女脚步轻快，渐行渐远。

不远处，小厮长顺撇了撇嘴："世子您听见没，温……林二姑娘夸她表哥英气潇洒呢！一个大家贵女，也忒不矜持了……"

"是哥哥，不是表哥。"少年正色纠正，大步向同一个方向走去。

留在原地的小厮困惑地挠了挠头。

什么哥哥、表哥，他说的重点是这个吗？

林好不疾不徐地往将军府的方向走着，突然听到了喝彩声。

她脚下一停，看向喝彩声传来的方向，漂亮的眼睛不由得微微眯起。

是那日珍宝阁外卖艺的少年。

与那日人群围聚不同，今日只有稀稀拉拉一些人看少年卖艺，她站在这里便能把少年舞刀的矫健身姿瞧个清楚。

莫不是温家的热闹害这少年少了生意？

宝珠显然也认了出来。

"姑娘，咱们快回去吧。"

那日姑娘就是在看这少年卖艺时被人挤掉了帷帽，后来还惹来了登徒子的觊觎。

没错，对把自家姑娘看成天仙的小丫鬟来说，多看姑娘两眼的男人通通都是登徒子。

少年一个漂亮的收势赢来不少喝彩，敲锣的老者开始向围观的人讨赏。

"宝珠，赏那少年一角银子。"

宝珠不由得瞪大了眼。

林好被小丫鬟的反应逗笑了:"就当补上那日的。"

不知为何,每次见这少年都觉得眼熟,她难免对他有些留意。

宝珠回神,快步走过去,把一角银子放在老者的铜锣上。

银子撞击铜锣的清脆声响令老者愣了一下,而后他连连作揖:"多谢小娘子,多谢小娘子!"

宝珠摆摆手,并没说话,转身跑向林好。

这番动静引起了少年的注意。

他用视线追逐着宝珠的背影,最终落在林好的面上。

林好淡定地收回目光,举步向将军府的方向走。

围观的人很快便散了,只剩少年与老者收拾东西。

老者捂着钱袋子笑呵呵地道:"今日运气不错,得了一角银子。"

当街卖艺的人,日子不是那么好过的。舞枪弄棒时,喝彩声此起彼伏看似风光;等到讨赏钱时,看戏的人就走了小半,剩下的人对递到眼前的铜锣多半无动于衷,真正愿意打赏的只是极少数。

他们一日耍上四五场,讨来的赏钱也就刚够一日的基本开销。今日得了一角银子,他们就能切上一斤猪头肉,改善一下生活了。

老者期待着晚餐,忽听少年开口:"那位姑娘,先前在珍宝阁附近也看过我卖艺。"

他还记得她被挤掉了帷帽。

老者先是错愕,后是惊喜:"小枫,那小娘子该不会是见你长得俊……"

少年面色陡然转冷:"爷爷不要乱说。"

老者讪讪一笑,不再吭声。

小厮长顺的白眼快翻上天了:"世子,您瞧见没,林二姑娘还给街头卖艺的小子打赏!"

不留意不知道,林二姑娘面对年少俊美的男子太不矜持了。他们世子竟只是其中一个!

小厮又心痛又气愤。

祁烁笑着道:"林二姑娘确实心善。"

长顺一个趔趄险些栽倒:"世子,您觉得这是心善?"

"不然呢?"

"她明明是见那小子生得好!"

祁烁收起唇角的笑意,语气淡淡的:"明日起,由长宁陪我出门。"

长顺愣住:"世子,这……这是为啥……"

世子最器重、最宠爱的小厮难道要换人了吗?

少年睨他一眼,轻描淡写地道:"长宁比你长得好。"

直到自家世子走出数丈远,长顺还留在原地没有回神。

走到将军府时，林好的额头出了一层细汗，她心道：天热起来了，以后出门还是骑林小花吧。

她正这般想着，身后有声音传来："林二姑娘。"

林好瞬间反应过来这道声音的主人是谁：债主！

她缓缓转身，屈了屈膝："世子。"

祁烁眸光转深，眸中闪过沉思之色：总觉得林二姑娘见到他的第一反应有些奇怪……

"真是巧，遇到林二姑娘。"

宝珠顿时警惕起来。

听听这废话，靖王世子别有用心！

追上来的长顺表情复杂。

一路跟过来的能叫巧吗？世子这样……

不，怎么能叫跟过来呢？他们明明是回家！替自家世子找到了完美的理由，长顺对宝珠的警惕有了反抗的底气：小丫鬟什么眼神啊，当我们世子眼瞎看上你家姑娘不成？

宝珠无声地冷笑：有其主必有其仆！

二人的视线在半空中相撞，剑拔弩张。

林好笑了笑："是挺巧的，世子也回家啊？"

"我听说贵府发生了一些事，需要帮忙吗？"少年温声问。

"已经解决了，多谢世子记挂。"林好面上不动声色，心中有些惊讶：以前不曾发觉，靖王世子竟是个热心人。

"那就好。以后倘若有需要帮忙的地方，林二姑娘尽管开口。"似是怕误会，少年神色自如地解释，"远亲不如近邻，父王、母妃常教导我们兄妹要与邻里友好相处，互相帮衬。"

长顺陷入了深思：王爷和王妃说过这话吗？

林好一听这话，正合心意。

邻里间要友好相处，互相帮衬，那她以后为靖王府避开梦中结局出些力气，靖王世子应该也不会多想了。

"世子说得是，远亲不如近邻。对了，世子的身体好些了吗？"

听到林好的赞同与关心，祁烁笑意加深："好多了……"

"姑娘，外头热。"宝珠语气生硬。

林好冲祁烁笑笑："我先进去了。"

"林二姑娘慢走。"

目送林好走进将军府，祁烁提脚向靖王府走去，眨眼工夫便到了王府内。

没办法，两家实在太近了。

"林二姑娘那个丫鬟真好笑，一直盯着世子，好像您会把林二姑娘怎么样似的。"直到回了院子，长顺还在替自家主人抱不平。

祁烁接过长宁递来的软巾净了手，淡淡地道："长宁，你与长顺交接一下差事。"

长宁愣住，继而大声应下："是！"能随世子出门吃喝玩乐，谁想守在家里闲得发霉啊？

长顺则如遭雷击，眼巴巴地望着走进里屋的祁烁，一把抓住长宁的手腕。

"说，你偷偷给世子灌什么迷魂汤了？"

长宁拍开长顺的手："你还不如想想哪里惹世子不高兴了。"

自己惹世子不高兴？没有啊……

见长顺陷入了迷茫，长宁偷笑：长顺想不起来才好，省得与他争。

长宁乐滋滋地进了里屋，给祁烁端茶倒水。

祁烁端起茶杯啜了一口，吩咐长宁："叫玄一来。"

不多时，一名表情冰冷严肃的青年走了进来。

"见过世子。"

"今日在街上舞刀卖艺的少年，你可有留意？"

祁烁平时出门看似只有一个小厮跟着，其实是有侍卫暗中保护的，玄一便是其中之一。

"卑职留意到了。"

"你派人去盯一下，若有异常及时报我。"

"是。"

翌日，万众瞩目的春闱第一场开始了，将军府却无人关注。用老夫人的话来说就是，再也不给家里女孩子找什么寒门进士了。

"婉晴，你既然想开了，也该打起精神来对婵儿的婚姻大事多上心了。"

林婵已经十八岁，亲事还没定下，确实有些晚了。

"母亲觉得树儿怎么样？"

"树儿？"老夫人一愣。

程树的父亲是林老将军的义子，而义子与养子是有区别的。义子无须改姓，说起来还是两家人，林婵入了林家族谱并不影响二人议亲。

"你怎么想到树儿了？"老夫人语气有些复杂。

林氏笑着道："树儿随我义兄，宽厚热忱，定不会薄待婵儿。"

老夫人深深地看了女儿一眼，嘀咕道："你当年若这么想就好了。"

"母亲说什么？"

"我说树儿确实不错，只是强扭的瓜不甜，总要问问两个孩子的意思。"

"这是自然，那我先探探婵儿的意思。"

老夫人摇头："不，还是先问树儿。"

林氏不解。

老夫人没好气地解释："先问了婵儿，后问树儿，若是婵儿愿意，树儿却没这个意思呢？白白打击婵儿的心气不说，说不定会种下心结。"

有的时候心结难解可能不是因为喜欢，而只是意难平。

"母亲说得有理。可是先问树儿，要是树儿有意婵儿却无意呢？"

老夫人理直气壮地道："婵儿无意就无意呗。男人心粗，这点儿打击算什么？"

树儿若是真喜欢，大可努力去打动婵儿的芳心，当长辈的又不会阻碍。反过来可不成，婉晴就是前车之鉴。

"我来问树儿吧。"老夫人不放心女儿，等程树当值回来，把他叫到跟前。

程树见老夫人把屋里侍候的都打发出去，只留了翠香嬷嬷一人，心不由得提起。

莫不是温如归生事了，或是姑母有什么事？

"树儿坐。"

程树拉过小杌子，坐下来。

瞧着他的样子，老夫人忍不住笑了："你这孩子，在祖母面前紧张什么？"

程树松了口气："我还以为家里出什么事了。"

第四章　救　人

"家里没事，倒是有件事要问问你的意思。树儿今年也有十九了吧？"

"是。"听老夫人问年纪，程树心一动。

老夫人莫不是要给他说媳妇了？

想到这种可能，程树一阵激动。

淡定，淡定，不能让老夫人看出来他着急。

老夫人轻叹一声："时间可真快啊，你爹出门的时候，你才三岁。"

程树的娘是生他时难产死的，程志远便把程树抱来将军府，托义母也就是老夫人照顾。此后程志远再未续弦，等到程树三岁时就出门游历去了。

这些年来，程志远回京城的次数寥寥无几，偶尔会有信来。

"是挺快的。"程树有些紧张。

老夫人要给他说亲没错了，只是不知看中了哪家闺秀……

"你爹最近一次来信还是一年多前，信上托祖母留意你的亲事。"老夫人说到这儿，神情有些黯然，"可是没过多久你祖父就去了，这一拖就拖到了现在。"

"祖母，我一点儿不急。"见老夫人如此，程树有些难受。

老夫人恢复了笑容："你不急，祖母急。你、婵儿、阿好，年纪都不小了，婚姻大事该抓紧了。祖母叫你来，就是想问问，你觉得婵儿怎么样？"

"大妹？"程树嘴巴微张，赧然被震惊取代。

见程树的反应，老夫人暗暗皱眉。

这可不像惊喜的样子。

"大妹……大妹很好……"回过神后，程树尴尬地补救。

女儿刚出了事，老夫人对感情问题正是最敏感的时候，见程树如此，正色道："树儿，祖母一直把你当亲孙子看，想要撮合你和婵儿也是因为觉得你好。但你切不可为了一些乱七八糟的理由违背自己的心意。"

她了解树儿的秉性，要他娶婵儿，他定无二话，可她乐见的是他发自内心地想娶。

程树有些坐不住了，在小杌子上动了动身体："祖母，我真觉得大妹很好——"

老夫人打断他的话："婵儿很好，这不必说。那你心悦婵儿吗？如果没有，你点头就是耽误了你们两个。"

程树明白了老夫人的意思。

他沉默片刻，老老实实地坦白心思："许是对大妹太熟悉了，我一直把大妹当亲妹妹看……"

老夫人笑了："那树儿喜欢什么样的姑娘？跟祖母说说，祖母替你留意着。"

话说到这里，程树的脸皮厚了起来，他张口道："首先要特别好看；不能太泼辣，也不能太文静；不能小性儿，也不能心粗；不能……"

老夫人默默听着，表情一瞬间有些扭曲。

这浑小子想什么天鹅肉呢？

足足说了一盏茶的工夫，程树方才停下来，露出不好意思的笑容："祖母，我是不是要求太高了？"

老夫人微笑："一点儿都不高。"

转头林氏过来问老夫人程树的意思，老夫人叹道："我看树儿还是孩子心性，等过两年懂事了再谈婚论嫁吧。"

那时候婉晴应该能彻底走出温如归带来的阴影了，浑小子的亲事还是交给闺女操心吧。

京城中总是少不了更新鲜、更有趣的事，温如归与林氏的事被议论了一段时日，便被三年一度的春闱取代了。

杏榜一张，京城上下都知道出了一个惊才绝艳的会元郎。

会试的榜首称会元，据说新科会元郎杨喆还不到二十岁，更完美的是尚未娶妻。

一时间，无数富贵人家蠢蠢欲动，只等着殿试后派媒人踏破杨家的门槛。

哦，会元郎是外地人？

不打紧，会元郎殿试时发挥再差也能中个探花吧，一进翰林院不就留在京城了？

会元郎出身贫寒？

更不打紧了，多少人家缺的不是钱财，而是能踏入仕途的人。儿子愚钝没指望，有个这样的女婿也是好的。

短短时日里，因温如归与林氏而起的议论与警示似是烟消云散。

将军府对春闱中出了什么天才毫不关心，林氏正对着登门的冰人心头暗喜。

"侯夫人说了，太太若是不放心，可以先见见世子。"

林氏对冰人的态度很满意，矜持地道："结亲不是小事，要与家母商议。"

冰人抬手扶了扶鬓边的鲜花，对这个结果并不意外。

毫无疑问，将军府能做主的是老夫人，而不是才与丈夫义绝的林氏，可惜她今日来没能见到老夫人的面。

不过她对促成这段亲事有信心。

男方是平嘉侯府的世子，配没了林老将军的将军府大姑娘绰绰有余。林家只要不傻，就不可能把这么一桩好亲事往外推。

"那就等贵府的好消息了。"

冰人一走，老夫人就从隔间走了出来。

林氏喜上眉梢："母亲……"

老夫人白了林氏一眼："稳重点儿，婵儿又不是嫁不出去。"

林氏扶老夫人坐下，笑着解释："倒不是对平嘉侯府多满意，纯粹是有人来求，心情不错。"

她以为两个女儿受她连累，婚事上要遇些波折，如今看到门第不错的人家来求娶，总算放心了。

"你呀，总在这种事上犯糊涂。咱们家要是不挑剔，婵儿与阿好再好嫁不过了。"

与二十多年前众人都猜测她和老头子将来会过继子嗣的情况不同，如今明摆着林家就婵儿与阿好两个。谁家娶走一个孙女，就等于娶走一座金山。

面对金山，动心的人不会少。

"那您觉得平嘉侯府怎么样？冰人说了，可以先相看他家小郎。"

"平嘉侯府……"老夫人沉吟着，过了一会儿缓缓道，"我记得他家就一个独子。"

自泰安帝继位，老夫人就鲜少与各家夫人打交道了，因而对平嘉侯府的子孙辈了解不多。

林氏抿嘴一笑："人口是比较简单。"

人口简单些，当儿媳的便能轻松些，这个道理她还是知道的。

"看来你挺满意。"老夫人也笑了，"那便先看看平嘉侯世子什么样吧。"

二人正说着，林好走了进来。

"祖母与母亲这么高兴，在说什么呢？"

林氏与老夫人对视一眼，异口同声地道："没说什么。"

林好往老夫人身边一坐，顺势拿起美人槌轻轻替老夫人捶腿："我听说有冰人登门，是来给大姐说亲的吗？"

她并不是听说，而是准备出门时瞧见的。如今虽脱离了温家那个狼窝，但对姐姐的终身大事她还是十分上心。

老夫人笑了："你这丫头，倒是消息灵通。"

林好笑盈盈地问："来提亲的是哪家啊？"

林氏笑着道："是平嘉侯府。"

林好一听，收了笑。

平嘉侯府。

林好听到这四个字，凉意爬上脊背。

明明一切都与梦中不一样了，平嘉侯府为何还会来提亲？

在世人看来，平嘉侯府花团锦簇，身为独子的平嘉侯世子无疑是乘龙快婿。

梦中大姐被许给平嘉侯世子，她就听到不少人称赞常氏贤良，给继女说了这么一门好亲事。可是知道了大姐的结局，她再清楚不过，平嘉侯府是个不亚于温家的虎穴狼窝。

她不认为这是大姐运气不好。以常氏的狠毒，定然是知道平嘉侯府有问题，才乐见这门亲事。

林好下意识地收紧握着美人槌的手。

"阿好，怎么了？"看出孙女的异样，老夫人问。

林好暗暗吸了口气，努力冷静下来。

不，这个时候自己可不该冷静。

"我不同意！"

看到林好的强烈反应，老夫人与林氏面面相觑。

短暂的安静过后，林氏纳闷儿地问："阿好为何不同意？"

林好紧紧抿唇，一言不发。

"这是怎么了？"老夫人收起了轻松的心情，"阿好有什么事尽管和祖母说，不要憋在心里。"

"祖母——"林好唤了一声，捂脸哭了，"那平嘉侯世子不是好人！"

老夫人与林氏齐齐变了脸色。

"阿好莫哭，和祖母说说那平嘉侯世子是怎么回事。"

林好擦擦眼泪，难掩羞愤："平嘉侯世子我见过的。那日在街上，我的帷帽被挤掉了，他捡起来交还时，眼珠子恨不得粘在我脸上，很是轻浮……"

听着林好的哭诉，老夫人与林氏既惊又怒。

"平嘉侯世子竟是这种人？"林氏气得脸色铁青，又有几分不敢置信。

林好头一扭，指着宝珠："祖母与娘若是不信，可以问问宝珠。"

二人齐齐看向宝珠。

宝珠猛点头："姑娘说得没错，那人可轻浮了，婢子都说了是姑娘的帷帽，要去捡，他偏要捡起来借故与姑娘搭话！"

宝珠当时就觉得那是个大大的登徒子，果然不是错觉，姑娘也这么觉得。

林氏拍桌而起，面罩寒霜："我去找他家算账！"

"娘，您别去。"林好拉住林氏，表情难堪又慌乱，"本来只是女儿心里硌硬，您若去了，人们岂不是都知道了？"

林氏坐下来，犹不甘心："找机会还是要教训那混账一顿！"

打闷棍这种事她擅长。

"那平嘉侯世子与大姐的事……"

不等林好说完,林氏就拍着桌子道:"让他家有多远滚多远!"

对小女儿言行轻浮,居然还来求娶大女儿,这是何等不要脸的人家啊?!

老夫人一锤定音:"明日就去回了这事,其他的不必多提。"

她也恼平嘉侯世子的轻浮行径,但只因对方多看了阿好儿眼就闹开,吃亏的还是阿好。

林氏还待再说,被老夫人瞪了一眼。

"也不许打闷棍。你还当是满山乱跑的时候呢?"

明明十岁以后就不是山大王的闺女了,这土匪性子怎么就改不掉呢?

听母亲提起少时的事,林氏不服气了:"我七岁那年偷着下山打劫到一条火腿,您还夸我呢。"

老夫人沉默片刻,长叹:"此一时彼一时啊。"

有时想想,这贵夫人的日子,并不比当压寨夫人时快活。

搅黄了平嘉侯府的提亲,林好总算放下心来:"祖母,娘,我想出门逛逛。"

"去吧。"林氏心疼女儿受到的委屈,顺手取下钱袋子塞进她手里,"遇到喜欢的就买下来。"

林好出了老夫人的院子,命宝珠牵来林小花。

林小花许久没陪主人上街了,兴奋地叫了好几声。

街上人来人往,其实没那么多乘车坐轿的,毕竟太贵,以驴代步的反而不少。林好骑着小毛驴,不紧不慢地往一个方向走去。

她出门并不是闲逛,而是去见一个人,准确地说,是去确定那个人此时是不是在那里。

想到将要见到的人,林好说不出是紧张还是期待。

"姑娘小心!"不远处一群书生打扮的人说说笑笑横穿街道,其中两三人突然面露惊恐,冲林好高声喊道。

林好在书生示警前已经察觉动静,用力拽着缰绳往旁边一闪,一个花盆摔在面前。

林小花受到惊吓,带着林好蹿出去老远才停下。

很快,一名妇人拽着孩子跑出来,语气焦急:"姑娘没事吧?"

林好皱眉,一时没吭声。

从二楼掉下来的花盆大概砸不死人,可真砸到脑袋也够受的。

妇人一瞧林好穿戴不凡,更害怕了,一边赔不是一边打孩子:"都是这死丫头不晓事,非要摘盆里的花戴……"

女童被打得眼泪汪汪,却不敢躲:"娘,我再也不敢了,呜呜……"

一名男子走出来,瞪了妇人一眼:"先前卖花娘子路过,二丫想买朵花戴你偏舍不得,现在出事了打孩子有什么用?"

男子说完,冲林好深深地作揖:"真是对不住了。小小心意,给姑娘压压惊。"

林好无视男子递来的钱袋,翻身下了毛驴,摘下发间鲜妍明艳的海棠花别在女童的小抓髻上："妹妹以后可不要靠近高处敞开的窗子了。"

女童呆愣着,忘了回应。

林好没有理会夫妇二人的道歉,牵着林小花向前走去。

小孩子不懂事可以理解,可出现这种意外,终归与大人平日少了提醒与教导有关。她不认为别人道歉自己就必须接受。

林好牵着毛驴走到驻足的那群书生面前,微微屈膝："多谢各位出声提醒。"

无论是刚才出声的还是没出声的纷纷开口："姑娘客气了。"

林好再次福了福身,翻身上了毛驴。

这位姑娘就走了啊……

一群书生进了对面的茶楼,话题还停在骑着毛驴远去的少女身上。

"京城果然汇聚天下灵气,随便遇到一个小娘子都有如此殊色。"一名书生感叹着,脑海中骑驴少女的音容挥之不去。

"陈兄想什么呢?便是在京城,这般美人也难得一见。"说这话的无疑是京城人。

又有人忍不住道："不知那小娘子是哪家碧玉,真是心善。"

小娘子险些被坠落的花盆砸到,不但不计较,还把自己戴的鲜花赠给那女童,可见秉性温良。

这话引来不少附和。

美人赠花,人比花娇,他们当时看着如此美景,恨不得吟诗一首。

一位穿戴体面的书生甩开折扇："你们错了,那小娘子可不是小家碧玉,定是位大家贵女。"

"韩兄怎么看出来的?"众人好奇地追问。

那书生摇着折扇,微微一笑："穿着打扮还在其次,那位姑娘的气度,小门小户养不出来的。"

"有理。"

年轻人不管多么沉稳正直,与一位美貌无双的姑娘突然有了交集,一颗心大抵是会骚动的。

这与人品无关,而与青春有关。

谈笑议论中,有人发现了不同。

"温兄怎么一直不说话?"

姓韩的年轻人亦笑着看向一位眉眼清俊的少年："杨会元也很沉默啊。"

这位清俊少年正是此次会试的头名,会元郎杨喆。

这些书生打扮的年轻人都是新科贡士,如今京城中最风光的一群人。

杨喆笑笑："与那位姑娘不过萍水相逢,没什么可说的。"

韩姓年轻人拍了拍邻座："温兄的脸色不大好看,是不舒服吗?"

有人打趣道："我看温兄不是不舒服,而是还想着那小娘子……"

"别胡说!"

室内一静，众人诧异地看着反应强烈的同科。

都是混熟了的，又没外人，这些玩笑话算不上过分。

温峰面色通红，尴尬地道："我不习惯这样的玩笑……"

听人打趣他与堂妹，他自然无法忍受。

他没想到，堂妹真的与温家彻底划清了界限，刚刚对他完全视而不见。他若解释那是他堂妹，自是能得到大家的理解，可让这么多男子知道堂妹的身份并不妥当。

能玩儿在一起的都是关系还可以的，何况同科之谊往往会伴随许多人的仕途生涯始终，见温峰如此，当即便有人打圆场转了话题。

只是等众人喝完茶散了，会元郎杨喆走在温峰身侧，低声道："温兄与那位姑娘是认识的吧？"

温峰身体一紧，杨喆已含笑向前走去。

林好并不知道她成了一群新科贡士的话题，便是知道，也不在意。她骑着毛驴走走停停，看起来悠闲自在，实则离目的地越来越近，她越发忐忑。

她要见的人，这个时候来京城了吗？

林好要见的是她的救命恩人，她心中的老师。

梦里，她察觉了父亲的打算便逃出温家，出了京城，骑着林小花向南逃，结果遇到了劫匪。因为药物的作用，她没有多少力气，拼死抵抗依然徒劳，林小花就是那时死于匪徒刀下的。

也是那时，老师出现了。

他救了身处绝境的她，把她带到一处只许进不许出的地方。在那里，她一待就是三年，直到老师惨死才逃回京城。

似是察觉主人心不在焉，林小花扭头抖了抖耳朵。

林好揉了揉林小花的头，向前眺望。

前方有一座曲桥，老师如果真如他自己所说是在泰安八年初夏进的京，那么此时应该就在桥的另一头摆摊算卦。

桥近了。

林好翻身下来，牵着林小花上了桥。

桥上人来人往，遮挡了视线，林好一步一步走向另一侧的桥头。

桥头处有一些摊贩，吹糖人儿的，卖凉皮、发糕的，修脚掏耳的……五花八门，很是热闹。

在这样的热闹中，一名须发皆白的清瘦老者双目微闭，老神在在，颇有几分仙风道骨的模样。他的身旁竖着一个幌子，上面简简单单写着"神算子"三个大字。

林好眼眶泛酸，压下泪意。

老师真的在！

其实把对方叫作老师，是林好的一厢情愿。

老者从没说过收她为徒。

她被带去的地方,是在九年前那场乱事中失踪的平乐帝的藏身之处,而老者是深受平乐帝器重的国师明心真人。

这样的地方本不会让外人踏足,她能进入,老师心善是一方面,最大的原因是她不能说话。

她的不幸,在那时竟成了幸运。因为口不能言,那里的人对她少了很多防范,老师也会教她一些东西,一开始只是偶尔,后来渐渐多了。

在林好看来,虽然没有师徒名分,老者却是她真正意义上的老师。

林好驻足久了,引起了小贩们的注意。

"小姑娘要买糖人儿吗?"卖糖人儿的笑呵呵地问。

老者睁开眼,向林好望来。

那双眼炯炯有神,似能看透人心。

林好却不怕。

当了那么多年能窥探人心的哑子,她最擅长的就是掩饰心事。

"不买糖人儿。"林好笑盈盈地回了一句,看向老者:"我算命。"

她说着,走近老者,在他摊位前的凳子上坐下来。

明心真人打量了林好一眼,眼底闪过异色。

"先生是测字,还是相面?"

"不算。"

"什么?"

明心真人不耐烦地摆了摆手:"小姑娘家有什么可算的?快走吧,莫要耽误老夫做生意。"

林好呆住了。

她想自然地接近老师,没想到老师完全不按常理出牌。

算命先生怎么能不算命呢?

"先生给我算算吧。小女子实是遇到难事了,想请先生指一条明路。"

怕明心真人不松口,少女装出一副可怜巴巴的样子:"我骑着毛驴逛了好久,好不容易才找到算命先生。"

明心真人捋着胡须,不为所动:"小姑娘定是出门少了,其实到处都有算命先生。你看看那边。"

林好顺着明心真人所指的方向望去,桥下不远处赫然有一个算命摊位,一应物什可比明心真人这里齐全多了。

林好陷入了沉默:怎么还恶性竞争呢?

两个卦摊相隔不远,见林好望来,那算命先生露出个热情的笑容。

林好收回目光,摇了摇头:"据说高人都比较冷淡,太热情的很可能是骗子。"

吹糖人儿的小贩忍不住道:"小姑娘,你这样说话容易挨打的。"

林好不好意思地笑笑,看向明心真人:"我还是想请先生给我算。"
"小姑娘觉得我是高人?"明心真人神色莫测地问。
林好扬唇:"我主要觉得先生合眼缘。今日一见到先生,就突然生出请先生算一卦的念头。"
话音落,小贩们的笑声就响起。
"老王,你这一天都不见开张的,就别推辞了,快给这小姑娘算一卦吧。"
什么高人,因为无人来卦摊,昨日老王连买馒头的钱都是借的。
"小姑娘,听老夫一句劝。"
"您说。"
"你先站起来。"
林好起身。
"命越算越薄,小姑娘小小年纪,以后莫要随便算命了。"明心真人说完,把写有"神算子"的幌子拔起,林好腾出来的凳子一收,施施然走了。
林好望着明心真人的背影,暗暗叹气。
梦中机缘巧合她才与老师有那样的交集,而以老师的身份与处境,如今她想要接近他十分困难。
好在她并不执着于与老师续梦中的师生缘分。
那三年,她学到了许多东西,也拥有了短暂的安稳生活,可实际上那里是一座牢笼。目睹老师惨死,她逃回京城,然而那个地方的人对她的追杀从没停止过。
如今她在意的人都好好的,她不想再蹚浑水,也就没了与老师深交的可能。
今日找过来,确定了老师在这里,她真正的目的是偷,哦,不是,是拿几封信。
老师与太子少师秦云川来往的书信。
平乐帝隐姓埋名,心心念念要夺回皇位。老师此次进京,就是试图拉拢秦云川。
老师与秦云川本是好友,那场乱子之后,老师出现在世人面前时成了极少开张的算命先生,秦云川则成了太子少师。
实际上这些年来,在平乐帝这边的人的暗中努力下,已经有一些臣子或是为财,或是为权,或是顾念旧主,悄悄生了别的心思。
有了成功的先例,老师便想试一试能否劝昔日好友倒戈。
这种可能性并不高,所以老师还有另一手准备:劝不动便找机会杀掉。
然而对方也抱了同样的心思,与老师书信来往假意动心拖延时间,趁机找出了改容易貌的老师。
秦云川先一步动手,暗中保护老师的人折损大半,老师负伤逃出京城。
她与老师就是在那时遇到的。
老师的人杀掉那些劫匪其实不是为了救她,而是担心泄露行踪。但是当暗卫的刀挥向她时,老师开口留下了她的性命。
她从没想明白过老师在那种情形下愿意救她的真正原因,但不管怎么说,她都是被老师救下的。

泰安帝有太子与魏王二子。魏王乃宫女所生,从小痴肥;太子则继承了泰安帝与先皇后的相貌优点,俊美不凡。

只有这么两个儿子,泰安帝对魏王当然不至于厌弃,但魏王要与太子争锋也绝无可能。许是知晓地位无法动摇而渐渐失了敬畏之心,太子年纪越长行事越荒唐,秦少师是难得能约束一下他的人。

林好要把那些书信弄到手,就是为了赶在秦云川找到明心真人之前把书信呈到泰安帝面前。

秦云川可是亲笔写得明明白白,有投向平乐帝之意。以泰安帝的多疑,见到那些书信,定不会容秦云川继续留在太子身边。

以太子的荒唐,没了能约束的人,早晚会惹出大乱子来。

这是林好琢磨出的计策。

她与太子,便如鸡蛋与山石,硬碰硬毫无希望,唯有从对方内部瓦解,让其主动犯错,才有可能获胜。

她相信没有什么是不可动摇的,储君之位亦不会例外。太子犯错多了,对储君之位虎视眈眈者早晚会找到机会,甚至不需要她动手。

先下手为强,解决掉秦云川,也算帮老师避开了一次危机。

这是一举两得。

林好收回思绪,牵着林小花走到另一位算命先生那里。

"小姑娘要算命吗?"

林好施施然坐下,露出个笑容:"是的。"

在人们注意不到的地方,明心真人收回视线,缓缓摇了摇头。

他以为那小姑娘有蹊跷,看来是想多了。他一离开,她便找另一位算命先生卜卦了。

明心真人走了两步,又回头看了看,吩咐一名走过来的年轻人:"跟上那个小姑娘,看看她是哪家的。"

年轻人点点头,向林好所在的方向走去。

"我果真能称心如意吗?多谢先生了!"林好一脸惊喜地放下卦钱,骑着林小花往回走。

老师有没有派人跟踪她呢?

林好突然回头。

跟在后边的年轻人本是跟踪人的好手,可也防不住这种毫无理由的突然回头。

他借旁边的行人挡住大半身形,惊出一身冷汗。

他差点儿被发现了!

难怪真人要他跟踪这小姑娘,这小姑娘不正常啊!

林好回过头去,扬了扬唇角。

没想到跟踪她的还是熟人，杜青。

他们的相识可不怎么美妙，杜青就是砍死劫匪后，举刀打算把她也砍死的人。

这可是个讨厌的人啊。

林好突然又回了一下头。

这一次，杜青没来得及躲，只能凭着过硬的心理素质面不改色地往前走。

林好拍拍林小花，示意它加快速度。

还是不吓他了，万一他被吓出杀心来，现在就想把她灭口怎么办？

林好并不怕明心真人知道她的身份，杜青稍一打听就会知道将军府最近遭遇的事，那跟她刚才所说想算卦的话就对上了。

想着跟在身后的人得时刻小心翼翼，林好心情不错，哼着小曲儿骑着毛驴，优哉游哉地往将军府的方向走。

"林二姑娘。"一道熟悉的声音传来。

林好身子一晃，险些从林小花的背上栽下来。

不远处，锦衣少年长身鹤立，如松如竹，唇畔挂着一抹浅笑。

林好翻身下来，牵着林小花走过去打招呼："世子出门啊？"

"不，是正往家里走。"

"哦。"林好一时不知该说什么了。

本也没什么话题可聊，她真正想与靖王世子聊的，却不能随便说出口。

比如"你家会被满门抄斩"，这话说出来，靖王世子会把她当大傻子看吧。

尴尬间，林好余光瞥到一张新面孔，找了个话头："世子换了小厮吗？"

祁烁扫了扫长宁，笑着道："林二姑娘好眼力。"

林好嘴角一抽。

两个大活人又不是孪生子，她还能分不出来吗？这也能夸她好眼力，她怀疑靖王世子夸人能赚钱！

她正腹诽着，忽听祁烁问道："林二姑娘……最近有没有得罪人？"

林好诧异地看了祁烁一眼："世子为何问这个？"

祁烁低声道："有人尾随林二姑娘。"

林好吃了一惊。

她惊讶，自然不是因为有人跟踪，而是靖王世子竟然发觉了。她对杜青跟踪人的本事还是有些了解的——至少寻常人很难发现。

她能发现杜青，并不是察觉有人跟踪，而是出于对老师的了解。

那么靖王世子呢？

林好侧头看着走在身边的少年。

初夏的阳光还算温柔，疏疏洒落在他的身上，那张本就白皙的脸如同细腻的瓷、冷白的玉，有种脆弱的精致。

一个长期身体不好还患了心疾的人，竟如此敏锐吗？

"喀喀。"祁烁以拳抵唇，轻轻咳嗽了两声。

林好压下疑惑，问："世子没事吧？"

祁烁笑笑："昨晚受了点儿凉，没什么大碍。许是自小安静惯了，养成了观察的习惯，刚刚无意间发现有人跟踪林二姑娘。"

原来如此。

"林二姑娘不怕吗？"

林好看到祁烁眼中的不解，面不改色地道："特别怕。"

祁烁："……"要不是亲眼瞧见，他就信了。

林好皱了皱眉："但我怕表现出来，跟踪我的人就知道我知道他跟踪我了，那不就打草惊蛇了？"

"林二姑娘考虑周全。那你可有怀疑的人？"

林好摇摇头，有些苦恼："没有，我想不出得罪了谁。"

靖王世子的好意她心领了，但她可不希望靖王世子留意到老师的存在。

"林二姑娘最好和家中长辈说说，以后若出门，也不要一个人。"

"多谢世子提醒。"说话间已到了将军府门前，林好道了谢，牵着林小花与祁烁道别。

祁烁目送林好进了门，吩咐长宁："等玄一回来，让他立刻来见我。"

"是。"

等祁烁大步向靖王府走去，长宁悄悄看了看将军府的方向，露出若有所思的表情。

刚刚世子明明准备出门的，遇到林二姑娘却说要回家，这是为了与林二姑娘说几句话吧？

长宁呵呵地笑了。

他可算明白长顺家里蹲的原因了。

玄一回来禀报时已近傍晚了。

祁烁站在书房的窗边，窗外是漫天晚霞。

"查出跟踪林二姑娘的人的身份了吗？"

玄一低头抱拳："卑职无能，把人跟丢了。"

"跟丢了？"祁烁神色微沉，"仔细说说。"

能甩掉玄一的人绝不简单。

"那人先是打听了将军府的情况，然后往东边走，卑职跟在后面，渐渐发现他在绕圈子。"玄一面露惭愧，"那时他应该察觉了卑职在跟踪。这么绕了好久，他找机会制造了个乱子甩掉了卑职……"

听玄一讲完，祁烁揉了揉眉心："这人应当受过专门的训练。"

林二姑娘为何会招惹到这样的人？

打听将军府的情况……也就是说，对方对林二姑娘并不了解，或者说根本不认识。

将军府前些日子发生的事早就传得沸沸扬扬，但凡知道林二姑娘是将军府的，就不必特意打听。这样看来，林二姑娘很有可能是今日惹上的麻烦。

若想查出对方的身份，还是要问问林二姑娘今日去了何处，遇到了何人，有没有发生特别的事。

"你先退下吧。"

玄一没有动："卑职刚得到个消息，要向世子禀报。"

"是那卖艺少年的事吗？"

玄一眼中闪过诧异："正是。那卖艺少年名叫小枫，今日进了一个叫如意班的杂技班子。这个如意班在京城颇有名气，经常会被大户人家请去助兴。"

"继续叫人盯着。"

"是。"玄一躬身退下。

祁烁转过身去，望向天边。

天边铺展的红霞已经变得暗淡，天色晚了。

想见林二姑娘只能等明日了。

祁烁走出书房，漫无目的地走着，不知不觉就到了花园的后围墙处。

墙的另一边就是将军府。

据说将军府与靖王府原本是一处大宅，乃前朝摄政王的住处。现在一墙隔开了两家，两人想见面没那么容易。

祁烁微微仰头盯着有着岁月痕迹的围墙，鬼使神差地纵身一跃，双手攀住了墙头。

"世子！"跟在后面的长顺大惊，慌慌张张地跑过来，"您这是做什么？"

墙的另一边，草木葱郁，花开满园，一如靖王府这边的风景。

林二姑娘不在。

这个结果不出意外，祁烁手一松，落回地面。

长顺扑了过来："世子您没事吧，好好的怎么爬墙呢？万一摔了可怎么办？"

"锻炼一下身体。"祁烁说罢，懒得理会喋喋不休的小厮，提脚往回走。

锻炼身体？

长顺跟在祁烁身后走着，回头望了一眼。

从墙的另一边恰好飞来一只燕子落在墙头，紧跟着又有一只燕子飞来，与那只燕子"耳鬓厮磨"。

长顺的脑海中突然浮现出一个情景：林二姑娘爬上墙头，紧跟着世子也爬上墙头，然后两个人像燕子一样……

长顺脸色一变，使劲摇了摇头：太可怕了！

等回了院子，长顺往长宁身边一坐，长吁短叹。

"长顺，你怎么一副忧心忡忡的样子？"

长顺瞄了一眼门口，压低声音："我跟你说啊，世子学坏了……"

长顺满脸忧愁:"你知道今天世子干了什么吗?居然爬墙头!"

"爬墙头?"长宁面色古怪,"该不是与将军府相隔的那面墙吧?"

"就是啊!"长顺一拍大腿,"你说世子是不是跟林二姑娘学坏了?"

长宁严肃地点头:"是学坏了。"

"这可怎么办呢?两家住得这么近,俗话说,'近朱者赤,近墨者黑'啊。"

"长顺啊,"长宁拍拍长顺的肩头,"还有句俗话,叫'良药苦口利于病,忠言逆耳利于行'。"

"你是说……"

长宁神情凝重:"咱们天天跟着世子,哪怕被世子烦,也要多劝啊。"

"你说得对,我也是这么想的。"长顺有了小伙伴的支持,眼睛亮了。

长宁微笑:"你能这么想,我就放心了。"

翌日,林好刚出门就遇到了祁烁。

"世子也出门啊。"面对微笑打招呼的少年,林好客气地回了一句。

近来她遇到靖王世子的次数有些多。

"其实我是专门在等林二姑娘。"

林好脚下一顿,面露意外之色:"世子找我有事?"

祁烁一指前方的茶楼:"林二姑娘若是方便,我们去茶楼里聊。"

林好微一思忖,点头。

二人进了茶楼雅室,隔着袅袅水雾,林好看向祁烁:"世子有什么事请说吧。"

"还是昨日林二姑娘被人跟踪的事。"

"哦?"林好握着青瓷茶杯,面露好奇之色。

"那人应该是昨日才盯上林二姑娘,林二姑娘要想把人找出来,最好把昨日去过什么地方,见过什么人好好分析一下。"

林好蹙眉:"昨日我只是随便逛逛散散心,没有什么特别的,也没遇到什么特别的人。"

祁烁垂眸,视线落在青瓷茶杯上。

茶水碧透,芽叶起伏,正如他此时起了波澜的心情。

他好像多管闲事了。

听他提起昨日的事,林二姑娘只有好奇,却无紧张。一个人被陌生人跟踪不该是这种反应,除非知道跟踪者的身份,不担心或是不怕被对方伤害。

林二姑娘说起昨日的事如此敷衍,显然不愿他插手。

祁烁把茶杯放下来:"林二姑娘还是要注意安全,若遇到麻烦可以找我帮忙。"

"多谢世子。"见祁烁没有刨根问底,林好暗暗松了口气。

邻居太热心也是麻烦事。

"那就不打扰林二姑娘了。"祁烁起身。

林好犹豫了一下，开口："世子将来若遇到什么麻烦，也可以找我帮忙。"

祁烁先是一愣，而后笑着点头："那我先谢过林二姑娘。"

出了茶楼，为免明心真人进入靖王世子的视线，林好打消了去桥头的念头，转而去了长春街闲逛，回去时大包小包给家里人带了不少东西。

日子似乎一下子轻松起来，这般过了十多日，老夫人听说了一个消息，没忍住当着林好的面说了。

"平嘉侯世子与怀安伯府的大姑娘定亲了。"

"怀安伯府？"林氏眉一皱，"我记得如今的怀安伯夫人是续弦，怀安伯府大姑娘是原配夫人所生。"

老夫人看了林好一眼："若不是因为阿好知道了那平嘉侯世子品行不端，听到这门亲事，我还当是极好的，也要随着世人赞怀安伯夫人对继女上心了。"

林氏最听不得这个，冷笑道："男人果然没一个好东西，我还记得怀安伯与原配夫人恩爱是出了名的。"

曾经有夫人以艳羡的口吻提起，她还暗暗不服气，认为她与温如归的恩爱不比怀安伯夫妇差。

如今看来，两家都是笑话。

老夫人还算理智，思忖片刻道："怀安伯也不一定清楚。平嘉侯府门第高，平嘉侯世子也没有传出过恶名，任谁来看，都觉得这是一门不错的亲事。"

"那怀安伯夫人也被蒙在鼓里了？"

"这就不见得了。"老夫人嘴角微撇，挂着讥诮，"怀安伯这位继室是平嘉侯夫人的远房表妹，只是许多人不清楚这层关系罢了。"

多年前平嘉侯老夫人还在的时候，她们关系尚可，因而老夫人知道此事。那日平嘉侯府来提亲，她颇为心动，也有念及故人的缘故。

林氏倒抽一口冷气："若是这样，那怀安伯夫人也太歹毒了！"

老夫人睨了女儿一眼："没有亲娘护着的孩子，又有几个能好？"

林氏心一凛。

把自己关在房里的时候，她曾冒出过自暴自弃的念头。

十六岁那年，只一眼，她就把温如归放在了心上，如愿嫁给他的二十余载，每一日都是踏实、欢喜的。

她从不曾怀疑白头偕老这件事，却不料遭到了枕边人的致命一击。

她的人生在那一刻崩塌了。是什么把她从崩溃中拉了回来？

林氏看向林好。

是阿好的哭声。

眼里有了泪意，林氏一把揽住林好："阿好，多亏了你，不然你大姐就要跳进火坑里了。"

林好突然被母亲抱住,身体一时有些僵硬。

老夫人笑着摇头。

她曾经觉得婉晴这种直来直去的性子令人头疼,现在想想也是好事,总比心思细腻的人把悲伤压在心底好。

从老夫人这里离开回了落英居,林好吩咐宝珠:"把昨日收到的帖子拿来给我看看。"

宝珠很快从一个抽屉中取出一张印花帖奉给林好。

请帖精致大气,是隔壁靖王府小郡主祁琼要办生辰宴。

林好本不打算去的。

靖王府提亲被回绝的事才过去,她出现在靖王妃面前多少有些尴尬。

可现在,她改变主意了。

小郡主的生辰宴,怀安伯府大姑娘陈怡应该会去。

在祖母那里,母亲说幸亏有她,避免了大姐跳进火坑。她为大姐高兴之余,心情却有些沉重。

大姐没有跳这个火坑,就有另一个姑娘要跳火坑了,而原本陈大姑娘是不会嫁给平嘉侯世子的。

她想,只让姐姐避开所嫁非人的命运是不够的,那令女子悲惨的根源是平嘉侯世子。

解决根源才是正途,不然只是祸水东引罢了。

她要借着小郡主生辰宴的机会,见一见陈大姑娘。

见陈大姑娘之前,林好决定查一查平嘉侯世子赵瑾才。

林好去了前院。

柴房前,一位四十出头的老伯正在劈柴。

他身材微胖,一副慈眉善目的模样,偶尔拿起一根短木,整个动作都透着懒洋洋的气息。

"刘伯。"林好喊了一声,走过去。

刘伯把斧头往地上一搁,笑眯眯地问:"这里脏,二姑娘怎么来了?"

林好拉过马扎坐下,以手托腮:"来看刘伯劈柴。"

刘伯笑了:"那二姑娘看好了。"

一根短木被摆在面前,斧头在手中一转,手起斧落,短木就成了整整齐齐的木条。

林好拊掌:"刘伯好身手!"

刘伯盯着散开的木条,在心里叹了口气。

如今他只能劈劈柴了。

"二姑娘要不要试试?"刘伯突然把斧头递过去。

林好笑盈盈道一声"好",把斧头接过来,学着刘伯刚刚的动作把斧头一转,对准短木砍下去。

噼啪几声响，短木被劈成了宽窄均匀的几块。

刘伯赞许地点点头："二姑娘还没忘老将军教的本事。"

"祖父教的，当然不能忘了。"林好把斧头放下来，眼巴巴地看着刘伯，"刘伯，我想求你办件事。"

刘伯笑了："什么事啊？"二姑娘来找他，当然不可能是单纯看他劈柴。

"我要确定一个女子的身份。"

一听这话，刘伯收了笑："二姑娘要查谁？"

温如归那狗东西难不成还有别的事？

想到温如归，将军府上下无不恨得牙痒。

"我只知道那名女子叫含芳，是平嘉侯世子喜欢的人。"

"谁？"刘伯以为自己听错了。

不是温如归？

"平嘉侯世子。"

刘伯眼神登时微妙起来："平嘉侯世子听起来是个年轻人。"

"嗯，才与怀安伯府大姑娘定了亲。"

刘伯眼神更不对了。

与怀安伯府的姑娘定了亲，这和我们家二姑娘有什么关系？

"我与怀安伯府大姑娘是朋友，偶然听说平嘉侯世子喜欢一个叫含芳的女子，担心朋友将来吃亏，所以拜托刘伯查一查。"林好解释道。

刘伯神色微松："原来是这样。"

不是二姑娘搅进了乱七八糟的事就好。

"这个'含芳'是闺名，还是女子姓'韩'？"

林好摇摇头："那我就不知道了，只是很凑巧知道了这个名字。"

梦中三朝回门那日，大姐笑意盈盈，眉梢眼角都透着甜蜜；赵瑾才斯文有礼，处处体现对大姐的体贴。

她替大姐高兴只持续到大姐与赵瑾才准备离开时。

大姐握着她的手惜别，赵瑾才含笑等着，她突然听到赵瑾才心中响起一句话：真是烦，含芳该等急了。

她骤然看向他，从那张笑意浅浅的脸上却瞧不出丝毫不耐烦。

那一刻，她遍体生寒，直接抓痛了姐姐的手。

她拉着姐姐不让走，却说不出一个字来，急得直掉眼泪。

那时常氏是怎么说的？

到现在林好还记得常氏嘴角扬起的弧度、眼里意味深长的笑意。

"阿好真是小姑娘，舍不得大姐还掉金豆子。"

听了常氏的话，大姐担心妹妹在外人面前落下不懂事的印象，便松开了手。

这一松手，便是死别。

"二姑娘别着急,我这就给你查查去。"见林好神色郁郁,刘伯痛快地答应下来。

"多谢刘伯。"

刘伯呵呵一笑:"只是不敢保证一定能查到什么。"

林好摆摆手:"要是刘伯都查不出来,我就死心了。"

刘伯曾是祖父麾下的一名斥候,因受伤才回了将军府养老。林好没有得用的人,想靠自己在短短几日内仅凭一个名字找出人来无异于大海捞针,求助刘伯或许能有收获。

林好这一步走对了,就在小郡主祁琼生辰宴的前一日,刘伯有了消息。

"此人是一家书斋主人的娘子。平嘉侯世子常去那家书斋,昨日我亲眼瞧见他们举止有些……亲密。"

说到这儿,刘伯深深地叹了口气:"二姑娘,你的朋友若是嫁过去,日子恐怕不好过啊。"

"是不好过……"林好抿唇,面冷如霜。

平嘉侯世子喜欢他人之妻,德行上有大亏。儿子如此,平嘉侯夫妇无疑心知肚明。

难怪在梦中平嘉侯夫妇求娶的是大姐,如今求娶大姐未果便转而求娶陈大姑娘,就是看中她们没有亲娘护着,或是家中无男丁撑腰,发现真相后只能打落牙齿和血吞罢了。

"刘伯。"林好喊了一声。

刘伯看着她。

少女眸光深深,语气平静:"我要平嘉侯世子身败名裂,请你助我一臂之力。"

刘伯被林好眼里的冷意震住了。

身败名裂?

二姑娘原来这么凶残!

自然,这吓不倒曾在战场上经历血雨腥风的刘伯,反而让他生出亲近之意来。

"二姑娘对朋友真是义气。"刘伯赞了一句,转而劝道,"可那毕竟是侯府,二姑娘要收拾平嘉侯世子,最好与老夫人商议一下。"

"刘伯不知道,前些日子平嘉侯府的人来咱们家了,想替平嘉侯世子求娶大姐呢。"

"什么?"刘伯脸一黑,"必须让那小兔崽子身败名裂!"

林好笑了。

有刘伯当帮手,她会省力不少。

翌日,姐妹二人收拾妥当,一同去了靖王府。

因是邻居,不好踩着点去,她们到得算早的,设宴的玉园中来的贵女还不多。

小郡主祁琼迎上来,笑着打招呼:"林大姑娘、林二姑娘来了。"

祁琼提到林好时，语气里有着难以察觉的冷淡。

她才知道，家里居然替大哥去求娶林二姑娘，还被林家拒绝了！

大哥俊美无俦，又难得谦逊低调，除了身体有一点点不好，挑不出半点儿毛病来，居然被拒绝了！

祁琼一想到这个就生气。

祁琼承认看林好不顺眼是因为林好拒绝了靖王府的提亲，可亲大哥被嫌弃了，还不许自己生气吗？

林婵把准备好的礼物递过去："我与二妹的一点儿心意，祝郡主生辰快乐。"

祁琼道了谢，身边的婢女上前把礼物接过。

"二位随意坐。"又有贵女到来，祁琼上前去打招呼。

长廊中摆着一张张长桌，三三两两坐着几名贵女在谈笑。

林婵带着林好走过去，与相熟的贵女打招呼。

林好坐在姐姐身边，安安静静。

她没有特别熟悉的朋友。一个哑子，同龄人总会出于各种理由敬而远之。

一声轻笑传来："温好，我还以为今日见不到你呢。"

林好抬头看去，果不其然，这聒噪的声音出自武宁侯府二姑娘唐薇。

说起来，林好并无得罪唐薇的地方，或许口不能言在唐薇眼里就是错处，就活该被嘲笑。

唐薇的飞扬跋扈很配得上她太子妃胞妹、武宁侯府二姑娘的身份。

林好垂眸，拈起一颗杨梅吃了。

"温好，你没听到我说话吗？"被无视的尴尬令唐薇的火气瞬间上来，她提高音量。

听到动静的贵女纷纷看来。

林好对这些视线视若无睹，拿了一颗杨梅递给林婵："大姐尝尝，这杨梅不错。"

唐薇沉着脸大步走过来，居高临下地瞪着林好："温好，你耳朵不好使吗？"

林好拿帕子擦了擦指尖的杨梅汁，这才抬头看了看唐薇。

那双乌黑的眸子如潭水，有种莫测的平静。

唐薇愣了一下，嘲讽道："难道你又成哑子了？"

"原来唐二姑娘在和我说话。"林好嫣然一笑。

她肌肤白皙，神色又冷淡，突然一笑，如冰雪初融，化成春水。

长廊中突然有一瞬的安静。

这一刻众贵女注意到，曾因口不能言被人下意识忽视的林好竟长得如此好看。

唐薇也被这一笑晃了一下眼，继而生出莫名其妙的火气："那你还装聋？"

林好笑笑："没听到你叫我，抱歉。"

"温好，我喊了你好几声！"

"我姓林。"林好语气淡淡，却字字清晰。

唐薇一噎，恼道："改了姓，难道就不知道是在喊你了？我看你就是故意的！"

林好微微抬头看着恼羞成怒的少女，神情依然平静无波："姓是官府判改的，还记着以前的姓氏，岂不是不尊重顺天府尹的判决？"

众女听了，纷纷把目光投向一位穿鹅黄衫子的少女。

黄衫少女正是顺天府尹的孙女，姓黄，闺名莺莺。

唐薇扫了黄莺莺一眼，对林好冷笑道："没想到林二姑娘会说话后，竟是个伶牙俐齿的。"

"唐二姑娘，"林好单手搭着木桌，语气无奈，"能不能成熟点儿，别像小孩子一样打嘴仗了？"

这话一说出口，顿时响起几声轻笑。

"你……"

"唐薇，"小郡主祁琼带着几名少女走过来，拉住唐薇的手，"一直站着干什么，去那边坐吧。"

祁琼嘴角含笑，语气温和，林好却知道，这位小郡主此刻心中对唐薇恐怕很不耐烦。

这不奇怪，真能与唐薇相处好才稀奇。只能说哪怕贵为郡主，也有不得不忍让的人。

被祁琼拉住，唐薇转移了注意力，眼风往跟来的几名少女身上一扫，手指着一名粉裙少女问："这是谁家姑娘，我怎么瞧着眼生？"

唐薇问出了众女的好奇。

跟在小郡主身边的少女，她们以往竟都没见过。

她们这个圈子，说大不大，说小不小，只有要不要好、熟不熟悉之说，完全陌生的面孔很少见。

祁琼把粉裙少女拉到众女面前，介绍道："这是我表姐孙秀华。"

处在众女的目光包围中，孙秀华明显有些局促。

唐薇挑了挑眉："郡主，你表姐是外地人吧？"

林好留意到，孙秀华的面上闪过一丝尴尬。

"表姐家住青宁，以后会在王府常住。"

唐薇看向孙秀华的眼神带了审视："郡主前些日子说你二哥出门了，莫不是接你表姐进京？"

祁琼点头："正是。"

唐薇脸色明显冷了下来，把祁琼往旁边一拉："咱们去那边坐着聊。"

祁琼还没反应过来就被唐薇拽走了，留下孙秀华在原地手足无措。

"表姐，来这里坐。"落座后，祁琼招了招手。

视线落在孙秀华有些紧绷的背影上，林好终于知道梦中的这段时间，靖王世子去了何处。

原来他是去接表妹进京了。

这对林好来说连解疑都谈不上，毕竟靖王世子的私事与她毫无关系。她很快收回视线，看向刚到的一名少女。

少女柳叶眉，鹅蛋脸，一双大眼睛格外有神。

怀安伯府大姑娘陈怡果然来了。

两个与陈怡相熟的贵女把林怡叫过去，低低的打趣、恭喜声飘入林好耳中。

"我还以为你今日不来了。"说话的翠衫少女掩口浅笑。

另一位少女笑着道："我还想着过了郡主生辰宴，与阿玉去看你呢。"

陈怡在两位好友的打趣下，丰润的双颊染上红霞，低声道："就是嫁了人也没说不让人出门呀，你们少笑我。"

"没笑你。"翠衫少女挽住陈怡的胳膊，"我们是真心为你高兴，终身大事总算定下来了。"

另一位少女小声问："陈怡，那平嘉侯世子你见过没？"

陈怡微微点头："悄悄见了一面。"

"怎么样？"两个好友齐声问。

"你们小点儿声。"陈怡的脸更红了，她忙左右看看。

周围的贵女三三两两谈笑着，倒是无人留意这边。

等等……陈怡面上的羞涩退去，转为尴尬。

一屁股坐在她身后的是……林二姑娘？

翠衫少女也发现了林好，当即睁大一双杏眼："林二姑娘，你怎么在这里？"

林二姑娘就差坐在她们中间了，这明显是来偷听的吧？

这是什么人啊？

林好淡定地微笑："我来找陈大姑娘，看三位姐姐在说话，不好意思打扰。"

她们的声音越来越低，她听不着，只好坐过来了。

这样吗？

两名少女看向陈怡，眼中带着疑惑：陈怡什么时候与林二姑娘有交情了？

陈怡亦是一头雾水："林二姑娘找我什么事？"

"能不能借一步说话？"林好指了指长廊外的蔷薇花丛。

陈怡犹豫了一下，对两位好友道："我与林二姑娘说几句话再过来。"

两名少女忍下好奇，点点头。

因陆续有贵女来，林好二人在蔷薇花旁站定并不惹眼，只有林婵往妹妹这边看了几眼。

"林二姑娘有什么事，请说吧。"

林好决定开门见山："我听说陈大姑娘与平嘉侯世子定了亲。"

陈怡一愣，显然这个话题是她万万没想到的。

沉默片刻，陈怡问："林二姑娘想说什么？"

难不成林二姑娘心悦平嘉侯世子，觉得被她抢了心上人，所以来找麻烦了？

并非陈怡把人往坏处想，一个算是陌生人的姑娘突然找上来说这些，任谁都会生出这种猜测。

林好走近一步，压低声音："我想说，平嘉侯世子并非良人。"

眼睛蓦地睁大，陈怡下意识地握住蔷薇花枝。花枝有刺，她吃痛放开手，白皙柔嫩的指腹上沁出了血珠。

林好拿出帕子按在陈怡的指腹上："陈大姑娘没事吧？"

陈怡缩回手，看向林好的眼神有警惕，有怀疑，有困惑，复杂至极。

她揉捏着那方雪白的手帕，心神大乱之下忘了帕子并非自己的。

"林二姑娘，能不能把话说清楚？"

林好面露难色："我说的话，还请陈大姑娘不要对旁人讲。"

陈怡犹豫一瞬，点了点头。

"前些日子，平嘉侯府来我家提亲，想替平嘉侯世子求娶我大姐。"

陈怡猛然转头看向林婵。

林婵正与朋友聊天儿，时不时会留意一下妹妹这边，恰好这时把目光投来。

二人的视线相撞，陈怡匆匆别开眼，紧紧地盯着林好。

林好自嘲地笑了笑："想必陈大姑娘还记得我父母义绝的事吧？"

陈怡微微颔首。

温、林两家闹成那样，京城谁人不知？

"教训在前，祖母对我们的亲事格外谨慎。平嘉侯府表达了求娶之意后，祖母便安排人悄悄打探平嘉侯世子的品性。"林好低声说着，眼里突然有了怒意，"这一查，就查出了问题。"

"什么问题？"陈怡立刻问。

"平嘉侯世子有一个相好的人。"

陈怡脸色顿变。

正是情窦初开的年纪，有几人能对将来的伴侣没有憧憬呢？

林好给了陈怡一点儿接受的时间，继续道："还是有夫之妇。"

"啊？"陈怡失声惊呼，缓了好一会儿，看向林好的眼神有着怀疑，"林二姑娘，你莫不是在说笑吧？"

林好叹气："我与陈大姑娘本不熟悉，特意来找你开这种玩笑，莫不是太闲了？"

陈怡盯着林好良久，试图从对方的表情中瞧出心虚来，可看到的只有认真。

这一次，陈怡沉默得更久。

尽管林二姑娘不似说谎，陈怡还是难以相信这些话。

她的未婚夫喜欢一个有夫之妇？

理智一点点回笼，陈怡问："林二姑娘为何找我说这些？"

就算是真的，林二姑娘又为何来告诉她呢？

林好愣了一下，眼里浮起疑惑："我大姐避开了火坑，转而听说陈大姑娘跳了进去，我来说这些，自是想给陈大姑娘提个醒。"

"我的意思是……我与林二姑娘并不熟……"原本这种话说出来很失礼，但林好的直接无形中打破了陌生人之间的某种界限，陈怡很自然地就说了出来。

林好看起来更诧异了："因为不熟便能眼睁睁看着一位无辜的姑娘受害吗？"

陈怡怔住，久久沉默后淡淡地道："多谢林二姑娘告知，只是关于平嘉侯世子的话，还请林二姑娘不要再对旁人提了。"

陈怡没说信，也没说不信。

林好对这个结果并不失望。

关乎终身大事，一个陌生人突然跑来说这些，当事人要是一下子就信了才天真。林好想要平嘉侯世子恶有恶报，但并没有指望陈大姑娘帮忙，来说这些话只是提个醒。

"林二姑娘，我朋友该等急了，我先过去了。"

陈怡貌似平静，离开的步伐却比来时沉重了许多。

林好抚了抚开得正艳的蔷薇花，脚步轻盈地走向长廊。

该说的都说了，接下来她就可以混时间等生辰宴结束回家了。

陈怡回去后，被两个好友拉着追问林二姑娘说了什么。

"回头再说吧。"陈怡看了一眼坐回林婵身边的少女，心头遮了一层阴霾。

本是出阁前能与好友聚聚的宴会，一下子变得难熬起来。

林二姑娘所言，有几分可信呢？

陈怡垂眸，才发现林好递来的那条帕子还在手里，已经被揉得不成样子。

这宴会对陈怡来说难熬，对其他贵女来说则不然——

吃吃喝喝，热热闹闹，漂亮衣裳、精美首饰都有了用武之地，还能与朋友交流一下心事、八卦，怎么会无聊呢？

待吃得差不多了，唐薇笑吟吟地提议："郡主，竹园的梅花鹿不是有一只刚产了小鹿吗？带我们去瞧瞧啊。"

小郡主祁琼下意识地皱了一下眉。

她与二哥是龙凤胎，今日是她的生辰，也是二哥的生辰。她招待贵女设宴的地方在玉园，二哥招待各家公子则在竹园。

王府的玉园与竹园以长墙相隔，有月洞门相连。她们去竹园看鹿很方便，却有可能与二哥那边的人撞见。

大周民风开放，少年男女同游不算出格，但放在自己家中，对祁琼来说自然是多一事不如少一事。

唐薇的提议引起了众女的兴趣。

"刚出生的小鹿吗？那一定很可爱。"

"我也想养几只小鹿，奈何母亲不答应。"

唐薇拉着祁琼的手："郡主，带我们去瞧瞧吧。"

看出众女眼中的期待，祁琼只好道："那各位随我来。"

众女神情雀跃，拥着祁琼往竹园走去。

林好正吃着杨梅，被林婵拽了起来。

"大姐，可以不去吧？"

看小鹿还不如回家看林小花。

林婵睨了妹妹一眼："大家都去了，咱们留下也没意思，走吧。"

看小鹿不一定有趣，但这类场合，随大流是最稳妥的。

呆坐着不动的陈怡也被两个好友拉起来。转眼间，热闹的玉园就冷清下来，只剩一个个青衣婢女默默收拾满桌狼藉。

过了月洞门就是竹园。

竹园要比玉园大上不少，放眼望去竹林成片，隐隐有谈笑声传来。

祁琼带着众女踏上林间的青石小径，走出这片竹林，就是一个不小的人工湖。湖边芳草萋萋，几只散养的梅花鹿正悠闲地走来走去。

"快看，在那里！"有贵女惊喜地指着一个方向。

一只小鹿紧紧地跟在母鹿身边，见到人靠近，害羞地往后躲。

"小鹿还会害羞呢。"

"郡主，可以喂它吗？"

祁琼笑着摇头："小鹿才出生几日，还在吃母乳。可以喂大鹿。"

祁琼说完便有贵女折下树叶喂鹿。

唐薇很快就失去了兴趣，拽着祁琼往湖边走："咱们散散步吧，刚刚吃多了。"

祁琼垂眸应了，遮住眼底的讥笑。

她就知道，唐薇醉翁之意不在酒，来看小鹿是假，期待与大哥、二哥偶遇是真。

之所以两位兄长都想到，是因为祁琼也很迷惑唐薇到底心悦哪一个。

先前林二姑娘翻墙头摔在大哥面前，唐薇看林二姑娘百般不顺眼；刚刚听说二哥接表姐进京，又对表姐没有好脸色，与两位兄长沾上关系的姑娘的醋都吃，太让人茫然了。

该不会两位兄长唐薇都喜欢？

想到这种可能，祁琼脸色微变，对唐薇的嫌弃险些流露出来。

眼看快要绕到湖的另一边，祁琼果断转身："咱们往回走吧，走太远怪累的。"

祁琼以为唐薇会找理由反对，没想到唐薇笑着应了声"好"。

"郡主，过几日咱们去莫忧湖坐船吧。"

"好。"

二人说笑着往回走，表姑娘孙秀华默默地跟在后边。

唐薇忽然回眸看了孙秀华一眼，淡淡地道："孙姑娘干吗跟在后头？不知道的还以为是个小丫鬟。"

孙秀华面露难堪,却不敢说什么。

连金尊玉贵的表妹都对这位唐姑娘诸多忍让,她又哪儿来的底气与之针锋相对呢?

孙秀华默默地往前走了几步。

走到湖边一株垂柳旁,林婵终于有机会问林好:"二妹什么时候与陈大姑娘有来往了?"

林好把玩着柳枝,往陈怡所在的方向瞥了一眼:"有一日上街与陈大姑娘生了点儿小误会,刚去找她解释清楚了。"

"原来如此。"林婵笑笑,"难怪你们在蔷薇花旁聊了那么久。"

"大姐放心吧,与人打交道我有分寸的。"

姐妹二人正说着,忽然传来几声惊叫。

"不好了,有人落水了!"

林好闻声望去,那里已经围了不少人,湖里,一道粉色的身影在挣扎。

林好与林婵对视一眼,提脚走了过去。

"是谁啊?"不少贵女问。

祁琼已急得额头冒汗:"快来人把我表姐救上来!"

落水的居然是孙秀华。

听到动静的侍女急匆匆去喊人。

在场之人看着在水中沉浮的人,着急又无措。这些生在京城长在京城的女孩子,包括王府婢女,都不会水。

无奈之下,众女只能纷纷高呼:"快来人啊,孙姑娘落水了!"

落水的人还是要喊清楚的,免得波及自身。

"救……救命……"孙秀华才喊了一声,水便没过头顶。

祁琼急得跺脚,探着身子努力伸手:"表姐,抓住我的手!"

孙秀华两只手乱划,反而离湖边更远了。

"怎么还没来人?"祁琼脸色发白,心急如焚。

表姐刚刚进京,要说祁琼和她姐妹情深那是骗人的;可若是淹死在眼前,无论是母妃那里还是良心上都过不去。

祁琼快要急哭了,却只能眼睁睁看着孙秀华离湖边越来越远。

"沉下去了,沉下去了!"

众女喊着,有胆子小的捂着脸不敢再看。

看样子孙姑娘等不到懂水性的人来救了。

林好也是确定了这一点,在心中叹口气,飞快地把钗环取下往林婵手中一塞。

"二妹,你要干什么……"

没等林婵说完，林好就推开围着的贵女，纵身跳了下去。

捂着脸的贵女听到"扑通"落水声，下意识地松开手，就见湖中又多了一个人影。

几道尖叫声直冲云霄："不好了，林二姑娘也掉进湖里了！"

还没等众女从林二姑娘懂水性的震惊中回过神，就听祁琼一声变了调的惊呼响起："大哥！"

湖的另一边，靖王世子匆匆赶来，一头扎入水里。

第五章　是　你

现场先是一静,继而爆发出惊天动地的尖叫声:"不好了,靖王世子也掉进湖里了!"

湖中,林好已经游到孙秀华身边,从背后把人抓住。

她拽着孙秀华吃力地往回游,在震耳欲聋的尖叫声中下意识地回头看了一眼。

湖水波动,涟漪层层,靖王世子从水中冒出来。

二人遥遥地对视了一眼。

林好清楚地看到了世子面上的焦急。

一眼过后,她就见靖王世子慌乱地挥手,咕噜咕噜沉了下去。

林好惊得险些松开抓着孙秀华的手。

原来靖王世子不会游泳!

林好出于本能想掉头救人,身形一动,才想起来正救着一个。

好在这时湖的另一边陆续跳下几个人,飞快地游向靖王世子。

林好松了口气,带着孙秀华游回了湖边。几只手伸过来,也分不清是谁的,七手八脚把孙秀华拖到了平地上。

林好有些脱力,双手扶着湖岸,大口大口喘着气。

"二妹,快上来!"

在两个贵女的帮助下,林婵把林好拉了上来,抱住林好就哭了:"二妹你疯了,怎么能跳进湖里呢?要是出事了怎么办?……"

"大姐,我没事。你别抱着我了,我的衣裳都湿了。"林好转头去看孙秀华。

孙秀华周围站满了人,林好看不清里边的情形。

她又看向祁烁那里。

祁烁已经被救了上来,四周同样围着一群人。小郡主祁琼跑过去,挤开围着的人,林好看到了成了落汤鸡的靖王世子。

他湿漉漉的黑发贴在白皙的脸颊上，衬得一双眼眸格外幽深，却丝毫没有被人从水里捞起来的狼狈。

似是感受到林好的视线，那双墨玉般的眸子看过来。

林好实在没忍住，小小地翻了个白眼。

她对靖王世子热心救人的行为表示称赞，可自己不懂水性还跳下去，不是添乱吗？

"大哥，你要不要紧？"祁琼满脸紧张。

"我没事。表妹还好吗？"

祁琼似是被提醒了，顾不得回祁烁的话，提着裙摆急匆匆赶去孙秀华那边。

孙秀华脸色苍白，双目紧闭，看起来不大妙。

一个婆子用力拍打着孙秀华的后背，终于，她咳嗽一声，吐出几口水来。

围着的人齐齐欢呼："醒了，醒了！"

祁琼长长地松了口气，恢复了冷静，先命几个丫鬟婆子背孙秀华回房，又吩咐一个丫鬟去请大夫，再打发人去给靖王妃报信。

有条不紊地安排好，祁琼走到林好面前道谢："今日多亏林二姑娘救了我表姐，不然就出大事了。"

"郡主客气了。"林好没有多言。

被风一吹，她顿感清凉，可浑身湿漉漉的并不好受。

祁琼忙吩咐婢女领林好去换衣裳。祁烁也由人陪着换衣裳去了。混乱过去，湖边只剩下看热闹的公子、姑娘。

"让各位受惊了。大家先回玉园喝杯茶，我去去就来。"祁琼安顿好众女，赶往孙秀华的住处。

祁琼过去时，大夫正在给孙秀华诊断，靖王妃也到了。

"琼儿，好端端的，你表姐怎么会掉进湖里？"一见女儿，靖王妃就忍不住问。

儿女生辰，来的都是各府的公子、姑娘，当长辈的用不着掺和，她如往日一般打理完府中庶务，正悠闲地吃着庄子上新送来的杨梅，侍女就来禀报说表姑娘落水了。

她被这消息惊得还没喘过气，又有个婆子来报林二姑娘也掉到湖里了。她还没走出院子，一个小丫鬟就哭着冲进来说世子跳湖了。

若不是紧接着又有一名婢女跑来说都救上来了，她当时就要昏过去了。

"当时我们正在湖边散步闲聊，表姐为何掉进湖里，女儿也不清楚。"祁琼仔细回忆当时的情形，心里对唐薇有些怀疑。

可这种怀疑只是出于对唐薇性情的了解，而非看到了什么，祁琼自然不能拿出来说。

"母亲不如等表姐醒来问问她。"

靖王妃看了一眼陷入昏睡状态的外甥女，后怕不已："幸好你表姐命大，遇上了懂水性的林二姑娘,不然百年之后,我可怎么向你姨母交代?"

靖王妃说着,拿帕子拭了拭眼角。

孙秀华的母亲与靖王妃是一对孪生姐妹,出身富户。孙母嫁给了当地门当户对的一户人家,本来靖王妃也会过上与姐姐差不多的生活,偏偏有世事难料、机缘巧合这种事。

靖王妃出门踏青与靖王偶遇,靖王一见钟情,宁愿挨父皇的骂也要把人娶回去。寻常富户家的女儿成了皇子妃,随靖王前往北地就藩,一对孪生姐妹从此迎来了截然不同的人生。

三年前孙母病逝,留下一双儿女为母守孝。靖王妃最怜惜的就是这个外甥女,算算时间出了孝期,便让儿子去青宁接人。

人刚接来没几日要是没了……靖王妃一想,简直无法呼吸。

"你大哥又是怎么回事?"

比起外甥女,靖王妃对儿子的关心自然更多,不过她已经听最后来报信的丫鬟说了,长子被救上来后看起来没事,外甥女却不大好,这才直接来了孙秀华这里。

"大哥……应该是听闻表姐落水,着急下水救人。"祁琼迟疑地道。

她其实有点儿怀疑大哥是为了救林好,但没有证据。

"我说呢,原来是为了救人。"靖王妃露出个欣慰的笑,然后突然愣住。

不对啊,烁儿不是会水吗,怎么是被人救上来的?

她正准备问个清楚,就听到几声咳嗽,转头看去,孙秀华睁开了眼睛。

"秀华,你怎么样?"

"姨母……"孙秀华呆呆地望着靖王妃,落下泪来,"我还以为再也见不到您了。"

"怎么会呢?"靖王妃忙安抚外甥女,"你的福气还在后头,现在要紧的是把身子养好,不要着了凉。"

孙秀华乖巧地点点头。

"秀华,你是怎么落水的?"

她是怎么落水的?

寒意席卷了孙秀华全身,她仿佛还能感觉到那突然伸过来的脚带来的恐惧和落水后的绝望。

她是被唐薇故意绊倒的!

"秀华?"见孙秀华愣住,靖王妃喊了一声。

孙秀华缓缓眨眼,看向靖王妃。

靖王妃握着孙秀华的手,又问了一遍。

孙秀华心中挣扎了一瞬,赧然道:"不知怎的脚下一滑,就掉进湖里了……给姨母和表妹添麻烦了。"

她为何落水,难道走在身边的表妹丝毫没有察觉?

可表妹什么都没说。她还能说什么?说武宁侯府二姑娘唐薇故意绊她,害她落了水，让姨母替她主持公道？

孙秀华在心里自嘲一笑。

她算什么？一个寄人篱下的孤女罢了，姨母会为了她得罪武宁侯府，得罪太子妃，得罪太子？

她说出来，姨母什么都不能做，因为无能为力，说不定反会怪她不懂事。她还没那么不识趣。

靖王妃拍拍孙秀华的手："怎么是添麻烦呢？你没事就是万幸。"

"姨母，我想睡一会儿。"

靖王妃替孙秀华掖了掖被角，柔声叮嘱："喝了驱寒汤再睡。"

孙秀华乖巧地点头。

靖王妃这才放下心来，带着祁琼到了林好的暂歇之处。

这个时候林好刚换上干爽的衣裳，正准备告辞回将军府。

见靖王妃进来，林好与林婵齐齐施礼。

靖王妃上前，握住林好的手："今日多亏林二姑娘了。"

"王妃客气了，恰好我懂些水性，救孙姑娘只是举手之劳。"

靖王妃摇摇头："这可不是举手之劳。便是懂水性，下水救人也有风险，何况还有那么多人在。"

即便不考虑安全问题，一个女子当众跳水救人也需要勇气。姑娘家，需要顾忌的永远比男人多，需要承受的也比男人多。

"林二姑娘的善举，靖王府不会忘的。以后若遇到麻烦，尽管来找我。"

听出靖王妃这话不是客套，林好笑着点头，提出告辞。

"琼儿，替我送送两位林姑娘。"

送走林好姐妹，靖王妃去了祁烁那里。

"母妃，您来了。"次子祁焕也在，见靖王妃进来，忙打招呼。

靖王妃看向换过衣裳的长子，见其脸色还好，总算放下心来："听说你跳湖救人，可把母妃吓了一跳。"

"让您担心了。"

靖王妃犹有不满："那么多人，懂水性的不止你一个，逞这个能干什么？"

不是说别人救得，儿子救不得，可烁儿有心疾啊！

靖王妃一个眼刀飞向次子："焕儿不是会水吗，怎么让你大哥下水了？"

"大哥动作太快了。"祁焕有些委屈，"还没反应过来，大哥就跳下去了。"

他都以为认错人了，那道急切果断跳入湖中的背影，完全不像平日从容淡然的兄长。

"我们听到动静赶过来时表妹落水已经有一会儿了，儿子担心迟了会出事。"

这个担心倒是有道理，只是靖王妃心里还有些疑惑：谁都知道时间久了会出事，为何只有烁儿毫不犹豫地跳了下去？

这说明烁儿最心善……呸,最心急。

一个猜测从靖王妃的心头闪过:烁儿该不会对秀华有意吧?

这种猜测就不能直接问出来了,靖王妃决定暗暗观察些时日。

"对了,报信的丫鬟怎么说你是被人救上来的?"

京城这边没人知道,烁儿与焕儿都懂水性,且水性不错。

祁烁面露尴尬:"跳入湖中后,脚抽筋了。"

"就说不要逞能!"靖王妃一阵后怕。

"以后不敢了。"祁烁笑着应,不着痕迹地转了话题,"表妹与林二姑娘如何了?"

"你表妹没什么大碍,林二姑娘也回府了。"

见长子确实没事,靖王妃提脚离开。

"大哥,我也回去了。"祁焕走了两步,转身回去,"大哥,你当时真的脚抽筋了?"

"不然呢?"祁烁挑眉。

祁焕嘿嘿一笑:"要是我跳进湖里才想起来湖里的姑娘有两位,我也会脚抽筋。"

不救人良心不安,救人后恐怕惹一身麻烦,他当时就是犹豫了一下,大哥就跳下去了。

"我没想那么多。"祁烁闭了眼,神色有些疲倦。

那个时候,他只有一个念头:再不想看到她出事了。

祁琼亲自送林好姐妹到了大门外。

林婵笑着道:"郡主留步吧,再送就到将军府了。"

祁琼一笑,看向林好:"林二姑娘,今日的事,真的多谢你了。"

"郡主已经谢过好几次了。"

"多谢几次也是应该的。"祁琼想到孙秀华落水的事,依然后怕。

母妃那么疼表姐,表姐要是出了事,恐怕受不住这打击。便是她,眼睁睁看着一个有血缘关系的人没了,也要留下阴影。

小郡主此时对林好的感激真心实意,连对方嫌弃她完美无缺的大哥一时都不计较了。

"等过了这段时间,林大姑娘与林二姑娘再来王府玩儿,我一定好好招待。"

林好与林婵应了,辞别祁琼往将军府走去,刚走到门口就听到一声轻唤。

"林二姑娘。"

林好闻声望去,就见陈怡立在路边,似是等了一阵子了。

"大姐,我过去一下。"

林好走过去,问道:"陈大姑娘有事吗?"

陈怡有些纠结:"能不能找个方便说话的地方?我想与林二姑娘聊一聊。"

林好莞尔:"方便的地方太好找了,陈大姑娘来我闺房就是。"

"那……打扰了。"

林好带着陈怡走到门口，林婵还等在那里。

"陈大姑娘来找我玩儿。"

林婵笑着点头："那二妹好生招待陈大姑娘。"

妹妹能交到朋友，对林婵来说是件值得高兴的事。

陈怡是第一次来将军府，却无心打量四周，心绪纷乱间听林好道："到了。"

二人刚走进落英居，林小花就冲到林好面前，亲热地蹭着她的手。

"林小花，你吓到客人了。"林好拍拍林小花的脑袋表示斥责。

林小花看了僵在原地的陈怡一眼，垂头耷耳地离开了。

陈怡越发吃惊。她竟然从一头毛驴的神态里看出了垂头丧气。

"让陈大姑娘受惊了。"林好歉然地笑笑。

陈怡张张嘴，说了句"没事"，实则对林好越发好奇。

二人进了屋，宝珠上了茶退下，并把门关好。

"陈大姑娘想聊什么？"林好捧着茶，神态悠闲。

陈怡沉默着，垂眸喝了一口茶水。带了淡淡甜味的花茶沁人心脾，似乎有安抚人心的作用。

她抬眼看向林好，握着茶杯的指尖收紧："其实……我并没有全信林二姑娘的话。"

"嗯。"

"我甚至想过……林二姑娘跑来对我说那些，是不是别有用心。"

林好静静地听着，眼里带了笑意。

她也没想到陈大姑娘是个直爽性子，会把心思坦然地说出来。

"但是我现在有些信了。"陈怡望着林好的眼，"看到林二姑娘跳进湖中去救孙姑娘，我觉得我应该相信你。"

一个女孩子能够当众跳进水里救毫无关系的人，又有什么理由跑到她面前挑拨她与未婚夫的关系呢？

那只剩一种可能：这个女孩子说的是真的。

陈怡眼眶一酸，掩面哭了："我该怎么办呢？……"

林好拿出帕子，默默地递过去。

陈怡接过帕子胡乱擦了眼泪，笑容苦涩："已经弄脏林二姑娘两条手帕了。"

林好侧头一笑："那是它们的荣幸。"

陈怡弯了弯唇，心中的憋闷莫名其妙地缓解了许多。

"让林二姑娘见笑了。"

林好沉默片刻，问："陈大姑娘打算怎么办？我是说……对你和平嘉侯世子的亲事。"

林好给过陈怡提醒，是装聋作哑维持这桩亲事，还是承担退亲的损失跳出泥潭，选择权在对方。

"如果是真的，我自是不要嫁给这样的人。"陈怡脸色苍白，语气却坚决。

113

林好听得心情舒畅:"陈大姑娘,我觉得你的决定是对的。"

此时,林好很庆幸把真相告诉了陈怡。

陈怡的决定也是对的。

陈怡犹豫了一下,道:"林二姑娘,虽然我相信你的话,可我还是想亲自确认一下。"

"这是自然,毕竟这不是小事。"

陈怡的神色放松了些,她道:"林二姑娘说令祖母派人查了平嘉侯世子。我若去查,应该从何入手?还请林二姑娘帮忙问一问。"

"这好办,我让负责打探的人继续留意,若有情况,及时通知陈大姑娘。"

"那就多谢了。"陈怡放下茶盏,"今日林二姑娘也累了,我就不打扰了。"

林好起身:"陈大姑娘可以叫我'阿好'。"

陈怡一愣,而后弯唇:"你可以叫我'陈怡'或是'元娘'。"

"那我就喊你的名字了。"

每一个府上的长女都能被叫一声"元娘","陈怡"却是唯一。

林好跳湖救孙秀华的事,很快在小范围内传开。

有的人觉得林二姑娘此举大善,也有的人觉得一个姑娘家当众跳进水里有些出格。

随之传开的还有一个消息:靖王世子因为跳入湖中,病倒了。

林氏是个好打听的性子,听了传闻忙与林好分享。

"靖王世子病了?"

"是啊。还是阿好有眼光,当时没被靖王府的美好表象蒙蔽。靖王世子的身子骨儿实在太差了,有心疾不说,这个时节在水里泡一下就病了。"

林好听到"心疾"这两个字便有些心虚,看出母亲对靖王世子的嫌弃,忍不住替对方说句话:"生病这种事很难预料,再强健的人都可能着凉。"

林氏摇摇头:"你和那位孙姑娘不都好好的?说到底还是靖王世子有心疾,底子不行。"

林好:"……"她想减少一点儿内疚,母亲完全不给机会啊。

"娘,靖王世子病了,咱们府上是不是该有所表示?"

"也是,两家离这么近,没有不闻不问的道理。"

林氏得了提醒,去安排探望病人的礼品。

林好走出落英居,不知不觉走到围墙处。

围墙高高,隔出两片天地。

林好伸手搭在微凉的墙砖上。

那次她来这里,还听到靖王世子与小厮的对话,而今墙那边的人却病了。

梦里没有靖王世子落水的事,自然也没有这场病。

林好垂眸,视线落在手上。

少女的手柔软白皙,指甲是健康的粉色。

有了那场噩梦当预言,她改变了许多事,但好像只有靖王世子越来越惨……

鬼使神差般,林好纵身一跃,双手攀上墙头,而后手一松,跌坐到地上。

怎么回事?靖王世子不在墙那边,他的小厮却在!

不是那个叫长顺的,是新跟着靖王世子出门的那个。

墙的另一边,长宁看到墙头冒出的人,先是一惊,而后大喜。

长顺诚不我欺,来这里真的能撞见林二姑娘。

"咚咚咚。"

林好听到了敲墙声。

她刚站起来,听到这声音,险些又坐下。

"林二姑娘——"

墙那边有声音传来,喊她的。

"林二姑娘,您还在吗?"

林好没吭声。

墙那边传来长长的叹息声:"您听说了吗,我们世子病了。"

林好抿了抿唇,依然没开口。

她隔着一堵墙与靖王世子的小厮闲聊,未免太奇怪了。

好一会儿后,传来一声:"咦,刚刚难道眼花了?"

听到蹬墙的动静,林好就势一滚,矮身躲到了花木后。

很快,一个脑袋瓜儿从墙头探出来,东望望西望望,又落了回去。

林好起了疑心。

这小厮不大正常。他非要爬到墙头看她在不在干什么?难道还想喊"捉贼"?

她轻手轻脚地走回去,耳朵贴墙细听,竟听到了抽泣声。

林好脸色微变。

他怎么还哭了?

"呜呜,世子太可怜了,为了救林二姑娘跳湖染上风寒,林二姑娘却不知道,还要被世人笑话救人不成反添乱……"

林好保持着偷听的动作,宛如泥塑。

靖王世子跳湖是为了救她?

这小厮胡说八道什么呢?

"也不知道世子能不能好起来,万一有个什么,林二姑娘岂不永远不知道世子的好意了……"

脚步声渐渐远了,哭声也听不见了。

林好立在墙下久久没有反应,直到宝珠找来。

"姑娘一直在外头不热吗?"

林好看看脸蛋儿红扑扑的小丫鬟:"宝珠,你说靖王世子……和我熟吗?"

宝珠被问住了。

熟不熟，姑娘自己不知道吗？但姑娘的话不能不回。

"婢子觉得还行吧。"

"还行？"

林好觉得不但靖王世子的小厮古怪，她的丫鬟也强不到哪里去。

"还行"这个答案太深奥了。

宝珠的想法很朴实："除了靖王世子，姑娘和别的外男没说过几句话呀。"

林好一愣。

宝珠这话可太对了，两个多月前她还是哑子，就是想说也不能啊。

能说话后，机缘巧合下她和靖王世子打了好几次交道。这么算，她和靖王世子竟然真的算熟。

不，不，不，就算如此，靖王世子那日跳湖也不是为了救她，而是为了救他表妹。

林好往回走着，心里有些乱。

明明毫无疑问的事，靖王世子的小厮为何那么说？

"宝珠。"

"姑娘您说。"

"你说最了解一个人心思的是谁？"

宝珠认真地想了想，自信地道："那肯定是近身伺候的人啊，姑娘有心事不就对婢子说吗？"

林好沉默了。

难道那小厮说的是真的？

靖王世子是为了救她才跳湖的，因为跳了湖，病倒了。

林好抬手扶额。

要是这么分析，靖王世子生病又是因为她？

林好想起靖王世子，心情格外复杂。

就算靖王世子跳湖是为了救她，可他不会水啊。

她没要他救，还把他表妹救上来了，结果还要担上害他生病的责任？

郁闷了好一阵，林好脚下一顿，后知后觉想到一个问题：靖王世子跳湖为什么是为了救她？

…………

街上车水马龙，人声鼎沸。

陈怡匆匆赶到临街的一株玉兰树下，与林好碰了面。

"我来迟了。"因为出来得匆忙，陈怡额头冒汗，呼吸有些急促。

"已经挺快了，我也是突然接到的消息。"林好拉着陈怡走向一家茶楼。

"他们正在二楼的雅室喝茶，我订了隔壁的雅室。"

"阿好，真是多谢你了……"陈怡一时不知说什么好。这本是她的事，却全赖林好帮忙。

二人走进茶楼，伙计把二人领进雅室，奉上茶水、点心，然后退下。

林好走到敞开的窗前，指了指隔壁，小声道："他们就在'花'字房。"

陈怡小心地探头，只看到隔壁紧闭的窗与窗外逗留的鸟雀。

"我们要在这里等他们出来吗？"陈怡收回视线，有些茫然。

林好伸手把窗子关好，低声道："咱们可以先听听他们说些什么。"

"偷听？"陈怡环视一下室内，走近墙壁，把耳朵贴上去，随后摇摇头，"什么都听不到。"

这种雅室，隔音都不会太差，除非隔壁大声喧哗自己这边才能听到些动静。

林好从袖中取出一物："用这个试试。"

那是一对筒口有杯口大小的竹筒，以细线相连。林好把其中一个竹筒扣在墙壁上，拉直细线，耳朵贴在另一个竹筒口处仔细听。

陈怡看直了眼。

林好听了片刻，示意陈怡过来。陈怡回神，凑过去，手中被塞了一个竹筒。

"像我刚刚那样，就能听到了。"

陈怡将信将疑，把耳朵凑近竹筒。

"含芳……"

片刻后，陈怡后退半步，脸色惨白。

林好递过去一杯茶："喝茶吧。"

这时，隔壁传来开门声，二人的对话随着门打开，不必借助外物便能听个清楚。

林好拉着陈怡凑到门口，隔着门缝往外看。

陈怡扶着门，死死地咬住唇。她见过平嘉侯世子，是他没错了。

门外，脚步声渐渐远了。

门内，陈怡抬手擦擦不受控制落下的眼泪："阿好，帮我……"

"我会的。"林好握住陈怡的手，"我会帮你。"

她不只是为了陈怡，更是为了姐姐，为了让作恶的人得到报应。

回将军府前，林好特意去称了两斤酱牛肉带回家。

"刘伯，你给我做的小玩意儿特别好用。"林好笑着把酱牛肉递过去。

刘伯伸手接过，眼睛一亮："王家铺子的酱牛肉，二姑娘真会买。"

"还有这个。"

刘伯乐坏了："正想着有好肉无好酒可惜了，二姑娘真懂我。"

二姑娘问他有没有方便偷听的东西时，他就知道二姑娘对他的脾气，现在看来，他果然没看错人。

"有酒有肉，不等晚上了，二姑娘要不要一起喝一杯？"

"好。"

二人就在院中坐下，边吃边聊。

"那姑娘亲眼确认了吧？"

"确认了。"

刘伯把牛肉塞到嘴里，嚼了几口咽下，喝了口酒："那就好，省得咱吃力不讨好。"

"讨不讨好，平嘉侯世子我都是要收拾的。"

"这倒是。"刘伯笑眯眯地喝了口酒，"接下来就交给我，保管让二姑娘满意。"

林好笑了："等忙完，我还请刘伯吃酱牛肉。"

"成！"

殿试结束，御街夸官那日，京城万人空巷，都去一睹新科状元郎的风采。

临街一处名为品芳斋的书斋冷冷清清，不见有客人进门。书斋对面的茶楼亦是生意冷淡，就连端茶倒水的伙计，一颗心也早就飞到长安街上去了。

三年一次的盛况本就令人期待，何况新科状元郎是数十年难得一见的连中三元，是文曲星下凡来了。

茶肆二楼一间雅室，窗子正对书斋大门。

林好托腮盯着书斋门口，随着噼噼啪啪的爆竹声从品芳斋中传出，把平嘉侯世子与含芳私会被街坊四邻撞见的一场丑闻从头到尾看个清楚。

林好心情大好，走向混在人群中的刘伯。

"二姑娘还满意吧？"刘伯笑呵呵地问。

林好笑着点头："还是刘伯有办法。我看到他们直接从书斋大门跑出来，就知道事情成了。"

这种前铺后院的布局，往往有后门可走，这二人若走后门跑到巷子里，可没这样的效果。

"他们突然听到爆竹声，惊慌失措，自然是离哪个门近就往哪里冲……"刘伯得意地解释着，似是想起什么，神色变得微妙，"二姑娘亲眼瞧见他们跑出来的？"

"瞧见了啊。"林好面不改色，"不是刘伯通知我来看的吗？"

刘伯："……"老夫人要知道了，一定会打断他的腿。

"二姑娘，这事咱得保密啊。"

"这是当然。刘伯辛苦了，等晚上我给你带酱牛肉。"

"二姑娘还有事？"

"我去和陈大姑娘说一声。"

与刘伯分别，林好一转身就看到一道熟悉的身影。

林好一惊，下意识地打量起祁烁。

几日不见，靖王世子看起来又白了些，气色却比她以为的要好许多。不是说靖王世子病得厉害吗？

"林二姑娘，这么巧。"少年微笑着打招呼。

"世子……病好了？"

"喀喀。"祁烁侧头咳嗽两声，突然就有了弱不禁风的感觉，"只是着凉而已。"

"那就好。"林好露出个真挚的笑容，大大地松了口气。

她这几日一想到靖王世子就脑壳疼，纠结着要不要去看看，理智又告诉她没有正当理由。她总不能跑去靖王府对靖王妃说"令郎有可能是因为我才生病的，所以我来看看"。

若不是听到叫长宁的小厮的自言自语，她都要骂自己一声"自作多情"。如今看到靖王世子活蹦乱跳地出现在眼前，她总算安心了。

林好这般想着，余光扫到跟在祁烁身后的小厮，小厮欲言又止的样子把她这几日的困惑又勾了起来：靖王世子跳湖真是为了救她？

自幼异于常人让林好在一些方面反而格外简单。她想不通，便问了。

"世子那日跳湖……是为了救谁？"

长宁不由得瞪大了眼。

林二姑娘居然直接问世子！

祁烁显然也有些意外。

他似乎想扬唇，又压下，最终不动声色地问："林二姑娘为何会问这个问题？我是说……在许多人看来显而易见的问题。"

林好瞥了长宁一眼。

她也觉得答案显而易见，要不是听了这小厮的话。

"我对一个人的看法，往往属于少数人那类，所以对显而易见的问题依然有好奇心。"

祁烁弯唇一笑："恰巧，我也属于那少数人。"

林好呆了呆。

靖王世子的回答，无疑承认那日他跳下水是为了救她。

"为什么？"

祁烁犹豫了一下，笑着道："大概是我与林二姑娘更熟悉。虽然孙姑娘是我表妹，但事实上在她进京之前我们只见过两三面。当时情况危急顾不得多想，我下意识想救的……是你。"

"多谢世子。"林好一时不知该说什么。

祁烁惭愧地摇头："没帮上忙，不敢当林二姑娘的谢。"

林好见他如此，莫名其妙地轻松了些，笑着道："世子有救人之心，就当得起谢。今日世子没去看状元游街吗？"

"人太多，我就不凑热闹了。想着来书斋淘几本书，没想到也有热闹可看。"祁烁深深地看了林好一眼，"林二姑娘也看到了吧？"

林好面不改色："哦，我刚来。"在靖王世子面前，她还是要掩饰一下的。

祁烁笑笑："林二姑娘准备回去还是……？"

"约了个朋友。世子还准备买书吗？"

祁烁瞥了书斋一眼，面露遗憾："恐怕不能了。那就不打扰林二姑娘与朋友小聚了，回见。"

往回走的路上，长宁一直长吁短叹。

"怎么了？"

长宁凑上去，鼓起勇气问："世子，林二姑娘问您时，您怎么说与林二姑娘更熟悉呢？"

难道不是喜欢吗？

他听着都急死了。

"不然说与表姑娘更熟悉？"

长宁扶额："世子，您为何……不趁此表明心意？"

"心意？"祁烁脚下一顿，目光深深，好似被无数情绪塞满，"长宁，你操心太过了。"

望着大步往前走的世子，长宁满心困惑。

难道是他理解错了，世子对林二姑娘无意？

不可能，世子若对林二姑娘无意，他把姓倒着写。

林好打发宝珠去怀安伯府，约陈怡在一家茶楼见面，等了半个多时辰，陈怡才匆匆赶来。

"阿好，要行动了吗？"见林好悠闲地喝茶，陈怡紧张又期待。

林好把茶盏放下，笑着道："已经行动过了，看来消息还没传开。"

"行动过了？"陈怡一愣，而后大喜，"阿好，快与我说说！"

听林好讲完，陈怡两眼含泪："阿好，你为了我，付出太多了。"

林好握住陈怡的手，正色道："接下来就看你自己了。"

平嘉侯府已丢尽了脸，又赶上御街夸官之日闹出这种丑事，御史言官说不定也会凑个热闹。林好做到了让平嘉侯世子身败名裂，而陈怡想解除婚约，就要靠自己了。

"我这就回去和父亲说。"

"别急，咱们可以先逛逛。你与朋友逛街时听说了平嘉侯世子的丑事，回去哭诉顺理成章。"

二人走出茶楼，如所有热衷逛街的女子一样逛逛停停，不知不觉就逛到了品芳斋那条街上。

街上三三两两的人凑在一起，二人随便走近一处，他们眉飞色舞议论的果然是平嘉侯世子的事。

"咣当"一声，陈怡提在手中的东西掉落在地。

不少人听到动静看过来，就看到一个面色惨白泫然欲泣的少女。

"大娘，你刚刚说什么？"

被陈怡拉住的妇人迟疑地打量着她："姑娘是……？"

"大娘，你们说平嘉侯世子与一个有夫之妇……与一个有夫之妇……"

妇人犹豫着没吭声，旁边有人忍不住插嘴："与一个有夫之妇厮混，大街上的人都瞧见了。"

妇人瞪了那人一眼："别乱说！"

看这姑娘穿戴不俗，妇人担心惹祸。

那人不以为意地笑着道："全京城都知道了，还怕告诉这小娘子吗？"

陈怡捂着嘴一步步后退，突然转身飞奔。

林好喊了一声，着急地追上去。

跑到无人的角落，陈怡把眼泪一抹，期待地问林好："阿好，我刚刚还自然吗？"

林好点头："很自然。"

陈怡松了口气："我刚刚好紧张，生怕演不好。"

"不用演。"林好给小伙伴打气，"这就是你的事啊，你只要展现出最真实的反应就够了。"

"嗯。"陈怡拉住林好的手，"阿好，你能不能等在我家外面？我一定要退亲，要是不成功，我宁可……"

林好忙道："你可不能做傻事。"

陈怡惨淡一笑："我宁可不要怀安伯府大姑娘的身份！逃出来后还望你收容我几日，我会写字、会女红，还有首饰细软，总能活下去的。"

女子一个人或许很难生存，但她有林好这样的朋友啊。是朋友给了她拼死逃出泥潭的勇气。

"好，我在外面等你。"林好顿了一下，认真地道，"无论是好消息，还是坏消息。"

怀安伯府看起来一切如常，甚至比平时要冷清些——女主人带着一双儿女看状元游街去了。陈怡深吸一口气，掩面哭着冲了进去："父亲，父亲——"

怀安伯是个相貌周正的中年男子，陈怡冲进来时，他正与管事谈话。

"父亲——"陈怡扑到怀安伯面前，抱住他的胳膊就哭。

怀安伯看了管事一眼，管事识趣地退到角落。

"怡儿怎么了？莫不是在外面受了委屈？"

陈怡揪着怀安伯的衣袖，哭得上气不接下气："是的，女儿受了天大的委屈，还求父亲做主……"

看着拽着他衣袖的手，怀安伯吃惊之余，心中生出莫名其妙的滋味。

长女许久未与他如此亲近了。

"怡儿莫哭，把事情说清楚。"

"今日女儿出门，听说平嘉侯世子与品芳斋东家的娘子乱来！"

怀安伯第一反应是不信："怡儿从哪里听来的流言？"

"不是流言！"陈怡脸涨得通红，"他们两个就在书斋私会，不知书斋里出了什么

· 121 ·

乱子,就跑到大街上去了,整条街的人都瞧见了……"

怀安伯惊怒交加:"当真?"

陈怡掩面抽泣:"父亲若是不信,随便去打听一下就知道了。"

"陈二,你出去打听一下。"

躲在角落的管事忙不迭出去了。

半个时辰后,管事匆匆回来,脸色瞧着极为复杂。

"如何?"怀安伯沉沉地问。

管事下意识地看了陈怡一眼,小心翼翼地道:"伯爷,大姑娘说的……是真的。"

"这个混账!"怀安伯用力一拍桌面。

茶盏晃了晃,杯盖掉在桌面上发出一声脆响,听着格外刺耳。

"父亲,我该怎么办?"陈怡哭着问怀安伯。

怀安伯陷入了沉默。

陈怡面色苍白,一颗心紧紧地揪着。从没有哪一刻像现在这样让她深深地觉得,她的命运由父亲主宰。

她以前太傻了,因为父亲娶了继室就与他疏远,父女二人极少相处。她若是早像今日阿好教她的,拉着父亲的衣袖多撒撒娇,会不会就有底气多了?

陈怡一时后悔,一时懊恼,一颗心起起伏伏,如等着判决的囚徒。

"怡儿……"怀安伯望着脸色惨白的女儿,只觉难以开口,"为父要是退亲,你可愿意?"

陈怡眼中迸出惊喜:"您说真的?"

看出女儿的喜悦,怀安伯放下心来,旋即又觉苦涩:"父亲当然不愿你嫁给那混账,就是委屈了你,才定亲就要退亲……"

"总比女儿嫁过去才发现他的龌龊要好。"

见女儿如此懂事,怀安伯越发内疚:"都是父亲不好,没有打听清楚。"

陈怡垂眸,语气低沉:"不怪父亲,这种隐私,便是去打听也难以打听到。"

"怡儿,是父亲对不住你。"

陈怡看向怀安伯,那张充满自责的脸令她突然升起一个念头。

那念头如火苗,灼烧着她的心。若是不抓住这个机会,她一定会后悔的!

少女忧伤的声音在屋内响起:"是女儿运气不好,听母亲说这是门极好的亲事,就欢欢喜喜地同意了。"

陈怡口中的"母亲",自然不是已逝的生母,而是怀安伯的继室刘氏。

站在角落的管事闻言,深深地看了陈怡一眼。

大姑娘可真是长大了。

"极好的亲事"这几个字如数根长长的刺,深深地扎进怀安伯的心里,他怎么听怎么觉得刺耳。

"狗屁的好亲事!"怀安伯怒骂一句,顾及女儿就在面前,到底没有多说。

陈怡自怜一笑:"母亲也算费心,还特意带我去平嘉侯府做客,让我见了平嘉侯世子一面,比起那些成亲前都没见过夫君的女子已经算好了,只是知人知面不知心……"

听陈怡这么一说,怀安伯想起来了,妻子刘氏与平嘉侯夫人是表姐妹,二人经常来往。

想到这里,怀安伯脸色彻底变了。

"夫人呢?"

管事回道:"夫人带着公子与二姑娘上街去了。"

不用说,三个人是去看状元游街了。

若是往常,怀安伯不会多想,可此时心中怀疑滋生,再想到夫人带着一双儿女早早出门,长女却独自上街,登时大为恼火。

"把人找回来!"

管事忙安排下人上街找人。

怀安伯劝陈怡回房:"怡儿回屋歇着吧。"

"父亲要与母亲谈我退亲的事吗?"

怀安伯点了点头。

"有了结果,父亲能不能打发人知会女儿一声?"

女儿的小心翼翼令怀安伯眼眶发酸,他道:"会的,怡儿安心歇着吧。"

陈怡福了福身,转身出去时唇角扬起。

天知道她多么想留下看父亲与继母对质,可是她不能。

有些话父亲当着她的面反而说不出口,甚至会下意识地维护继母的形象。只有她不在场,父亲才能毫无顾忌地把那些怀疑问出来。

阿好说得对,接下来的路要靠她自己走,那些荆棘要靠她自己铲除。

陈怡挺直脊背,步履从容地向外走去。

这个自幼失母与父亲日益疏远的少女,在这一刻脱胎换骨,真正长大了。

从陈怡那里听到了好消息,林好带着宝珠,脚步轻松地往将军府的方向走。

初夏的风带着暖意,轻轻抚摩临街店铺檐下挂着的红灯笼,忽明忽暗的橘色光芒洒在来往行人的身上,勾勒出温馨祥和的街景。

"二姑娘!"

一个人影冲出来,没等靠近林好,便被宝珠一脚踹飞。

林好驻足,看着摔在地上的人。

"温管事?"

温平爬过来,涕泪横流:"二姑娘,救救我吧!"

两个多月不见,温平再无半点儿大管家的样子,头发凌乱,双颊凹陷,活脱脱像换了个人。

"温管事这是做什么?"林好语气淡淡,"我记得咱们之间早就两清了。"

温平在林好脚边砰砰磕头:"二姑娘,求您发发善心吧!云儿被赌坊的人打断了腿,现在快不行了!"

"不行了?"林好微微扬眉,内心没有一丝波动。

见林好无动于衷,温平越发激烈:"二姑娘,您只要给我十两银子,让我给云儿请个大夫就好!云儿发着高烧,不能再拖了……"

林好拉开两步距离,淡淡地道:"温管事,我再说一遍,我们之间两清了,你不欠我,我也不欠你。"

温平丝毫没听进这话,一味地求着:"二姑娘,十两银子对您来说不过是一顿饭钱,却能救我儿的命啊,求求您了……"

远处,已经有人往这边看来。

林好皱眉:"温管事,这大街上有不少行人,十两银子对他们中的一部分人来说不过也是一顿饭钱,你为何不去求他们,偏偏来求我呢?"

温平停下动作,望着面色平静的少女,从她的眼中看到了淡淡的嘲讽。

温平愣住了。

在他想来,只要他放下脸面求一求,区区十两银子,二姑娘定会答应的,毕竟之前成百上千两的银子都给得那么痛快。可现在,林好的眼神让他意识到,他求不到这十两银子。

"二姑娘,小人当时毕竟帮了您的忙。"

"你收银子了。"林好笑笑,"温管事好歹当了侍郎府那么多年的管事,难道分不清交易与交情的区别?"

温平一时无言。

林好不再看他,提脚往前走。

"二姑娘!"温平喊了一声。

林好停下,回头看着他。

温平从地上爬起来,没了刚刚乞求的姿态,半眯的眼睛里透出凶光:"二姑娘,您就不怕我把当初被您收买的事说出去?"

林好挑眉:"温管事这是在威胁我?"

温平比画了一下:"一百两,只要二姑娘再给我一百两银子,我就让那件事永远烂在肚子里。"

"说出去吧。"

"什么?"温平以为自己听错了。

林好一脸平静:"你大可以去说。只是温管事这样看起来与乞丐无异的人能对谁去说呢?说出的话又有谁会信呢?你无凭无据败坏将军府姑娘的名誉,就不怕被官差抓起来?"

温平狰狞的神情僵在脸上。

"可惜啊。"林好轻叹一口气,"温管事刚刚若说愿意为我做事,凭此来换取儿子的诊金，我虽不会用你，但未尝不会因为心软拿出这十两银子。"

有些人，永远让恶念第一时间冒头，温平毫无疑问是这种人。

这样的人不配得到怜悯。

温平眼睛一亮，满脸急切："二姑娘，小人乐意为您做事，小人可以给您当牛做马！"

"不需要。"林好摇摇头，大步走了过去。

她愿意的话，确实能得到一个好使唤的人，一个为了完成她的吩咐可以不择手段的人。

但她不需要这种人。

前方，几名刚参加完琼林宴的新科进士驻足，议论着林好。

"那位姑娘好硬的心肠，乞儿跪地求了那么久，竟分毫不舍。"

"是呢，多了没有，施舍个馒头总是应该的。"

随着林好走近，有人轻咦一声："这不是那日的小娘子吗？"

"哪日？"

"就是那日咱们去喝茶，险些被花盆砸到的小娘子。"

"真的是她。"

"当时觉得这姑娘好心善……"

见少女走近了，几人纷纷住口，望着灯光下那张美丽的面庞，有人紧张，有人期待，也有人失望。

等林好目不斜视地走过去，有人叹道："没有想到，那小娘子对女童与乞儿是两个态度。"

"该不会是那日见咱们在，那小娘子才对女童和颜悦色吧？"

温峰看向一脸"恍然"的同科，忍无可忍："那男子未必是乞儿，说不定是有什么缘故，咱们就不要妄加揣测了。"

"时候不早，散了吧。"一名头戴金花的少年开口。

少年眉目清俊，衣冠楚楚，正是一举成名天下知的状元郎杨喆。

众人显然以他为首，听了这话，各自散去。

温峰脚步匆匆，追上温平。

"温管事？"

温平看向温峰，神情从茫然到惊讶："你是……峰公子？"

"温管事怎么会变成这样？"温峰吃惊地问。

若不是因为堂妹，温峰不会过来细看，差点儿没认出来这是温府的大管事。

温平的眼泪立刻流了下来，他道："离开温府后，我们父子无依无靠，人人可欺。前些日子云儿被恶人打断了腿，如今伤口化脓，发着高烧，快要不行了。刚刚小人找上二姑娘，就是希望二姑娘大发善心赏几两银子，好给云儿请医问药，没想到……"

温峰没有顺着温平的话头评议林好，只道："温管事带我去看看温云吧。"

温平面露喜色，"扑通"一声跪下磕头："多谢峰公子，多谢峰公子！"

温峰侧身避开："温管事不必如此，去看温云要紧。"

温平抹抹眼泪，领着温峰七绕八绕，走进一条窄巷。

巷中污水横流，臭味扑鼻，只有月光勉强照亮灰扑扑的墙壁与墙脚的青苔。

"就是这里。"温平推开一扇破门，请温峰进去。

"云儿，爹回来了。"

屋里黑漆漆的，没有动静。

温平快走几步进了屋，把油灯点亮。灯火如豆，屋内显得昏暗阴冷，一股说不清的臭味直往人的鼻子里钻。

温峰看到了躺在床榻上的温云。

与几乎没了人样的温云比，温管事竟还算体面了。

"云儿，你怎么样？"

温平又喊了两声，不见回应，快步走了过去。

"云儿，云儿你醒醒。"温平推了温云的胳膊几下，然后颤抖着手去探他的鼻息。

温平将手伸到温云鼻端，又猛然缩了回去，屋内很快响起撕心裂肺的哭声："云儿！"

温云死了。

伤口化脓加持续高烧，这个沉迷赌博的年轻人死在了一间破旧阴冷的屋子里。

温平伏在儿子的尸体上，痛哭流涕。

这样的情景令温峰感到不适，他却不忍离开。等温平哭累了，温峰从荷包里摸出几块碎银子递过去："温管事节哀，你还要打起精神处理后事。"

温平看着温峰手中的银子，泪水直流："若是能早点儿给云儿请个大夫，云儿就不会死了……"

温峰闻着屋中散发的臭味，没有吭声。

能有这样的味道，可见温云伤口化脓很严重，就是早些问诊恐怕也强不到哪里去。当然，这些话是温峰无法对一个刚刚丧子的父亲说出口的。

"节哀。"温峰转身走了两步，想了想又停下，"温管事以后有什么打算？"

"打算？"温平悲痛欲绝，脸上露出惨笑，"儿子死了，我一个身无分文的废人能有什么打算？不过是活一天算一天罢了。"

"我与父亲要在京城久住，需要一个能帮着打理家事的人。温管事若是愿意，料理完令郎的事可以去找我。"

温平意外地看着温峰，显然没想到会得到这样的邀请。

温峰不好意思地笑笑："当然无法和十叔府上比……"

温平急急地打断温峰的话："小人愿意！"

经历了这些日子的困苦，他太清楚无根无基有多么难了。

林好并不知道短短时间内温平的际遇又有变化，带着宝珠不疾不徐地往家走。

"姑娘，有个登徒子一直跟着您。"宝珠走在林好身边，突然小声提醒。

林好回头看了一眼。

走在后边的少年头插宫花，步履从容，半点儿没有跟踪者的样子。

林好认出了少年。

是那日与温峰在一起的同科，如果她没有猜错，这个少年应当就是名动天下的新科状元郎了。

"不要疑神疑鬼。"小声叮嘱宝珠一句，林好加快脚步。

天越来越黑了，她们是该早些回家了。

杨喆见走在前面的少女突然加快脚步，不由得笑了笑。

他好像被提防了。

"阿好。"

林好侧头。

程树走过来，脸上带着不赞同："怎么这么晚才回家？"

"去看状元游街了。"林好没想到会遇到程树，随口扯了个理由。

程树将视线越过林好，落在渐渐走近的杨喆身上，当下就惊了："阿好，你去看状元游街，就把状元带回来了？"

还能这样吗？

"大哥说什么呢？"林好嘴角一抽。

说话间，杨喆已到了近前。

程树恢复了一本正经的模样，抱拳打招呼："杨状元。"

杨喆停下："兄台是……？"

程树拍拍身上的甲衣："我姓程，今日在皇城当值，有幸一睹状元郎的风采。"

"原来是程小将军，幸会。"

"杨状元这是去何处？"

"琼林宴散了，正准备回住处。"似是觉得这话问得奇怪，杨喆神情有些微妙。

"那就不耽误杨状元回家了。"程树讪笑，忙拽着林好进了将军府。

"我还以为你把状元郎带回家了。"

林好无奈地看着他："大哥，你在想什么？"

"这不是巧了吗？状元郎一直走在你后边。"程树颇有兴致，"阿好你不知道杨状元今日多么风光，好多大臣旁敲侧击，打听他的情况呢。"

林好对这个话题兴趣不大："大哥，我回去歇着了，出去了一天好累。"

回了落英居，林好洗漱过后往床榻上一躺，只觉一身轻松。

只要陈家退亲顺利，陈怡就真正跳出火坑了。

翌日一早，林好就派宝珠出去打听。快到晌午时，宝珠带回了好消息。

"怀安伯与怀安伯夫人一起去了平嘉侯府，把亲事退了。"

林好彻底放下心来。

平嘉侯世子的事传入言官耳中，很快被告到皇上那里。

泰安帝一听就烦了。

最近怎么都是这种破事？

心情烦躁的皇帝把平嘉侯叫进宫中一顿骂，又罚了一年俸禄，不过这都只是小事，关键是皇帝还把平嘉侯掌着实权的差事给免了。

平嘉侯回到府中，提着鞭子就去了儿子那里。

平嘉侯夫人得了消息匆匆赶去，没拦住不说，还挨了几鞭子。

平嘉侯世子出了大丑又挨了一顿鞭子，一下子就病倒了。平嘉侯夫人看着儿子的惨样，哭了一通，又与平嘉侯大吵了一架，也病了。

因皇上才训斥过平嘉侯，往日门庭热闹的平嘉侯府没有几个人登门，原本与平嘉侯交好的那些人大多打发下人送来礼品了事。

一时间，风光无限的侯府竟有了衰败之象。

就在京城上下热议平嘉侯府的丑事之时，一个年轻人偷偷登门，来看望平嘉侯世子。

平嘉侯世子脸色灰败，躺在床榻上望着年轻男子，勉强笑了笑："文源，你怎么来了？"

年轻男子紧紧地皱眉："瑾才，你怎么病成这样？"

平嘉侯世子闭了闭眼："我如今身败名裂，还能怎么样？"

来探病的年轻男子姓秦，名文源，是平嘉侯世子的好友。

能与平嘉侯世子交好，身份自然也不简单，这年轻男子乃是太子少师秦云川的侄儿。

"瑾才，当日究竟是怎么回事？"秦文源问出心中的疑惑。

平嘉侯世子面露愤然之色："我被人算计了。"

"被人算计？"

"那日人们都去看状元游街，书斋那边十分冷清。我正与含芳在一起，突然传来巨响，还夹杂着火光。惊慌之下我们跑错了地方，直接从大门冲了出去，再想回去已经来不及了……"平嘉侯世子越说越愤怒，"书斋里从没有存放过爆竹，定是有人故意害我出丑，特意选在那种时候动手！"

秦文源沉默了片刻，问："瑾才，对算计你的人，你可有数？"

平嘉侯世子缓缓摇头："一时想不出谁会害我。但这件事一定是冲着我来的，而不是冲含芳。含芳一个妇人家，就算得罪了人，别人想报复她也不敢把我拉上。可若说我与谁结怨，我又想不出，最近明明与往常没什么不同……"

平嘉侯世子突然一顿，神色有了异样。

"瑾才，你想到了什么？"

平嘉侯世子看向好友，眼神沉沉："若说与往常有不同之处，就是我刚定了亲。"

秦文源脸色微变："瑾才，你的意思是……算计你的是怀安伯府？"

平嘉侯世子没有吭声。

秦文源眉头紧锁，摇了摇头："没道理啊。定亲的女子已经算夫家人了，一旦退亲，受到的影响极大。怀安伯府若对你不满，又何必结亲？"

"或许是发现了我与含芳的事呢？"

秦文源被问住了。

平嘉侯世子剧烈地咳嗽起来，咳得眼泪都流了出来，红着眼道："现在亲也退了，我也成了这样，说这些没用了。文源，你以后别来了，被人知道了，会连累你的。"

"瑾才，你别这么说。"

平嘉侯世子闭上眼，不再吭声。

见好友心如死灰的模样，秦文源担心不已，可任自己怎么说，平嘉侯世子都不再开口。

秦文源离开平嘉侯府没两日，就传出了平嘉侯世子病故的消息。

接到消息时，秦文源正对着窗外一丛芭蕉抚琴，琴弦突然断掉，割伤了手指。

"平嘉侯世子……没了？"

来禀报的小厮不敢看那张毫无血色的脸，低着头应："是。"

秦文源猛地站起身，却一个趔趄，手按在琴身上，发出一声刺耳的杂音。

"公子，您没事吧？"小厮忙上前把他扶住。

秦文源推开小厮，大步往外走。

"公子，您要去哪儿？"小厮追着问。

秦文源恍若未闻，越走越快，迎面险些撞上一人。

那人一张国字脸，气质严肃，正是太子少师秦云川。

"二叔。"秦文源停下来。

"文源，你要去哪里？"

"我……我出去走走。"秦文源移开视线，不敢与秦云川对视。

秦云川皱眉："你是想去平嘉侯府吧？"

秦文源哽咽着道："二叔，我与瑾才是从小的朋友。那年我父亲过世，我一个人躲起来哭，意外掉进塌陷的坑洞，是瑾才发现我让人把我救上来的。如今他死了，我怎么能不送他最后一程？"

秦云川静静地听侄儿说完，叹了口气："既然提到你父亲，我就更不能让你去了。你父亲过世前最放心不下的就是你，叮嘱我要把你培养成才。平嘉侯世子闹出那种丑事，旁人避之不及，你若到他灵前痛哭一番，不出明日就要生出近墨者黑、人以群分的流言蜚语来。"

说到这里，秦云川拍了拍侄儿的肩膀："文源，你与平嘉侯世子的情谊，就放在心里吧。"

"二叔……"秦文源双目含泪望着秦云川离去的背影,喃喃喊了一声。

悲痛了两日后,秦文源喊来小厮:"去打听一下,状元游街那日以及那之前一段时日,有没有什么特别的人在品芳斋附近流连。"

小厮打听了两三日,一无所获。

秦文源不甘心,在平嘉侯世子过世后第一次走出家门,去了那条街。

街上还是那么热闹,只有挂着"品芳斋"招牌的书斋大门紧闭,凄凄凉凉。

秦文源立在街上盯着书斋大门出神了一会儿,开始环顾四周,一家茶楼闪进了他的视线。

那是一座两层茶楼,看起来平平无奇,唯一引起秦文源注意的是二楼的一间临街雅室——雅室的窗子正对着书斋大门。

若有人在那里,定能把书斋门口发生的事瞧得一清二楚吧。

秦文源心头闪过这个念头,提脚向茶楼走去。

"二楼的雅室还空着吗?"

伙计热情地道:"公子来得巧,还有一间空着。"

被伙计领上二楼,秦文源在走廊里停下,指着一处问:"这间雅室有人了?"

"对不住公子,有几位客官正在里面喝茶。"

秦文源走进空着的雅室,趁着伙计倒茶打听起来:"状元游街那日,这里挺热闹吧?"

伙计一听就乐了,甚至有几分眉飞色舞的意思:"那可不?本想着那日会闲得打瞌睡,没想到看了一场好大的热闹。"

"我看隔壁那间雅室,瞧起热闹来最方便。"秦文源不动声色地道。

伙计笑着点头:"公子说得是。那间雅室的窗子正对着书斋大门,若往窗边一坐,正好边喝茶边瞧热闹。"

"那日谁的运气那么好,正好在隔壁喝茶呢?"

伙计被这个问题问得一愣,停止了滔滔不绝。

秦文源把一块碎银子推了过去。

伙计眼睛一亮,忙不迭地把银子收起来,笑着道:"那公子可问对人了,恰好小人还有印象。"

"是什么人?"

"是一位姑娘,和公子一样,也是一个人。"

第六章 盗 信

一位姑娘？

秦文源似是想到了什么，问那伙计："那位姑娘是熟客吗？"

伙计摇头："那位姑娘是生面孔。"

"是生客还印象深刻？"

伙计嘿嘿笑了："那位姑娘十分美貌。"

"你能描述一下那位姑娘的模样吗？"没等伙计迟疑，秦文源又放下一块碎银子。

伙计立刻把犹豫抛到脑后，仔细描述起来："那姑娘肤色很白，鹅蛋脸，笑起来眼睛像是月牙儿……"

秦文源耐心地听着，默默记下。

"多谢满足了我的好奇心，这是赏你的。"秦文源最后留下一角银子，起身离开茶楼。

重新站在大街上，秦文源面无表情地望着来往的行人。

那些人的面容在他的眼中很模糊，他的脑海中却深深地刻着茶楼伙计描述的少女形象。

"公子，您去哪儿？"见秦文源突然提脚往一个方向走，小厮问道。

"随便走走。"秦文源漫不经心地回道。

一个在状元游街的热闹日子独自来茶楼喝茶的少女，喝茶的雅室窗子正对着书斋门口。

秦文源很难不怀疑这个少女有蹊跷。

甚至因为几日来没有打听到任何有用的消息，他更愿意相信这个少女就是线索。

这是好友在天有灵给他的提示。

"公子——"

秦文源回神，才发现自己不知不觉竟走到了怀安伯府这里。

"青砚。"

"公子您吩咐。"

秦文源往与怀安伯府相反的方向走了几步，边走边问："你见过怀安伯府大姑娘吗？"

小厮一愣，感觉一头雾水："小的没见过啊。"

"怎么才能见一见呢……"秦文源喃喃道。

这话与其说是问小厮，不如说是自言自语。

小厮是个忠心的，虽觉得公子的想法有些奇怪，但还是回道："有些宴会或许有机会见到吧，或是留意怀安伯府大姑娘什么时候出门……"

秦文源猛然停下。

"公子？"

秦文源赞许地点头："不错，陈大姑娘总会出门的。"

陈怡自然会出门。

发生了这种糟心事，两名好友为安慰她，约她去郊外游玩。

"怡儿，你能出来太好了！"说话的少女名叫朱佳玉，出身宜春伯府。另一位少女的家世与二人相当，姓陶，单名一个"晴"字。

陈怡笑了："我退了亲就不能出门啦？"

"不是，我是怕你没心情出门。"见好友脸色还好，朱佳玉语气轻松起来。

"我心情还不错。"陈怡眉目舒展，言谈比往常多了一丝沉稳，"正想和你们商量，今日出门游玩，我想邀请林二姑娘。"

"将军府的林好？"陶晴面露意外之色。

朱佳玉也有些不解："怡儿，你与林二姑娘什么时候关系这么好的？"

"或许是缘分吧。"

朱佳玉轻轻推了陈怡一下："怎么还神神道道起来了？"

"你们难道不相信人与人之间有缘分这种事？有的人一见欢喜，有的人一见生厌。"陈怡挽住两个好友的手，"林二姑娘是个特别好的人，相处久了你们一定会喜欢她的。"

"你都这么说了，那就相处试试吧。"

见两个好友不反对，陈怡便打发一个随行的丫鬟去将军府传话，三人则各自坐进青帷马车往郊外去了。

林好接到信去郊外的路上，陈怡三人已经到了。

天空蔚蓝，白云悠悠，青草地上铺了厚厚的坐垫，挂起青纱帐。

三人闲聊一阵，放起了纸鸢。

"怡儿，晴儿，快来！"朱佳玉牵着纸鸢边跑边喊。

不远处，蓝色衣摆露出一角，秦文源静静地站在树后，沉沉的目光追逐着三个嬉笑的少女。

他现在已经知道，那个穿藕粉色裙衫的少女就是怀安伯府的大姑娘陈怡。

她容貌秀丽，肤色白皙，却与茶楼伙计描述的有出入。

秦文源失望之余，胸腔被怒火填满。

好友尸骨未寒，向他退亲的女子却这般快活，甚至比他寻常所见的那些闺秀还要喜悦外露，而无一丝退亲的阴霾。

秦文源将扶着树干的手攥成拳，眼中冒火。

官道上，规律的车轮转动声越来越近，秦文源听到动静看了一眼。

一辆小巧的青帷马车停靠在路边，跳下一个圆脸丫鬟。

圆脸丫鬟侧身伸手，扶着一名绿裙少女下了马车。主仆二人向草地上奔跑的三名少女走去。

秦文源紧紧地盯着绿裙少女。

美貌出众，肤色白皙，笑起来眼如弯月……

是她，那个在书斋对面的茶楼上看热闹的少女就是她！

秦文源盯着林好与陈怡手挽手并肩走的背影，面上阴云密布，心头却好似被光芒冲散迷雾，敞亮起来。

原来，绿衫少女与陈大姑娘是朋友。

陈大姑娘的好友在京城老少都去看状元游街的日子，跑到品芳斋对面的茶楼喝茶。

没有朋友聚会，就一个人对窗喝茶，而窗口恰好对着书斋门口。

秦文源不信这是巧合。

"阿好，这是朱佳玉，宜春伯府四姑娘；这是陶晴，出身西凉伯府，上次宴会你都见过的。"陈怡笑着介绍。

"朱姑娘，陶姑娘。"林好客气地打招呼。

朱佳玉有些自来熟，俏皮地问道："那我是不是要叫你'林二姑娘'？这太见外啦，以后我叫你'阿好'，你叫我'阿玉'吧。"

林好笑着应下。

听着四个少女说说笑笑，秦文源始终将目光落在林好的身上。

林二姑娘，闺名有一个"好"字。

林好？

秦文源眼神闪烁，挑了挑眉。

他知道她是谁了！

将军府林家前些日子可没少被人议论，林二姑娘哑子开口的奇闻他亦有所耳闻。

林好，陈怡。

秦文源将视线在二人身上游移，神情阴鸷。

"你是谁？"一道凶巴巴的声音响起。

突然出现在他面前的是那个圆脸丫鬟。

秦文源一惊，还来不及反应，就见那丫鬟举起早准备好的一截断枝打过来，一边打一边喊:"快来人,有登徒子偷窥!"

四个坐在马车上闭目养神的车夫纵身一跳,提着鞭子就往这边跑。

随行的丫鬟婆子呼啦啦拥过来。

"误会……"秦文源的解释在宝珠的抽打下分外无力。

小厮拉着秦文源就跑:"公子,这时候解释不清!"

"去那边!"秦文源甩开小厮的手,拔腿跑向林好四个人那边。

他想得明白,这时候要是落荒而逃,才真的说不清了。

面对奔来的陌生男子和后面追打的一串丫鬟、婆子、车夫,陈怡三个人愣住了,只有林好气定神闲地等秦文源跑到近前,伸出举着短刀的手,淡淡地警告:"你再靠近,这把割肉刀可就不答应了。"

朱佳玉看清林好手中的短刀,掩口惊呼一声。

短刀是朱佳玉的,正如林好所说,是为了切割卤肉、烧鸡等吃食特意带的切肉刀。

刀子什么时候到阿好手里的?刚刚阿好不是和她们一样没动过吗?这个年轻男子又是谁?

不止朱佳玉,陈怡与陶晴的脑海中同样冒出一串疑问。

秦文源停下,调整了一下呼吸,面沉似水,问道:"刚刚诬蔑、追打我的丫鬟是谁家的?"

他和小丫鬟解释不清,找她的主人算账总行吧。

林好看了一眼追过来的宝珠,淡淡地道:"是我的丫鬟,但她不会诬蔑人。"

"没有诬蔑人?"秦文源冷笑,"在下秦文源,太子少师是我叔父。"

听他自报家门,陈怡三个人吃了一惊。

那些下人不由得把腾腾杀气收起。

"所以呢?"林好问,语气更凉了几分。

太子少师秦云川的侄儿。

人与人的交集还真是奇妙啊。

"所以?"秦文源紧紧地拧眉,"秦家家风清白,在下若是登徒子,早就被叔父打死了。"

"那可不见得。"林好微笑,"子孙不懂事,当长辈的不一定知道啊。比如那平嘉侯世子,父母若知道他人品那么烂,该把他管教好了才谈亲事吧——"

"住口!"秦文源面色铁青,怒火直冲脑门儿,"平嘉侯世子已经过世,姑娘能否留些口德?"

林好平静地看着秦文源,突然笑了:"原来秦公子与平嘉侯世子是朋友。"

秦文源目不转睛地盯着林好:"还未请教姑娘大名。"

陈怡与陶晴一左一右,扯了扯林好的衣袖,示意她不要说。

"我叫林好。"林好看了一眼陈怡,语气淡然,"我与怀安伯府的大姑娘是朋友。秦公子与平嘉侯世子是朋友吗?"

这话一说出口，陶晴与朱佳玉面色微变，特别是朱佳玉，看向林好的眼神带着小小的不满。

阿好怎么能把自己和怡儿的身份说出来呢？本来得罪了太子少师的侄儿也无妨，反正不认识，现在好了，人家知道家门了。

"是又如何，不是又如何？"秦文源冷冷地问。

林好嫣然一笑："是你就承认啊。就像我，大大方方地承认我与陈大姑娘是朋友，到哪里都不怕人知道。"

这番挤对令秦文源的脸色更难看了些，他目光微转，落在陈怡的面上，嘴角挂着嘲讽："陈大姑娘好兴致，跑来郊外放纸鸢。"

陈怡听出其中的讽刺，脸色红白交加。

"你不要太过分！"朱佳玉握住陈怡的手，强撑着与秦文源对视。

先不提对方的身份，被一名年轻男子当面讽刺，一般小姑娘都受不住。

陈怡上前一步，努力挤出一抹淡笑："侥幸逃脱苦海，我当然有兴致。"

退亲后会面对一些风言风语，她早想到了，不能一直让朋友挡在她的前面。

"侥幸？"秦文源的语气意味深长。

陈怡面色一变，下意识地看了林好一眼。

林好拉住陈怡的手，冷冷地问："秦公子这般替平嘉侯世子鸣不平，是认可平嘉侯世子所为吗？"

"林二姑娘。"秦文源向林好逼近一步，面色阴沉。

林好并没有因为对方的突然靠近而退缩，面无表情地看着他。

"人在做，天在看。"秦文源一字一顿地道，语气里的威胁不加掩饰。

林好笑笑："秦公子说得是，人在做天在看，所以平嘉侯世子遭报应了。"

她顿了顿，定定地看着秦文源："若有人同流合污，助纣为虐，也会遭报应的。"

"那便走着瞧。"秦文源撂下这句话，转身便走。

眼看他越走越远，直到看不见了，陈怡她们三人长出一口气，有种虚脱的感觉。

"怡儿，你没事吧？"朱佳玉问。

陈怡苍白着脸摇摇头。

"阿好，你不该告诉他咱们的身份的。"朱佳玉忍不住小声抱怨了一句。

陈怡拉住朱佳玉，依然注视着秦文源离开的方向："不怪阿好，他一定早就知道我的身份了。"

陈怡看向林好的目光中有着内疚："那人是冲着我来的，阿好是为了我才站出来的。"

朱佳玉有些茫然："我怎么没听明白？"

陈怡勉强笑笑："阿玉你想，如今平嘉侯世子是个什么名声，那人却明显表露出对平嘉侯世子的维护。阿好说得没错，他们一定是朋友。"

朱佳玉听着，不禁点头。

"所以那人与我们根本不是巧遇,而是为好友出气来了。"陈怡脑海中晃过秦文源挂着嘲笑的脸,指尖微颤。

她并不如表现得那么洒脱,平嘉侯世子的事终究在她的心上留下了深深的痕迹,让她无法回到从前了。

但她没想到,那个叫秦文源的年轻男子会跑到她的面前来讽刺她,而对方的身份,是太子少师的侄儿。

恐惧、茫然从心底滋生,陈怡咬了咬唇:"阿好,你不该搅进来的,这会连累你。"

林好笑了:"我不怕连累,你也不必自责。我看秦文源是个聪明人,今日找过来,恐怕不只是找你,也是找我。"

秦文源看向她的眼神,绝不是被一个小丫鬟惹得不快这么简单,可她与此人从来没有过交集。

再联系他对平嘉侯世子的维护,这恨意很可能是源自他通过某些途径查到平嘉侯世子出丑有她参与。

林好敢肯定,在秦文源心里,陈怡是主谋,她是参与者。

所以,她必须得站出来。

林好帮陈怡是自愿的,是解决姐姐的事留下的麻烦。若因此给陈怡带来麻烦,林好自然不能袖手旁观。

再说,他是太子少师秦云川的侄儿啊。

林好只要一想到对方的身份,便生出无穷的斗志与勇气。

叔叔得留着秋后算账,她先拿侄儿练练手也好。

听林好这么说,陈怡脸色更难看了:"阿好,那我更是连累你了。"

朱佳玉摇着陈怡的手:"我怎么又听不懂了?"

陶晴也听出好友话里有话。

陈怡向林好投以询问的眼神。

林好想了想,点头。

"其实……"陈怡迟疑了一下,看着两个好友,"平嘉侯世子的隐情是阿好发现的,阿好为了帮我摆脱这门亲事,和我一起想办法揭露了平嘉侯世子的丑事。"

朱佳玉与陶晴震惊不已。

"阿好,我刚刚误会你了,还觉得你随便就对那人自报家门,对不住啊。"朱佳玉拉着林好的手道歉。

陶晴的语气中更多的是不解和担心,她问:"那人是怎么知道的?以后会不会报复?"

"是呀,他可是太子少师的侄儿。"朱佳玉也发起愁来。

"兵来将挡水来土掩,别太担心了。"林好把短刀还给朱佳玉,神色一片平静。

这话没能让凝重的气氛好起来。

"真的不必太担心。秦文源是太子少师的侄儿不假,可太子少师真会为想替平嘉侯世子出气的侄儿撑腰吗？"林好唇角弯起，眨了眨眼，"世人皆知，平嘉侯世子与有夫之妇相好呢。"

三个人眼睛一亮，心头的阴霾散了大半。

只要太子少师不插手对付她们的家族，她们就没那么怕了。她们本就是姑娘家，远远地躲着秦文源就是了。

只是有的人，你想躲都躲不过。七夕那日，四个人相约去赏花灯，却冤家路窄遇到了秦文源一行人。

秦文源也是新科进士，与之交好的都是差不多身份的年轻人，其中一人令林好多看了一眼，是状元郎杨喆。

"这么巧，又遇到了四位姑娘。"秦文源主动打招呼。

林好四个人都没开口。

七夕这样的日子，置身于如梦似幻的灯光、夜色中，年轻人的情绪总是更容易释放些，与秦文源一起的几个年轻人笑了起来。

"文源，你们认识啊？"

陶晴拉住陈怡的手，下意识地后退一步。

朱佳玉目露警惕，盯着这些面带笑容的年轻男子。

唯独林好依旧气定神闲，看秦文源如何打算。

秦文源笑意温和："前些日子偶然遇见几位姑娘放纸鸢。穿黄衫的是怀安伯府大姑娘，穿石榴裙的是将军府二姑娘。两位姑娘的芳名，你们应该也耳闻过。"

平嘉侯世子的事才过去，立刻有人反应过来："怀安伯府大姑娘？可是向平嘉侯世子退亲那个？"

陈怡脸涨得通红。

"咱们走。"朱佳玉狠狠地瞪了秦文源一眼，去拉陈怡。

陈怡下意识地去看林好。

林好上前一步，蹙眉盯着秦文源："公子既然与我们只是偶遇，当众点破我们的身份是何意？"

她明眸转动，视线扫过那几个年轻男子，又落回秦文源的面上："难不成，是故意让我们出丑？"

"林二姑娘误会了，我只是满足朋友们的好奇心罢了。"说到这儿，他勾唇一笑，"难不成，林二姑娘觉得自己出丑了？"

在秦文源看来，话说到这里，一个女孩子早就脸上挂不住了，若是那自尊心格外强的，甚至会寻短见。

他好整以暇等着林好的反应。

林好目光微转，落在一名年轻人的面上："这位公子可有姐妹？"

被问到的年轻人一脸意外，局促得忘了回答。

"我有。"一道清越的声音突然响起。

林好看向杨喆:"若是杨状元的姐妹走在街上,几名男子突然拦在面前议论她的身份,杨状元觉得她是感到高兴,还是感到尴尬呢?"

杨喆浅笑:"自然是感到尴尬的。"

"杨兄……"秦文源对杨喆的突然介入大为意外。

林好把秦文源的注意力拉了回来:"你看,但凡是女孩子,面对这种情况都不会觉得高兴。秦公子明知如此却还这么做,可见是故意的。"

她一顿,露出恍然大悟的表情:"难道秦公子是为平嘉侯世子抱不平?"

此话一说出口,秦文源变了脸色。

林好面露震惊之色:"秦公子与平嘉侯世子是什么关系啊?"

林好的话顿时引得不少视线投向秦文源。

秦文源面上闪过狼狈,没等他有所反应,倒抽冷气的声音响起。

林好掩着口,一双明眸睁得极大:"你们都是平嘉侯世子的好朋友吗?"

闻听此言,站在秦文源身边的几名年轻男子瞬间往旁边一闪,动作之快让人不敢相信这是一群读书人。

"林二姑娘!"秦文源一字一顿,恨不得把眼前的少女生吞活剥。

细细的抽泣声突然响起,立时吸引了众人的注意。

陈怡面色苍白,眼泪簌簌而落:"原来如此。我还不解我与秦公子素无交集,为何惹来秦公子的敌视,原来秦公子与平嘉侯世子是兴趣相投的朋友。"

秦文源气了个倒仰,下意识地攥紧拳头。

他从未遇见过如此皮厚奸诈的女子,还是两个!

见秦文源有动手的意思,朱佳玉上前一步挡在陈怡面前,忍着害怕大声问:"秦公子,你还要为了平嘉侯世子打我们不成?"

秦文源气得手一抖。

三个!

"秦公子,我朋友是无辜的,退亲也是两边长辈的决定,你怎么能为了平嘉侯世子迁怒本就受到伤害的人呢?"陶晴的声音不及朱佳玉大,柔声细气,带着几分劝说的意味。

秦文源有种要吐血的感觉。

四个!

"林二姑娘,这位秦公子是为了平嘉侯世子才找你们麻烦吗?"

"他怎么这样啊?"

"不奇怪,他和平嘉侯世子那种人关系好呢。"

"平嘉侯世子呀——"

不远处的灯山前,黑压压一群少女七嘴八舌,一时竟分不清是哪个在说话。

一群!

秦文源身子一晃,险些栽倒。

"秦兄，快走吧。"不知是谁拉了秦文源一把。

刚刚还剑拔弩张的双方，转眼间秦文源这边就只剩下状元郎杨喆。

陈怡三个人长舒一口气，这才感到后怕。

林好走到杨喆面前，大大方方福了福身："多谢杨状元刚刚开口相助。"

杨喆温声笑道："当不得林二姑娘谢，我只是实话实说罢了。"

"诚实本就是可贵的品质，还是谢过杨状元。"

许是处处灯火，杨喆的眼神显得温柔缱绻，他道："我该走了。"

他停了一下，压低声音："林二姑娘且当心些。"

林好点头。

杨喆微微一笑，转身走进人海中。

那群刚刚出声的少女走了过来，为首的竟是小郡主祁琼。

"我说约你怎么约不出来，原来是和陈大姑娘她们一起玩儿了。"祁琼笑着道。

七夕之前，林好确实接到两个邀约，一个是陈怡的，一个是小郡主的。

"陈怡约我在前，不然就和郡主一起了。"林好笑着解释了一句，又郑重地道谢，"多谢郡主和各位刚刚仗义执言。"

"谢什么？我还惊讶居然有替平嘉侯世子出气的人呢。"祁琼摆摆手。

一个人对另一个人有了好印象后，便怎么看对方怎么顺眼。

祁琼就是如此。

因为林好救了表姐孙秀华，祁琼心存感激，再看到今日林好维护朋友的行为，就越发欣赏林好。

"要不要一起逛？"祁琼向林好四个人发出邀请。

陈怡其实早没了赏灯的兴致，但见林好投来询问的目光，还是点了点头。

她不能总是逃避，还拉着朋友们一起。

陈怡没拒绝，其他人自然没意见，于是两拨人合在一起，逛了起来。

"我大哥和二哥也来了，不知道一会儿能不能遇见。"小郡主祁琼的声音渐渐被风吹散。

灯光璀璨，人流如织，七夕的夜流淌着甜蜜的暖意。

灯树旁，两名少年并肩而立，眉眼有几分相似。

"大哥，刚刚遇到小妹，怎么不过去？"开口的少年年纪稍小，一双凤目波光流转，不笑也似在笑，漫不经心间就能引来秋波。

少年是靖王府二公子祁焕，身边的是他的兄长祁烁。

祁烁闻言微微挑眉："过去的话，你打算和一群姑娘赏花灯？"

"还是不了。"祁焕忙摆手。

和一群姑娘赏花灯没什么不好，但这群姑娘里有妹妹就算了。

"没想到林二姑娘这么有意思。"祁焕望着林好离去的方向，轻轻一笑。

他突然觉得风有点儿凉，不由得抬头："是不是要变天了？"

"可能吧。"祁烁淡淡地道。

祁焕嘴角抽了抽，无奈地道："大哥，这是七夕灯会，你能不能别这么严肃？"平时大哥也没这么严肃啊。

"二弟。"

"嗯？"

"我也觉得林二姑娘有意思。"祁烁说完，拍了拍祁焕的肩膀，大步往前走了。

留下祁焕好一会儿都没能回神。

大哥……觉得林二姑娘有意思？

有意思？

大哥对林二姑娘有意思！

祁焕觉得自己发现了真相。

祁二公子的八卦之火熊熊燃烧，秦文源则怒火高涨，与朋友分别后走到灯火阑珊处停下，面无表情地喊了一声："青砚。"

"公子您吩咐。"

"看到那几名闲汉了吗？"秦文源冲某个方向仰了仰下巴。

青砚看了一眼，下意识地压低声音："小的看到了。"

"给他们一人五两银子，让他们找林二姑娘与陈大姑娘聊两句。"

灯光稀疏处，几名闲汉目光灼灼，打量着游玩的人。

他们在寻觅合适的下手目标。

七夕这样的日子，意味着欢乐，也意味着危险。

一些粗心大意的人可能被人盯上丢了钱袋子，落单的年轻女子或父母没注意的孩童则可能落到人贩子的手里。

"几位大哥……"

青砚突然打招呼，把几名闲汉吓了一跳。

他们还没开张呢，不可能是被人发现找上门了吧？

再看青砚一副小厮打扮，几个人越发警惕了。

"你有什么事？"

"有件事想请几位帮忙。"

"什么事？"

青砚上前一步，对那为首的闲汉说了几句。

为首的闲汉皱眉。

青砚忙道："给五两银子。"

"这事弄不好要惹麻烦的……"为首的闲汉有些意动。

五两银子并不少了，不过应该还能再争取一些。

"与两个小姑娘聊几句而已，对几位大哥来说不是难事。"

"惹来差爷，我们可要吃不了兜着走，这五两银子不好挣啊。"

"几位大哥无须纠缠,只要让周围的人瞧见就成。"青砚呵呵一笑,"刚刚可能没说清楚,是一人五两银子。"

"一人五两?"几名闲汉齐齐出声。

"大哥——"一名闲汉忍不住喊了一声。

不就是言语调戏一下小娘子吗?调戏完就跑,每人就能得五两银子,这种好事哪里找?

为首的闲汉当即点头:"行,不过你要给五两银子当订金。"

"订金只能给二两。不过几位大哥放心,等我带你们找到那两个姑娘,我就去王记点心铺子旁的桂花树旁等着,事情办妥,你们立刻来拿银子就是。"

为首的闲汉想了想,点头:"那就这么办。先说好了,你长什么样我可记住了,若是拿咱们开涮,早晚找上你。"

"那哪儿能呢?既然请几位大哥帮忙,就是想把事情办好,我可不想惹麻烦。"

"那走吧。"

街上熙熙攘攘,人山人海,想找到人其实不容易,不过青砚得了秦文源的提醒,直奔河边而去。

七夕节也称女儿节,女孩子们会把装着巧果花瓜的小木船放入水中,祈求婚姻美满顺遂。按照不成文的规矩,富贵人家的姑娘与寻常百姓家的女儿放小船的河段稍有区别。

此时河边已经挤满了少女,青砚看花了眼,找了半天,终于找到了人。

"看到站在一起的那两个姑娘了吗?一个穿石榴裙,一个穿鹅黄衫子的,就是她们。"

闲汉点头。

"那就辛苦几位大哥了。"青砚交代完,悄悄回到秦文源那里。

"办妥了?"

"公子放心,都办妥了。那几名闲汉一听每人五两银子,立刻答应了。"

"那就好。"秦文源露出满意的笑容。

为了避免被人察觉,主仆二人离河边并不近。虽然投向河边的视线不时被来来往往的人遮挡,但秦文源仍忍不住盯着那里,他的眼中有着期待,心头的怒火消减了不少。

伶牙俐齿又如何?贵女被闲汉当街调戏,他倒要看看她们如何自处!

"青砚,你去桂花树下等他们吧,钱事两清,省得将来麻烦。"

"公子要留在这里?"

秦文源微微一笑:"这样的好戏岂能错过?我看个开头便直接回府,你办完事也直接回去。"

青砚应了,往约定之处赶去。

几名闲汉正往林好那边走,为首的闲汉突然被人拍了一下肩。

"谁？"闲汉一惊，立刻转头张望，映入他眼帘的是一个十分俊美的少年。

少年的唇角挂着没有温度的笑，他声音低沉："帮我办件事如何？"

几名闲汉觉得奇了。

今日是怎么了？一个接一个找上来，让他们办事。

"我知道，有人给你们每人五两银子，让你们与两位姑娘过不去……"

为首的闲汉大惊："你是谁？你想怎么样？"

几名闲汉立刻把少年围起来。

身处包围中，少年神色自若："别急，听我说完。"

几名闲汉紧紧地盯着他。

少年笑了笑，手突然指向一处："看到那个穿宝蓝长衫的年轻男子了吗？他就是出钱找你们办事的人。"

好奇之下，几名闲汉透过人群仔细望去，果然看到一个身穿宝蓝长衫的年轻男子。

"难不成他找了我们，还找了你？"为首的闲汉看这少年的气度虽觉不大可能，却实在想不出对方找上来的理由。

"调戏姑娘多败人品？"少年语调轻缓，说出的话却如石破天惊，"我出十倍，给你们一人五十两，你们去'调戏'一下那穿蓝衫的男子吧。"

"什么？"

几名闲汉以为听错了。

"你要我们去调戏男人？"

"一人五十两。"少年语气淡淡。

几名闲汉交换眼神。

五十两，一人五十两！

他们干了！

"你要先给钱。"为首的闲汉压下扑通扑通的心跳，脸上不自觉地露出凶光。

这可是一人五十两，他们四个就是两百两。

有这两百两，他们完全可以金盆洗手了。

少年把一沓银票拍在为首闲汉的手上。

闲汉飞快地点了一下，十两面额的银票一共二十张，正好两百两。

他诧异地看向少年：竟然全给了？

"我嫌麻烦，懒得事后去桂花树下等你们，相信你们也是怕麻烦的人，对吗？"

少年问得平静，几个人却听出了威胁的意味。

"这是当然，咱们拿钱办事，公子大可放心。"为首的闲汉笑着道。

这少年竟把他们刚才的对话听得清清楚楚，而他们却无人察觉，这样的人自然不能得罪。

再说，只给一人五两银子的穷鬼想来不会出更多银子来打动他们了。

"兄弟们，走。"

几名闲汉大步走向秦文源，脚底生风。

他们不守信用反咬一口？别开玩笑了，人家出了十倍的钱，他们要是守信用，都对不起自个儿这些年摸来的那些荷包。

穿过来往之人，几名闲汉走到秦文源的面前。

秦文源微微皱眉。

什么动静都没有，这几名闲汉怎么过来了？

莫不是林二姑娘她们溜了？

秦文源满腹疑问，却不准备与几名闲汉多话。

他要用这些混子打击林二姑娘与陈大姑娘不假，却不想惹一身骚。

秦文源提脚欲走，就见走在最前头的闲汉笑成了一朵花："咦，这不是秦公子吗？"

过于热情的笑容与过于亲热的声音，顿时引得人频频侧目。

秦文源心里"咯噔"一声，转身就走。

"秦公子别走啊，上次不是一起玩儿得好好的？"

随着为首闲汉一声调笑，几名闲汉默契地堵住秦文源的去路。

"请你们让开，我不认识你们。"

为首的闲汉捂住心口，一副伤心欲绝状，大声控诉道："秦公子，没想到你是这种人！在一起玩儿时那么高兴，转头就不认人了！"

什么情况？

人们登时不走了。

秦文源热血上涌，脸当即涨成猪肝色。

"休要胡说八道！"他甩袖欲突破闲汉的包围，心知纠缠下去大大不妙。

为首的闲汉一把抓住他："秦公子，你要是装不认识，始乱终弃，那咱们就要好好聊聊了。"

始乱终弃？

驻足看热闹的人不由得竖起耳朵。

"放开！"秦文源耳朵里嗡嗡作响，用力想甩掉闲汉的手却甩不开，"你们再纠缠胡说，定要你们好看！"

闲汉当然知道秦文源身份不简单，然而人为财死鸟为食亡，二百两银票已到手，此事一结束，他们马上就出京避风头去，等过上个一年半载再回京，谁还记得他们几个小人物？

"这么多人看着不方便，走走走，咱们去没人的地方好好聊聊。"为首的闲汉拖着秦文源往外走，就听"刺啦"一声，拽断了半截衣袖。

秦文源高声喊起："救命——"

"怎么回事？"不远不近的地方传来官差的喝声。

"走！"为首的闲汉打了个手势，几名闲汉转眼都跑了。

人群中，林好几人神色各异。

"这算不算报应啊……"朱佳玉心直口快，喃喃道。

陈怡想笑，眼眶却发酸。

她以为自己的运气总是这么糟，好不容易摆脱了与平嘉侯世子的亲事，又惹来太子少师侄儿的敌视。

原来不是的，心术不正的人，真的会有报应。秦文源闹出这种事来，想必短时间内都不会冒头了。

林好在人群中寻觅了半天。

老天或许会惩罚恶人，但她更相信是借着人的手，而不是靠运气。

她目光一凝，在人群中看到了杨喆。

杨喆似有所感，往这边看来，对上林好的视线，笑着点点头。

林好回以一笑。

难道是杨状元？

脑海中晃过这个念头，林好暗暗摇头。

杨状元虽会开口帮腔，可要说收买闲汉令秦文源出丑，她总觉得不大可能。

倒没别的意思，主要是听说杨状元寒门出身，应该没那么多银子吧？

林好游移视线，最终落在某处。

靖王世子也在这里。

难不成是他……

林好还是摇了摇头。

靖王世子有钱，但她很难把病弱谦和的小王爷与地痞闲汉联系起来啊。

林好放弃了猜测。

有人暗中帮忙也好，纯粹运气好也罢，总之，接下来一段时间，她和陈大姑娘应该会清净了。

回去的路上，林好的马车跟在祁琼的车子后边，等靖王府近在眼前时，将军府也到了。

祁琼等着林好下了马车，提出邀请："明日若是得闲，与令姐一起来王府玩儿吧。"

"郡主不嫌叨扰，明日我与姐姐过来。"

"那可说好了。"祁琼扬唇一笑，摆了摆手，"明天见。"

"明天见。"与小郡主说过道别的话，林好看向祁烁。

二人一来二往也算有些交情了，总不能对人视而不见。

林好对祁烁微微颔首，算是道别。

"明天见。"祁烁淡淡地笑着道。

祁焕与祁琼齐刷刷地看向兄长，眼中满是震惊。

祁烁一脸坦然，坦然到林好压根儿没意识到这话或有可细想之处，点点头，转身向将军府内走去。

祁焕与祁琼一左一右，架住祁烁的胳膊。

"大哥还不困吧？"

"大哥饿不饿，咱们一起吃个消夜啊？"

二人把祁烁拉到花园中的凉亭里，吩咐侍女端来茶水点心。

"你们想说什么？"祁烁端起茶盏啜了一口，神态自若地问。

祁焕冲祁琼使了个眼色，示意她来问。

祁琼回了个眼色，表示兄长优先。

祁焕摇摇头。

祁琼也摇摇头。

兄妹二人大眼瞪小眼，反而把祁烁忘在一旁。

祁烁把茶盏放下："若是没事，我回去歇着了。"

"大哥！"二人异口同声，干脆一起问出来，"你是不是心悦林二姑娘？"

皎皎月光洒落在凉亭上，温润了亭中人的眉眼。

祁烁把玩着青瓷茶杯，笑意浅浅。

"是啊。"他道。

祁焕身子前倾，一脸好奇："那你对林二姑娘说了吗？"

祁烁伸手推开那张陡然放大的俊脸，语气中带着淡淡的警告："没有。你们也不要自作主张乱说。"

"大哥，你不说人家姑娘怎么知道呢？这么被动可不行啊。"

祁烁睨了弟弟一眼，淡淡地道："母妃替我去求过亲。"

"我怎么不知道？"祁焕不由得看向祁琼，看到的却是妹妹平静的脸。

他一脸不可置信："所以只有我不知道？"

祁琼笑而未答。

祁焕捂了捂心口，太过分了，莫非他是捡来的？

许是龙凤胎的心有灵犀，祁琼敷衍地安慰了一句："许是母妃忘记了。"

祁焕："……"这还不如不安慰。

"那……没成？"

"林太太回绝了。"祁烁平静地道。

祁焕反应过来："都说林太太特别疼女儿。林太太没同意，莫非是林二姑娘不愿意？"

祁琼扯了祁焕一下。

明摆着的事，二哥非要问出来让大哥伤心吗？

祁烁的面色却无多少变化，他道："所以你们不要吓到她。"

"林二姑娘没眼光啊。"看着兄长与自己有几分相似的脸，祁焕摇摇头。

大哥这样俊美的少年郎林二姑娘都看不中？

"不早了，都回去睡吧，我的事你们不用操心。"祁烁起身走了。

翌日，七夕发生的新鲜事就传遍了大街小巷。

太子少师秦云川与同僚去附近的茶楼喝茶，听了一耳朵侄儿的八卦，当即就回了府。

当时秦文源正躺在书房的矮榻上，盯着房梁发呆。

他派青砚出去悄悄打探了，结果到处都在说他的事。

"公子，老爷来了！"青砚冲进来，一副快要哭出来的表情。

秦文源猛然坐起来。

秦云川挑开门帘，沉着脸走进来。

"二叔。"秦文源低着头，不敢看叔父盛怒的脸。

青砚靠着墙角，战战兢兢。

屋中死一般的沉寂，不知过了多久，秦云川缓缓开口："我说的话，你都忘了？"

"二叔，我没有……"

"没有？"秦云川脸色越发阴沉，"如今京城上下都知道你为了平嘉侯世子去为难向他退亲的姑娘，说你与平嘉侯世子是一类人。"

"二叔，那些人乱说的。"

秦云川冷笑："你若没存着替平嘉侯世子抱不平的心思去找麻烦，会惹来一身骚？"

秦文源脸色青白交加，无法争辩。

"那几名闲汉又是怎么回事？"

"侄儿不知怎么惹上他们的……"

"文源，到现在你还不对二叔说实话？"秦云川摇了摇头，"你太让我失望了。"

"二叔……"

"你难道觉得那几名闲汉找上你只是你运气不好？这分明是有人算计你。到这时你还遮遮掩掩，二叔纵使想弄清楚情况也有心无力。"

秦文源内心挣扎了一番，还是不敢说出实情："侄儿也知道那几名闲汉有问题，说不定就是怀安伯府大姑娘和将军府二姑娘买通那几名闲汉来害侄儿。"

"听说那两个姑娘后来一直与靖王府小郡主等人在一起，她们如何买通人害你？"

秦文源被问住了。

秦云川看向青砚："你身为大公子的贴身小厮，本应及时劝阻主人的不当行为，结果却任由事情发生，自己去领五十棍吧。"

青砚腿一软跪下来："老爷饶命，老爷饶命啊！"

秦云川移开视线，不理小厮的哀求。

秦文源虽恼青砚办事不力，可青砚毕竟是自小跟着他的，还是忍不住求情："二叔，五十棍太多了……"

秦云川目光冷淡："文源，你还是想想自己的前程会如何吧。你的事，皇上定然会过问。"

秦文源身子一晃，跌坐回榻上。

见青砚不动，秦云川一声吩咐，很快有下人进来把青砚往外拖。

"公子救我，公子救我啊——"

秦文源此时自顾不暇，哪儿还顾得上替小厮求情？

青砚说是小厮，却从没干过粗活儿，日常起居甚至还有人伺候着，身娇肉贵，不过二十棍子下去就哭天抢地地交代了。

"是公子让小的去找那几名闲汉……"

听青砚交代完，秦云川面无表情地吩咐："打一百棍。"

一百棍子下去，青砚不出意外地断了气。

得知青砚的死讯，秦文源大哭。

"觉得难过？"

秦文源涕泪交加："青砚从小就跟着我……"

"这就是代价，以后再办事，先考虑周全。"秦云川看着侄儿，恨铁不成钢，"文源，给我把心思放对地方，莫要做这种上不了台面的事。"

侄儿居然指使闲汉调戏小姑娘，秦云川想想就气得心绞痛。

秦云川没有料错，没过两日，听闻此事的泰安帝就把他叫进宫去。

"秦卿，朕听说你侄儿与平嘉侯世子关系不错？"

秦云川心知瞒不过泰安帝，解释道："文源小时候曾被平嘉侯世子救过，这孩子是个知恩的，所以一直与平嘉侯世子有来往。"

"可他现在不是孩子了。"泰安帝抚摩着龙案上的白玉镇纸，神色莫测。

泰安帝这话令秦云川心一沉，秦云川知道皇上这是很不满了。

"都怪臣管教不力，请皇上恕罪。"秦云川跪下来请罪。

泰安帝没有立刻让秦云川起身，沉声道："先是温如归要抛妻弃女，再是平嘉侯世子与有夫之妇赤身现于闹市，如今又出了令侄的事。秦卿，你可想过这会对京城的风气造成何等影响？"

一个接一个，这是要把京城淳朴的老百姓带坏？

泰安帝一想就生气。

"何况你是太子少师，肩负教导太子之责。如今京城上下热议令侄品行，这对太子也没有好处。"

"臣有罪！"秦云川以额贴地，心中冰凉。

泰安帝摩挲着白玉镇纸，居高临下地看了秦云川片刻，淡淡地道："秦卿起身吧，朕知道你也不好受。令侄就在家好好休息吧，远离这场风波。"

秦云川浑身一震，颤声道："谢皇上开恩。"

他心知肚明，除非有什么大功劳，否则侄儿的前程算是完了。

秦云川心情沉重地回到府中，在书房里静坐了一会儿，起身从一处暗格中取出一个带锁的匣子。

他从几册书的夹缝里摸出一把钥匙把匣子打开，里面是几封书信。

摸着那些书信，秦云川嘴角勾起。

再给他一段时间，只要把明心真人找出来，就是大功一件。

于混乱中失踪的平乐帝一直是皇上的心结，而随平乐帝一起失踪的那些人中，明心真人毫无疑问是极重要的人物。

他与明心真人书信来往多次，却还是没弄清楚明心真人的藏身所在，这让他不得不承认对方的能耐。

不过不要紧，只要明心真人在京城，有书信吊着，他早晚能把人找出来。

秦云川默默地把书信收起藏好，吐出一口浊气。

泰安帝训斥秦云川的事很快就在百官勋贵间悄悄传开了。

这些人知道后的第一件事，就是把子孙叫来敲打。

子孙比较听话规矩的，长辈耳提面命一番也就完事了。子孙本就不着调的，长辈都是先打一顿，再耳提面命。总之一个意思：不许在外头惹是生非，特别是男女之事上，这是重点。

与贵公子们开始夹着尾巴做人不同，太子反而觉得松快起来：最近不用担心秦少师管东管西了。

秦少师怎么好意思管他啊，自己的侄儿还没管好呢。

太子得了闲就往街上跑，有意无意地在将军府附近转悠。

那日惊鸿一瞥，他便一直对那个少女念念不忘，后来打听清楚了，是兵部侍郎温如归的小女儿，现在是将军府林家的二姑娘了。

内侍王贵最明白太子的心思，一眼瞥见林好与林婵从将军府角门出来，忙提醒太子："殿下，您看那边。"

太子看过去，就见两名身量相当的少女并肩从将军府走出来。

她们一人着丁香色褶子，一人着烟绿色裙衫，遥遥一望便知是一对姐妹花。

太子的目光追逐着二人，直到二人进了靖王府，太子想了想，提脚向靖王府走去。

靖王府门房一见太子来了，大吃一惊。

"你们世子可在家？"

"回禀殿下，世子今日没有出门。"

太子一笑："那正好，吾来找他下棋。领路吧。"

立刻有王府下人带着太子去祁烁住处。

"世子去花园散步了。"祁烁院中下人的回话正合太子心意。

这样的好天气，想必他堂妹招待两位林家姑娘也会在花园里。

太子信步往花园走去。

这个时候，祁琼正招呼林好与林婵在花园的亭中喝茶，另有孙秀华作陪。

"那日的故事阿好你还没讲完，快接着讲吧，不然我总惦记着。"祁琼捧着茶杯，摆出听故事的架势。

七夕翌日请林好姐妹做客，祁琼本想帮一把可怜的大哥，给他们制造一下相处的机会，没想到林好太会讲故事，小郡主听入迷了，把大哥给忘了。

祁琼现在也想开了，兄长自有兄长福，她还是专心听故事吧。

"那日说到王家姑娘开了个小食肆，专卖卤猪头肉……"

祁琼听入神了，不自觉地咽了咽口水。

不知为何，故事里王姑娘做的吃食明明都是贱物，她却十分想吃。

祁琼怀疑林好会做，不然怎么能说得这么诱人？

"郡主，太子殿下来了。"立在身后的侍女小声提醒。

祁琼看向亭外，就见身着华服的太子往这边走来。

太子怎么突然来了？

祁琼暗暗吃惊，站起身来迎上去。

"堂妹不必多礼。"太子露出个浅浅的笑容，向亭中看去，"你在招待客人啊？"

林婵拉着林好屈膝行礼。

孙秀华显然因太子的身份有些慌了，磕磕巴巴说了句"见过太子殿下"。

靖王妃当年能让靖王一见钟情，美貌自不必多提。孙秀华的母亲与靖王妃是孪生姐妹，女肖其母，孙秀华也是个难得的美人。

太子将视线在孙秀华的面上一扫而过，落在林好的身上："那日遇见过这位姑娘，没想到是堂妹的朋友。"

祁琼一颗心沉了沉。

太子这是什么意思？

寻常人眼中的规矩对太子来说其实没有多少约束力。祁琼对太子的言行虽犯嘀咕，却不好不回话："林二姑娘就住在隔壁将军府，是我的好友。"

祁琼介绍完林好，又介绍林婵："这是林大姑娘。"

林婵垂首屈膝。

祁琼又介绍孙秀华："这是我姨家表姐，进京不久。"

孙秀华捏着帕子行礼，因紧张整个人有些颤抖。

若是普通女子这个模样，太子只会觉得小家子气，美人如此就不一样了。太子看着春风拂柳般的少女，倒觉别有风情。

当然，他更感兴趣的还是林家姐妹。

"既是堂妹的表姐，那也算吾的表妹了，不必多礼。"

太子温和的语气令孙秀华放松了些，她直起身后忍不住悄悄仰眸，看了太子一眼。

这一看，她心中便荡起了一丝涟漪。

二十出头的太子无疑是俊美的，又因为储君身份，养出了一身矜贵之气。

察觉孙秀华的视线，太子含笑扫了她一眼。

孙秀华飞快地垂眸，红了双颊。

"殿下过来是……"

太子微笑："吾来找你大哥下棋，结果你大哥出来散步了，所以过来找他。"

祁琼听了暗暗咬牙，心道大哥散步可真不是时候。

这时一道声音传来："殿下。"

太子下意识地敛起唇边的笑意，转身看去。

祁烁大步走过来。

"殿下要找我下棋？正好我也来了棋瘾。"祁烁做了个"请"的手势，邀太子前往住处。

太子脚下没动："天气正好，不如在园中——"

"对了，我新收了一副琉璃棋子，殿下瞧瞧如何。"祁烁仿佛没听出太子的言下之意，热情地带着他往住处去了。

望着太子的背影消失在花木后，祁琼暗暗松了口气。

"坐吧。"回身看向林好三人，祁琼露出个笑容。

"郡主，太子常来王府吗？"

祁琼有些意外林好的问题，摇摇头道："怎么会？还是母妃生辰时来过一趟。"

"那今日还挺巧的。"林好淡淡地说了一句，没有坐下，"我和姐姐还是回府吧。太子千金之躯，无意间冲撞了就不好了。"

林好的提议亦是林婵的想法，祁琼也没了留人的心思，吩咐侍女送姐妹二人出府。

亭中空荡下来，只剩下祁琼与孙秀华。

"表姐，咱们也回屋吧。"

孙秀华迟疑了一下，点头应下。

祁琼把孙秀华的迟疑看在眼里，暗暗皱眉。

刚刚表姐面对太子的反应虽可说是太过紧张，可祁琼总觉得有些不对劲。

但愿是她想多了。

回房后，祁琼想了想，吩咐婢女："去留意一下表姑娘那边的动静。"

不多时，婢女回来禀报："婢子瞧见表姑娘往正院去了。"

王府正院是靖王与靖王妃的住处。

祁琼一听就拧起眉。

又不是早晚请安的时间，表姐去母妃那里干什么？

祁琼想到突然出现在花园中的太子，眼神冷了下来。

太子来王府，定然要和母妃打个招呼的，表姐难道想再遇太子？

祁琼知道自己不该乱揣测，可这个念头挥之不去。

她干脆起身，往正院去了。

这边靖王妃应付着太子的突然造访，回到将军府的林婵心中莫名其妙地感到不安：

"二妹，你是何时遇见太子的？"

林好把看街头杂耍儿的事说了。

林婵面露忧色："太子该不会打你的主意吧？"

"大姐别担心，以后请郡主过来玩儿，我们不去靖王府，就与太子碰不到了。"

"可他是太子，真要有这个心思，只怕防不胜防。"

"至少他不能明抢。大姐出门也注意些，不要落了单。"

没有卖女求荣的父亲配合，太子想光明正大地下手也没那么容易。

京城中八卦一茬儿接一茬儿，层出不穷，等人们渐渐不再议论秦文源的事，林好骑着林小花出门了。

少女骑着小毛驴，直奔桥头。

几个月过去了，卦摊前还是冷冷清清的，算命先生闭着眼，昏昏欲睡。

"先生，我想算命。"

清脆的声音传来，明心真人睁开眼睛。

"小姑娘，怎么又是你？"

林好露出个灿烂的笑："先生还记得我啊？真是好记性。"

一旁吹糖人儿的撇了撇嘴。

什么好记性？一天到晚没几个人上门，换谁都能记住这个小姑娘。

"先生能不能给我算一卦？"林好往卦摊前的小凳子上一坐，笑吟吟地问。

明心真人皱眉："小姑娘几个月前不是找人算过？"

林好瞄了一眼桥下，小声道："我找那个算命先生算得不准！"

她压低声音时，几个小贩下意识地竖起耳朵，听她这么一说，当即一脸古怪。

桥下算命的老李是怎么得罪这小姑娘的？

林好才不在意这些小贩的想法，无奈地叹气，道："所以我还是想找先生算。"

"小姑娘想算什么？"

林好一笑："姻缘。"

众小贩："……"这小姑娘脸皮真厚啊。

"先生能不能帮我算一算？"林好淡定地望着明心真人。

她一个大好年华的女孩子，当然要求姻缘了。

明心真人手指动了动，站起身来："早就说过，命越算越薄，不适合你这样的小姑娘。你若求姻缘，不如去上香拜佛。"

眼见明心真人熟练地收起幌子走人，林好牵着小毛驴追上去："先生，先生，莫非是我命格清奇，将来有大造化，所以你不敢算？"

明心真人脚下一顿，嘴角抽了抽："小姑娘莫要给自己脸上贴金。"

"那先生为何就是不愿给我算一卦呢？"

明心真人深深地看了林好一眼，摇摇头："因为没什么可算的。"

他说完，不再理会林好，快步往前走。

林好牵着林小花，不紧不慢地跟在后面。

暗中保护明心真人的杜青几次目露凶光，无奈没有明心真人示意，只能按兵不动。

"小姑娘，你再跟着，就要到我家了。"明心真人停下来，脸色微沉。

林好咬咬唇，显出几分倔强："先生给我算一卦，我就不跟着了。"

明心真人皱眉："小姑娘为何执意找老夫？"

林好摇了摇头："我也不知道，反正一见先生，就觉得先生是隐于市的高人。"

明心真人盯着林好，眼神深沉了些。

林好仿佛没有察觉，左右看了看，压低声音道："不瞒先生，我出身将军府，先生给我算命的话，我会给你很多卦钱的。"

听她自报家门，明心真人神色稍缓。

他派杜青查过林好的身份，知道她没有说谎，这样一来，对她的怀疑也就打消了些。

"小姑娘出身富贵，还有什么可求？"

"姻缘啊！"林好苦恼地皱了皱眉，"不瞒先生，家母和家姐的姻缘都不太顺遂，我想到自己的将来就觉灰心。"

明心真人定定地看了林好一眼，道："老夫观你印堂饱满，双颊红润，姻缘上虽有波折，但最终定会得遇良人，美满和乐。"

"波折？"林好缠着明心真人算姻缘只是个借口，可听他这么说，还是来了好奇心。

明心真人伸出一根手指："有一道桃花劫。"

林好眼帘颤了颤。

桃花劫……莫非是指太子？

呸呸呸，那哪儿配叫桃花劫？那叫倒了血霉。

"这个劫……难过吗？"

明心真人笑笑："若能如现在这般眼明心亮，自不难过。"

"多谢先生。"

"小姑娘回家吧，不要缠着老夫了。"明心真人加快了脚步。

"先生，先生，"林好紧跟上去，"你还没收卦金呢。"

"那就一两银子吧。"明心真人随口道。

林好从荷包中摸出一两金子递了过去。

阳光下，金子闪闪发光，灼人眼睛。

明心真人已经察觉数道火热的目光。

"太多了。"

林好嫣然一笑："先生说我会得遇良人，一两金子怎么能算多呢？"

她把金子塞到明心真人手里，翻身上了小毛驴："先生，等我再有困惑，还找你算命。"

眼见林好摆摆手骑驴走了，明心真人微微松了口气。

可算摆脱这难缠的丫头了。

明心真人加快脚步，转了个弯，前方突然有人挡路。

他面不改色地转身，却发现后面也被堵住。

左右又各有一人围过来。

"老东西，把金子交出来！"一人恶狠狠地道。

明心真人从袖中取出金子，扔进那人怀里："老夫可以走了吗？"

"那可不行。一两金子你说不要就不要了，可见身上还有钱！"

围过来的几个人面露贪婪之色。

"让我们搜一搜，再放你走！"

得了金子的那人伸手去抓明心真人，突然一声惨叫响起。

"我的手，我的手！"他捂着手腕大叫，甩得鲜血四溅。

趁几个人愣住，明心真人大步离去。

几个人回神欲追，一个年轻人出现在他们面前："把你们刚刚抢的金子交出来。"

"你是什么玩意儿……啊——"放狠话声变成了惨叫声。

杜青面无表情地捏断那人的手腕，看向其他人。

其他人作鸟兽散。

拿回金子，杜青七绕八绕，频频留意身后，最后停在一座不起眼的民宅前。

他有节奏地敲了敲门。

门开了，站在门内的赫然是明心真人。

明心真人侧身，让杜青进来。

"怎么样？"

"小人盘问过了，他们就是附近的闲汉，盯上您纯粹是见财起意。"

明心真人摇了摇头："那小姑娘真能惹麻烦。"

"真人，咱们接下来怎么办？"

明心真人视线缓缓扫过屋中的陈设，叹道："搬家吧。"

路遇抢劫虽是偶然，他们却不能大意。

狡兔三窟，以明心真人的谨慎，在京城的落脚之地有七八处。二人说搬就搬，很快收拾好必需之物，悄悄离开了此处。

暮色四合，林好在将军府的园中见到了刘伯。

"二姑娘让我盯的算命先生匆匆搬家了。"

这在林好的意料之中。

以老师的谨慎，遇到了反常之事必然会搬家。

她给出那块金子，街头的闲汉瞧见，想不动心都难。为让老师脱困，杜青定会出手。

　　她要的，就是杜青出手。在杜青出手的这段时间里，刘伯就能跟踪老师到他的落脚处，这样先一步守着，就能悄悄跟着二人到新住处。

　　杜青是跟踪人的好手不假，但刘伯也不差。有的时候，双方就差一个先机，一个匆忙之下的没留意。

　　过了几日，刘伯又带来了消息："那算命先生每日去石盘胡同外一棵老槐树下摆摊，巳初出摊，申末收摊，有时直接回家，有时去打一壶酒吃了再回。那个年轻人一直守在暗处……"

　　刘伯说到这儿，神色变得古怪："二姑娘，那算命先生究竟是什么人，怎么会有高手暗中保护？"

　　"这个……我暂时不能告诉刘伯。"林好面露歉然。

　　刘伯笑了："二姑娘不能说就算了，不过我还是要多嘴一句，离那年轻人远点儿。"

　　林好点头应了，翌日就悄悄出了门。

　　这一次，她没有骑林小花，脸上涂了些比肤色略黑的粉，眉也画粗了不少，一眼看去就是个小家碧玉。

　　她没有直奔明心真人的新住处，而是绕去石盘胡同附近。

　　石盘胡同附近是个热闹的地方，卖针头线脑的，卖烧饼的，卖油条豆腐脑的……叫卖声与谈笑声交织，一派浓浓的烟火气。

　　一棵粗壮的老槐树下，须发皆白的算命先生昏昏欲睡，卦摊前冷冷清清。

　　林好遥遥看了一眼，确定明心真人出摊了，这才去了他新的落脚处。

　　灰白的巷子幽深狭长，从一头走到底不是死胡同，而是到了另一条街上。这样的巷子，某些时候无疑方便人逃脱。

　　林好在一扇普普通通的院门前停下，门上挂着一把锈迹斑斑的锁，看起来与其他几户人家没有什么区别。

　　明心真人的新住处就是这里。

　　林好从袖中抽出一根铁丝折弯，一阵摸索后，锁开了。她闪身进去把门掩好，小心翼翼地打量着四周。

　　以林好对明心真人的了解，从她踏入院门开始，就是步步杀机。比如这看起来平平无奇直通屋门口的青石小径，若是正常走过去，就会为机关所伤。

　　明心真人极擅机关之术。

　　林好观察一番，试探性地迈出第一步，然后停下等了等，再迈出第二步。如此这般，从院门到屋门的短短距离她竟用去一刻钟。

　　台阶共有三级，林好踏上第二级，推开屋门，直接跨过门槛。

　　屋内光线不大好，小小的堂屋里摆着一张饭桌、四把破椅，通过观察可以判断出，东屋是明心真人的起居室，西屋是杜青的。

　　林好先搜东屋。

床上床底，枕头被褥，箱笼衣柜……一番检查下来，林好一无所获。

她又去了西屋。

西屋的物件比东屋少多了，除了床榻被褥，只有一口衣箱。林好检查过后，依然没有发现那些书信。

林好返回东屋，开始第二遍翻找。

时间一点点流逝，不知不觉就到了下午。

林好捶了捶酸痛的腰，有些沮丧。

她虽能避开那些机关暗器，却没有信心瞒过老师的眼睛，老师回来后定会发觉有人来过了，她的机会只有一次。

书信到底会在哪儿呢？

林好将视线从屋中的摆设上一一扫过。

老师不会把书信放在身上。一个小小的算命先生在京城这种权贵云集的地方说不好会碰到什么事，把书信带在身上太不安全。

那些书信一定在这三间屋子里。

等等！

林好灵光一闪，快步走到堂屋里。

她把东屋和西屋翻找了四五遍，却没有检查过堂屋。

堂屋实在没有什么好翻的，除了一桌四椅，连个长案都没有。林好一寸寸摸过桌子，摸了一手油。

没有暗格，这就是一张普普通通的饭桌，因为太破旧，一条桌腿短了一截，下面用砖头垫着。

她以同样的仔细检查过四把椅子，视线最终落在那块砖头上。

会不会……

一个念头闪过，林好抬起桌腿，把砖头抽了出来。砖头下的地面看起来没有被撬开过的痕迹，她轻轻敲了敲，发现不是空心的。

可能是她想多了。

林好叹口气，准备把托起的桌腿放下，却突然顿住。

她用手指向上勾了勾，从桌腿中勾出了一卷油纸。

她打开油纸，里面赫然是数封书信。

原来短了的这条桌腿，底部有一段被掏空了，这些书信就被油纸卷着塞进了桌腿里。

林好飞快地打开一封信扫了一眼，露出笑容。

是这些书信没错！

她把书信放入怀中，拿过砖头重新垫在桌腿下，确定一切复原，才轻手轻脚地走出房门。

秋风扑面而来，吹散了久留屋中的憋闷之气。

林好舒展了一下手脚，略过第一级台阶踏在第二级台阶上，以与进来时相反的规律走到院门口。

她伸出手准备拉门，门却缓缓地被推开了。

林好浑身汗毛竖起，后背紧贴着墙壁，整个人一动不动。

老师与杜青提前回来了？

以杜青的身手，她想脱身可不容易！

脑海中一瞬间闪过无数念头，林好屏住呼吸等待机会。

一个人探头探脑地走进来。

林好几乎是下意识地松了口气。

不是杜青！

也因此，她本打算趁着门被推开的一瞬间强行冲出去，这一刻却没有动。

进来的人走了几步，还没看清院中的布局，就被不知从哪个方向飞来的暗箭扎了臀部。

惨叫声响起，那人伸手去捂屁股，身子一晃，栽倒在地。

林好看了倒在地上陷入昏迷的人一眼，拉开门，闪身而出。

巷子里更幽暗了，她的脚步却轻盈无比，她走运了，不仅顺利拿到了书信，还有小贼干扰视线。

夜深人静，林好斜靠在床榻上，借着灯光仔细读起几封书信，唇角扬起一抹微笑。

这个时候行动果然刚刚好，秦云川近乎露骨地表达了对旧主的怀念，却还没掌握老师的行踪。

她这次"打草惊蛇"，想必短时间内老师不会与秦云川联系了。

林好唯一有点儿担心的是，老师多疑，说不定会联想到她。

但这是没办法的事，这点儿代价她也乐意承受。

下一步，就是把这些信呈到皇上的面前。

想要做到这一点并不容易，至少不能把将军府牵扯进来，林好打算借锦麟卫指挥使程茂明之手完成此事。

梦中，她回到京城，在菜市口看到了程茂明被砍头。那时程茂明面如死灰，心中却后悔不迭。他后悔明明数年前得罪了太子少师秦云川，却顾忌太子，不敢轻举妄动，结果有了这杀头之祸。

程茂明这种人习惯了不留后患，她把可以给秦云川治罪的证据呈上，程茂明想必会动心。

翌日一早，林好出门。

她从东街走到西巷，逛了脂粉铺子、成衣坊、香料铺子、珍宝阁，喝了花茶，看了杂耍儿，最后称了两斤酱牛肉，高高兴兴回了家。

因对林好起了疑心，杜青按照明心真人的吩咐悄悄跟踪她，等回去时，天都黑了。

见他一脸菜色，明心真人有些诧异。

善于跟踪的人都沉得住气，他很少见杜青这个样子。

"今日如何？"

杜青听明心真人这么问，脸有一瞬间扭曲。

他把林好去过的地方一一说了，脸色发黑："从不知道一个小姑娘这么能逛。"

明心真人虽上知天文下知地理，对十几岁的女孩子的了解却不多，斟酌着道："女子大抵如此吧。明日继续。"

翌日天黑，杜青回来了，语气中带着自己都没察觉的咬牙切齿："今日逛的地方比昨日还多，还在酒肆吃了烧鸡才回家！"

这是什么女孩子啊，难怪有缠着真人算命的好精力和厚脸皮。

明心真人迎着杜青隐隐哀求的目光，狠心地道："明日继续。"

五日过去，杜青明显消瘦了，与明心真人打商量："先生，不如小人直接把那丫头杀了吧？"

这种日子他真的一天都坚持不下去了。

"她今日与几个好友聚在一起吃烤鸭，还提起了您。"

"说了什么？"

"说可惜去桥头找不到您了，她打算到处逛逛，说不定还能偶遇，到时候叫她们都来找您算姻缘。"

明心真人沉默了一瞬，道："罢了，明日不必盯着了。"

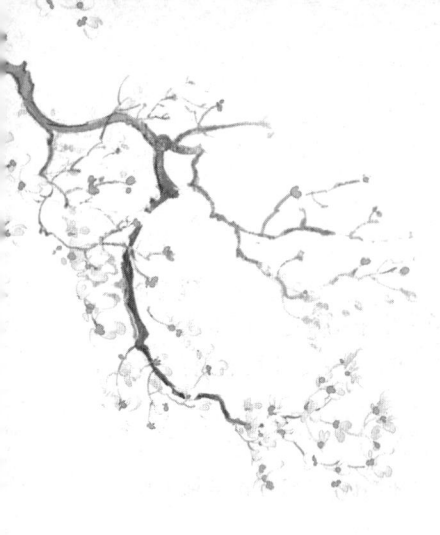

第七章 山 寺

　　林好找出了规律：锦麟卫指挥使程茂明每日中午都会在衙门附近的一家茶楼喝茶。他喝茶的雅室也是固定的，二楼临街最东边那间。
　　与茶楼隔路相对的是一家酒肆，酒肆生意不错，中午常常坐满了人。
　　这让林好行事有些不便。
　　她看中的，是酒肆旁边那棵大树。
　　那是一棵参天榕树，树冠大而繁茂，树荫笼罩着小半间酒肆。若有人躲在树上，眼力好的透过茶楼雅室敞开的窗，就能把那边的情形看个大概。
　　这日风和日丽，林好小心翼翼地避开人绕到大树后面，动作灵活地爬了上去。
　　枝叶茂密，把她的身形遮挡得严严实实。
　　雅室窗口人影晃动，隐约可见一位穿锦衣的中年男子坐在桌边，捧着一杯清茗悠闲地喝着。因男子是靠窗而坐，从林好的角度只能看到他的侧脸，至于雅室中有多少护卫，就看不清楚了。
　　按照程茂明的习惯，他会在茶楼中消磨半个多时辰，再回到衙门办公。
　　这半个时辰，就是林好在等待的时机。
　　她打开随身包袱，取出卡扣固定在粗壮的枝杈上，再把弓弩卡入其中，因不是第一次做这些，她很快就把弓弩的角度调整好了。拉满弦的羽箭正对着雅室的窗，被拉紧的弓弦被细绳绑在另一根枝杈上，箭尾处被巧妙地卡入设好的机关，以替代手指。
　　弓弦饱满，放开绑住它的细绳，它会有足够的力量把羽箭送入那个窗口。
　　这些日子，林好在自家花园中试过无数次，无论是弓弩的角度、机关的稳定性、羽箭飞出去的距离，还是细绳燃烧到弓弦处用的时间，她都心中有数。
　　做完这些，她动作轻盈地从树上滑下，同时点燃垂下的细绳，之后悄悄离开了这条街。

程茂明身为锦麟卫指挥使，此处又在锦麟卫衙门附近，锦麟卫对他的保护绝对周密。林好没有信心能在射出那一箭后全身而退，只能借助机关延长那一箭射出的时间，好让她在事发时远离这里。

　　雅室中，程茂明双目微闭，享受着每日难得的放松时间。
　　锦麟卫指挥使看似风光，实则压力不小。大周三代帝王，锦麟卫指挥使算上他共有六位，前五任无一善终。
　　前几年，程茂明的危机感还没这么强，自从得罪了太子少师秦云川，他对将来就有些担心了。
　　要说起来，其实不是什么大事，就是程茂明的手下办案时误把秦云川的侄儿抓了，让那小子小小地吃了一点儿苦头。
　　程茂明惩治了手下，又亲自登门赔罪，秦云川也表示一场误会不会计较。
　　可偶尔想起此事，程茂明还是心里犯嘀咕。
　　谁知道秦云川是真不计较，还是等着秋后算账呢？
　　秦云川对太子的影响力不容小觑，而一朝天子一朝臣，等到太子继位，程茂明哪怕与秦云川关系不错都要夹着尾巴做人，何况还得罪过对方。
　　破空之声响起，程茂明猛然睁开眼，动作极快地往旁边一躲。
　　羽箭碰到桌面，无力地倒下。
　　"大都督！"雅室中默默守着的两名锦麟卫面色大变，立刻上前。
　　程茂明盯着羽毛微颤的利箭，面色铁青，这个力度，哪怕不躲也伤不着他，但这支箭能到他面前本身就足够让他恼火心惊了。
　　"立刻去查！"程茂明咬牙切齿，拉开椅子靠墙坐下。
　　很快，一队锦麟卫就出现在街道上，来往的行人均被拦下，附近所有店铺的出口也被堵住。
　　守在雅室中的那名锦麟卫站在街上看向雅室的窗口，回忆着那支羽箭飞来的方向与角度，然后转向酒肆那一面，缓缓抬头。
　　高大茂密的榕树映入眼帘，他陷入思索。
　　过了一会儿，他大步走到树下，双手在衣裳上擦了擦，抱着树干爬了上去。
　　设置好的机关还留在树上，锦麟卫很快就发现了它，除此之外，微微飘动的红绸带也引起了他的注意。
　　红绸带被绑在一根枝权上，与它一起绑着的还有一个油纸包。
　　锦麟卫把油纸包取下打开，里面是几封信与一张便笺，便笺上写着"程大都督亲启"几个字。
　　他重新把信包好，又仔细在树上检查了一番，这才回到雅室禀报。
　　"大都督，在酒肆旁边的树上发现了固定弓弩的机关。"
　　打量着锦麟卫带回的东西，程茂明面沉似水："这么说，羽箭射出时，那人已经不在了？"

"卑职认为是这样。弓弦附近有些黑灰，还有未燃尽的细绳，应该是通过这种装置争取了逃脱的时间。"锦麟卫说着把油纸包呈上，"卑职还发现了这个。"

程茂明把油纸包打开，几封信呈现在面前。

程茂明是谨慎之人，担心信上被涂了毒，示意属下把放在最上方的一封信展开。

锦麟卫双手举信，并不去看信上的内容。

程茂明只看了个开头脸色就变了，到最后更是死死地盯着落款处不动。

不知过了多久，他才重新开口，声音竟有些发颤："打开下一封。"

几封信看过，程茂明久久没有开口，内心则翻起了惊涛骇浪。

这竟然是太子少师秦云川写给前国师明心真人的书信！

秦云川竟有投靠旧主之心！

他再次将视线落在静静躺在桌面上的羽箭上。

难怪这支箭毫无杀伤力，它的作用本就不是伤人，而是把这些信送到他面前。

射箭之人是想借他之手对付秦云川？

程茂明的脸色精彩起来，有生命受到威胁的震惊和愤怒，有被人当刀的恼火，还有一丝丝……窃喜。

是的，窃喜。

程茂明与秦云川之间是有过节的，他可不会把身家性命寄托在秦云川的大度上。只是他以前不能像对普通官员那样随便给秦云川罗织个罪名，只得忍耐罢了。

程茂明捏着那些信，突然一惊。

这么说，送信之人知道他与秦云川有过节！

有了这个发现，程茂明越发震惊和愤怒。

"给我查，挖地三尺也要把这个人给我找出来！"

接下来几日，街上都是成群结队的锦麟卫，原本热闹的街道变得冷冷清清。

程茂明反复思考两日，下了决心：他要利用这些信扳倒秦云川。

身为锦麟卫指挥使，程茂明要把书信呈到皇上面前再方便不过。他暗中找来秦云川留下的笔迹，与书信再三核对，确定是秦云川亲笔无疑，就去见了泰安帝。

"皇上，这是微臣得来的密信，请您过目。"

泰安帝面无表情地把信打开，只扫了几眼，神情便有了变化，待把几封信全部看完，面上已阴云密布。

"这些信……如何得来？"

"一名下属抓到了一个形迹可疑的人，经过拷问，得知他是明心真人的人，这些信就是从他那里搜到的。"程茂明面不改色地说出编好的瞎话。

"明心真人在何处？"

泰安帝看起来还算平静，程茂明却知道暴风雨就要来了。

他跪了下来:"那人宁死不交代明心真人的行踪,受不住刑,死了,都怪臣无能。"
"这么说,明心真人就在京城,但不知踪迹?"泰安帝沉声问。
程茂明低头应:"是。"
泰安帝一拍龙案:"传秦云川!"
秦云川匆匆赶到宫中。
"微臣见过皇上……"
几封信被直接摔到了秦云川面前。
秦云川瞳孔一缩,拿起一张看。
其实不用看,亲手写给明心真人的信,他怎么会不认识呢?
"秦卿真是念旧啊。"泰安帝的声音从上方传来,带着彻骨的寒意。
秦云川慌了:"皇上,请您听臣解释!"
泰安帝一言不发,盯着跪在地上的臣子。
"臣与明心真人书信来往,是为了稳住他,好查出他的藏身所在。"
"是吗?"泰安帝冷笑,"朕可没瞧出来。"
"皇上,臣蒙您看重,得以教导太子,有何理由生出异心啊?"秦云川以额贴地,"请皇上明察。"
泰安帝又冷笑一声:"朕是想明察,可秦卿与逆贼书信来往数月,都没给朕明察的机会。"
"皇上,臣对您的忠心天地可鉴……"
泰安帝冷眼看着秦云川表忠心,心头只有愤怒。
秦云川的解释也越来越无力。
皇上疑心重,秦云川再清楚不过。
许久后,泰安帝淡淡开口:"念你教导太子有功,朕准你致仕。"
秦云川浑身一震,颤声道:"谢皇上恩典。"

翌日,秦云川上书致仕,震惊了百官。
以秦云川的年纪和前程,此举太让人想不通了。
至于明心真人现身京城一事,在泰安帝的授意下,包括秦云川在内的知情者都不敢吐露一个字。
秦云川的老家远在南方,泰安帝准了他的请求后,他很快就带着一家老小离开京城。
秦家离京这天,不少官员、好友相送,一群人浩浩荡荡,引得不少百姓注目。
林好混在人群中看着双目无神的秦文源,抬手理了理被晚秋的风吹乱的青丝。
她早就说了,先拿侄儿练练手,叔叔留着秋后算账。这不,秋后到了。
秦云川一家人的离开对繁华热闹的京城来说,如一粒小石子投入广阔的湖中,很快就没有了涟漪。绝大多数人不知道的是,秦家人离开京城不过两百里,就遭遇了劫匪。

秦云川与侄儿秦文源当场丧命，儿子断了一条腿，侥幸活了下来。

曾经风光无限的太子少师落得这个结局，听闻消息的人唏嘘不已。

泰安帝听了锦麟卫指挥使程茂明的禀报，满意地点了点头。

他不可能让秦云川活着。

秦云川就算真无二心，被迫辞官后，焉知不会与那些人搅在一起？

一个有能力的人，如果不能再为他所用，那绝不能留给敌人。

泰安帝不觉得抱歉，在他看来，留了秦云川儿子的性命已经是仁慈了。

…………

解决了对太子助力良多的太子少师秦云川，也令老师避开了受伤逃亡的危机，林好想到了太子身边的另一个人。

那人名叫方成吉，说起来和老师有相似之处，是个相士。

这个时候，方成吉应该只是个无名小卒，至少她从未听说过。按照梦中情节的发展，三年后的方成吉与太子少师秦云川分庭抗礼，他们是对太子的影响最大的二人。

那时，泰安帝病了，太子监国。方成吉做过什么她并不清楚，只是三年后回到京城，隐约听说靖王一家出事与此人有关。

靖王世子对她多有维护，她还把人家吓出了心疾来，总要做些什么，良心上才过得去。

林好打发人去靖王府给小郡主送了拜帖，打算翌日去靖王府做客。

随着来往渐多，林好和小郡主越来越熟悉，等到了靖王府，提出与靖王世子说几句话不算出格。

不出意料，她得到了郡主"欢迎做客"的答复。可到了下午，宝珠正从箱笼里拿出几套衣裳，询问林好明日做客要穿哪一身时，靖王府那边送了信来——

郡主有事，这两日暂时不方便待客。

这让林好起了好奇心，但出于对朋友的尊重，她并没有派人去打探。

这么过了几日，反而是小郡主登门了。

一见祁琼的气色，林好微惊："郡主怎么了？"

祁琼犹豫了一下，还是忍不住抱怨道："还不是我表姐！"

她端起水杯连喝几口，神情中有尴尬有气恼："反正早晚会传出去的，我就不怕你笑话了。你送帖子那日，太子来了，也不知怎么与我表姐搭上了话，现在定下来我表姐要进太子府了。"

实际情况当然比祁琼所说的难堪许多。

太子何止是与表姐搭话？二人拉拉扯扯，被不少下人看到了。

靖王妃气了个半死，若不是被祁琼拦着，就直接找太子理论去了。

那时候靖王妃还觉得是太子单方面见色起意，占了孙秀华便宜呢。等靖王妃私下里安慰孙秀华，说一定给她寻一门好亲事时，孙秀华却哭着说许多人都看到了太子轻薄她，她没脸再嫁人了。

孙秀华是靖王妃的亲外甥女，此事自然不能这样算了，宫里知道后给出的解决办法就是封孙秀华为选侍，入东宫服侍太子。

选侍说白了，就是太子之妾。

当然，太子之妾的地位和前程是寻常人家的妾室远不能比的，这个选择于一些人是蜜糖，于一些人是砒霜。

靖王妃是不愿外甥女进东宫服侍太子的。太子之妾有前程不假，可真的熬到太子登基要多少年呢？到时候帝王后宫佳丽无数，难道每一个都有前程？

花一样的小姑娘，找一个条件相当的少年举案齐眉不好吗？

靖王妃问孙秀华想法时，孙秀华却委委屈屈羞羞涩涩点了头。

靖王妃渐渐回过味来：她不愿意，外甥女是愿意的。

意识到这一点，靖王妃心口发堵的同时，歇了替外甥女做主的心思。

人各有志，强求不得。

"不提这些了，阿好你最近怎么样？有没有出去玩儿？"

"最近还不错，时常到处闲逛……世子在府中吗？"

祁琼眨眨眼："我大哥在家，阿好找他有事呀？"

她还以为大哥是剃头挑子一头热，没想到有戏！

一见祁琼笑得意味深长，林好将本想大大方方说的话默默咽了下去。

罢了，多一事不如少一事，她还是偷偷找靖王世子吧。

"就是随口问问，印象里世子好像很少出门。"

祁琼叹口气："大哥身……"

她突然反应过来：不能说大哥身体不行，哪个小姑娘愿意嫁给病秧子啊？

"大哥深沉低调，不喜欢去街上招摇。"

祁琼心情不佳，缠着林好讲了几个故事，消磨到天色将晚才回王府。

林好知道靖王世子午后有在王府花园偷闲的习惯，翌日走到与靖王府相隔的围墙处，纵身一跃攀上墙头，悄悄探头张望。

没有落空，靖王世子果然在。

偷偷望着桂花树下双目微闭的少年，林好不自觉地扬起唇角。

墙头有花枝探出，上面挂着半枯萎的花朵。

林好随手折下一段花枝，用巧劲扔向祁烁。

花枝轻飘飘地落在祁烁身边，惊得守在一旁的小厮长顺一跳："谁？"

祁烁淡淡的声音传来："大呼小叫什么？"

"世子，有暗器！"长顺警惕地捡起落在地上的花枝，拿给祁烁看。

祁烁挑眉："这是暗器？"

长顺茫然四顾："这花枝是飞过来的，不是自然掉落的！"

可惜他刚刚打了个盹儿，没留意究竟是从哪个方向飞来的。

"风吹过来的，不要疑神疑鬼。有些凉了，回去给我取一条毯子来。"

长顺勉强消了疑心，领命而去。

祁烁起身，望向墙头。

一回生二回熟，三回就完全没什么心理负担了，见祁烁打发走小厮，林好利落地翻过来。

"这边。"祁烁一脸淡定把林好领到花架处，"林二姑娘找我有事吗？"

林好看着靖王世子，有些迟疑。

她总觉得靖王世子一副不太好忽悠的样子。

见她不语，祁烁并不催促，唇边挂着温和的笑。

一时没有人语声，只有鸟雀的叽喳与虫儿的轻吟。

"是这样……"林好心中没底，面上却格外镇定，"我听郡主说，太子最近常来王府。"

祁烁深深地看了她一眼，点头："嗯。"

"他身边有没有一个姓方的人？"

"不曾留意有这么一个人。"祁烁眼神微沉，令人看不透深浅，"林二姑娘与那人认识？"

林好摇头："不认识，但我突然做了一个梦……"

祁烁摆出聆听的姿态。

"我梦到这个姓方的人变成一头巨大的猛虎，张嘴把靖王府吃掉了。"见祁烁没有露出任何奇怪的表情，林好编得更自然了，"我越想越觉得这个梦古怪，所以想给世子提个醒。"

祁烁眼里带着笑意："多谢林二姑娘提醒。"

他谢得如此轻易，连一句质疑都没有，林好反倒觉得不真实。

"只是个梦……世子稍稍留意此人就是了。"

他都不觉得她的话荒唐好笑吗？

祁烁正色道："没有无缘无故的梦，我会特别留意这个人的。"

林好沉默了。

靖王世子这样的人若是上卦摊，家底都会被算命先生忽悠干净吧？

祁烁浅笑："林二姑娘是不是还有别的梦想告诉我？"

"我以为……世子不会相信这些。"她还准备了很多说辞来劝他，甚至做好了他觉得她有病的准备。

这进展是不是太顺利了？

祁烁语气微讶："怎么会？林二姑娘说的话我觉得可信。"

林好这一瞬心情有些微妙。

远处有脚步声传来。

"林二姑娘慢走,我就不送了。"说到这儿,祁烁顿了一下,弯唇笑道,"若是以后再做了关于我的梦,还要麻烦你提醒我。"

回到将军府的花园,林好坐在长凳上出了会儿神。

靖王世子这是相信了吧?那他应该会提醒靖王留意方成吉,若能察觉方成吉对靖王府的不利举动,说不定就能避开全家出事的命运了。

不过……靖王世子怎么能这么轻易地相信别人的梦呢?

想着这个,林好不知该如何评价祁烁了。

说他有点儿傻吧,人家这么信任自己,不合适。嗯,靖王世子是个老实人。

过了两日,林氏带着两个女儿出了门,前往城外的青鹿寺散心。

出了城,群山旷野,秋意更浓。林好挑起车窗帘,打量着车外的风景。

"外头有什么好看的吗,看得这么目不转睛?"与她同乘一车的林婵凑过来。

"大姐你看田野里的金色,还有被霜染红的枫叶,多好看。"林好显然心情不错,笑吟吟地指着车窗外。

林婵含笑看向外面。

凌乱的马蹄声很快由远及近,几个年轻人策马而来。

骏马从马车旁跑过,激起一阵疾风与尘土。

林婵放下车窗帘,神色有些微妙:"二妹,刚刚骑马过去的几个人,你看清有谁了吗?"

林好眼神不错,刚刚那些人虽很快就过去了,她却看到了两张熟面孔。

"好像看到了温峰。"

另一张熟面孔是状元郎杨喆。

林婵有些感慨:"没想到这位堂哥成了温家最有前程的。"

林好笑了笑。

温峰为人不错,只是出了那样的事,双方注定不可能亲近了。

林婵显然也清楚这些,很快就转了话题。

马车一路不停行了一个多时辰,终于到了青鹿寺。

知客僧领着母女三人去了寺中专门安置香客的地方,很快有小沙弥提来素斋。

小沙弥七八岁大,生得虎头虎脑,很是可爱。

林好塞给他一包桂花糕,喜得小沙弥连连道谢,露出缺了门牙的笑容。

"施主可以去西边走走,那里的枫林很美。"

"多谢小师父提醒。"林好笑着道。

小沙弥有些不好意思,把桂花糕藏进怀里,快步走了。

用了素斋稍作休息,林氏便带姐妹二人去上香,没想到遇到了认识的人。

她们遇到的是武宁侯夫人与女儿唐薇。

武宁侯夫人与林氏年纪相仿,眉梢眼角都带着生活得意的样子,只是此刻看着气色不大好。

"这不是林太太吗？真是巧了。"武宁侯夫人打量着林氏，率先开口。

武宁侯夫人姓田，与林氏一样是将门虎女，年少时二人脾气都硬，不大对付。

而今林氏与夫君义绝，在娘家长居；武宁侯夫人当着侯府主母，长女又是风光尊贵的太子妃，再看到昔日合不来的人，心情自是畅快不少。

林氏早就知道武宁侯夫人是什么人，客气地笑笑："是挺巧的，没想到武宁侯夫人也带着令爱来上香。"

武宁侯夫人拧了拧眉。

她之所以来上香，还不是因为遇到了恶心事。

太子好女色，对于东宫中的莺莺燕燕，蔷儿早就学会了熟视无睹。反正那些女子不过是供太子取乐的玩意儿，真要惹到蔷儿头上来，绝对讨不到好处。

谁想到靖王府的表姑娘居然进了东宫？

那个小蹄子她没见过，但听薇儿说了，生得与靖王妃有五六分像，还比靖王妃多了几分柔弱。

蔷儿心里不痛快，她这个当娘的当然不好受，这才想着来青鹿寺上香，替长女求个顺心，替次女求个姻缘。

"难得碰到一起，等上完了香一起喝茶吧。"武宁侯夫人开口邀请。

她与林婉晴虽合不来，但烦闷的时候看着不如自己的人，心情总会好一点儿。

林氏毫不犹豫地拒绝："为向佛祖表示诚心，我打算念半日佛经，改日再一起喝茶吧。"

她才懒得听这讨厌的人张口闭口太子妃女儿如何如何呢。

何况这个女人现在耀武扬威，目中无人，不再像年少时那样一听别人喊她全名"田春花"就气哭了。

这也是林氏不喜欢武宁侯夫人的地方：自己的名字不乐意人叫，这不是有毛病吗？

武宁侯夫人许久没被人直接拒绝过了，沉着脸道："那改日吧。"

上过香，林婵与林好先陪林氏回客房，再一起往枫林那边去。

青鹿寺作为香火旺盛的寺庙，香客络绎不绝，但西边这一片只对入住的香客开放，一路上倒是不见多少人。

林好与林婵踩着枫叶铺成的厚厚的金红色地毯，感受着晚秋的美丽。

"确实要出来走走，我之前还想着祖母的寿辰绣些什么，现在想到了。"

林好笑着问："大姐打算绣枫叶吗？"

"打算绣一幅双面枫，摆在屋中，应景又好看。"

"大姐已经想好了给祖母的寿礼，我还没头绪呢。"林好拉了拉林婵的衣袖，笑着撒娇，"大姐绣工那么好，给我绣两条带枫叶的帕子呗。"

"这还用你求？"林婵睨了妹妹一眼。

一道冷哼传来。

二人闻声望去，就见唐薇撇着嘴站在不远处。

"将军府是过不下去了吗，一条帕子也要巴巴地求？"

因没有其他人，唐薇连基本的客气都懒得维持了。

她近日不顺心得很。

孙秀华那个小贱人没收拾成，反而进了东宫给姐姐添堵；经常一起玩儿的小郡主也与自己看不顺眼的林好姐妹成了朋友，自己跟着母亲来上香散心，居然还遇到了她们。

林好上前一步，定定地看着唐薇。

唐薇皱眉："你看什么？"

林好神色认真："我突然发现……你的嘴有点儿歪。"

"扑哧。"

林婵是个稳重的，以为自己没忍住笑出声，忙掩口。

唐薇愤然看向笑声来源。

不远处站着几个年轻男子，其中一人手持折扇，拱了拱手："抱歉，我不是有意笑的。"实在是忍不住。

他没敢说后半句，目光在林好与林婵的面上一掠而过。

林好觉得这人眼熟，再看站在他身边的温峰，想了起来：那两次与温峰偶遇，这个人都在。

唐薇与这个年轻人显然认识，黑着脸道："韩宝成，你在取笑我？"

韩宝成是兵部尚书府的公子，深知这位唐二姑娘的脾气，忙摆手："没有，没有。"

唐薇忽然扬了扬唇，一指林好："刚刚她出口羞辱我，你们都听到了吧？"

韩宝成一窒。

听是听到了，但唐二姑娘人这么讨厌，他并不想帮她啊。

韩宝成这一沉默，其他人就收到了唐薇警告的眼神。

"抱歉，我们刚过来，并没听清三位姑娘的谈话。"一道清朗的声音响起。

唐薇看向开口的人："你是……杨状元？"

状元游街，她当然去看了，还占了最好的位置。尽管看不上杨喆的出身，可这么一个清俊无双的状元郎替林家姐妹说话，唐薇还是感到格外火大。

"你们明明听到了，不然为什么笑？"

面对唐薇的咄咄逼人，杨喆面不改色："我没有笑。"

唐薇被噎了一下，含怒的目光落到一旁的温峰身上。

温峰垂眼作了一揖："姑娘误会了，我们真的没听到。"怕唐薇不依不饶，他忙补充，"我也没有笑。"

另外两个人恐引火烧身，纷纷表示没笑过。

唐薇怒视韩宝成。

韩宝成暗骂几个朋友不讲义气，一本正经地道："我是突然想到昨晚做的梦才笑的，根本没听清三位姑娘说了什么。啊，三位姑娘继续聊，我们就不打扰了。"

没等唐薇说话，几个人拔腿就跑了。

让人目瞪口呆的是，唐薇居然往几个人消失的方向追去。

林婵沉默了好一会儿，才拉着林好的手正色叮嘱："二妹，你以后离唐二姑娘远些，就算躲不过听到她说了什么难听话，也别和她争执。"

因为气不过，居然追着几个男子去理论，这也太出格了。

"大姐放心，我以后不说她嘴歪了。"林好笑眯眯地道。

林婵无奈地摇头："二妹……"

她到底不忍再说妹妹。

都是娇养着长大的，谁天生该受闲气呢？

林好与林婵往客房去时，发现宝殿外站了不少人，那些想进去的香客正被僧人引向别处。

林好好奇地望了两眼，看到了人群中的小沙弥。

小沙弥对给他桂花糕吃的女施主印象深刻，吧嗒吧嗒地跑过来。

"女施主，你们去逛枫林了吗？"

"去了，那里很漂亮。"林好笑着回答，目光扫过宝殿门口，随口问道，"小师父，为何把上香的人拦在门外啊？"

小沙弥往那边看了一眼，小声道："听师兄说来了一位王爷，女施主最好不要过去打扰。"

"多谢小师父提醒。"

小沙弥摆摆手，又跑了回去。

走到拐弯处时，林好回头看了看。

宝殿前只剩几位僧人，一个圆球般的男子被人簇拥着走了出来。

说此人像圆球绝不是夸张，而是准确的形容。

林好知道了小沙弥口中的王爷是魏王。

魏王从小痴肥，年纪越长胖得越厉害，与形容俊秀的太子自不能比，但作为泰安帝仅有的两个儿子之一，百官勋贵可不敢怠慢。

"二妹，你在看什么？"见林好驻足，林婵轻轻拉了拉她。

林好回神，一笑："有些好奇小沙弥口中的王爷是什么模样。"

梦中，三年后她回到京城，偶然见过魏王一面，这位自小肥胖的王爷竟然瘦了下来，说玉树临风有些夸大，却称得上俊美。

姐妹二人回到客房时，林氏正在吃素饼。

以纯素酥油做成的素饼，一个个只有小笼包大小，吃起来甜而不腻，香酥可口。

林氏和两个女儿边吃边聊。

168

这时，急促的敲门声响起。

林氏冲婢女芳菲点了点头。芳菲走过去把门打开，门外是个脸色苍白的丫鬟。

"请问两位林姑娘可在？"

林氏瞧着这丫鬟有些眼熟："你是哪家的，找小女何事？"

丫鬟匆匆福身："婢子是武宁侯府的，请问两位林姑娘可有看到我家二姑娘？"

林婵打量着丫鬟的神色，暗生警觉，一时没有开口。

林好则问："你说的'看到'是指何时？如果是说在枫林中，我们与唐二姑娘说过话，她就匆匆走了。你是她的贴身丫鬟，当时不是跟在她身后吗？"

丫鬟急了："二位姑娘真的没看到我家姑娘？"

林婵脸一沉："我们有什么必要骗你一个小丫鬟？你若着急，就赶紧去别处找找吧。"

丫鬟屈了屈膝，惨白着脸匆匆走了。

林氏忙打发芳菲出去打探情况，并询问两个女儿是怎么回事。

听二人讲完，林氏皱了皱眉："以武宁侯夫人的性子，她女儿若真丢了，说不定就要怪到咱们头上了。"

此时武宁侯夫人正急得团团转。

"她们说没见过薇儿？"看着从林氏那里回来的丫鬟，武宁侯夫人声色俱厉地问。

丫鬟快吓哭了："她们说没瞧见。"

武宁侯夫人一个箭步上前，抬手打了丫鬟一巴掌："没用的东西，你是贴身伺候姑娘的，居然能把人跟丢了！"

丫鬟"扑通"跪下来："夫人饶命，夫人饶命！"

到现在，丫鬟还是糊涂的。

姑娘气不过那几个男子向着将军府两个姑娘说话，追过去理论，她与轻红急忙跟上，可不过眨眼的工夫，姑娘就不见了，轻红也不见了。

她没头苍蝇般在枫林中乱窜，找了许久都不见人，实在没了办法，于是回来禀报夫人。

"再去找，你们都去！"武宁侯夫人把带来的下人都打发去找唐薇。

眼见天要黑了，还不见女儿的影子，武宁侯夫人终于忍不住了。

她先去见了寺中的执事，把女儿失踪的事说了。

执事僧人大惊。

青鹿寺这种经常招待达官显贵的寺庙，贵女失踪影响太大了，何况今日魏王还来了。

"夫人不要急，贫僧这就安排寺中弟子去找令爱。"

"还请师父交代一下弟子不要声张。"武宁侯夫人提醒道。

一个大家贵女在外面失踪，被人知道了当然不是什么好事，这也是一开始她只让府中下人去找的原因。

可随着天色越来越晚，武宁侯夫人的侥幸心理彻底被担忧取代。

寺中各处掌起了灯，一阵急促的脚步声传来。

执事僧人冲武宁侯夫人合十一礼，念了声佛号："夫人，几位弟子在林中发现了一具女尸……"

武宁侯夫人白眼一翻，倒了下去。

"夫人！"身边的婢女忙把她扶住。

武宁侯夫人缓了缓，脸色苍白地望着执事僧人："那女尸……是……是……"

"是婢女打扮的少女，夫人可否派人去认一认？"

听说是婢女打扮，武宁侯夫人沉到谷底的心跳了跳，她咬牙道："我去看看。"

女尸已经被抬了过来，武宁侯夫人壮着胆子看了一眼，失声叫道："是轻红！"

她失态的原因当然不是一个丫鬟死了，而是担心女儿的安危。

"我女儿呢？没有找到她吗？"

执事僧人摇头："暂时没有发现令爱。"

武宁侯夫人踉跄着后退半步，再看向躺在木板担架上的女尸。

女尸身上盖着布，青白的脸上有着凝固的暗红。

"她……她是怎么死的？"武宁侯夫人颤声问。

执事僧人面色沉重："被割了喉。"

这说明失踪的侯府千金十分危险。

武宁侯夫人倒抽一口冷气："怎么会这样？贵寺是如何管理的，为何有这么穷凶极恶的人？"

"阿弥陀佛，寺中除了僧人，还有很多香客，人员难免杂了些。还请夫人沉住气，已经加大了人手寻找令爱。"

武宁侯夫人眼泪掉了下来："小女的丫鬟被人割了喉，小女至今杳无音讯，我如何沉得住气？"

她突然想到什么，大步向林氏所在的客房走去。

林氏是个爱八卦的，此时正站在门外听动静，一见武宁侯夫人大步流星走来，立刻打起精神应对。

"侯夫人，令爱回来了吗？"

武宁侯夫人对林氏关切的询问充耳不闻，紧紧地盯着林好姐妹："你们真的没见过薇儿？"

林婵握住林好的手，神色平静："我们只在枫林偶遇了唐二姑娘，后来唐二姑娘就先走了。"

武宁侯夫人一声冷笑："听薇儿的贴身丫鬟凝翠说，你们与小女发生了口角！"

"我们是与唐二姑娘说了几句话，然后来了几位男子，唐二姑娘与其中一个男子认识，他们说了几句就先后走了，我和妹妹也离开了枫林。"面对武宁侯夫人的横眉怒目，林婵心平气和地解释着。

"谁能证明你们后来没与小女在一起？"

林氏不干了："侯夫人，我女儿是犯人吗，你这般审问？"

"薇儿的一个贴身丫鬟刚刚被发现死在了林子里。"武宁侯夫人的脸色沉得能滴水，她继续道，"是被人抹了脖子！你的两个女儿是目前可知最后见到她的人，我难道不能问问？"

同是做母亲的，林氏对武宁侯夫人爱女失踪其实有些同情，可对方的咄咄逼人成功激怒了她。

谁都别想诬赖她女儿！

"侯夫人这话不对吧？最后见到令爱的明明还有几个年轻男子，且令爱是沿着他们走的方向离开的，你怎么不去找那几个男子问问？"林氏一指林好姐妹，"比起我两个弱不禁风的女儿，几名年轻男子可能造成的危险无疑大得多吧？"

武宁侯夫人紧紧地抿唇。

她早从凝翠口中知道了，除了林家姐妹，薇儿还遇到了几个年轻人，其中一位是尚书府韩家的公子，还有一个是新科状元郎。

按照凝翠的说法，薇儿是去追这几个人，但并没追上。

为女儿的名声着想，她还没有去找这几个年轻人问过。

但现在，死了一个丫鬟，薇儿生死不明，她已顾不得这些了。

"我自然要去问。林太太也不要觉得不关你两个女儿的事，只要薇儿没找到，见过她的人都脱不了嫌疑！"

林氏冷笑："本来就不关我两个女儿的事，武宁侯夫人与其在这里浪费时间，不如快去问问那几个年轻人。"

武宁侯夫人甩袖而去，林氏骂声"晦气"，带着两个女儿回了屋。

天色已经晚了，杨喆几个人住在一座客院里，正聚在一起饮茶聊天儿。这时候，他们已经从温峰口中知道了他与林好姐妹的关系。

武宁侯夫人突然到来，几个人有些意外。

"你是韩公子吧？"武宁侯夫人扫了一眼，目光落在韩宝成身上。

韩宝成行了一礼："侯夫人好，叫小子'宝成'就是。"

武宁侯夫人顾不得客气，直接问道："今日你们在枫林，是不是遇到了薇儿？"

这个问题令几个人一愣，韩宝成开口道："是遇见了唐二姑娘，我们说了几句话就走了。"

"薇儿的丫鬟说薇儿往你们离开的方向去了，后来你们有没有再碰到？"

几个人对视一眼，意识到唐薇出事了。

让韩宝成回答得更谨慎："没有啊，我们很快就离开了枫林。"

武宁侯夫人紧紧地盯着韩宝成，无法从他的神色中瞧出什么，只好沉声道："薇儿不见了。"

唐二姑娘不见了？

尽管早有预感，听了这话，几个人还是吃了一惊。

"天这么晚了，薇儿还没找到，要劳烦你们去一趟枫林，把离开时的路线指出来。"武宁侯夫人说得还算客气，语气却不容拒绝。

几个人答应下来。

夜里有些冷，草木潮湿，没了白日的舒适感。

枫林这一片还有许多僧人提着灯笼找人。

几个人沿着离开的路走了一遍，跟着的侯府下人与僧人还是没把人找到。

不少留宿的香客注意到了外边的不寻常，包括心血来潮来上香的魏王。

"去问问外头怎么回事。"

得了吩咐的下人出去转了一圈，把消息带了回来。

"回禀王爷，说是武宁侯府二姑娘在枫林里失踪了。"

武宁侯夫人虽交代僧人不要声张，但对魏王的人，僧人自不会隐瞒。

"武宁侯府？"魏王来了兴趣。

武宁侯府二姑娘是太子妃的亲妹子，居然在青鹿寺失踪了？

本就闲着无事，魏王决定出去看看热闹。

此时最热闹的就是客房这一片。

武宁侯夫人等不来女儿的好消息，抓着杨喆几人与林好姐妹不放。

"小女最后见到的就是你们，如今她活不见人死不见尸，还请你们把去向说个明白。"

林氏问："侯夫人报官了吗？"

武宁侯夫人面罩寒霜，冷冷地看着林氏。

女儿失踪，她从一开始心怀侥幸只是命府中的下人去寻找，到告诉了寺中的僧人，再到询问尚书府的公子几人，一步步越来越没了信心，怎么可能一开始就去报官呢？

林氏冷笑："我劝侯夫人早些报官，官府觉得谁有嫌疑自然会调查，而不是像现在这样抓着人不放，让人连觉都睡不成。"

武宁侯夫人怒火上涌："林婉晴，你还当你像年少时那样能横行无忌？我告诉你，薇儿要是找不回来，这寺里的人都脱不了干系！"

那时候，林婉晴是国公之女，揪掉她一把头发她却奈何对方不得，而今风水轮流转，她这个太子岳母还奈何不了一个无父无夫无子的破落户？

"是吗？"一道懒洋洋的声音传来。

众人闻声望去，看到了一个"球"。

"见过王爷。"众人纷纷行礼。

魏王缓缓移过来，看着武宁侯夫人："侯夫人的意思是，一日找不回令爱，我们都不能走？"

"王爷也在？"武宁侯夫人有些意外。

因为长女争气，武宁侯夫人与人打交道时难免有种高高在上的心态，但这些人可不包括魏王。谁让皇上只有太子与魏王两个儿子呢？

魏王不冷不热地道："早知道来上香就不许走，本王可不敢来。"

武宁侯夫人脸色有些难看："王爷误会了，我不是这个意思。"

魏王看了林氏一眼："本王觉得这位夫人说得对，该找人找人，该报官报官，该休息休息，没必要这么耗着。侯夫人觉得呢？"

武宁侯夫人勉强露出个笑容："王爷说得是。"

"寻找令爱的人手够不够？要不要本王借一些人手？"

"多谢王爷的好意，不必了，寺中许多僧人都在寻找。"

"四周黑漆漆的是不好找，等白日或许就找到了，侯夫人还是早点儿报官吧。"

魏王不想再和武宁侯夫人多说，背着手，扫了在场之人一眼，走向杨喆几人。

"你是杨状元吧？"

杨喆拱手："学生正是。"

魏王挤出亲切的笑容："本王对你有印象。"

"多谢王爷抬爱。"杨喆不卑不亢地道。

魏王又看向韩宝成几个人，笑着道："难得遇上，陪本王喝杯茶吧。"

几个人暗松口气。

陪魏王喝茶，可比陪着武宁侯府的人大晚上到处找人还要承受武宁侯夫人的怀疑强多了。

有了魏王的话，武宁侯夫人不好再揪着人不放，连夜打发人回城报官，只是城门早已关闭，官府来人至少要天亮以后了。

"夫人，先回房休息一下吧。"侍女劝道。

武宁侯夫人养尊处优，虽担心女儿，但这么一直站在外头也受不住，遂点了点头。

侍女扶着武宁侯夫人往客房走，走到门口正要推门，忽然发现门缝里塞着一封信。

"夫人，您看！"侍女把信递给武宁侯夫人。

武宁侯夫人接过来打开，借着灯笼散发的橘色光线迅速扫了一遍，拿着信的手颤抖起来。

好一会儿，武宁侯夫人才高喊："来人，快来人！"

不多时，执事僧人带人匆匆赶来。

武宁侯夫人把信扔过去，厉声道："拐走我女儿的定是熟悉这里地形的人！"

执事僧人把信匆匆看过。

信上要求武宁侯夫人准备一千两银票，放到枫林附近山谷入口处一棵系着蓝布条的松树下，只允许一名侍女带着银票过去，还说到了松树那里，自会得知唐薇的下落。

"夫人，寺中有武僧，可以让他们过去一看。"

"不行！"武宁侯夫人坚决反对，"信上说了，若是发现有其他人，我女儿就会像那个丫鬟一样。"

不过是一千两银票，比起女儿的安危不值一提。

执事僧人见武宁侯夫人坚决拒绝，不再多话。

武宁侯夫人最终把任务交给了唐薇的另一个贴身丫鬟凝翠。

凝翠按照信上的指示一步步寻找，发现了被捆成粽子般的唐薇。

"姑娘，姑娘您没事吧？"看清唐薇的脸，凝翠尖叫一声。

只看唐薇的右脸，光滑白皙，虽然狼狈却不掩秀丽，可左脸颊上一个鲜红的烙印破坏了所有的美丽。

"呜呜呜……"唐薇看到来人，激烈地叫喊着，奈何口中塞着破布喊不出来。

凝翠缓过神，爬过去，手忙脚乱地取下塞着唐薇嘴巴的布团，解开绳子。

唐薇手脚得了自由，却动弹不得。

凝翠直流泪："姑娘，姑娘您还好吗？"

"你想死吗？快背我走！"唐薇嘶哑着声音，咬牙切齿地命令道。

"是，是，婢子这就背您回去。"凝翠伸手去拉唐薇，却因为心慌，一时没背起来，挨了一个无力的巴掌。

"废物！"唐薇嘶声骂着。

凝翠背着唐薇，咬牙前行，途中摔了好几次，终于走出了山谷。

等在那里的人围过来，由一个婆子把唐薇接过，背到了武宁侯夫人那里。

"母亲——"唐薇一见武宁侯夫人就失声痛哭。

武宁侯夫人看到唐薇的脸，吓得魂飞魄散："薇儿，你这是怎么了？！"

唐薇抬手碰了碰左脸颊皮肉好的地方，尖叫道："镜子，拿镜子来！"

没有人敢动。

"母亲，我要镜子，我要看看我的脸！"唐薇大叫着。许是大半日都处于担惊受怕的状态，激动之下，她眼一翻，昏了过去。

一番手忙脚乱，陷入昏睡的唐薇被换上了干净的衣裳，脸和手也被擦干净，却衬得左脸颊上那块鲜红的烙印越发醒目骇人。

武宁侯夫人死死地盯着女儿的左脸，完全无法接受。

女儿彻底被毁了！

她霍然起身，去找执事僧人。

"那人熟悉四周的地形，不是寺里的就是这附近的人，贵寺要给小女一个交代！"

执事僧人念了一声佛号："贫僧已安排弟子守住山谷两端和下山的路，等明日与官差一起进山寻找……"

听了执事僧人的安排，武宁侯夫人这才转身回去。

唐薇醒来时天已大亮。

看到坐在身边的武宁侯夫人，唐薇有些茫然："母亲，您怎么在我屋里？"

武宁侯夫人眼圈一红:"薇儿,你醒了,饿了吗?"

"饿了……"唐薇神色一僵,猛然坐起,"快把镜子给我拿来!"

知道女儿早晚要面对,武宁侯夫人示意婢女捧来镜子。

唐薇往镜中看了一眼,看到左边脸颊已经被涂了药膏包扎好。

唐薇伸手去抓,被武宁侯夫人拦住。

"薇儿,可千万不能抓,大夫给你上了祛疤的药膏。"

唐薇不敢动了,尖叫道:"母亲,害我的人抓到了吗?我要把他千刀万剐!"

"薇儿你先冷静一下。"武宁侯夫人冲婢女示意。

婢女走出去,不多时带进一个捕快打扮的男子。

"薇儿,刘捕头问你话,你就把知道的告诉他,这样才能早点儿找到害你的人。"

唐薇连连点头。

"唐姑娘还记得昨日是怎么出事的吗?"

唐薇眼神迷茫:"我在林子里快步走着,突然摔了一跤,紧接着被人捂住了嘴,然后就什么都不知道了。"

"后来呢?"

"后来……"唐薇回忆着,脸色惨白,"等我醒来就看到个面罩黑巾只露出一双眼睛的男子,他看了我一阵,就……就……"

唐薇眼泪直飞,恐惧的神色中夹杂着绝望:"他拿铁钳夹起一块烧红的炭,按在了我的脸上……母亲,我毁容了,呜呜呜……"

刘捕头等她哭了一会儿,再问:"那人可有说什么?"

"他一句话都没说,烫完我的脸,我又什么都不知道了,再醒来就躺在那里动弹不得。"

刘捕头沉思片刻,对武宁侯夫人道:"这人求财恐怕是顺便,真正的目的是寻仇。"

刘捕头是个很有经验的老捕快了,对此有一套自己摸索出来的见解。

"这人一句话没有,可见对唐姑娘及侯府是了解的。他的目的也很明确,就是要毁了唐姑娘的脸……"刘捕头扫了一眼唐薇的脸,顿时迎来了唐薇的号啕大哭。

他尴尬地沉默了一会儿,对侯夫人道:"侯夫人回忆一下,令爱有没有无意中弄伤过女子的脸?"

"怎么会?"武宁侯夫人下意识地否认。

一个大家闺秀弄伤了女子的脸,这哪是什么好名声?

刘捕头面露难色:"如果没有,那要调查此人的身份就无从下手了,只能等衙役搜捕到此人再说。"

"母亲,不能让这人跑了!"唐薇边哭边喊。

武宁侯夫人看着有些癫狂的女儿,突然脸色一变。

她想起来了,是有这么一个人!

那时候薇儿只有十岁出头,不知怎么进了厨房玩儿,把一个烧火丫鬟的脸烫伤了。

那烧火丫鬟并非家生子，她便让人给了十两银子，将那丫鬟打发回家了。

难道薇儿这次出事与那烧火丫鬟有关？

见武宁侯夫人神色有异，刘捕头问："侯夫人是不是想到了什么？"

武宁侯夫人斟酌着道："几年前，薇儿不小心烫伤了一个烧火丫鬟，不知道与现在的事有没有关联。"

刘捕头立刻问了一连串问题："那烧火丫鬟现在何处？家中有什么人……"

唐薇听着母亲与刘捕头的对话，脑海中浮现出一张面庞。

那是一张与她有些相似的脸。

那年她心血来潮走进厨房，乍然看到一个眉眼与她有些像的人，而那个人竟是个烧火丫鬟，脸上甚至沾着灰。

她还听到那个嘴碎的婆子对那丫鬟说："你生得这么好，将来说不定有大造化呢。"

那一刻，她怒气冲天，夹起一块炭火按了那丫鬟的脸上。

她还记得那丫鬟的惨叫声与皮肉烧焦的味道。

冲动之后，她跑回了闺房。后来她就再没见过那个烧火丫鬟了，连那婆子也再没见过。

偶尔想起那日的事，她并不觉后悔。

她可不想看到一个与她长得像的烧火丫鬟有什么大造化。

再后来，她就把这件事忘到了脑后。

"母亲，一定是那个烧火丫鬟害我！"

刘捕头从武宁侯夫人这里了解了一些情况，又问唐薇："唐姑娘还记得那人的高矮胖瘦，有何特征吗？"

"他不高，但比较壮实，特征……"唐薇摇了摇头，"他头脸蒙着黑布，哪儿能看到什么特征？"

"不一定是脸，其他地方呢？但凡让你有印象的都可以说一说。"

"其他地方……"唐薇迟疑着，最终还是说了出来"我觉得他的手挺大，是古铜色的。"

刘捕头点了点头，对武宁侯夫人道："侯夫人要尽快把记载那烧火丫鬟情况的名册拿来，还有，与她熟悉的人也尽量报上来，不要遗漏。小人会安排一部分人调查她家中的情况。这样歹人就算逃脱搜查，我们也不至于毫无线索。"

"这么多衙役与僧人，还能让那歹人逃脱？"武宁侯夫人沉着脸问。

刘捕头无奈地笑笑："山林容易藏人，歹人若是打算耗下去，一两日时间很难找到他。"

"一日找不到，就两日，两日找不到，就三日……侯府家丁也会参与搜查，断不能让那歹人逃了。"

"我们会尽力的。小人想与执事僧人聊聊。"

武宁侯夫人吩咐丫鬟照顾好唐薇，与刘捕头一起出去见执事僧人。

"听侯夫人说，歹人索要赎金的信就夹在门缝里，这送信之人应该就是寺中僧人。"

执事僧人不大认可刘捕头的话："这边是客房，有很多小住的香客，送信之人也有可能是某个香客。"

刘捕头笑笑："我觉得这种可能性不大。"

面对武宁侯夫人与执事僧人疑惑的眼神，刘捕头问道："侯夫人来青鹿寺是什么时候定下的？"

武宁侯夫人虽不解他问这个的意思，还是道："是突然想来上香了。"

她自然不能说是太子娶了她们不好随便收拾的小老婆，她们才来散心的。

刘捕头看向执事僧人："师父你看，此时非年非节，香客来上香大多是一时兴起，歹人很难提前从香客中找好送信之人，临时找的话，就要冒着被揭穿的风险。所以我推测这送信之人应该是寺中僧人，不起眼的杂役僧人的可能性最大。"

执事僧人面色沉沉，念了一声佛号："贫僧这就查一查寺中弟子的情况。"

半个时辰后，执事僧人找出了送信弟子，果然是做杂活儿的僧人。

"那人是布庄伙计，昨日来送做棉衣的厚布，是弟子负责搬货。天黑时他找到弟子，让弟子把一封信送到一处客房，弟子……弟子一时起了贪念，就答应了。"

刘捕头没问布庄伙计给了僧人什么好处，而是问起对僧人来说更容易回答的事："你与那人很熟？"

僧人迟疑地点了点头："每到换季时，送布的人中都有他，小僧负责搬货，一来二去就说上话了。"

"那人叫什么？是哪家布庄的伙计？"

"他叫阿虎，是福来布庄的。"

刘捕头立刻吩咐手下去福来布庄打探消息。

时间一晃就到了下午，众人将山林里里外外找了几遍，却始终没找到歹人的影子，好在送武宁侯府名册与去福来布庄打探消息的人先后到了。

"阿虎姓宁，是三年前来布庄干活儿的，当年对掌柜说的住址是燕子坊……"去布庄问话的衙役禀报道。

侯府管事打开记着烧火丫鬟的名册奉给武宁侯夫人看，烧火丫鬟的姓氏正是"宁"，她家的住址也有记录，与阿虎的住址一样。

到这时，刘捕头虽还没有派人去燕子坊打听，但已经可以确定烧火丫鬟与阿虎是一家人。

"这么说，是被唐二姑娘毁容的烧火丫鬟的亲人来寻仇？"听着侍女花重金打探来的消息，林氏总算踏实了。

没办法，勾起她好奇心的事要是打听不出个所以然，她睡不好觉。

好奇心得到了满足，林氏便对林好姐妹道："本打算多住两日，如今寺中乱糟糟的，还是罢了，咱们这就回家吧。"

林好微微仰头感受着风中的凉意，劝道："娘，明日再回吧，等会儿可能有雨。"

她的身后有声音传来:"姑娘怎么知道等会儿有雨?"

林好转身,就见不远处站着数人把魏王簇拥在中间,刚刚问话的正是魏王。

"见过王爷。"林氏向前一步把两个女儿挡在身后,行了一礼。

魏王笑着道:"夫人不必多礼。本王与几个朋友正准备今日下山,听到令爱的话有些好奇,所以问问。"

林好听着魏王的话,余光不着痕迹地扫过他身边的几个人。

杨喆、韩宝成、温峰都在其中。

她一时有些诧异。

没想到唐薇出事倒成了这几个人与魏王结交的契机。

林氏不愿与魏王打交道,笑着道:"小姑娘想在外头多玩儿一天乱说的,王爷莫要当真。"

她才不想让魏王对如花似玉的闺女们有好印象呢,万一动了求娶的心思怎么办?

林氏的想法很朴实:绝不能把女儿嫁给一个"球",再高贵的"球"都不行。

"原来是玩笑话。"魏王笑了笑,似是想到了什么,"还没问过夫人是哪个府上的。"

林氏暗生警惕:"小妇人是将军府林家的。"

"将军府林家——"魏王恍然,"难怪瞧着夫人眼熟。"

林氏:"呵呵。"

见林氏不怎么善谈,魏王与之道别,收拾了一番下了山。

杨喆几个人是骑马来的,下了山就快马加鞭往京城的方向赶。魏王则坐进马车,优哉游哉地往京城走。

魏王的马车格外宽敞豪华,里面铺着厚厚的毛毯,两个清秀干净的小厮一人给魏王倒茶,一人把酱色的鹌鹑蛋送进魏王的嘴里。

鹌鹑蛋是与五花肉一起炖出来的,吸饱了肉汁,香而不腻。

魏王在青鹿寺吃了几顿素斋,早就受不住了,一尝鹌鹑蛋登时胃口大开。

大快朵颐之时,魏王想到了杨状元的话:"学生有张家传偏方,或能治王爷的肥胖之症。"

他真的能瘦下去?

魏王托着脸上的肥肉,还是觉得难以置信。

忽然,外头狂风大作,车窗帘飞了起来。

落雨了。

魏王盯着窗外连成串的雨珠,不由得想到了青鹿寺中那个青裙少女的话:"明日再回吧,等会儿可能有雨。"

真的被她说中了?

好奇心让魏王生出回头的冲动,但他想想还是作罢。他的马车这么舒坦,就算下雨也无妨。

至于那个有些奇异的少女,只要在京城,他总会再见到的。

说起来，自己最近遇到的奇异的人挺多的，那个小姑娘是，杨状元也是。

魏王突然觉得无趣的生活开始有意思起来。

下雨对坐在豪华马车中的魏王影响不大，却苦了杨喆几个人——淋着雨骑马赶路，要是得了伤寒就麻烦了。

几个人进了一户农家避雨，难免提起林好。

"温兄，你堂妹还有观天象的本事？"

温峰笑笑："我今年才进京，与堂妹其实不太熟。从在温府时的相处来看，堂妹就是个普通的小姑娘，今日应该只是巧合。"

他说着，却突然想起父亲的话："峰儿啊，我跟你说，阿好是个吃人的妖怪，你可离她远点儿。"

难道堂妹……

温峰猛摇头。

子不语怪力乱神，他不能被父亲带歪了！

几个人见素来温和稳重的温峰狂摇头，纷纷道："温兄，我们信你就是了。"

你倒不必如此激动。

这时农家主人领着一人进来。

那是一个年轻，因为淋了雨，如墨的发贴在白皙的脸颊上，令他少了几分平日的温和，多了几分冷峻。

韩宝成一愣。

进来的年轻竟是认识的，是靖王世子。

"世子。"韩宝成客气地打了招呼，心道这两日有些邪门儿，遇到的全是惹不起的人。

祁烁看向韩宝成。

韩宝成拱手道："家祖是兵部尚书，小弟叫韩宝成。"

"韩公子。"祁烁微微点头，看向其他人。

这几个人中，其实有三个人他知道，一个杨状元，一个温峰，一个迫不及待自我介绍的韩宝成。

"杨状元。"祁烁领首。

杨喆拱手行礼："世子。"

其他三个人一一报了家门。

因为祁烁的到来，众人一时有些局促。

"世子也回城吗？"韩宝成努力找话题。

祁烁笑问："几位这是出城游玩？"

"我们昨日去了青鹿寺，没想到出了点儿状况。今日情况明朗，我们就离开了。"

"什么状况？"祁烁摆出好奇的模样。

唐二姑娘在青鹿寺出事定然瞒不住，韩宝成就照实说了。

"佛祖眼前居然会出这种事？"

"谁说不是呢？世子是没见到那个被抹了脖子的丫鬟，太惨了。"

众人纷纷附和："太惨了。"

祁烁亦点头："太惨了。"

雨看起来小了些，祁烁找来农家主人："不知可有雨具？我想买一副。"

农家主人忙道："有一副蓑衣斗笠，不过是穿过的，公子若不嫌弃……"

祁烁笑着道："有的用就很好了。"

从农家主人那里买来雨具，祁烁与韩宝成几个人道别，穿戴好蓑衣斗笠，策马离去。

狂风大雨转为绵绵细雨，林好撑着一把青竹伞，纵目远望。

天灰蒙蒙的，山脚下还能看到守路的僧人与衙役，官道上偶尔有马车缓缓驶过，也有淋着雨颇显狼狈的行人。

一个头戴斗笠的人策马而行，许是带子没系好，斗笠飞落到地上。

林好揉揉眼，以为眼花了。

那人看着怎么像靖王世子？

青鹿山不高，林好眼神又好，从半山腰俯瞰官道，若是熟悉的人还是能认出来的。

林好看到祁烁翻身下马，捡起斗笠重新戴好，策马向前而去。

雨似乎又大了些，如珠子打在伞面上，噼噼啪啪，带来丝丝凉意。

靖王世子体弱多病，有什么要紧事需要冒雨赶路？

林好心生疑惑，依然望着祁烁背影消失的方向。

"姑娘，回屋吧，当心着凉。"宝珠走过来。

林好举着伞往屋中走去。

林氏正吃着点心，见林好收伞进来，招呼女儿过来坐："想知道什么派丫鬟出去打听就是了，外头怪冷的。对了，也不知道那歹人抓到了没。"

本来走了也就走了，为了避开魏王多留了一日，她就忍不住关心起这件事了。

林氏是个爽利性子，心思一起，立刻吩咐道："芳菲，你安排人打探着，有动静及时来报。"

芳菲领命而去，剩下母女三人闲聊。

外边下着雨，屋中却暖洋洋的，吃着茶点消磨时光最是惬意。

转眼天色就暗了下来。芳菲走进来，带来一个消息："靖王世子来了青鹿寺。"

林好眉梢动了动。

靖王世子路过青鹿山，又返回了？

林氏不知道祁烁路过青鹿山的事，震惊地道："靖王世子冒雨来上香？"

不是她多想，靖王世子莫不是听说阿好在这里吧？

又是魏王又是靖王世子，林氏突然很苦恼。

"去打听打听，靖王世子住的哪间客房。"

不多时芳菲打听回来："靖王世子住的是魏王先前住的客房。"

林氏："……"

好一会儿，她摆摆手："让跟来的人都机灵点儿，明日一早咱们就回府。"

"是。"芳菲退了出去。

林氏端起茶盏啜了一口，语气中带着微微的不满："靖王世子大雨天出城上香，也不知道靖王妃知不知道？"

不省心的孩子。

林好与林婵对视一眼，总觉得母亲对靖王世子有种莫名其妙的关注与抵触。

两个女儿都不搭腔，林氏就转了话题。母女三人一起用过斋饭，各自洗漱休息。

离睡觉还有一点儿时间，林好靠着床头，翻看着宝珠从家中带来的话本子打发时间。

外面突然传来嘈杂声。

林好穿好外衣，推门而出。

林氏与林婵也听到动静出来了。

母女三人走到栏杆处眺望，就见山脚灯火摇晃，人头攒动。

声音就是从那里传来的。

"定是找到歹人了。"林氏俯瞰山脚，笃定地道。

说是歹人，其实也是可怜人。

林氏扶栏叹了口气。

陆陆续续有香客听到动静走出来，林好看到了祁烁。

二人对视一瞬，祁烁大步走过来。

"林太太，没想到你们也在。"祁烁客客气气地打招呼。

林氏矜持地笑笑："是挺巧的。"

"不知山下发生了什么事。"祁烁望向山脚，十分自然地挑起了话题。

"世子才来，恐怕还不知道，昨日青鹿寺出事了……"

默默地听母亲给靖王世子解惑，林好想翻白眼。

靖王世子上山时定然看到了守路口的衙役，她才不信他一点儿不知情。

山脚下，火龙渐渐向上移动，移到了半山腰。

"婵儿，阿好，你们在这儿等着，娘去看看。"

林婵无奈地道："娘，我们还是一起去吧。"

林氏余光一扫祁烁，点了点头："也好，一起去看看。"

祁烁笑笑，走在母女三人后面。

听到动静的武宁侯夫人急匆匆地赶来："找到害小女的畜生了吗？"

本来今日下午就准备带女儿回府的，结果刚下山就落雨了，无奈之下她只好又返了回来。

武宁侯夫人觉得这趟青鹿寺之行倒霉透了。

刘捕头面色凝重："暂时还没发现歹人的踪迹。"

"那你们这是……"

刘捕头一侧身，两个衙役把抬着的担架放在地上。担架上躺着一个穿青色大袖袍服的中年男子。

武宁侯夫人上前细看，突然瞳孔一缩，连连后退。

那分明是一具尸体！

中年男子双目微睁，脸上还残留着惊恐不解的表情与干涸的血迹。

围观的人也发现了中年男子已是死人，登时嗡嗡地议论起来。

"居然又死了一个！"

"这人怎么死的？"

刘捕头对武宁侯夫人道："这人是在往北的官道边的杂草丛里发现的，被人抹了脖子。"

武宁侯夫人声音发颤："是那个畜生干的？"

薇儿的丫鬟轻红就是被人抹了脖子。

刘捕头微微点头："目前看来，可能是阿虎逃走时被这人撞见，遂杀人灭口。"

"这么说，那畜生逃了？"武宁侯夫人有些激动。

刘捕头神色有些尴尬："侯夫人别急，我们的人已经往北追查了。"

武宁侯夫人怒了："别急、别急，你们只会说别急！这么多人一遍遍搜查，把守出口，居然还是让一个小小的布庄伙计逃了，真不知道你们是干什么吃的！"

武宁侯夫人发泄了一通，不想再待："希望明日能等来刘捕头的好消息。"

武宁侯夫人一走，议论声就大了起来，或是说歹人的残暴，或是猜测受害男子的身份。

刘捕头示意手下把尸体抬走，大感头痛。

看这人的情形，分明是要进京的外地人，想查明身份恐怕难了。

林好目光追逐着被抬走的尸体，连林氏喊她都没听见。

"阿好。"林氏伸手拍了拍林好的胳膊。

林好回神，声音有些飘："娘？"

林氏看着女儿发呆的样子，有些担忧："阿好，是不是吓到了？"

是她疏忽了，总以为两个女儿像她一样不怕这个。

再看林婵面色如常，林氏又有些茫然。

不知什么时候生出的错觉，她总觉得小女儿比长女胆子大。

"回屋吧，明日一早咱们也赶紧下山。"

一天死一个，哪有小姑娘不害怕的？

林氏拉着林好的手往回走，林好回眸，深深地望了祁烁一眼。

182

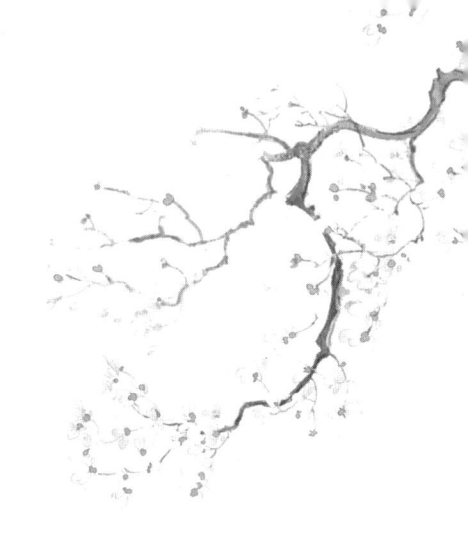

第八章　选　妃

夜色朦胧，少年的脸在摇曳的灯火下忽明忽暗，明明算是熟悉了，此刻看起来忽然又显得陌生。

林好回过头，跟着林氏回到房中。

林氏摇了摇头："先前觉得那歹人也是可怜人，现在不觉得了。有仇报仇，杀害两个无辜的人算什么？"

武宁侯夫人对外当然不会说女儿故意烫了一个烧火丫鬟的脸，只说是不小心烫伤的。但听的人都不傻，但凡是对唐薇的脾气了解一些的，略一琢磨就想明白真相了。

如果是无意造成的，武宁侯府肯定会给够银钱以示安抚，对方又怎么会用这样极端的手段报复？

林婵深以为然："母亲说得是。"

"你们都早点儿休息吧，明天咱们早点儿走。歹人已经杀红了眼，能避开就避开。"

林氏自信遇到歹人也不怕，可凡事不怕一万就怕万一，带着两个女儿，她可不想有一点儿风险。

就像武宁侯夫人，来上香，丫鬟婆子带了不少，女儿还不是说出事就出事了。

"嗯。"林婵点头应了。

林氏看向林好，发现女儿又在发呆了。

"阿好？"林氏推了推林好。

"娘？"

林氏伸手覆上林好的额头，忧心忡忡地道："该不会吓丢魂了吧？"

林好"扑哧"一笑："娘，您想到哪里去了？"

"那你怎么从见了尸体就总发呆呢？"

"这不是第一次见到横死的人吗？那人的脸就总在脑海里浮现。"

林氏一想也对，唐二姑娘的一个丫鬟虽然被害了，但她们没见着尸首，刚刚那人却被抬到了眼前。

"娘，我回房歇着了。"林好起身，看起来已神色如常。

林氏这才放心："去吧。"

回到房间，林好往床榻上一躺，脑海中一会儿是中年男子青白可怖的脸，一会儿是靖王世子俊朗温和的脸。

在别人看来，那中年男子是个无辜惨死的倒霉路人，她却知道他的身份。

他是方成吉，梦中深得太子看重，导致靖王府覆灭的方成吉。

就算没有靖王世子出现，方成吉以无名男尸的身份出现在青鹿山附近她都觉得离奇，何况靖王世子出现在这里。

是靖王世子杀的方成吉吗……那个看起来温和病弱的靖王世子？

林好翻来覆去，如烙饼般。

她想去找靖王世子问个清楚，立刻。

林好坐起身来。

这番动静惊动了歇在外间的宝珠。

"姑娘，怎么啦？"宝珠趿着鞋子走进来。

"我想出去走走。"

"这时吗？"宝珠下意识地看了一眼窗外。

紧闭的窗户透着一团黑。

"很晚了，外边肯定很冷，婢子给您拿披风来。"宝珠快步去拿披风。

林好弯了弯唇角。

她喜欢的就是宝珠这一点：不会问东问西的。

宝珠拿来杏色披风替林好系好，陪她走出房门。

各处的灯都已经熄了，整个青鹿寺笼罩在一片寂静的黑暗中，因为接连死了两个人，凶手又没抓到，这份寂静中又多了阴森恐怖的感觉。

幸亏天上的星子投下清冷的光，让人勉强能辨出脚下的路。

林好轻轻地走到祁烁的房间附近，那股冲动却消失了。

半夜三更，她跑来敲年轻男子的门实在不像话。

林好决定明日一早再来问，刚转身就听到轻微的开门声从背后传来。

她立刻转身，就见身穿月白长袍的少年推门而出，清风朗月般赏心悦目。

那一瞬，林好有些迷茫，实在难以把眼前的少年与心中的猜测联系起来。

少年一步步走近，她却忘了反应。

"林二姑娘。"祁烁在林好面前站定，含笑喊了一声。

林好目光流转，恢复了冷静。

"世子也没睡啊？"

祁烁点头："嗯，我猜林二姑娘可能会来找我。"

林好："……"既然这样，她就不客气了。

"是有些话想与世子说。"

"去那里说如何？"祁烁抬手指了指。

林好一愣。

靖王世子指的是屋顶。

迎着林好诧异的目光，祁烁一笑："请林二姑娘伸出手。"

林好伸出手来，好奇他要做什么。

手腕突然被握住，紧接着身子一轻，再回神时，林好已经落到了屋顶上。

站在屋顶，离满天星子仿佛更近了，可看着眼前的少年，林好只觉更陌生了。

林好的震惊在祁烁的意料中。

他以拳抵唇，轻轻地咳嗽了一声。

这声咳嗽令林好回神，她终于觉得这是自己认识的靖王世子了。

不不不，还是不对劲，靖王世子怎么可能毫不费力地带着她到屋顶上来？

"林二姑娘，要不要坐着说？站着容易引人注意，也容易脚滑掉下去。"

林好坐下来，静静地看着祁烁。

"我会武。"祁烁老实地承认。

林好微笑："平时可看不出来。"

祁烁咳嗽两声："会武的人也会生病的。"

林好沉默。

这个解释还挺完美。

沉默了一会儿，林好直接问："那个人……是不是世子杀的？"

祁烁面不改色地看着她，略一沉默，反问："林二姑娘是说方成吉吗？"

林好目光微闪："看来是世子了。"

祁烁的坦诚令她高看了他一眼，可她一时又无法把他的所为与平时的印象联系起来。

因为她提了一个梦，他就把可能带来危险的人解决了，不可谓不狠辣。

借唐二姑娘的婢女遇害的机会，他用同样的手法杀人，顺势把嫌疑推到找不到的凶手身上，甚至还误导了追查阿虎方向的官差，不可谓不机智。

林好以为自己对任何人都能有清晰的看法，此刻对靖王世子的看法却模糊起来。

靖王世子到底是个什么样的人呢？

仅仅因为一个梦就杀人，还不是他自己做的梦，这样的人是不是有点儿可怕？

她伸手捂了捂眼睛，头一次为听不到人的心声而可惜。

"林二姑娘……再也不想见到我了吗？"

林好把手放下，看着祁烁。

少年看起来一脸温良。

"世子……和我印象中的不太一样。"

祁烁一笑："以前我们来往少。印象是会随着了解深了而变化的。"

"所以世子本来就是那种因为旁人提的一个梦就会杀人的人？"林好到底问了出来。

两个人不知不觉熟悉起来，在她的心里，他们已经是朋友了。如果什么都不问，就把靖王世子当一个危险狠辣的人，然后默默远离，她觉得有些可惜。

祁烁定定地看着林好。

夜色很浓，只有细碎的星光在少年的眼里闪烁。

林好听到他说："可林二姑娘不是旁人。"

他语气轻缓，像是羽毛轻轻掠过心尖，令冷冽的山风温柔起来。

林好抿了抿唇。

她觉得靖王世子很奇怪，眼神，表情，说的话……处处都奇怪。

她自己好像也变得奇怪了。

她不是旁人是什么？

他……

"林二姑娘对我来说是很好的朋友。"

林好一口气险些没上来。

对对对，是朋友，她就是这么想的。

"你那么认真地提醒我，我当然要重视。"祁烁的神情变得有些奇异，他继续道，"可能是太重视了，我也做了一个梦。"

林好的眸子不自觉地睁大了几分，她问道："做了一个梦？"

祁烁颔首："我梦到因为这个人，靖王府惨遭灭门，所以梦一醒，我立刻安排人打探，结果发现太子身边并没有一个姓方的人。后来我又去问父王、母妃，认识的人中有没有姓方且关系不佳的，没想到父王还真说出了一个人。"

林好认真地听着。

"父王说在北地时有个叫方成吉的人招摇撞骗，被他驱逐过。了解了这人的情况，我又安排人北上打探，没想到他竟在进京的路上。"

祁烁说到这里，神色更冷："凭一个梦就杀人确实荒唐，可我宁愿荒唐，也不想拿靖王府数百条性命冒险。"

林好分明看到了世子面上一闪而过的狠厉，却不得不承认他的决定是对的。

"我只梦到一个姓方的人对靖王府有威胁，没想到真有这么一个人。"

原来梦中这时候，方成吉还在进京的路上。

随着靖王世子这一刀，梦里那个与太子少师秦云川分庭抗礼的相士就不存在了。

哦，她险些忘了，对太子影响甚深的太子少师秦云川也不在了。

一个是因为靖王世子，一个是因为她。

这么看来，他们从某种意义上也算一起战斗的伙伴了。

林好心一动，试探地问道："世子还做过别的梦吗？"

祁烁一怔，下意识地问道："别的梦？"

林好不由得有些紧张。

靖王世子会不会……与她一样？

"倒是有一个……"好一会儿，祁烁迟疑地道。

"能说说吗？"

世子面露挣扎："林二姑娘真的想知道？"

林好笑笑："我还挺好奇的。"

"这个梦有些离奇。"祁烁白皙的面庞悄悄爬上一丝红晕，在少女催促的眼神里，他不好意思地弯了弯唇，"我梦到与林二姑娘成亲了。"

林好实在没忍住，大大地翻了个白眼。

这就是胡扯了。

见她如此，祁烁尴尬一笑："我是说这个梦有些离奇……"

那它可有实现的可能？

"是很离奇。"林好点头。

祁烁将想问的话默默地咽了下去。

林好左右看看："很晚了，我要回屋睡了。"

祁烁伸出手："我带你下去。"

"不用啦。"林好准备起身，却被祁烁叫住。

"世子还有事？"

"先前的问题，林二姑娘还没回答。"

林好一怔，又想起了她捂着眼睛时听到的话。

"林二姑娘再也不想见到我了吗？"

不知为何，她听到这句话，心中涩涩的。

可能是因为在这世间，此刻，知道靖王世子悲惨命运的只有她。

世人眼中身份高贵、家庭美满的靖王世子，在她眼里其实是个可怜人。

如她一样的可怜人。

短暂的沉默后，林好嫣然一笑："当然不会。世子不是说了，我们是朋友，朋友不就是要求同存异才能长久吗？"

祁烁弯唇笑了，墨玉般的眸子格外明亮："林二姑娘说得是。"

"回去睡啦，风还挺大的。"林好摆摆手，动作轻盈地从屋顶跳下，如一只灵活自在的猫。

她没有回头，不疾不徐地往客房走去，一直守着的小丫鬟宝珠默默跟上。

祁烁笑着摇了摇头，没有立刻从屋顶跳下，反而坐下来，目送那抹杏色身影渐渐走进夜色里。

夜色如浓墨般黑，那道背影在他的眼里却是亮的。

长久吗？

祁烁躺下来，并不在意屋顶的砖瓦硌人，仰望着满天星子出神。

若能长久，就是最好的事了。

翌日，林氏带着林好姐妹下了山。

将军府的马车就停在山脚下，林氏上车时看到了骑马而过的祁烁，吃惊地对两个女儿道："真没想到，靖王世子还会骑马！"

林好："……"母亲对靖王世子到底有怎样的误会？

骑马而过的祁烁身子一晃，忍不住回了一下头。

林婵拉了拉母亲的衣袖，嗔道："娘，靖王世子好像听到了。"

林氏不以为意地抿了抿唇："听到就听到了，他一个小辈还能找我吵架不成？"

正所谓"无欲则刚"，她没想着有一个小王爷当女婿，还怕他听到不成？

林婵一窒，拿母亲没法子。

马车不疾不徐地前行，本来中午就能到家了，可才行不久，林氏就觉得腹痛。

她捂着肚子坚持了一会儿，但是随着马车的轻微颠簸，实在忍不住了。

"停车，停车！"随着林氏一声喊，马车停下来。

跟在后边的马车里坐着林好与林婵，随着前边马车的停下也停下来。

"去问问前边怎么了。"林婵吩咐婢女莲香。

不多时莲香跑回来："太太肚子疼。"

林好与林婵一听，赶忙下了马车，走到前面。

"娘，您没事吧？"

林氏的脸色有些难看，她小声道："可能早饭吃杂了，肚子有些不舒服，我下车缓缓。"

林婵环顾四周，伸手一指："娘，那里有一户农家，要不过去歇歇脚？"

林氏不是为了面子难为自己的人，立刻点头："行。"

把大部分丫鬟婆子留在马车这里，林氏由两个女儿扶着走了过去。

听一个婆子道明来意，农家主人笑呵呵地请她们进来。

昨日起陆续有人来歇脚，看穿戴都是富贵出身，好处当然少不了，农家主人自是乐意。

院中摆着一张桌子，几名年轻人正围着桌子喝茶。

林氏一看，这些人都是—见过的，其中就有温如归的侄儿温峰。

对温峰，林氏并不反感，可因为其身份，见了终归有些不舒坦。

温峰也见到了林氏几人，当即放下茶杯站起来，恭敬地打了声招呼："婶婶。"

林氏皱眉："早就说了，如今咱们是两家人，叫我'林太太'就是了。"

温峰尴尬地笑笑："您和两位妹妹今日回府啊？"

"嗯。"林氏肚子里翻腾，语气显得格外冷淡，"你们不是昨日就走了？"

"昨日赶上下雨，就来这家避雨了，等雨停了，想着赶过去城门也关了，干脆就住了一晚。"

"哦。"林氏快忍不住了，示意农家主人的妻子快带自己进去。

眼见林氏母女匆匆走了，韩宝成小声道："温兄，你这位婶婶一看就是厉害人。"她那脸色青的，让人不敢吭声啊。

"不是的，十婶是个热心人，可能是想起令她不快的事了吧。"温峰替林氏分解。

温峰对林氏的印象同样不错。

他进京前本有些担心住进堂叔家，堂婶有可能看不上他们父子，事实却证明他想多了，堂婶周到热情，绝不是只做面子功夫。

可惜堂叔不惜福……

"两个堂妹也都是极好的姑娘。"想着这些，温峰顺口夸道。

一人笑着道："性情如何需要了解，不过两位林姑娘的样貌却是极好的，说起来小弟还未娶妻……"

温峰的神色立刻严肃起来："张兄莫要开玩笑。"

"怎么是开玩笑呢？小弟本来就没娶妻啊。男大当婚，女大当嫁，与其等父母给说一个从没见过的姑娘，还不如娶一个自己瞧着顺眼的。"

"咦，这话有道理啊。"韩宝成摩挲着下巴道。

"韩兄，你怎么也凑热闹？"温峰无奈地看着韩宝成。

韩宝成摊手："我是真觉得有道理，难道温兄不想娶个中意的？"

温峰说不过，向杨喆投以求救的眼神。

杨喆一笑："我也觉得有道理。"

"你们……"温峰摇摇头，不说话了。

林氏借用这家解决了难题，肚子依然不舒服。

"大婶，能借用一下锅灶吗？"林婵问。

"姑娘随便用。"

"二妹你陪一下娘，我去给娘弄点儿吃的。"

林婵吩咐丫鬟去车上取苹果，带着一个婆子进了厨房。

这种农家，厨房就是简单搭了个棚，也没有门遮掩，在院子里就能看到厨房里的人忙忙碌碌。

不多时，莲香从外面端了一个托盘来，托盘上摆着几个水灵灵的大苹果。

一眨眼，小丫鬟就进了厨房，留下几个大男人眼巴巴地看着。

"她们出门上香还带苹果？"一人吃惊地问。

韩宝成倒是见怪不怪："女子出门带的东西只有你想不到的，没有她们带不了的。我敢说，除了苹果，她们的车上肯定还有各种鲜果。"

"有没有我不关心，就是出门三天，突然想吃苹果了。"

韩宝成叹气："谁不是呢？"

秋冬时节最是干燥，咬一口清甜多汁的大苹果，想想就舒坦。

厨房里有热气升起，不多时，莲香端着个盘子出来，上面摆着切得均匀的苹果片。

她把盘子摆在温峰面前，笑着道："温公子，我们姑娘请您和朋友吃些苹果，盘子已经用滚开的水烫过了。"

小丫鬟说完，扭身又进了厨房。

过了一会儿，林婵出来了，身后跟着端着托盘的莲香和婆子。

见几个人看过来，她冲温峰一点头，往屋中去了。

在林婵看来，温峰怎么说都是她的堂兄，关键是为人不错，遇到了视而不见的话太难看。

"咔嚓。"韩宝成拿起一片苹果咬了一口，笑呵呵地道："真甜。"

林氏吃了个蒸苹果，肚子舒坦了些，带林好姐妹离开时，温峰几人已经走了。

顺利回了将军府，林氏伸了个懒腰，叹道："本想着出门放松两日，没想到比打架还累。"

程树正好休息在家，关切地问道："姑母的脸色瞧着有点儿差，是不是没睡好？我听闻武宁侯府的二姑娘在青鹿寺出了事，想着您可能会担心。"

林氏笑笑："我倒没什么担心的，不过武宁侯府二姑娘的事你都知道了？"

"那能不知道吗？昨日就传遍了，武宁侯府还派了许多家丁出城……"程树讲着昨日京城百姓热议的事。

老夫人也道："我还以为你们昨日就会回来，没想到又住了一日。"

林氏看了林好一眼："本来打算回的，阿好说会下雨，就没回，后来果然下雨了。"

程树一脸好奇："阿好，你怎么知道会下雨？"

老夫人也看着林好。

林好面不改色地道："猜的。"

程树不信："这也能猜到？"

"其实也不是全靠猜。"林好飞快地编了个理由，"春天的时候从墙头掉下来不是扭到脚了吗？后来脚踝只要隐隐作痛，十之八九就会变天。"

林氏一听就心疼了："原来是这么回事，我还以为阿好自悟了观天象的本事呢。"

林好："……"原来她说她天生会观天象也是可以的？

一家人又把话题绕到了武宁侯府上。

"正值韶华却毁了容，以后武宁侯府有的折腾了。"

"也不知那歹人抓到了没。"

武宁侯府中，武宁侯夫人正在对武宁侯哭诉。

"抓不到害薇儿的人，这事决不罢休！侯爷，你去和那些衙役打个招呼，省得他们不尽心。"

"早就打过招呼了。"武宁侯面色沉沉，心情同样沉重，"不过那歹人已经北逃，抓他如大海捞针，想找到恐怕难了……"

北逃的结论是根据方成吉的尸体推断出来的。而方成吉的身份还没查明，已经当作无名男尸拉到义庄去了。

"难道薇儿就白白被害了？"武宁侯夫人恨得跳脚。

她从嫁进侯府，可谓顺风顺水，许久没尝过无可奈何的滋味了。

"侯爷，夫人，东宫来人了。"一名婢女进来禀报。

武宁侯夫人示意婢女请人进来。

来的是太子妃唐蔷的心腹宫女绿霜，也是从武宁侯府出去的。

"侯爷，夫人，太子妃惦记二姑娘，让奴婢替她来看看。"

凡事都有利弊，太子妃的身份虽风光无限，却不比寻常女子回娘家方便。

武宁侯夫人勉强露出个笑："让太子妃担心了，随我来吧。"

武宁侯夫人亲自带着宫婢绿霜去了唐薇住处，刚走到门口就听到带着哭腔的惊呼声传来："姑娘，姑娘您可不能做傻事啊！"

武宁侯夫人脸色一变，顾不得侯夫人的稳重拔腿冲了进去，就见唐薇踩在凳子上，双手抓着白绫往脖子上套。

武宁侯夫人骇得魂飞魄散："薇儿！"

一番折腾把唐薇送到床榻上，武宁侯夫人直抹泪："薇儿，你这样不是剜母亲的心吗？"

唐薇把脸伸到武宁侯夫人面前，指着那道难看的烙印哭吼："我这样还怎么见人？我早就不想活了，不过是不愿死在外边罢了……"

"薇儿，你可不能这么想，母亲会给你请名医的，一定有办法把烙印去掉……"

看着抱头痛哭的母女二人，绿霜也红了眼圈。

听闻二姑娘毁了容只是心惊，见到了才知竟如此严重。

等母女二人哭够了，绿霜轻声劝："二姑娘，您想开些，太子妃很惦记您呢。太医院的赵太医最擅长处理肌肤问题，已经说好明日过来给您看看……"

听着母亲与绿霜的劝，唐薇绝望的眼神里有了些光彩："真的有祛疤良药？"

"总会有办法的，天下之大少不了有能耐的人。"担心女儿再想不开，武宁侯夫人安慰道。

绿霜从武宁侯府回到东宫，去向太子妃禀报。

"奴婢随侯夫人去看二姑娘，二姑娘正寻短见……"

听绿霜说完，太子妃心头沉重，就连前些日子靖王府的表姑娘成了太子选侍而带来的心烦都顾不上了，过了两日安排人去武宁侯府，把唐薇接进了东宫。

太子妃见到唐薇，当即红了眼圈。

脸上那骇人的烙印且不说，本来圆润的鹅蛋脸竟然成了瓜子脸，憔悴得令人心惊。

太子妃揽住唐薇，哽咽着道："二妹受苦了。"

唐薇没了以前的意气风发，望着太子妃的眼神发直："姐姐，昨日赵太医看了我的脸，说坚持涂药膏能淡化烙印，是不是真的？"

"赵太医都这么说了，自然是真的。"太子妃柔声道。

实际上，赵太医得了太子妃的授意，情况再差也要给妹妹希望，免得妹妹受不住。

这世上真有能把这么深的烙印消除的灵药吗？太子妃并不乐观。

唐薇对太子妃的话却深信不疑。

在武宁侯府，二姑娘是个无法无天的，唯独大姑娘能管得住她。

在唐薇眼里，姐姐是个完美的存在。

"太子妃，孙选侍听闻二姑娘来了，特来探望。"宫婢进来禀报。

太子妃脸微沉："跟她说，二姑娘休息了。"

宫婢退了出去。

唐薇面露厉色："姐姐，孙选侍是不是孙秀华？"

太子妃抬起一边唇角笑了笑："是她。"

"这个贱人！"

看唐薇神色扭曲，太子妃微微皱眉："二妹，不要这么说。"

"她本来就是个贱人，在靖王府第一次见，我一眼就看出来她是个贱骨头！"

太子妃示意伺候的宫女退下，轻声道："二妹，就算你这么想，也不能随便说出口，不然只会显得你咄咄逼人。"

唐薇不服气："姐姐，你这样的好性子，以后会被她踩到头上来的。"

"二妹，柔软一点儿不代表吃亏。"见唐薇一副听不进去的样子，太子妃顾念她心情正糟，没再多说。

唐薇在东宫住了几日，有太子妃宽解劝导着，渐渐有了些精神。园中菊花争奇斗艳，她午后睡不着，由宫女陪着随意溜达。

一个宫装丽人袅袅走来，声音中透着迟疑："唐二姑娘？"

唐薇看过去，立刻沉下脸："孙秀华？"

孙秀华一进宫就得了太子的宠爱，伺候的人也跟着有了底气，身边的宫女忍着不快提醒道："这是孙选侍。"

唐薇扫了一眼宫女，毫不客气地道："要你多嘴？"

宫女愣住了。

这是哪儿来的野丫头？

跟着唐薇的宫女也不甘示弱："这是唐二姑娘，我们太子妃的妹妹。"

孙秀华微微一笑："进宫前，我与唐二姑娘就认识。那日听闻唐二姑娘进宫，我去探望，可惜没能见到。"

唐薇冷笑："你少假惺惺。"

"唐二姑娘误会了，听闻你出了事，我是真的担心。"孙秀华十分好脾气的样子，举步走向花丛。

唐薇不自觉地跟上，看着孙秀华那张淡然如菊的脸，只觉刺目。

"你担心什么？是担心我不够惨吧？"

孙秀华美眸微眯:"唐二姑娘为何这么说?你我无冤无仇。"

留意到宫女离着有些距离,孙秀华将声音压得极低:"我只是没想到,报应来得这么快。"

唐薇愣住了。

孙秀华比唐薇个子高些,微垂着眼皮看着她,眼里藏着旁人难以察觉的得意。

她确实是得意的。

就在不久前,她还是靖王府寄人篱下的表姑娘,对唐薇的欺辱残害只能忍气吞声;而现在,她成了太子选侍,在这东宫中只要不明面上与太子妃过不去,谁能奈她何呢?

嚣张跋扈的唐二姑娘却成了毁了容的小可怜。

风水真是轮流转。

"唐二姑娘继续赏花吧,我先走了。"孙秀华柔柔一笑,转了身。

孙秀华的得意如一根长针,狠狠地扎进唐薇的心里,扎得唐薇理智全无。唐薇冲过去,在宫女们的惊呼声中从背后抓住了孙秀华的头发。

孙秀华发出痛苦的尖叫,下意识地转身抵抗,脸上又挨了一下。

"贱人,贱人,贱人!"唐薇两眼通红,拼命地抓孙秀华的脸。

孙秀华出于本能用双手护着脸,等宫女们赶过来把唐薇拉开,孙秀华的一双纤纤玉手已经被抓成了西瓜瓤。

陪唐薇散步的宫女之一飞奔去禀报太子妃。

陪孙秀华散步的宫女之一飞奔去禀报太子。

太子妃听到宫婢的禀报,手里的茶水都洒了:"二姑娘与孙选侍打起来了?"

宫女急慌慌地点头:"打得可厉害了,揪了孙选侍的头发,抓了孙选侍的脸和手……"

太子妃匆匆赶往园中。

孙选侍的宫女向太子告状时,直接哭了出来:"殿下,我们选侍在花园里被唐二姑娘打了……"

"什么?"太子以为自己听错了,"打架?"

两个女子?

宫女哭着道:"不是打架,是挨打。唐二姑娘突然冲过去揪选侍的头发,还挠选侍的脸……"

太子听得头皮发紧:"吾去看看。"

太子到达时,太子妃也刚刚赶到。

看到被宫女扶着的孙秀华,太子眼睛都瞪圆了。

这个披头散发的女子是孙选侍?

孙秀华抬袖遮住有抓痕的半边脸,哽咽着喊了一声:"殿下。"

看到孙秀华遍布血痕的手,太子将正准备伸出去的手一缩:太吓人了!

太子无法克服有些恶心的感觉去安慰爱妾，便把怒火发泄到太子妃身上："太子妃，你是怎么管教你妹妹的？！"

太子妃一脸惭愧："实在没想到会发生这种事，我已经吩咐宫人去请太医了。太子要怪就怪我吧，确实是我没开解好妹妹……"

唐薇捂着脸哭："姐姐，她笑我毁容是遭了报应，我才动手的。"

太子妃沉下脸："二妹，你少说两句。"

太子看看捂着脸哭的唐薇，再看看捂着脸抽泣的孙秀华。

见太子看过来，孙秀华的泪珠簌簌而落，她道："唐二姑娘，你怎么能张嘴诬蔑人呢？我才进京数月，与你几乎没有交集，你又没做过对不起我的事，我为何要笑你遭报应？"

唐薇自是不能承认推孙秀华下水的事，看孙秀华哭得梨花带雨，登时气炸了："就会装模作样的贱人！"

太子听不下去了，脸一沉，道："快把你妹妹送出宫去！"

东宫的这场风波虽没传到外面，却传到了泰安帝的耳里。

泰安帝都觉得稀奇："太子妃的妹妹把太子选侍的脸抓花了？"

这是皇宫里能发生的事吗？

回话的内侍也一脸复杂："回皇上，听说只抓花了手，脸就抓了一下。"

泰安帝皱眉："荒唐。"

对太子妃这个儿媳妇他还算满意，没想到她的娘家妹子如此凶悍。

果然娶妻不能随便。

泰安帝顺势就想到了另一个儿子魏王。

说起来，老四也到了娶妻的年纪了。

心思一起，泰安帝溜溜达达去了宁心宫。

宁心宫是魏王的母妃静妃的住处。

静妃本是一名宫女，被泰安帝看中临幸，一举诞下儿子。

若是泰安帝子嗣多，这也不算什么，可他一连夭折了几个儿子，后来也没年轻嫔妃再诞下龙子，偌大的皇宫竟只有太子与四皇子两个养大了。

这样一来，母凭子贵，静妃就成了后宫里能与庄妃平起平坐的存在。

皇后病逝后，泰安帝未再立后，后宫一直由出身不错的庄妃打理。

泰安帝对静妃其实没什么感情，不过到了这个年纪，对儿子的生母总归有几分看重。

静妃午睡刚醒，听闻皇上来了，急慌慌去迎接。

"见过皇上。"

泰安帝虚扶一下，走了进去。

"爱妃近来气色不错。"

静妃笑着道："托皇上的福，每日没什么烦忧。"

泰安帝听得舒坦，眼角都笑出了纹路："有件事，爱妃要操心了。"

"您说。"静妃神色郑重起来。

"关于老四的亲事。"

静妃一愣。

泰安帝皱眉："老四也十九了，你就没想过？"

静妃好脾气地笑着道："妾知道皇上会安排好的。"

静妃这个样子，泰安帝既觉没出息，又感到放心。

"那你就和庄妃一起操办个赏菊宴，请京中适龄的闺秀参加，至于闺秀名单，你和庄妃商量着拟出来，朕再看看。"

从宁心宫出来，泰安帝又去了庄妃那里。

"办赏菊宴给魏王选妃？"听泰安帝道明来意，庄妃抿唇一笑，"魏王是到了娶妻的年纪了，皇上放心，妾会尽快与静妃妹妹商量着把名单拟出来给您过目。"

泰安帝拍拍庄妃的手："有爱妃操持，朕很放心。"

宫中策划着赏菊宴，宫外一时还没听到风声，各府过着各自的日子，将军府的平静却被突然登门的冰人打破了。

第一个冰人登门时，林氏还算淡定。

家里有两个如花似玉的女儿呢，个把媒人登门有什么稀奇的？

没想到翌日一早又来了一个，第三日又有一个。

三个媒人目标一致，都是向林婵说亲的。

"一个是兵部尚书韩家的公子，一个是太仆寺少卿张家的小儿子，还有一个家在外地，是新科进士。"林氏向老夫人说着三家的情况，神情有纠结，也有得意，"我说三家怎么赶在一起了，原来这三个小子都是见过的……"

林氏把青鹿寺遇到韩宝成等人的事说了。

"这么说，这三家的孩子是朋友？"

"是呢，看起来常在一起的，竟然都看中了婵儿。"说到这儿，林氏突然担心了，"怎么都看中婵儿呢，阿好有哪里不好吗？"

两个女儿她一样疼，主要是这个让人想不通。

老夫人瞟了林氏一眼："既然都是为婵儿来的，替婵儿把好关就行，你瞎操心阿好干什么？"

"这不是觉得奇怪吗？"

"有什么奇怪？姐妹都未出阁，一般自是求娶姐姐。"

"也是。母亲觉得这三家怎么选？"

老夫人想了想道："既然这三个人婵儿都见过，不如叫婵儿来，问问她的意思。"

没过多久，林婵就过来了。

"祖母，娘，你们找我有事？"

林氏拉林婵坐下，屏退下人，把三家求娶的事说了。

林婵默默地红了脸。

"婵儿，那三个年轻人你都见过，现在没有旁人，你也别害羞，说说对哪个印象好。"

林婵一时沉默了。

林氏是个急性子："在你祖母和娘面前有什么不好意思的？这可是关乎你后半辈子的终身大事。"

林婵露出个无奈的笑："娘，我倒不是不好意思说，委实是没怎么留意这三个人，没有多少印象。"

"一点儿印象都没有？"林氏有些不信。

温峰之外的那四个年轻人，还有魏王、靖王世子，但凡适龄的男子林氏都看过好几眼。女儿年纪轻轻，怎么这点儿机灵劲都没有呢？

林婵认真想了想，回答："唯一的印象就是都不丑，相貌都过得去。"

"那你比较喜欢哪个呢？"林氏抱着一丝期待问。

林婵苦笑："实在是不了解，没接触，谈不上喜欢不喜欢。"

"这……"林氏看向老夫人。

面对不开窍的孙女，老夫人也没辙，把三家的优劣分析了一番："三家中，韩家门第最高，暂时没听说韩公子有什么不好的风评，就是性子活泼些。太仆寺少卿张家的是小儿子，你若嫁过去，承担的事会少一些。至于姓李的新科进士，家在外地，不过家境还算殷实，已给他在京城添了宅院，将来小两口单过比较自由。"

老夫人拍拍林婵的手："三家都有可取之处，看你更喜欢哪种生活，当然，最重要的是看你觉得哪个合眼缘。"

外在条件只有更好，没有最好，在老夫人看来，林婵未来的夫婿家能达到一定条件就可以了，关键还是看人。

三个年轻人都是见过婵儿才让家中长辈来求娶的，可见先对婵儿上了心，这一点在老夫人看来很重要。

她们家再不能像当年那样上赶着了。

"三家咱们都没有一口回绝，再好好打探一下三家的家风和男方的人品，找机会与三个年轻人多见见，婚姻大事不能草率了。"老夫人道。

先不说女儿那段糟心的婚事，单说平嘉侯府求娶婵儿，老夫人每每想起这事，就一阵后怕。

当时她们若心急答应了，就把婵儿害了。

婚姻大事上，做长辈的不能急，不能急。

林婵乖巧地点头："听祖母与娘的安排。"

林好听到风声，私下笑吟吟地问林婵："大姐到底喜欢哪一个？"

林婵白她一眼："少拿我打趣，都说了，我对这三个人印象不深。"

"就没有一个令大姐印象深刻的？"

在妹妹面前，林婵没什么遮掩，随口开了个玩笑："若说印象深刻，自然是对状元郎和魏王印象深。"

她停了一下，眼里藏着揶揄："还有靖王世子，也让人印象挺深的。"

在青鹿寺时，靖王世子的目光几次悄悄落在妹妹身上，被林婵无意间看到了。

就是不知妹妹心意如何。

林好怔了怔，下意识地问道："大姐……喜欢靖王世子？"

"我想想啊——"见妹妹一脸认真，林婵"扑哧"一笑，"逗你的。"

"难道是杨状元？"

林婵摇摇头："平时挺机灵的，怎么现在连玩笑话都听不出了？"

林好有些不满："大姐，说你的终身大事，你还有心思开玩笑。"

对林婵来说，这些适龄男子，因为都没接触，似乎都差不多，林好却格外重视。

林好考虑了两日，决定与温峰见一面。

对一个人，还有谁比日常相处的好友更清楚呢？打听来的终究只是表面。

林好带上自家做的菊花糕，去了刑部衙门外上、放衙的必经之路等着。

温峰被分到了刑部观政。

本就是快放衙的时间来的，没等多久，林好就见温峰与同僚边聊边往这边走来。

"十一哥。"林好喊了一声。

温峰闻声看过来，见是林好，先是一愣，而后与同僚说了几句，快步走过来。

"阿好，你找我有事？"站在林好面前，温峰不自觉地有些紧张。

阿好几次见他都装不认识，今日竟特意来找他，这是有大事吧？

林好把提着的竹篮举了举，笑着道："十一哥，家里做了菊花糕，我带些来给你尝尝。"

温峰："……"他更紧张了。

慌乱地接过竹篮，温峰道了一声谢。

"还有个问题想向十一哥请教，能耽误十一哥一点儿时间吗？"

"哦，当然没问题。"温峰伸手一指，"那边有间茶肆，我们去茶肆说吧。"

林好点头。

二人一起进了茶肆，要了一间雅室。

"阿好有什么事？"温峰斟了一杯茶递给林好。

林好接过茶，道了谢，说出来意："前几日有三家请冰人登门，想求娶我大姐。"

"三家？"温峰干巴巴地配合着问了一句。

林好莞尔："有意求娶大姐的这三个人，十一哥都认识。"

听林好说出他们的名字，温峰面露尴尬："真不像话……"

一个就算了，三个人都这样，难道这也能约着一起？

林好笑着摆手："窈窕淑女，君子好逑，这没什么不好。今日来找十一哥，是想着十一哥了解他们，能不能说说谁更适合大姐？"

关乎林婵的终身大事，温峰不敢随便下结论。

"十一哥不要有压力，只是个参考罢了。"

温峰这才道："他们为人都不错。李兄出身望族，这一辈只有他科举出了头，算是肩负着全族人的期望，李兄本人也比较上进好强，若是做他的妻子，将来可能会辛苦些。张兄的兄弟姐妹多，要看婵儿妹妹喜欢热闹还是清静了。韩兄家中人口比较简单，他没什么大志向，但也没恶习，为人随和热情。站在朋友的角度，我觉得他们三个都挺好；站在兄长的角度，可能与韩兄在一起会轻松安乐些……"

听了温峰的肺腑之言，林好郑重地道了谢，回家后便把从温峰这里打听来的情况对林婵说了，林婵含羞向林氏表达了找机会与韩宝成见见的意思。

林氏托人去尚书府传了话。

"将军府那边愿意见见我？"听母亲说了将军府的反应，韩宝成喜上眉梢。

愿意见见，就意味着进一步。

他知道两个好友也行动了，这几日一直有些紧张。

见儿子傻笑，韩母有些来气："你好歹也是尚书之孙，别一副娶不到媳妇的样子。"

若不是不忍儿子失望，她都没打算把林大姑娘考虑在内呢。

"母亲，您不是知道还有两家求娶林大姑娘吗？将军府想先见我，说明您儿子最出色啊。"

听儿子这么说，韩母笑了："就你会说。"

韩母回头就安排人去将军府传了话，说七日后会带儿子去天元寺祈福。

天元寺就在城中，来去方便，七日后正好要举办一场消灾祈福的法会。趁着这个机会双方见面不惹人注意，若是不成，将来也不尴尬。

将军府那边很快回话，说七日后也会带两个姑娘去天元寺。

两家定定，韩宝成想着很快就要与送甜苹果的姑娘见面，心中雀跃，没忍住约了两个好友（情敌）喝酒。

"韩兄，你别得意，第一个往往是被淘汰的。"太仆寺少卿的幼子叫张良玉，听了韩宝成的炫耀，酸溜溜地喝了一口酒。

另一人叫李澜，默默地捏着酒盅，对林婵的心思淡了下来。

他本也谈不上非卿不娶，只是觉得林大姑娘美貌，人又温柔，这才动了求娶之心。

早知道温、张两位好友求娶，他根本不会掺和，然而知道时家里已经请了冰人上门，不好随便反悔。而今知道自己并不是林家最中意的人选，他自不会再自讨没趣。

一顿酒散，韩宝成哼着小曲儿往家走，遇到了杨喆。

见杨喆手捧书册，韩宝成吃了一惊："杨兄，你不会才忙完吧？"

杨喆入了翰林院，因表现出众，有时会被借到内阁做些杂事。

杨喆打量着韩宝成的神色，不由得笑了："是不是要有喜酒喝了？"

"喜酒肯定有。"韩宝成心情好，关心起朋友，"杨兄，你也要抓紧了，别因为忙耽误了终身大事。"

杨喆弯唇："我会抓紧的，希望能沾到韩兄的喜气。"

韩宝成听出点儿意思来："这么说，杨兄有中意的了？"

"韩兄喝了酒，早些回去歇着吧。"杨喆笑着拍拍韩宝成的肩膀，往租赁的房子走去。

为了七日后的见面，林氏特意买了两套首饰，一套红宝明艳的给长女，一套翡翠灵秀的给次女。

没想到宫中送来的一张帖子让新首饰提前用上了——

庄妃娘娘三日后举办赏菊宴，邀各府夫人、姑娘参加。

林氏捏着帖子，有些稀奇："宫里许久没办这样的宴会了，庄妃娘娘怎么突然起了兴致？"

老夫人特意问："只是庄妃娘娘办的吗？"

"帖子上是这么说的。"

"那可能是在宫里闷久了吧，想见见人。"老夫人如此猜测。

若有静妃参与，她还会猜测是不是为了给魏王选妃，只有庄妃操办应该不是了，哪有给儿子选妃当娘的不参与的？

各府都被帖子迷惑，猜错了方向，三日后夫人们带着打扮得漂漂亮亮的女儿或孙女进宫去了。

赏菊宴设在花园中的萃锦轩。萃锦轩四面都是长廊，坐在其中能很方便地观赏园中的风景。

受到邀请的各府女眷陆续到了，随着庄妃与静妃的一同出现，夫人们这才意识到，今日的赏菊宴恐怕是为魏王选王妃办的。

意识到这一点，登时有人欢喜有人忧。

魏王样样都好，奈何太胖了些，胖到一些真正疼女儿的人实在不忍把女儿嫁给这么一个"圆球"。

比如林氏。

不过林氏不担忧——与见到静妃出现就想到魏王到了娶妻年纪的夫人们不同，她一时还没往这上头想。

大部分人却是欢喜的。

胖怎么了？再胖那也是皇子，皇上的两个宝贝儿子之一。

太子的储君地位稳固，魏王的亲王地位也稳固啊，女儿嫁过去就是亲王妃，何等风光尊贵，还能给家族带来极大的助力。

不少夫人立刻打起精神，看向其他夫人的眼神与先前相比也有了微妙的不同。

本来是一起交流八卦的同伴，现在成了竞争魏王丈母娘的对手。

庄妃把众人的反应看在眼里，余光不由得扫了静妃一眼。

庄妃很难不去怀疑静妃的胆小本分都是表象。

皇上把办赏菊宴的事交给庄妃与静妃一起操办，可等一起商量的时候，静妃却提

199

出给各府的帖子上只提庄妃一人。

庄妃一开始不同意,赏菊宴的真正目的是给魏王选妃,当母妃的躲在她这个帮忙的后面算怎么回事?

静妃求了又求,说想看看各府知道赏菊宴用意时的真实想法,请庄妃帮帮忙。

静妃将姿态放得很低,哭哭啼啼,庄妃最终还是答应了。

现在想想,静妃可真是个聪明人,不管各府想法如何,至少这次赏菊宴没有借故不来的。

静妃唇角含笑,依然是温良安静的模样。

庄妃说起场面话:"那日我与静妃妹妹在园中散步,觉得园中的菊花开得甚好,便想邀各位夫人同赏。"

众夫人纷纷道谢。

"都坐,本就是赏花散心的,不必拘束。"

庄妃出身高门,态度亲切又不失矜贵,气氛渐渐放松。

当然,放松只是表面,众夫人实则眼观六路耳听八方,时刻留意着周围的动静。

有的人期待魏王出现,盼着女儿青云直上;也有的警惕魏王出现,怕女儿被一个"球"惦记。

林氏该吃吃,该喝喝,最为放松。

静妃默默地观察众人的动静,多少能看出各人的态度,唯有林氏令她迷惑。

这也太放松了些。

终于,庄妃委婉地进入了正题:"咱们聊咱们的,就别拘着孩子们了,花开得这么好,让她们去园子里逛逛。"

场面一静,很快又恢复了热闹。

"去玩儿吧,不要乱走冲撞了贵人。"夫人们叮嘱着自家女孩。

到这时,姑娘们已经得了长辈提醒,知道这场赏菊宴的用意了。

与大多数夫人乐见其成不同,绝大多数姑娘从头发丝到脚指头都是抗拒的。

正是十几岁情窦初开的年纪,谁不想嫁个美少年呢?

为了高嫁,她们或许可以牺牲一点点对美貌的要求,注意,只是一点点,绝不是魏王这样的。

甚至有贵女想到魏王那张五官都被挤没了的脸,就打心里作呕。

林好姐妹没得到母亲大人的提醒,好在林婵是个心细的,拉着妹妹悄悄地道:"等会儿魏王恐怕会来。"

林好也不迟钝,点头示意明白了。

"二妹别紧张,咱们家这样的情况应该不在皇家的考虑之内,只要在贵人面前不失态就行了。"

在林婵看来,父母义绝闹得轰轰烈烈,单这一点就不符合皇室选妃的条件,她们这一趟就是凑个热闹。

姐妹二人正说着，就听到人喊。

"婵姐姐，阿好。"走过来的是小郡主祁琼。

虽是以选妃为目的的宴会，但小郡主这样身份的庄妃和静妃不可能不请。

祁琼一手挽住林婵，一手挽住林好，笑盈盈地道："咱们去那边走走。"

她可要把阿好看好了，万不能让大哥的心上人被堂哥叼走了。

至于林婵，想来心目中的如意郎君不会是堂哥那样的，朋友一场，她也要尽力护着。

祁琼带二人去的地方，完美地避开了魏王进园子去见轩中二妃的路径。

"婵姐姐，阿好，听说唐薇出事时你们正在青鹿寺，给我讲讲呀。"祁琼把憋了有些日子的好奇抛了出来。

实话实说，听闻唐薇出事，她一点儿不觉得难过，甚至想到以后唐薇不会三天两头来找她了，还有些轻松。

听二人讲了些细节，祁琼唏嘘几句，将话题转到孙秀华身上："我表姐前几日让人传话说被唐薇欺负了。"

家丑不可外扬，但也不能憋死，在好友面前还是能说一说的。

祁琼既觉唐薇跋扈，又觉孙秀华可笑。

上赶着给太子当妾时没想过姨母满不满意，在宫里受了欺负又想到找姨母出头了。

听闻表姐受伤，母妃本来想进宫探望，被她拦住了。理由很好找：表姐稍不如意您就出头，会不会让人误会您支持表姐与太子妃一争高下，甚至惦记太子妃之位？

靖王府自进京便低调行事，母妃一听这些，自然打消了进宫的念头。

小郡主想想唐薇，想想表姐，再看眼前的林好，就像看到了天仙：美貌、有趣、会凫水、会讲话本子，也太让人喜欢了。还好大哥眼不瞎。

园子中突然有些安静，林好看过去，遥遥可见一个"球"移来。

不远处，一位贵女忍不住感叹："真的太胖了。"

话音落，她才反应过来把心里话说了出来，急忙掩口。

听到感叹的贵女十分理解，装作没听见。

魏王真的太胖了！

魏王一路走来，见到的是躲躲闪闪的眼神、遮遮掩掩的身影。

他心里清楚，在这些贵女眼里，他不是身份高贵的皇子，而是洪水猛兽。

尽管他心中明白，苦涩与憋闷还是冒了出来。

平时他可以不在意，可真的到了选妃之时，从贵女眼里看到的只有躲闪嫌弃，他又怎么高兴得起来呢？

魏王看到几个贵女强撑着冲自己露出笑容时，更恼了。

他只是胖，却不蠢，这些贵女不想嫁他，又想要王妃的身份，恐怕现在走来的是一头猪，她们也会露出笑脸。

因为恼火，魏王起了恶作剧的心思。本来再往前走就要进萃锦轩给二妃请安了，他却脚下一转，扩大了逛园子的范围。

对他强笑的他视而不见，恨不得藏起来的他偏要多看两眼，总之，让他不舒服的人也别想舒服。

看着走近的魏王，祁琼有些蒙。

堂哥为什么过来了？

"琼儿在这里啊。"魏王笑着向祁琼打招呼，进园后第一次开口。

祁琼掩饰好错愕，得体地回应："见到这簇绿菊开得特别好，就来赏一赏。堂哥是来探望静妃娘娘吗？"

"是啊，有些日子没见母妃了，听宫人说母妃与庄妃娘娘在萃锦轩赏花，就过来了。"魏王说着，不动声色地打量起祁琼身边的林家姐妹。

他先留意的是林好。

在青鹿寺时，林好一句"等会儿可能有雨"引起了他的好奇，后来果真落雨，他就便觉得这姑娘有些神秘了。

对引起他好奇心的人，魏王难免会留意。

已是初冬，林好身穿杏色小袄、烟青色百褶裙，一对通透碧绿的水滴形翡翠耳坠调皮地碰着白皙的面颊，给清丽无双的少女添了几分活泼。

魏王注意的却不是这些，而是对方的眼神。

那双明亮的眸子里，装着探究与好奇。

魏王觉得有些好笑，原来他觉得林二姑娘奇特之时，林二姑娘对他也有好奇。

这是他一路走来难得看到的不同情绪。

近距离观察魏王，林好是有些吃惊的：魏王竟比在青鹿寺时瘦了些。

这才过去多久，魏王就瘦了？

魏王在人们眼里还是一个吹起来的球的模样。胖到他这样，瘦个十斤也不明显，但林好见过魏王瘦下来的样子，因为知道他会变瘦，又好奇从小胖到大的人如何从一个五官被挤变形的"球"瘦成翩翩美男子，对魏王的胖瘦自然比旁人敏锐。

余光落在林婵身上，魏王微微一愣。

他从林二姑娘的眼里看到了好奇，而从林大姑娘眼里看到的是平静——

看他与看其他人没有什么不同的那种平静。没有因为他是皇子勉强自己迎合，也没有因为他痴肥而嫌弃。

魏王骤然生出难言的感觉。

祁琼警惕心大作。

魏王离她这么近，岂不是把婵姐姐与阿好的美貌全看去了？

这可不行。

"那堂哥快去吧，静妃娘娘见到你肯定高兴极了。"

"那你玩儿吧，我过去了。"魏王微微颔首，转身离开。

他出现在园中的目的不言而喻，与堂妹聊太久可不合适。

魏王不紧不慢地往萃锦轩的方向走，遇到格外美貌的贵女便露出个笑脸，引来花容失色。

魏王心头冰冷，面上却挂着笑走进了萃锦轩。

夫人们的谈笑声一停。

"球"来了！

看到魏王的一瞬间，有几个重利益甚于女儿幸福的夫人险些动摇。

魏王真的太胖了，特别是站在打量女婿的角度！

对戏弄恐吓贵女，魏王还有几分兴趣；对既想当他岳母又嫌他胖的夫人们，魏王连个眼神都懒得给了。

他挪到静妃与庄妃面前问好。

静妃打量儿子一眼，惊道："一些日子不见，我儿瘦了。"

众夫人："……"

魏王一阵感动。

还是母妃心疼他，这么观察入微。

他确实瘦了。

以前他也试着节食过，除了饿得眼前发黑，毫无作用，没想到抱着姑且一试的念头按照杨状元提供的方子煎药服用，顽固的体重终于有了变化。

如果没有选妃这件糟心事，魏王近来心情其实好极了。

他余光扫过众夫人无语的表情，暗暗冷笑。

现在嫌他胖，早晚有这些人懊悔的一天。

魏王心中闪过各种念头，面上半点儿不露，陪着两位娘娘说说笑笑好一阵。

这个时候，园中赏花的所有贵女都得到了二妃赐下的菊花。

菊花是宫婢亲自交到贵女手中的，四十九位贵女，每人一朵，或是品种不同，或是颜色有异，没有两朵是重样的。

林好得到的是一朵紫菊，林婵得到的是一朵点绛唇，小郡主祁琼也得了一朵粉荷。

祁琼顿时放了心。

二妃赐给贵女菊花，定然与魏王选妃有关。

她虽不了解具体情形，但也能推测出得到名贵品种的贵女是被二妃看好的，暗示魏王从这些贵女中选择心仪之人，而林好与林婵得到的只是寻常菊花，显然没在二妃的考虑范围内。

还好，还好，婵姐姐与阿好是安全的。

小郡主松快下来。

在宫人的提醒下，贵女们把菊花插在发间，回了萃锦轩。

庄妃一见就笑了："年轻就是好，真是人比花娇。"

林好想到头顶的硕大菊花，嘴角微抽。

庄妃娘娘是怎么面不改色地说出"人比花娇"的？

好在通过赏赐的菊花能猜到皇室的目标，她与姐姐只要再顶一会儿大菊花就能安安稳稳地出宫了。

林好怀着看客心态，垂眸当着隐形人。

魏王则在庄妃夸赞贵女之时，将视线默默地扫过贵女们头上顶的大菊花。

二妃早就跟他通过气了，今日赏菊宴会先从几十名贵女中选出四人，再由皇上定夺，而在刚才，静妃趁人不注意把一张小纸条塞到了魏王手里，纸条上写着十个菊花名称，戴着对应菊花的贵女就是静妃看好的人选。

四十九名贵女，有几人是小郡主这样不好不请的，还有十来人是林好姐妹这种凑数的，剩下的三十余人都是二妃觉得适合魏王妃之位的。静妃冷眼旁观各府夫人、姑娘的反应，再从三十余人中选出了十人。

绿衣红裳、凤凰振羽、雪珠红梅……有十位贵女戴着名品，魏王要做的就是从这十人中选出合眼缘的四人，这也算给了魏王一定的自主权。

魏王一脸认真地扫过戴着名品菊花的贵女，实则一个也没记住。

没什么好记的，选个既嫌弃他又想攀附他的妻子给他添堵吗？

庄妃还在说着场面话，静妃觉得差不多了，看了魏王一眼。

魏王微微点头。

静妃不由得扬了扬唇角，知道儿子看好了。

"看着小姑娘们簪花这么好看，竟有些羡慕了。"静妃笑着开口。

庄妃得了暗示，笑着看向魏王："王爷听见没，还不快给你母妃摘些花来？"

魏王起身去了花园，走走停停，折了一枝菊花。

跟在魏王身后的宫人面色有异。

魏王折的菊花，可不在那十朵菊花之中啊！

因为太普通，他们甚至想不起是哪位贵女戴的。

魏王一脸平静，很快折了四朵菊花。

宫人脸色都变了："王爷……"

魏王扫了宫人一眼，冷冷地道："莫多嘴。"

宫人忍不住出声，实在是因为魏王的选择太惊人了些：魏王折下的四朵菊花居然是一样的品种、颜色！

这岂不是说魏王只选了一名贵女？

在魏王冷冷的警告下，宫人闭了嘴。

头疼也是二位娘娘去头疼，她一个小宫女没必要惹王爷不痛快。

宫婢战战兢兢地随魏王返回萃锦轩。

轩中或翘首以待，或紧张担忧的夫人们见到魏王手中的菊花，不由得呆若木鸡。

——……一样的？

甚至有人以为眼花了，悄悄揉了揉眼。

真的是一样的菊花！

从最初的震惊中回神，众人立刻环顾四周，寻觅头戴与魏王手中菊花一样的贵女。

人们将目光定格在林婵身上。

林大姑娘发间簪着一朵黄中带红的菊花，正是魏王手中的点绛唇。

魏王选了林大姑娘？

魏王只选了林大姑娘！

众人将视线投向二妃。

庄妃这个时候已经调整好了心态，面上看不出什么来；静妃则有些失态，声音能明显听出克制的颤音："四郎，这么快就回来了？"

魏王笑呵呵地把菊花奉上："担心母妃等急了，儿子折了花就赶紧回来了。"

"花儿多彩多样才好看。"静妃看着儿子，一字二顿地道。

这时候，魏王若说一句"那儿子再给母妃摘些其他色的来"，这个纰漏就补上了。

魏王的回答却令静妃失望了："儿子觉得这个好看，其他的都不喜欢。"

静妃垂下的手紧了紧，她脸色有些难看。

这话就把在场的夫人们得罪死了。

儿子当众说其他的都不喜欢，太让人没面子。

静妃最难受的是，若在那十人中只选了一个也就罢了，偏偏儿子选的是她从没考虑过的林大姑娘。

娶妻与纳妾不同，当父母的没有不考虑女方家世的。她不强求儿子娶个娘家得力的名门贵女，至少希望儿媳娘家和睦，而不是父母义绝，闹成京城百姓茶余饭后的笑话。

偏偏人是儿子众目睽睽之下选出来的，她即便不满，也不能这时就挑明。

静妃收下魏王送的花，看着林氏母女，强露出一丝笑容："这点绛唇，还是戴在林大姑娘的头上更好看。"

这也是先前定下的说辞，好让被魏王选中的贵女更明白些，免得过后出岔子，只不过定好的四人变成了一人。

此时，林氏再迟钝也反应过来了。

她看看林婵头上戴的花，再看看静妃面前的花，吃了一半的糕点掉在了桌案上。

众夫人齐齐一抽嘴角。

敢情她们察觉赏菊宴的目的后心思百转，林婉晴却是单纯吃糕点来了。

这就是傻人有傻福吗？

绝大多数希望女儿成为魏王妃的夫人酸酸地想。

酸涩之余，她们又莫名其妙地有些兴奋。

魏王妃的位子只有一个，能看到皇室的笑话，自己似乎……也没白来。

顶着无数目光，林氏脑海中只有一个念头：魏王要娶婵儿，那个"球"要娶婵儿！这怎么行？！

林氏双手一撑桌案，站起身来。

林婵还处在被选中的震惊中，见林氏起身，急忙站了起来，对着静妃的方向福了福身，抢先开口道："娘娘谬赞，民女容颜不及娘娘万一。"

· 205 ·

林氏拒绝的话被堵在了喉咙里，她看向林婵。

　　林婵仿佛没有察觉母亲的注视，保持着无可挑剔的行礼姿势，唇边挂着恰到好处的微笑。

　　婵儿居然愿意？

　　林氏这一愣神，就错过了开口的最佳时机。

　　尘埃落定，绝大多数贵女暗暗松了口气，向林婵投以或同情或玩味的目光，大部分夫人则有些丧气。

　　静妃恨不得立刻找儿子问个清楚，已是待不下去了。

　　庄妃说了几句场面话，精心准备的赏菊宴就这么散了。

　　"静妃妹妹，我头有些疼，先回去了。"知道静妃母子有话说，庄妃识趣地告辞。

　　静妃勉强笑笑："姐姐慢走，今日辛苦你了。"

　　"妹妹客气了。"庄妃怀着微妙的心情回了寝宫，打发宫人把结果报给皇上。

　　该做的庄妃都做了，静妃对结果不满意，那也怪不到庄妃头上了。

　　说起来，有魏王这么一个不按常理出牌的儿子也够静妃头疼的。

　　庄妃抿了一口茶，对静妃不知是同情还是羡慕。

　　没了外人在，静妃的脸色沉了下来，她道："随我回宁心宫。"

　　回到寝宫，静妃屏退宫人，这才把憋了半天的话问出来："四郎，说好的从戴着名品菊花的十名贵女中选四个你看着喜欢的，你怎么选了林大姑娘？"

　　面对静妃的质问，魏王弯了弯嘴角。

　　这是母妃定好的，可不是和他说好的，他什么时候同意了？

　　当然这话不能说出来，免得把母妃气坏了。

　　"母妃，那些贵女我都仔细看过，我觉得都不合适。"

　　静妃稍稍提高音量："哪里不合适了？能来赏菊宴的大部分贵女是合适的。四郎，你不能这么任性，这是选王妃，不是只凭喜好纳妾。"

　　"儿子知道啊，可那些贵女见儿子走近，眼里只有戒备和嫌弃，母妃难道想让儿子娶一个攀龙附凤实则心里看不上儿子的妻子？"

　　静妃被问得一窒，而后面露怒色："你是皇子，没有人敢怠慢你。"

　　魏王挤出难过的表情："她们碍于儿子的身份是不敢怠慢，可心里不喜欢儿子啊。母妃，一个嫌弃儿子的人，真的能当好我的妻子，让我过得开心吗？"

　　见静妃张口，魏王没给她打断的机会："是，您会觉得，就算看不上儿子这个人，那些贵女也能当好王府的女主人，甚至给儿子助力。可儿子已经是王爷了，要这种助力干什么呢？我想娶一个就算不心悦我至少也尊重我的妻子，而不是多一个打理王府的女管家。"

　　听着胖成一团的儿子说出的这些掏心话，静妃沉默了。

　　储君之位她从没想过。对她来说，儿子平平安安就足够了。

· 206 ·

这样的话，王妃娘家的助力似乎并没有儿子开心重要。

静妃不得不承认，她被魏王的话打动了。

从小到大，儿子因为痴肥有过很多不开心，也该让他开心一点儿了。

"母妃，儿子不是对林大姑娘一见倾心，而是转了一圈，只有林大姑娘的眼神让我感到舒服。"

静妃心下已经松动，嘴上还是难免抱怨："那你也不该当众只选林大姑娘一个。连林大姑娘在内选出四个，过后再定下，才能让人说不出不是来。"

魏王摊手："母妃，要是真有四个人选，还能定下林大姑娘吗？"

静妃默然。

这时宫人喊道："皇上驾到——"

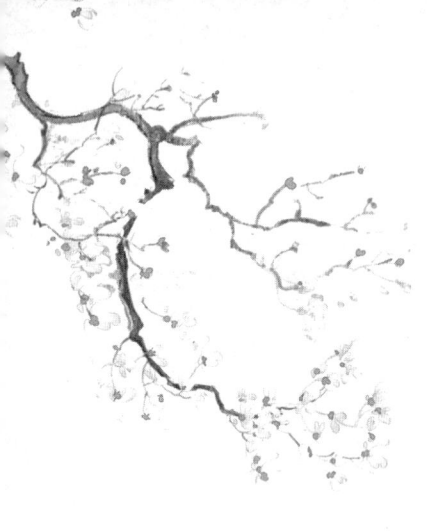

第九章　阿　星

泰安帝大步走了进来。

静妃与魏王齐齐施礼："见过皇上（父皇）。"

泰安帝扫了二人一眼，往椅子上一坐："老四，今日是怎么回事？"

"您说赏菊宴吗？"魏王挤出笑脸，"儿子选了将军府的林大姑娘。"

泰安帝一窒。

这小子倒是直接。

他眉一皱："说的就是这个！你母妃和庄妃不是这么安排的吧？"

魏王忙道："母妃和庄妃娘娘精挑细选了十人，让儿子从中选四个。"

"既如此，你为何任性？"

魏王头一低，语气幽怨："那些贵女都不喜欢儿子，嫌弃儿子胖。"

看着委屈落寞的儿子，泰安帝忽然有些不忍，语气中有了怒火："她们敢？！"

魏王垂着眼："她们面上自然不敢，心里是这么想的。"

"那林大姑娘心悦你？"泰安帝有些不信。

尽管这是他亲儿子，他也不得不承认，胖成这样，正常小姑娘都不可能动芳心。

"没有。"魏王挤出苦笑，"但儿子能看出来，她不嫌弃我。对儿子来说，娶一个这样的妻子就行了。"

他鼓起勇气看向泰安帝，可怜巴巴地道："父皇，儿子又胖又没能耐，就连走个路都比别人费劲。儿子没有什么追求，就想娶个还算称心的妻子，您就成全儿子吧。"

泰安帝听了这话，心中不是滋味。

他就太子和老四两个儿子，尽管有时候也会嫌老四胖，可再胖也是他儿子啊。老四这个样子，若抛开皇子身份，连常人都不如，也是可怜。

良久，泰安帝叹了口气："罢了，既然这是你的选择，那就依你吧。"

208

魏王大喜："多谢父皇！"

他又看向静妃："多谢母妃！"

泰安帝与静妃对视，皆笑了笑。

众人本以为魏王的选择会在宫里掀起一阵狂风暴雨，没想到最终是和风细雨；而这时，回将军府的马车上，气氛却有些凝重。

"婵儿，你愿意嫁给魏王？"林氏脸色难看，暴躁得想从马车上跳下去。

林婵平静一笑："娘，愿不愿意，我们都只能接受。"

林婵的内心并不平静，可是面对快要抓狂的母亲，她若露出分毫不满，恐怕就要出乱子。

林氏抓住林婵的手："娘就知道你不愿意！不行，咱们不能就这么认了，要想想办法才是。"

"娘，这是魏王当众选出来的，想必此时皇上也知道结果了。只有皇家觉得女儿不合适另选他人的份儿，咱们要是拒绝，会给将军府招祸的。"

听林婵这么说，林氏下意识地看向林好。

林好心乱如麻。

摆脱了与平嘉侯府的婚事后，大姐的姻缘对她来说就成了未知。她以为大姐可能会与尚书府韩家的公子结缘，万没想到是魏王。

是以后会瘦成俊美青年的魏王啊。

林好突然不知该是什么态度了。

如果大姐仅仅是嫌魏王胖，这其实不是问题；如果大姐有了中意的人而不愿嫁，这才是大问题。

更大的问题是，就算不愿意，将军府也无法拒绝。

面对皇家这个庞然大物，林好再一次感到了自身的渺小。

今日魏王倘若选择她，为了不连累家人，她的反应肯定与姐姐是一样的。

"可是太委屈你了。"林氏抓着林婵的手不自觉地用力，"娘回去和你祖母说，让你祖母进宫求求太后去。皇上至孝，最听太后的话。"

林婵摇摇头："娘，咱们还是等着皇家的决定吧。魏王是太后的孙儿，祖母去求太后，等于告诉太后咱们家看不上她孙儿，太后心里能痛快吗？太后对祖母有几分情谊，万一将来将军府遇到大麻烦还能求助太后，现在若是把情谊消耗尽了，那就真的少了一条路。"

林氏虽冲动，却不是听不进话的，可一想到如花似玉的女儿要嫁给一座"小山"，心顿时针扎般疼。

"早知道，就早些把你和韩公子的亲事定下了。"林氏心中一万个后悔，红了眼圈。

林婵想到韩宝成，心头亦有几分说不清道不明的滋味。

几次偶遇，她对韩公子的印象不深，但也记得他的模样，而从两家约定在天元寺见面，知道有更进一步的可能，那个对她来说本来与其他人没什么不同的人，到底不一样了。

　　她只是个普通的女孩子，对嫁得良人不能免俗地有期待。

　　林婵压下心中的酸涩，宽慰母亲："娘不必可惜，这只能说明我与韩公子无缘。"

　　回到将军府，老夫人知道魏王选了大孙女，亦感觉如一道霹雳打下。

　　这一次，老夫人与林氏想到一处去了，欲找太后求情。

　　林婵把老夫人拦住。

　　老夫人拍拍她的手："你放心，祖母就说你已经与韩家议亲了。"

　　"祖母，咱们家与韩家议亲才起了个头，当不了拒绝的理由。且今日赏菊宴，韩家太太也带着女儿去了，您觉得韩家愿意配合咱们糊弄皇家吗？"

　　老夫人沉默了。

　　京中适龄贵女那么多，想来韩家是不会为了婵儿去蹚这趟浑水的。

　　脑海中晃过韩宝成俊朗的面容，林婵垂眸笑笑："祖母，娘，我又没有非君不嫁的人，何必视魏王为洪水猛兽？"

　　"可魏王实在是……"没有外人在，林氏还是说了出来，"太胖了，就没见过比他更胖的人。"

　　林婵抿了抿唇，道："胖不是罪过，合不合得来，相处过才知道。"

　　"婵儿，你真的不后悔？"林氏不甘心地问。

　　老夫人亦道："祖母知道你懂事，但不希望你为了将军府委屈自己。只要你不愿意，祖母无论如何也要把这门亲事拒了。将军府只剩老妇弱女，就算被皇上厌弃也不过是这样了。"

　　林婵神色坚定："我不觉得委屈。"

　　皇上或许懒得与老妇弱女计较，可得罪了皇上却巨富的将军府，能挡住豺狼吗？

　　还有太子，太子可是对妹妹虎视眈眈。

　　祖母和母亲把她的终身大事看得十分重要，可对她来说，亲人安稳和乐才是最重要的。

　　知道了林婵的心意，老夫人与林氏只剩叹息。

　　韩母一回到尚书府，就把韩宝成叫了来："宝成，你与林大姑娘的事就算了。"

　　韩宝成一听就愣住了，好一会儿才反应过来，急得有些结巴："算……算了？母亲，这是什么意思？"

　　"意思就是没有什么天元寺见面，回头家里再给你寻一个品貌出众的贵女。"

　　韩宝成脸上满是不解："这是为什么？不是都说好了吗？"

　　韩母神色复杂："今日宫中举办赏菊宴，实则是为了给魏王选王妃，林大姑娘中选了。"

　　"什么？"韩宝成呆了呆。

　　韩母叹了口气："所以与将军府议亲的事，你就当没有过吧。"

"等等！"韩宝成脑袋发蒙，"最终的王妃人选还没定下吧？母亲，您不能因为林大姑娘在候选王妃之列就放弃啊，林大姑娘能被魏王看中，不正说明林大姑娘出众吗？"

韩母看着儿子，眼神十分复杂："没有候选，魏王只选了林大姑娘。"

韩宝成彻底愣住了。

韩母拍了拍韩宝成的胳膊，语重心长地劝了一句："宝成，你和林大姑娘无缘，就把议亲的事忘了吧。"

韩宝成一脸茫然地离开了正院。

高而蓝的空中有鸟儿飞过，因为飞得高，看不出是什么鸟。

他还发愁过这个时节弄不到大雁，去将军府求亲用大鹅替代又有些遗憾，已经开始琢磨托人去南边买了。

现在他什么都不用做了吗？

韩宝成仰头望着空荡荡的天空，心仿佛也空了。

靖王府中，小郡主祁琼神色沉沉，一副受了打击的样子。

"琼儿，怎么从宫里回来像是丢了魂儿？"靖王妃担心地问道。

宫中举办的赏菊宴，靖王妃并没有去。

看着一脸关切的母亲，祁琼不知怎么就掉了泪："母妃，婵姐姐要当魏王妃了。"

靖王妃一惊："真的？"

听祁琼讲完，靖王妃觉得有些不可思议："没想到将军府会与皇上成了儿女亲家。"

她看了眼泪汪汪的女儿一眼，更纳闷儿了："那你哭什么？"

祁琼一噎，拿帕子擦了擦眼角："我替婵姐姐难受啊。"

靖王妃的脸色有些古怪，半响她才挤出一句话："你这丫头，可真是帮理不帮亲。"

有她这么嫌弃堂哥的吗？

"母妃，这话不是这么用的。"

靖王妃不以为意地摆手："反正是这个意思。林大姑娘成为魏王妃虽出人意料，但也没那么糟，你就别替人家难受了。"

祁琼紧皱的眉依然不得舒展。

靖王妃纳闷儿了："琼儿，你什么时候与林家姐妹这么要好了？"

祁琼弯了弯嘴角："大概是有对比吧。"

想想唐薇，再想想表姐，林家姐妹真是处处都好。

"什么对比？"靖王妃没明白女儿的话。

"没什么。母妃，我回房了。"祁琼离开正院，直奔祁烁的住处，半路迎面遇到了小厮长宁。

"郡主，世子找您。"

"我正有事找大哥。"祁琼微微颔首，加快了脚步。

到了祁烁的住处，就见兄长站在院中，祁琼快步走过去："大哥，今日赏菊宴……"

祁烁淡淡地打断她的话："我听说了。"

"大哥知道了？"祁琼重重地叹了口气，"真的太出人意料了，林大姑娘根本不在两位娘娘选定的人中，我一直以为婵姐姐和阿好是安全的。"

她拉了拉祁烁的衣袖："大哥，你说要是被选上的是阿好可怎么办？"

眼神沉了沉，祁烁问道："林大姑娘她们什么反应？"

祁琼对当时的情景印象深刻："林太太似乎想当场拒绝，被婵姐姐拦下了。"

"林二姑娘呢？"

祁琼深深地看了兄长一眼。

大哥在意的恐怕只有阿好的想法。

"阿好没什么表情，看不出心中的想法。"

祁烁沉默片刻，拜托祁琼："你约林二姑娘来王府坐坐，我和她说几句话。"

祁琼一口答应。

林好接到小郡主请她去玩儿的信儿，微一思索，便赴了约。

小郡主这个时候请她过去，定是与姐姐被魏王选中有关。

没想到等着她的是祁烁。

祁烁很是坦然："我有些话想与林二姑娘说，所以托妹妹把你请来，唐突之处勿怪。"

祁琼很是识趣："大哥，阿好，你们聊，我去小厨房看看点心好了没。"

祁琼一走，祁烁就收起笑意："令姐的事我听说了，需要帮忙吗？"

"帮忙？"林好有些意外，更起了好奇心，"世子打算如何帮忙？"

"如果令姐不愿意，我可以想想办法，或许能令魏王改变主意。"

明眼人都知道，林婵不是皇室中意的人选，只要魏王改了主意，这门亲事自然不成了。

林好越发好奇，羽睫微动："怎样能令魏王改主意？"

祁烁一笑："你先说说你们的想法。"

林好略一权衡，实话实说："祖母与母亲觉得委屈了大姐，不过大姐说对魏王并无恶感，不想为摆脱这门亲事给家里惹麻烦。"

"那你呢？"

"我？"

"嗯，你怎么想？"祁烁认真地问。

他在意的，只有眼前人的心情。

祁烁的眼中仿佛有光，林好不自觉地移开视线。

"这是大姐的亲事，我自然以大姐的想法为重。"

"那你再问问令姐的心意，在不会给将军府带来麻烦的前提下，她如何选择。"

林好微微睁大眸子："你真的有办法？"

祁烁笑了："我难道会骗你？"

林好扬了扬唇角。

他也没少骗她吧，一直让她觉得弱不禁风，转头把方成吉抹了脖子。

"多谢世子，我再问问大姐。"

林好回了将军府，直奔皎月居。

林婵听了沉默许久，拉住林好的手，恳切地道："二妹不必为我操心了，我真的觉得嫁给魏王不错。"

她成为魏王妃，太子想打妹妹的主意就没那么容易了。祖母年纪大了，母亲遇人不淑，也该由她为家人遮风挡雨了。

见林婵并非言不由衷，林好打发人给祁烁传了话。

翌日，将军府收到了皇上赐下的玉如意，无数盯着此事的人第一时间就知道了。

谁都没想到，人丁凋零失了圣心的将军府，竟然与天家结了亲。

将军府还真是养了个好女儿。

这样一来，不少人家就把目光放到了林好身上。姐姐成为魏王妃，若娶了妹妹与魏王成为连襟也不错。

最妙的是，将军府只有两个姑娘，娶了林二姑娘的实惠可不止与魏王做连襟这一点。

不过这些府上都要脸面：林大姑娘才与魏王定下就巴巴地求娶林二姑娘有些难看，还是缓一缓，最好等林大姑娘真正成了魏王妃再说。

对林大姑娘成了魏王妃这件事，最恼火的是太子。

他早就把林家姐妹视为目标。现在林大姑娘成了老四的未婚妻，林二姑娘成了老四未来的小姨子，他还怎么得手？

可他也不可能跑到父皇面前说自己反对这门亲事。

他一个当哥哥的以什么立场反对？

太子顺风顺水二十多年，一下子气坏了，偏偏东宫无人能解忧。

太子妃不说了，老夫老妻懒得多看，能替他把东宫打理好就行。孙选侍自从伤了脸和手，他就没怎么去过她那里，时间越久越提不起兴致去。至于其他侍妾，他连她们的模样都有些记不清了。

烦闷，就是烦闷！

太子的心烦太明显，心腹内侍王贵一会儿端茶，一会儿倒水，想哄太子开心。

"别晃了，看着你就烦！"对身边的太监，太子自然是想说什么就说什么。

王贵对太子为何烦心再明白不过，小心翼翼地提议："殿下，您要觉得宫中无聊，不如出门散散心？"

"出门能散什么心？"太子一听更烦了，"难不成去找靖王世子下棋？"

提到这个，他更是气不打一处来："吾以前真没看出来，祁烁还是个争强好胜的！"

不知道他是太子吗？祁烁下一局赢他一局，每次都把他杀得溃不成军。

不懂事的东西！

以前他醉翁之意不在酒，是为了偶遇林家姐妹，输了也就输了，现在光是想想就没法儿忍了。祁烁这是不把他这个太子放在眼里啊。

眼见太子脸色更难看了，王贵不敢多嘴了。

太子一眼扫来："王贵，你最清楚吾想要什么，你说说还有没有办法？"

王贵一下子紧张起来。

这个问题可要好好回答。

他能混成太子心腹，靠的就是能替太子出主意，出别人不敢想、想不到的主意。要是太子觉得他没用了，不知多少人想踩着他上去呢。

在太子隐隐带着期盼的目光下，王贵眼珠一转，有了想法。

王贵往太子跟前凑了凑，压低声音："殿下，林大姑娘成了魏王妃，恐怕不好办，林二姑娘还是有可能的。"

太子眼睛一亮："说！"

他最感兴趣的本来就是林二姑娘，至于林大姑娘，能一起收了自然好，太麻烦就算了。

"林二姑娘年方十六，正是少女怀春的年纪。林大姑娘连魏王那样的都高高兴兴认了，殿下您身份高贵，相貌不凡，若与林二姑娘接触多了，还愁林二姑娘不动心？"

太子眉头一皱："你的意思是让吾去讨林二姑娘欢心？"

他还从来没这么做过。

王贵笑着："殿下，现在这种情况，来硬的不如来软的。您想想孙选侍，是不是这个道理？"

太子动了动眉梢。

能不费吹灰之力把靖王妃唯一的外甥女收入东宫，还不是因为孙选侍被他俘获了芳心？鱼儿愿意主动上钩，钓鱼者自然就轻松了。

"是有点儿道理。"太子微微点头，又有些犯难，"问题是如何与林二姑娘接触呢？吾看那个丫头，有避开吾的意思。"

太子也不是傻子，自从那次在靖王府见了林好，后来去王府就再也没见过，有心攀附的可不会这样。

"殿下，林二姑娘想避开您，是因为和您差距太大，您可以拉近距离啊。"王贵越说越来劲。

"如何拉近？"太子好奇地问。

王贵认真地道："英雄救美。"

"英雄救美？"太子下意识地拧了拧眉。

他是储君，需要冒着风险去救别人？

太子摇摇头。

哪怕是头发丝粗细的风险也不行。

王贵最了解太子，忙道："都是为了拉近距离，咱们可以用自己人伪装恶人。"

太子认可了这个主意。

"奴婢这就去打听林二姑娘常去的地方，把这场戏安排好。"

没过多久，王贵打听到了想要的消息。

"林二姑娘偶尔会约几个手帕交喝茶逛街，有时会陪母亲与姐姐出门，有时在家招待小郡主……"

太子听得皱眉。

一个小姑娘，够忙的。

"最近两日，林二姑娘喜欢骑着林小花闲逛。"王贵说到最后，神情古怪起来。

林二姑娘好歹是准王妃的亲妹子，竟这么散漫吗？

太子以为自己听错了："骑着谁？"

"一头小毛驴，林二姑娘给它起了个名儿叫林小花。"

太子嘴角抽了一下。

他委实想不出那是个什么画面。

王贵以为太子没了兴趣："殿下，那还要不要安排……"

太子看了他一眼："你在说什么废话？"

林二姑娘骑小毛驴和他对林二姑娘感兴趣有关系吗？王贵这狗奴才越来越不机灵了。

看出太子的嫌弃，王贵心一紧，忙道："奴才这就去安排。"

初冬的阳光温温柔柔地洒遍京城的各个角落，林好骑着林小花，看似漫无目的地闲逛。

太子少师秦云川死了，相士方成吉也死了，丢了密信的老师藏起了行迹，姐姐成了准王妃。

改变多了，未知也多了，姐姐亲事的变化使太子对她们的威胁暂时降低，在这样还算不错的形势下，她决定先静观其变。

万一太子自己作死惹出什么祸事呢？

没了近在眼前的危机，林好终于有精力去做另一件事：去救一个人，准确地说，是一个小乞儿。

梦中，她从平乐帝藏身之地逃回京城，一边躲避平乐帝的人的追杀，一边调查姐姐的死因。

她虽跟着老师学了些稀奇古怪的本事，可双拳难敌四手，在绝对的武力面前只有逃的份儿。有一次她险些被抓到，是一个乞儿给她打掩护，让她逃过一劫。

215

她后来找到那个乞儿，知道了他的名字：阿星。

她自身难保，不敢与阿星多接触，给了阿星一些银钱聊表谢意。阿星抓紧装着碎银的荷包哭了，说他的弟弟小月亮死在三年前的寒冬，当时要是有这些钱给弟弟看病，让弟弟不挨饿，或许弟弟就不会死了。

她要找到他们，让阿星弟弟的小月亮活下去。

林好骑着林小花不紧不慢地转悠。

她遇到阿星的地方就是这一片。京城虽大，但是乞儿圈子里也有不成文的规矩，乞讨范围是固定的，跑到别的地盘乞讨会被教训。运气不差的话，她找到阿星兄弟应该不难。

但是林好发现她的运气不大好，转了两日，没找到阿星不说，好像还引来麻烦了。

余光扫过鬼鬼祟祟靠近的人，林好有些费解。

京城的治安这么差了吗？

余光中，那两个人越来越近了。

走在前面的人横冲到林好面前，"哎哟"一声惨叫。

林好抓着缰绳的手紧了紧，冷眼看着在她面前转了个圈往地上一倒的人，想看看他要干什么。

跟在后面的人扑过去："大哥你没事吧？"

他扶着倒地男子的胳膊，表情狰狞地看向林好："小娘子，你的驴伤人了，你怎么还骑在毛驴上无动于衷呢？"

这人却忘了，看到他凶神恶煞样子的不只林好，还有林小花。

林小花受了惊，再加上护主的本能反应，驴唇一咧，对着这人便啃了下去。

"嗷呜"一声惨叫响起。

林好听得嘴角一抽，明白这是真受伤了。前一个倒地惨叫的，装得可真不像。

林小花还处在极大的不安全感中，啃完这个，又去啃先前那人。

先前那人可没受伤，眼见驴嘴凑过来，什么都顾不得想，爬起来就跑。

挨了咬的人见此，目眦尽裂，大喊一声："狗蛋，等等我！"爬起来逃命的工夫，他又被林小花啃了一口。

林好皱眉。

刚刚他不是叫"大哥"吗？

二人跑得飞快，很快就消失在林好的视线中。

感受到多道看热闹的目光，林好拍了拍林小花："走。"

不远处便隐蔽身形的巷子里，太子缓缓地看向王贵。

"这就是你安排的让吾英雄救美的戏码？"

"美"倒是有，他这个"英雄"的出场机会呢？

王贵欲哭无泪："都是奴才安排不周，殿下恕罪。"

他也没想到那两个人如此不中用，还没调戏林二姑娘，就被驴啃了。

"奴才想着不能露出痕迹，让人找了两个闲汉做戏，谁知他们是废物……"

太子狠狠地瞪了王贵一眼，拂袖回宫。

这个小插曲并没影响林好的心情，她奖励了一块豆饼给林小花，不忘叮嘱："林小花，可不能养成见人就啃的习惯。"

这两个人一看就是碰瓷的，被驴啃了活该。不过这样看来，这一片还是乱了些。

林好翻身下来，牵着林小花往茶摊走，出来久了，有些口干。

有细微的脚步声靠近，林好垂眸，就见一只细瘦污黑的手悄悄伸向她腰间的荷包。

她侧头看向手的主人。是一个头发凌乱、脸上脏兮兮的乞儿。

乞儿见被发现，先是一愣，而后迅速去抓林好腰间挂着的荷包。

林好将注意力全放在了打量乞儿上，一不留意，荷包就被拽了下来。

乞儿一得手，拔腿就跑。

林好却弯了弯唇角。

是阿星！

想不到她找了好几日没找到的人，今日却主动出现在她的面前。

林好骑上林小花追人。

阿星对这一片显然极熟，见被他抢了荷包的少女骑驴追过来，专拣弯弯绕绕的路走。

林好怕人跑了，紧紧地追在后面。

时间一久，阿星感到吃力，咬牙钻进一条窄而长的胡同。

这是一条死胡同。

阿星埋头跑到头，转身看了林好一眼。

林好骑着林小花放慢了速度。

阿星纵身一跃，如灵活的猴子爬上围墙，因为跑累了又摆脱了危险，干脆坐在墙头上歇一歇。

林好又气又想笑。

她竟然被阿星打劫了。

梦中的初遇，阿星帮了她；现实中的初遇，阿星抢了她……

人和事，果然随时会变化。

阿星略歇了歇，站起身再扫林好一眼，转身要跳到墙的另一边。

"等一等。"少女清脆的声音响起。

阿星一顿，下意识地转头，不由得瞪大了眼睛。

就见少女从毛驴背上一跃，轻松地跳到了墙头。

阿星脸色一变就要往下跳，胳膊却被拽了一下。这一拽，他的身体失去平衡往后栽下去。

林好拉着阿星的胳膊落回地面，另一只手伸出，护了一下差点儿砸到地上的人。

惯性之下，阿星跌坐在地，抬头看到的是一张带着好奇凑近的驴脸。

林好怕林小花唶人，忙喊了一声："林小花！"

跌坐在地的少年呆呆地道："我叫阿星。"

林好把林小花的驴脸推开，蹲下身来盯着阿星看。

真的是阿星啊。

阿星猛然伸手去推林好。

林好手疾眼快抓住他的手腕，秀气的眉拧起："好好的怎么推人呢？不知道男女授受不亲吗？"

视线落在少女抓着他手腕的手上，阿星绷紧唇角。

"起来再说。"林好松开手，站起身来。

阿星面无表情地爬起来，突然往胡同口的方向冲。

一只手伸出，从背后揪住他的衣裳。

林好绕到他面前，俏脸上带了不满："能不能好好说话？跑能解决问题吗？"

阿星警惕地看着林好："你到底想怎么样？"

林好挑眉："是你抢了我，你还问我要怎么样？"

她顿了顿，故意逗他："当街抢劫，我应该报官吧——"

"不要！"阿星眼中有了恐惧，把荷包递过去，"给你。"

林好没有接，弯唇笑着道："你先说说，为什么要抢我的荷包。"

阿星皱眉，显然不愿意和林好多说，可跑又跑不掉，死丫头还威胁要报官，他只能屈服。

"你的荷包里有钱。"

林好抽了抽嘴角："我是问，为什么抢我的钱？"

阿星移开视线，轻描淡写地道："缺钱花。"

"缺钱花就要抢？"林好收起笑意，严肃起来，"你这样可不对。你万一抢了穷人的救命钱怎么办？要是抢的是富人，人家那么多家丁打手，把你打死了怎么办？抢劫这种行为既对不住别人，也对不住自己，最对不住的是家人……"

听着少女喋喋不休，阿星额角青筋冒起，攥紧拳头。

这死丫头为什么这么能唠叨？他好想堵住她的嘴！

终于，在听了林好一刻钟的数落后，阿星受不了了，咬牙道："我弟弟病了，我要请大夫抓药！"

林好话一停，看了看阿星，无比自然地道："那你带我去看看。"

阿星听了，浑身紧绷，看着林好的眼神如同面对洪水猛兽："你想干什么？"

林好有些想笑："我又不吃人，你紧张什么？我就是去验证一下你说的是不是真的。要是真的——"

"怎样？"阿星脱口问道。

林好指了指被阿星紧紧攥着的荷包："那荷包里的钱就给你了，我也不报官。"

阿星面露狐疑之色，显然对林好的话信不过。

林好俏脸一沉："那我现在就带你去报官。"

阿星咬了咬唇，最终无奈地妥协："我带你去。"

林好牵着林小花，扬唇一笑："走吧。"

林好跟着阿星来到一座桥下。

这个时节河道有些干涸，桥洞与河岸的夹缝处堆着一些破棉絮，挂着用稻草胡乱编成的粗糙帘子。

一个五六岁大的男童就躺在那堆黑黄的破棉絮中，一动不动。

林好只看了一眼，心就揪了起来。

"小月亮！"阿星跑过去，摸了摸男童的脸，柔声道，"哥哥回来了。"

眼皮动了动，男童艰难地睁开眼："哥哥，我饿……"

阿星抹了一下眼，从怀里掏出一物，用来包裹的手帕已经辨不出颜色，小月亮见了，眼睛却亮了。

"快吃。"阿星把帕子打开，是一块硬邦邦的馒馒。

病歪歪的男童陡然有了力气，伸手去抓馒馒。

"不能吃。"林好喝止道。

小月亮显然饿狠了，对林好的话充耳不闻，抓起馒馒就往嘴里塞。

一只白皙的手伸来，轻轻地握住男童细弱的手腕。

小月亮呆了呆，却没有哭，只是如警惕的小兽把馒馒抓得更紧了。

"你干什么？！"阿星脸色发黑，眼里涌动着怒火。

林好从林小花背上搭的袋子中摸出一个油纸包，递给阿星："打开。"

阿星狐疑地接过，打开油纸包，里面是绵密如雪的糕点。

阿星手一颤，用极大的毅力克制住把香喷喷的糕点往嘴里塞的冲动，看向林好的眼神里有了期待。

他不傻，对方这时候拿出糕点，总不能是纯粹地馋他。

"小月亮，你把馒馒放下，可以吃一块糕点。"林好温声道。

没等小月亮有所反应，阿星就把小月亮手中硬如石头的馒馒夺走，把糕点塞过去。

小月亮顾不得说话，抓着糕点就往嘴里塞。

"吃慢点儿，不要噎着。"林好叮嘱了一句，看向阿星："剩下的你吃了吧。"

阿星咽了咽口水，摇摇头。

林好明白他的意思，他想把糕点都留给弟弟。

"糕点中掺了糯米，小月亮正病着，不能多吃。"

阿星看了狼吞虎咽的弟弟一眼，还是摇摇头。

糕点再不好消化，也比又冷又硬的馒馒强。

林好瞪了阿星一眼："要你吃就吃，吃饱了有力气，才能背着小月亮去医馆。"

见阿星面露惊讶，林好拧眉："难不成你想让我背？"

"你要带我弟弟去医馆？"阿星犹不敢信。

林好仰了仰下巴:"钱袋子不都在你手里了吗?"

阿星脸一红,抓着糕点大口吃起来。

小月亮已经吃完了,眼巴巴地看着哥哥。

林好揉揉他的头:"等看了大夫吃了药,给你熬粥喝。软烂浓稠的米粥里打一个鸡蛋,加一点儿盐和碎碎的青菜,好不好?"

小月亮吞着口水猛点头。

林好心里沉甸甸的,露出温柔的笑容:"等你的肠胃养一养,就可以吃肉粥、鸡汤面了。"

阿星听着,也不由得吞口水。

她要带弟弟看病,还要给弟弟煮粥做鸡汤面,她……她有什么目的?

阿星不相信这世上有全然不图回报的人。

爹娘病死了,叔伯迫不及待霸占了房子,把他和弟弟赶了出去。一家人尚且如此,毫无关系的外人凭什么对他们好?

还是被他抢了钱的人。

"阿星。"

少女的喊声把阿星的思绪拉了回来。

"还愣着干吗?把小月亮背起来啊。"

尽管无法相信有这样的好事,阿星还是照做了。

最差就是这丫头报官把他抓起来,可他本来就逃不出这丫头的掌心,真被送官也无可奈何。

小月亮瘦成了一把骨头,轻轻松松就被哥哥抱了起来。

林好看在眼里,心中很不是滋味。

世上比她惨的人太多了,比如阿星兄弟,连普普通通吃饱肚子活下去都要用尽力气。

看过他们,她就觉得前路再难也不算什么。

阿星说过,这一年的冬天太冷,冻死了很多乞儿。林好心一动,生出一个念头:她要做点儿什么,让更多像小月亮这样的乞儿活下去。

"阿星,你知道附近哪里有医馆吧?"对这一片,林好并不熟。

"知道。"阿星背着弟弟,闷头往前走。

他当然知道。

自从弟弟病了,他不知多少次在医馆外徘徊,想象着有了诊金带弟弟走进医馆的样子。

他太担忧太着急,今日遇见这个荷包鼓鼓看起来毫不设防的丫头,才忍不住伸出手。

万万没想到这是个女魔头。

阿星脚步一顿,心中隐隐有些惭愧:她如果没有别的目的,那就是好心的女魔头……

"怎么了？"见阿星停下，林好问。

阿星别开视线："没什么。喏，那儿就是医馆。"

医馆离阿星兄弟栖身的地方很近。阿星背着小月亮刚靠近，就被医馆的伙计拦住："离远点儿，离远点儿，这儿不是讨饭的地方。"

"我是来看病的！"阿星怒道。

"阿星。"少女轻软的声音响起，"咱们去别的医馆。"

阿星看向林好。

林好淡淡地解释："问都不问就赶人，我不相信这里的医者有仁心。"

阿星点点头，转身便走。

有两个正往医馆走的人听到林好的话，犹豫了一下，也走了。

阿星回头看了一眼气得跳脚骂人的伙计，突然觉得爽极了。

三人赶到另一家医馆，给小月亮看了病。

小月亮没得什么难治的病，就是长期吃不饱穿不暖，天一冷身体扛不住了，加上无钱治病，才总不见好。

抓了药，阿星背着小月亮往外走。

"桥洞不能住人，你们随我回家吧。"

阿星猛然停下，眼中的怀疑完全藏不住："你究竟有什么目的？"

林好实在忍不住，翻了个白眼："目的目的，你看看你自己，浑身上下有值得我贪图的地方吗？"

她想报个恩还挺难的。

"那你为何……"

"就不能是因为我突然大发善心？"林好指指小月亮，"你有钱住客栈、租房子吗？难不成还带着弟弟住桥洞？那今日的药不是白抓了？"

一连串问题砸下来，阿星不得不点了点头，闷闷地道："我跟你走。"

只要弟弟能好好的，把自己卖了也无妨，阿星如是想着。

站在将军府门前，阿星呆呆地看向林好。

这是她家？

将军府下人飞奔去禀报老夫人："二姑娘带了两个乞儿回来。"

老夫人是当过压寨夫人的，什么风浪没见过？孙女带回两个乞儿算什么？她当即瞥了没见过世面的下人一眼，淡淡地道："知道了。等二姑娘把人安顿好，请二姑娘过来。"

林好交代管事："带阿星和小月亮洗个澡，换身干净衣裳。小月亮病着，先安排他服药歇下……"

管事边听边点头："二姑娘放心，小人这就去安排。"

林好冲阿星一笑："我先去和家人说一声，等会儿再来找你。"

221

阿星没吭声，明显紧张极了。

他无法不紧张。

这么大的地方，这么亮堂的屋子，还有这么多穿着体面的人，他背着弟弟，仿佛闯入仙境的异类，惶恐无措。

这是她的家吗？她要他们在这里住下？

看出阿星的紧张，林好笑着道："我很快就回来，你听管事安排就是了。"

"你……"见林好转身，阿星追了半步。

林好回过身来："怎么了？"

阿星犹豫了一下，摇摇头。

"那我走啦。"

阿星盯着林好消失在门口的背影，浑身越发紧绷。

管事对阿星很客气："小兄弟，请随我来。"

阿星面无表情，背着弟弟的手紧了紧。

这里看起来再好，自己也不能大意。

管事暗暗皱眉：二姑娘怎么会带两个小乞丐回家？这个大的看起来还是个刺头，真要留在府里当小厮，恐怕不是个安分的。

尽管这般想，因是林好亲自带回来的人，管家也不敢怠慢，吩咐人帮两兄弟洗了澡。

管事很是吃惊，沐浴更衣后的两兄弟竟长得不赖，哪怕瘦巴巴的也能看出五官精致来。

特别是大的，看着与二姑娘年纪差不多，换了衣裳后称得上漂亮了。

这还是风吹日晒，吃不饱穿不暖，倘若养些时日……管事猛摇头，甩走突然冒出的念头。

不可能不可能，二姑娘不是这种人。

林好带人回家，自然要和长辈说。老夫人与林氏也在好奇地等着，特别是林氏，恨不得过去看一看，被老夫人拦了下来。

林好一进屋，就被林氏拉过去："阿好，听说你带了两个乞儿回来，是怎么回事啊？"

"今日出门闲逛遇到的。哥哥叫阿星，弟弟叫小月亮，两兄弟住在桥洞下。弟弟病了，躺在破棉絮里，哥哥把石头那么硬的馍馍当宝贝给弟弟吃。我瞧着难过，就带回家了……"林好说起来龙去脉，隐瞒了阿星抢她荷包的事。

林氏听着，叹了口气："确实可怜，阿好你做得对，带回家随便给口饭吃也是积德了。他们多大呀？"

"阿星看起来和我差不多大，小月亮五六岁的样子。"

"这样啊。"林氏略一思索，说道，"小月亮就和府中那些孩子一样，先跟着先生学几年字。至于给阿星安排什么差事，阿好你有什么想法？"

林好一时沉默了。

林氏笑了："想不出的话，就让管事先安排着。"

林好抿了抿唇，把打算说了出来："娘，我没想着让阿星兄弟当下人。"

林氏一愣，纳闷儿地问："那你怎么打算的？"

林好眨眨眼，看向老夫人："祖母，娘，能不能让阿星当我的义兄弟？"

阿星救过她，她把救命恩人带回家当仆人，要挨雷劈的。

这下子，老夫人和林氏都愣住了。

这个安排她们确实没想到。

将军府毕竟不是普通人家，收养子总要慎重些。

老夫人与林氏对视一眼，老夫人开口问："阿好，你怎么会生出这种想法呢？"

心善也不能没有底线，孙女该不会被人哄骗了吧？

林好也知道这个提议不会立刻被接受，认真地道："许是上辈子的缘分，我一见阿星，就觉得缺一个这样的哥哥。"

门口处有声音传来："什么哥哥？"

程树大步走进来，觉得屋中的气氛有些古怪。

"树儿回来了。"老夫人笑着道。

程树面带疑惑："刚刚阿好是在说我吗？"

林好有些心虚。

刚刚她说缺一个哥哥这种话，不会被大哥听到了吧？

林氏向来心大，直接道："阿好今日带了两个乞儿回来，想认他们当义兄弟。"

程树怔了怔，用控诉的眼神看向林好："阿好，你还记得在皇宫当值的你大哥吗？"

他隐约听到阿好说缺一个哥哥，还以为听错了，居然是真的！

这话太伤人了！

林好伸手拉住程树的衣袖，露出个甜甜的笑："大哥，你在我心里就是亲哥哥，谁都比不了的。"

程树下意识地点头。

要这么说，还行。

老夫人看着兄妹二人的互动，暗暗叹气。

婵儿明年就会嫁入皇室，她心里盼着阿好与树儿能成，两个孩子继承将军府，安安稳稳度日，如今看来是没戏了。

程树被林好哄得高兴，却不忘担心："阿好，你了解他们吗？认了义兄弟就是亲人了，这可和府里养几个人不一样。"

"你大哥说得对。"林氏跟着道。

她可没做好突然多两个儿子的准备。

"娘，你和祖母不放心的话，就只你们认我和阿星的关系，其他人不改口，行不行？"

林氏素来宠女儿，一下子就被林好祈求的眼神打败，看向老夫人。

老夫人坚持了一下："把阿星叫来看看吧。"

只认两个孩子之间的关系倒是还好，但没见过人她到底不放心。

事实上，老夫人与林氏是很相信林好的眼光的。

温如归养外室是阿好发现的，平嘉侯世子金玉其外败絮其中也是阿好发现的。她们总不能阿好看出是坏人就相信，看出是好人就怀疑。

老夫人和林氏之所以下不了决心，主要还是觉得草率了：就算是个不错的孩子，也没必要结为兄妹啊。

不久后，阿星被带过来，别说老夫人几个人，就是阿好都不由得睁大了眼，目不转睛地看着阿星。

俗话不假，真是人靠衣裳马靠鞍啊。

林氏突然明白了女儿的决定：这么漂亮的孩子，认个义兄不亏啊！

老夫人有些心惊，暗道这少年实在太漂亮了，比当年的温如归还要胜一筹，收留这样的少年在府中，认义兄反倒是好事。

老夫人一朝被蛇咬十年怕井绳，可不想孙女像女儿那样纯粹看中男方的相貌而陷进去了。

认了，她认了。

老夫人做了决定，对阿星露出和蔼的笑："听阿好说你叫阿星。"

阿星谨慎地点点头。

"多大了？"

"十六岁。"在老夫人面前，阿星收起了尖刺，乖巧地回道。

他亲眼看到弟弟洗过澡后白白净净，换上了干净厚实的衣裳，躺在柔软的床上，喝了香喷喷的米粥。

那一刻他无比确信，如果留在这里，过这样的生活，弟弟一定能好好长大。

他后知后觉生出了强烈的要留下的念头。

扫地也好，烧火也好，无论多苦多累，只要能留下，就比回到桥洞下强无数倍。

为此，他必须乖巧些。

阿星很聪明，这也是他与弟弟生了一副好相貌却没沦落到更悲惨境地的原因。

看着乖巧漂亮的少年，老夫人笑了："和阿好同年。"

阿星不由得看了林好一眼。

少女换过衣裳了，半新不旧的象牙白小袄配葱绿百褶裙衬得她清丽无双。

他收回视线，听到老夫人再问："几月生的？"

"二月。"

"那比阿好大几个月。"

阿星听着，觉得古怪。

为何他总是被拿来与这丫头，不，二姑娘比较？

阿星从将军府下人的称呼里知道了林好的身份，也知道想留下，就不能再把对林好的怀疑、防备表现出来。

"阿星，阿好想与你结为义兄妹，你愿意吗？"老夫人温声问。

阿星猛地看向林好，实在无法掩饰心中的震惊。

他是听错了，还是对"义兄妹"的理解不对？

阿星心中掀起了惊涛骇浪，眼里看到的却是平静含笑的少女。

他下意识地拒绝："不……"

迎上老夫人微怔的目光，阿星涨红了脸跪下："我……我只是个乞儿，怎么能与二姑娘结为义兄妹？贵府收留我和弟弟在这里打杂儿做事已经是天大的恩德了……"

老夫人对阿星的反应挺满意。将军府本就人丁少，阿好觉得投缘，人又不错的话，自己多两个孙儿也不是坏事。

林好的声音响起："阿星，我家不缺做事的下人。"

阿星跪在地上，抬头看她。

林好弯唇："当我的兄长不好吗？"

"可是……"

林好打断他的话："可是我家真的不缺打杂儿的。"

阿星不知道说什么了，脑袋发胀，只觉今日所遇匪夷所思。

老夫人笑着道："那就这样吧。阿好，你带阿星在府中走走，熟悉一下家中的情况。"

林好道了声"是"，拉了拉神色呆滞的阿星。

阿星稀里糊涂地跟着林好出去了。

外边开阔，被冷风一吹，阿星回过神来，一言不发地走在林好的身侧，听她讲将军府的情况。

"府中的情况差不多就是这样，一时记不住也不要紧，时间久了就熟悉了。"

"为什么？"阿星终于忍不住开口。

林好侧头看他。

阿星满脸困惑："我只是个乞儿，你是大家闺秀，为什么会认我当兄长？"

她是耍着他玩吗？让他习惯锦衣玉食的生活、人人艳羡的身份，再把他赶出去，让他重新成为人见人嫌住桥洞的小乞丐？

能随意摆布别人的命运，她是不是会很开心？

有了这样的猜测，阿星眼底滑过厌恶。

林好看他的表情猜到了大概，弯了弯嘴角问："你在想什么？难道以为我很闲，拿你找乐子？"

救过她的阿星明明又可怜又柔软又心善，怎么抢了她荷包的阿星像个小刺猬呢？

想到这里，林好一怔，似乎明白了原因。

是相识的起因不同吗？

梦里，阿星是救助者的身份，自然不会觉得她会害他；而现在，阿星是抢劫未遂的恶人，她的举动在阿星的眼里就太不合常理了。

看来她必须给阿星一个过得去的理由，他才能安心住下。

林好抚了抚光洁的额头，神色凝重："你真的想知道？"

阿星没说话，点了点头。

林好看了眼左右，声音放低："有个十分厉害的先生给我算过命，说我……"

见她这般认真，阿星的心顿时提了起来，他屏住呼吸。

"说我五行缺兄。"

阿星脚一滑，险些栽倒，幸亏被林好拉住。

"五行缺……兄？"这四个字几乎是被阿星从牙齿缝里挤出来的。

要不是惹不起，他真想揍她……

林好点头："真的，不然我干吗带你回家，还费劲说服家人？"

阿星打量着少女的神色，看到的只有一本正经。

难道她说的是真的？

阿星被这个念头吓了一跳，在心里唾弃自己：险些被这丫头忽悠了。

可话已经说到这里，再质疑就是给自己找麻烦了，阿星微微点头，算是认可了林好的理由。

林好松了口气。

报个恩居然这么难，她难以想象找到为她挡飞刀的人时会是何种情形。

"阿星，你有什么打算吗？"

阿星看过来。

林好随手拂开斜伸的花枝："你要不要和小月亮一样，跟着先生识字？"

阿星忙摇头："不必了。"

沉默了一会儿，阿星开口道："我略识几个字，应付日常足够了。"

林好有些惊讶，没想到阿星竟然识字。在大周，有机会读书的孩子大多家境富裕。

见阿星不愿多说，林好没有打探："那你要不要学些拳脚功夫打发时间？"

阿星眼睛一亮："可以习武？"

倘若能学一身功夫，哪怕离开这里，他也能护着弟弟，让弟弟平安长大。

林好笑着点头："当然可以呀，这儿是将军府，随便一个家丁的身手都不错的。"

"我愿意。"

"那你跟我来。"

阿星愿意学东西，林好很高兴，带着他去了前院。

刘伯正在劈柴。

"刘伯，"林好走过去，神色是面对亲近、信赖的长辈的放松，"别忙了，我有事求你。"

"什么事啊？"刘伯把斧头放下，看了看林好身边的阿星。

"这是我义兄，以后就在家里住下了，能不能请你每日抽出一些时间教他拳脚功夫？"

刘伯震惊地问道："二姑娘什么时候多了个义兄？"

"就今天。刘伯，行不行啊？"

刘伯审视阿星几眼，把林好拉到一旁："二姑娘，人靠得住吧？"

"靠得住。"

"那行，只要他能吃苦，就跟着我练吧。"

刘伯一口答应，转头才从别人口中得知阿星是二姑娘捡回来的乞儿。

刘伯长长地叹了口气：长得好可真走运啊。

林二姑娘带回一个漂亮少年的事很快被格外关注她的隔壁邻居靖王世子的小厮长宁发现了。

长宁忙去告诉了自家世子。

祁烁正在花园中看书。

说是看书，其实手中的书册他许久没有翻动过了，就静静地搁在膝头。

一旁的长顺劝道："世子，您要是乏了，不如回屋睡吧。"

世子怎么就对这里情有独钟呢？

他下意识地瞥了一眼高高的围墙，心底冒出一个猜测：难不成因为林二姑娘爬过墙头？

不能，不能，世子才不是这种人。

这时，长宁小跑着过来："世子，小的得了一个消息，要向您禀报。"

长宁说着，直瞄长顺。

长顺纳闷儿了："长宁，你向世子禀报事情，看我干什么？"

长宁咳了一声："长顺你得回避一下。"

长顺登时瞪大了眼睛，委屈地看向祁烁："世子，你看他……"

祁烁淡淡地道："那你就回避一下吧。"

长顺一窒，垂头丧气地避到了远处。

"说吧。"

长宁凑上去："世子，林二姑娘带回两个乞儿。"

祁烁一笑："林二姑娘心善。"

长宁有些急："不是啊，林二姑娘认了大的那个乞儿当义兄。"

祁烁眸光微闪，声音依然平静："义兄？"

"对啊。"长宁的脸上挂着担忧，"世子您没瞧见，那乞儿长得可好了。您说林二姑娘怎么想的啊，随便捡回来一个乞儿就认了义兄？"

肯定是因为看那乞儿长得好！

长宁义愤填膺。

"知道了。"祁烁随手拿起书卷看了起来。
"世子……"
"还有事？"
"没……可林二姑娘……"
祁烁皱眉："林二姑娘这么做自有道理，此事不必再提。"
长宁应了声"是"，暗暗为自家世子着急。
长顺走过来，没好气地看了长宁一眼。
世子和长宁之间居然有秘密了，真令他痛心疾首啊！
两个小厮立在祁烁左右，保持着安静。
祁烁捏着书卷，有些出神。
长宁暗暗摇头。
世子口不对心，委屈的还是自己啊！
忽然，祁烁起身，大步向外走去。
两个小厮对视一眼，忙追上去。
天有些冷了，阳光看着明媚，却没多少温度。街道两旁的树已掉光了叶子，露出光秃秃的枝丫。
祁烁不疾不徐地走着。
前方围满了人，时不时传来喝彩声。祁烁走过去，成为人群中的一员。
人们围看的是如意班的表演。
如意班是京城颇有名气的杂技班，经常会被富贵人家请去表演，没有富贵人家请的时候，就会在桥头这片开阔的空地卖艺。
祁烁将视线落在如意班舞刀少年的身上。
少年身材纤细，动作灵活，长刀如他延伸的手臂，挥洒自如。
长宁顺着祁烁的视线看向少年，暗暗惊疑。
这个少年叫小枫，本是街头自由卖艺的，后来被如意班收下，算是有了着落。
不知为何，世子对这个卖艺少年格外关注，已经好几次来看杂耍了。
祁烁静静地看着如意班的表演，随着人群喝彩轻轻拍手，如每一个看热闹的人。
如意班表演结束，有几人端着铜锣等物向人们讨赏。
叫小枫的少年托着木盘走向祁烁。
祁烁看了长宁一眼。
长宁会意，掏出一串铜钱丢在木盘中。
小枫连连道谢，走向下一个人。
祁烁深深地看了小枫一眼，转身走出人群，回去的路上遇到了林好和一个少年。
祁烁余光往少年面上一扫，不动声色地向林好打招呼："林二姑娘出去啊？"
青鹿寺之行毫无疑问拉近了二人的距离，林好笑着道："和我义兄出去逛逛。"
"义兄？"祁烁正大光明地把视线落在阿星的面上。

阿星明显不适应，紧绷着脸部肌肉接受祁烁的打量。

这个带着小厮的公子才是与二姑娘一样的人。不像他，换上华服的乞儿随时会被打回原形。

"才认的，我义兄叫阿星。"林好介绍完，对阿星道："这是靖王世子，就住在将军府隔壁。"

阿星一惊：竟然是小王爷。

"见过世子。"阿星声音发紧。

祁烁微笑："不必见外。我与林二姑娘自幼相识，再熟悉不过，你是林二姑娘的义兄，那我们也算朋友了。"

阿星实在不知该怎么说，只能笑笑，心道堂堂小王爷竟如此平易近人。

看出阿星的局促，林好与祁烁道别："世子要回府吧，我们先走了。"

"你们去哪里逛？"祁烁面不改色地问。

林好神情有些古怪。

靖王世子不像这么八卦的人啊。

"就……随便逛逛，阿星知道许多我没去过的地方。"

祁烁弯唇："我也有许多地方没去过……"

迎着少女惊诧的眼神，祁烁笑了笑："林二姑娘若去了有意思的地方，回头和我讲讲，我也去逛逛。"

林好神色恢复了正常："好。"

她还以为靖王世子要一起去逛逛呢。

与祁烁分别，林好与阿星从西城逛到东城，日头眼看就要落山，阿星终于忍不住问："你不累吗？"

"是挺累的，我们在茶肆歇一歇，坐车回去吧。"

路边的茶肆摆了几桌，因是在东城，喝茶的一看就是寻常百姓。

看着少女神色如常地捧着茶碗喝茶，阿星越发觉得奇怪。

二姑娘可真不像大家贵女，在这种地方喝茶竟一点儿不嫌弃。

"不渴吗？"发现阿星捧着茶碗发愣，林好问道。

阿星回神，咕咚咕咚把粗茶喝完。

"阿星，明日你随刘伯练完拳脚，咱们再出来逛逛吧。"

阿星下意识地皱眉："二姑娘……"

"说了叫我'阿好'。"

"阿好……"阿星逼着自己习惯，"你让我带你到处看乞儿做什么？"

林好没打算瞒着阿星："我想看看京中年老和年幼的乞儿大概有多少。你发现没？今年这个时候比起去年要冷得多，等进了腊月，他们估计熬不住的。"

阿星震惊地睁大了眼："难道你想把这些乞儿都带回家里？"

"这倒没有。我打算给他们提供一个遮风挡雨的地方，熬过这个冬天再说……"

林好没有在意阿星复杂的神色，道出疑惑，"走了这么些地方，我发现年老的乞儿并不多。"

阿星沉默片刻才开口，声音有些闷："年老体衰的活不久的。"争不过壮年乞丐，也不如年幼的乞儿惹人同情，饿上十天半个月就差不多了。

林好沉默了好一会儿，方才问阿星："你能帮我吗？经常和乞儿打交道，我没那么方便。"

阿星没有立刻回答，而是问道："这么多乞儿，你打算一直养着他们？"

"当然不，这只是第一步，后面还有安排的。"

听林好这么说，阿星才点了下头："与乞儿打交道的事交给我吧。"

要安置这么多乞儿，少不了大房子。林好命宝珠把箱笼打开，清点这些年攒的零花钱。

将军府家底丰厚，老夫人和林氏对林好姐妹格外大方，林好攒下的零花钱十分可观。

"姑娘，只算银子的话，共有一万一千零二十两银。"宝珠拨算盘珠的动作很是生疏。

老夫人和太太给姑娘的金银首饰源源不断，而姑娘对这些并不看重，大部分是直接收了起来。

"一万一千两啊。"林好看着白花花的银元宝和装满匣子的银票，心里有了数。

祖母与母亲给的首饰自然不能动，她能安排的就是这些银钱。一万一千两无疑是一笔巨款，可她不想把这次行善做成心血来潮的一锤子买卖，那就要好好打算了。

上午这个时候是阿星跟着刘伯习武的时间，林好换了男装，带上将军府的一个管事前往牙行。

"宅子越大越好，老旧不要紧，地段偏点儿也无妨，价格不能超过一千两。"

管事点点头："二姑娘放心，小人记着呢。"

旁边一道声音传来："林二姑娘？"

林好一愣，望向声音传来的方向。

不远处，祁烁满面含笑："林二姑娘今日一个人？"

站在林好身侧的管事默默地低下头。

林好见他神色自如的样子，下意识地抬手摸了摸脸颊。

难道她忘了化妆？

"抱歉，稍等一下。"林好转身背对着祁烁，从袖中摸出一面小镜子照了照。

涂黑的肤色，描粗的眉毛，利用脂粉修饰出的硬朗线条，镜中人虽还是过于清秀了，却不会让人一眼看出女子的身份。

这个年纪的漂亮少年，有几分雌雄莫辨的味道也正常。

林好飞快地瞄了一眼小镜子，确定镜中的分明是个俊秀少年就转过身去，坚信没被祁烁看到她照了镜子。

"没想到世子能一眼认出我来。"

祁烁想到刚刚一闪即逝的反光便觉好笑，又怕眼前的少女恼羞成怒，遂面不改色地道："我认识贵府的管事。"

管事："……"

"原来如此。"林好点点头。

"林二姑娘要去哪里？"祁烁走在她身边，顺口问道。

"打算去一趟牙行。"

"要买房屋铺面吗？"

管事识趣地落在后面，不打扰二人交谈。

林好把打算说了："想买一处能住许多人的宅子……"

祁烁静静地听着，动容地道："林二姑娘真是心善。"

林好摆摆手："量力而行，尽点儿心意罢了。一人计短，二人计长，世子觉得我这样安排妥当吗？"

"收留十二岁以下和五十岁以上乞儿的想法不错，可如果有不符合年龄却患病的乞儿上门求助呢？"

一个人能帮的终究有限，有所限制是必然的。

"这种情况的乞儿，就收留到病好为止。"

"病好了赖着不走怎么办？"

林好皱眉："那就只能赶走了，将军府不缺打手。"

祁烁指出隐忧："这些乞儿可能会心生怨气，反而传扬你的恶名。"

对此，林好并不在意："我做这件事不是为了美名，不怕这种升米恩斗米仇的乞儿，而且我相信这种人终归是少数。再说如果事事畏惧人言，那就什么都不用做，当我的大家闺秀好了。"

祁烁一笑："林二姑娘想得通透，不会为此增添烦恼就好。你说请先生教年幼乞儿识字算数，教他们手艺，而后送到将军府各个店铺、庄子做事，也算授之以渔，不过我有个小小的建议。"

"世子请说。"

"免费的饭吃久了，人心会变的。"祁烁语气淡淡的，"识字、算数、学手艺可以不算，供一个幼儿吃喝到十五岁大概花费了多少，等他们去店铺做事，在不影响生活的前提下，可以按月从他们的工钱里扣。这样的话，林二姑娘有出有进，善事就能细水长流地做下去，而不是坐吃山空。这些受到资助的乞儿也会更有责任心，知道他们按月还的钱是帮助更多和他们一样的孩子活下去……"

少年侃侃而谈，林好听得入了神。

果然两个人考虑得更周全。

祁烁脚步一顿，仰眸看了一眼。

林好回神，发现不知不觉间牙行已经到了。

"多谢世子的建议,那——"

在林好说出分别的话前,祁烁十分自然地道:"既然到了,那就一起进去看看吧。"

林好想拒绝,可刚刚才听了人家那么实用的建议,拒绝的话就说不出口了。

牙人是个机灵的中年男子,一听对方要买大房子,顿时十分热情。

"这座宅子在西城青柳巷,本是三品大员的府邸……"

管事打断牙人的话:"多少钱?"

牙人伸出两根手指:"这个地段这个大小,两千两最低了。"

管事立刻摇头:"贵了。"

"不贵啊,您看看这寸土寸金的地段……"

"超过一千两的不考虑,占地少于一亩半的不考虑……"

牙人眼角抽搐,心道:又想要大的又想要便宜的,怎么不早点儿洗洗睡呢?梦里什么都有。亏他瞧着两个公子哥儿气度不凡,以为来了财神爷。

"一个大,一个便宜,其他的都可以将就。"管事道。

牙人突然一拍额头:"有一个。"

他摊开一张图纸,指了指:"就在这个位置,是个三进大宅,虽空了几年,但只要稍微修葺就能住人,价格也极便宜,只要三百两银子。"

"三百两?"管事有些不信,"这位置虽不如刚刚那个,可怎么会这么便宜?"

牙人犹豫了一下,知道瞒不住,还是说了实话:"这样的宅子按市价至少要八百两。这个宅子原来的主人是个富商,有一晚家中进了歹人,把富商给害了,富商的儿子贱价卖掉宅子带着母亲搬回老家去了。不久后,宅子就有了闹鬼的传闻,新主人只好把房子挂出去,却一直没卖掉。"

管事听了,看向林好。

林好想了想,问牙人:"能带我们去看看宅子吗?"

牙人一听有戏,忙不迭地点头:"当然可以,请随小人来。"

两刻钟后,林好站在了那座有闹鬼传闻的宅子前。

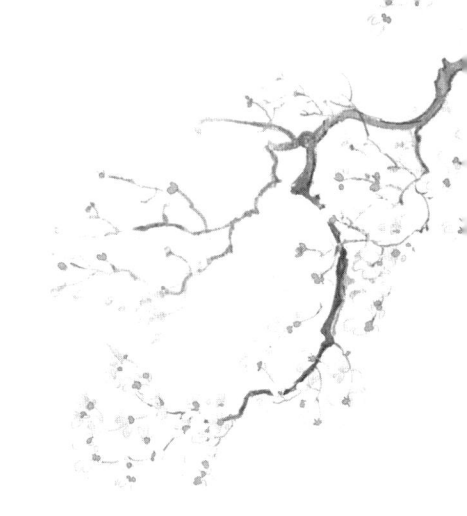

第十章 刺 杀

宅子依稀能看出往日的气派，门匾上却积满了灰尘。

牙人上前，一边开门一边解释："房子的主人本来留了人看门，无奈房子久久卖不出去，又有那样的传闻，就把钥匙放在了小人这里。"

随着大门被打开，无数细微的尘埃在光束中跳跃，呛得人喉咙发痒。

牙人挥了挥袖子："三位里面请。"

林好边走边打量。

宅子占地不小，光跨院就有好几个，但到处都是枯萎的杂草和厚厚的落叶。

"您别看这儿看着荒凉，把野草一除，青砖一洗，屋顶稍稍修葺一下，就能住人了。这么大的宅子，就算住上几十口人也宽敞着呢。"牙人竭力说着宅子的好处。

林好对牙人的话还算认同。

院子看起来荒凉，其实房子不算破旧，稍微修整就能住人，而牙人说住几十口是按讲究人家来算的，若是收留乞儿，住进来两三百人不在话下。

牙人领着三个人大致走了一遍，笑着问林好："您觉得怎么样？"

"还——"

祁烁淡淡地接过话："还是太破了，要不再看看别的？"

林好看了祁烁一眼，不动声色地点头："也是，那就再看看别的吧。"

以她与靖王世子多次打交道的经验来看，靖王世子是有分寸感的人，会这么说定然有原因。

牙人失望极了，面上却不敢得罪人："那就再看看别的，在售的宅子还有不少，总有合适的。"

回到牙行，牙人又推荐了几处宅子，都在市价范围内，也在要求之内，林好干脆让管事随牙人跑一遍，挑最合适的买下。

回府的路上就只有林好与祁烁二人。

"世子觉得那宅子有何不妥？"林好问出疑惑。

祁烁唇角微扬，乐见林好的直接与随意。

"那处宅子，闹不闹鬼不知道，但有人活动的痕迹。"

林好脚步一顿。

她听着牙人介绍，将注意力放在布局与房屋状况上，并没留意这种细节。

"大门上了锁，门上与台阶上都有积灰，里面却有人活动的痕迹，可见不是正常途径进去的。为了避免不必要的麻烦，还是不买为好。"

林好点点头："世子说得是。"

她收留乞儿，是因为看到阿星兄弟从而动了恻隐之心。若是因为住处有问题反而让乞儿出了事，她就难以心安了。

"多谢世子提醒。"

祁烁负手，眼里带着笑意："林二姑娘打算怎么谢？"

林好一愣。

这人这么……不客气吗？

她转念一想，靖王世子确实帮过不少忙，总是口头道谢是没什么诚意。

"那我请世子吃饭吧，刚好今日这样比较方便。"林好看了一眼身上的男装，笑着问祁烁，"世子想吃什么？"

"我知道一家店，做的酸菜白肉锅味道一绝，林二姑娘想不想试试？"

林好一听就应下了——冬天吃热乎乎的酸菜白肉锅，想想就舒坦。

祁烁笑着道："那随我来。"

林好跟着祁烁穿过两条街，来到一家不起眼的食肆前。

经营食肆的是一对老夫妻，一见祁烁便热情地打招呼："公子今日和朋友来啊，快坐。"

祁烁坐下，熟练地点菜："一个酸菜白肉锅，爽口小菜上几碟。"

"要几壶酒？"

祁烁看向林好。

林好笑着道："我可以喝。"

祁烁侧头对店家道："不要酒，上一壶热茶。"

林好："……"

很快，热气腾腾的锅子就被端了上来。大小适中的铜锅中翻滚着浸润了汤汁的大片五花肉，酸菜的香气扑鼻而来。

除了白肉与酸菜，锅子里还煮着白豆腐、萝卜片、鲜蘑等物，零星几段红艳艳的辣椒随着汤汁翻腾，更能勾起人的食欲。

林好轻轻地吸了一口食物的香气。

"尝尝合不合口味。"

林好撷起一片肉在蘸料中滚了一圈放入口中，眼睛一亮。切得薄薄的肉片真正做到了肥而不腻，入口即化。

　　"好吃。"她由衷地赞道。

　　"还可以这样吃。"祁烁撷着一片白肉，在一碟辣椒面中蘸了蘸，沾上辣椒面的白肉看起来更美味了，"他家的辣椒面是秘制的，不是很辣。"

　　林好也把肉片蘸上辣椒面，尝了一口，感觉相较于蘸加了腐乳汁、韭菜花的酱汁，是另一种美味。

　　不一会儿，她就吃得鼻尖冒汗，感觉每个毛孔都舒坦极了。

　　"世子是怎么发现这家小店的？"

　　祁烁倒了一杯水给她，笑着道："我还去过很多这样不出名却味道极好的小店。有一家小店的烧鸡做得特别好，皮酥骨烂，滋味鲜美……"

　　林好默默地咽了咽口水。

　　她怀疑他在故意馋她！

　　"林二姑娘得闲的时候，我带你去尝尝。"祁烁不动声色地发出邀请。

　　"好啊。"林好还没反应过来，嘴巴却已经自作主张替她答应了。

　　林好拿帕子擦擦嘴，暗暗懊恼。

　　她不是这么贪吃的人啊！

　　看了一眼面露笑意的祁烁，林好叹气。

　　都怪靖王世子太会描述了，她才觉得那些美味吃不着是天大的损失。

　　二人吃完，同走一路，各回各家。

　　小郡主去靖王妃那里，路遇兄长。

　　"大哥从外边回来的？"

　　"嗯。"

　　祁琼突然靠近，动了动鼻子。

　　祁烁退后一步："怎么了？"

　　祁琼抬头，眼神里满是控诉："大哥，你吃的酸菜白肉锅？！"

　　祁烁没否认："正是吃这个的时节。"

　　祁琼抿唇问："是大哥夏天时提过的铜钱胡同口那家看似平平无奇实则令人回味无穷的小店吗？"

　　"是。"

　　"大哥你忘了吗？当时你说等天冷了带我去吃的。"

　　一道声音传来："去吃什么？"

　　祁琼一见祁焕，立刻告状："天热的时候，大哥提起有家小店的酸菜白肉锅做得特别好，说等入了冬带我去尝尝，谁想到，大哥今日和别人去吃了！"

　　祁烁笑着问："你怎么知道我和别人一起吃的？"

"这还用问？吃锅子就要有人一起啊。"

听着兄长与小妹的对话，祁焕觉得不对劲："等等。"

二人看过去。

祁焕拧眉看向祁琼："大哥什么时候说带咱们去吃酸菜白肉锅，我怎么不知道？"

祁琼眨眨眼，突然不难受了。

祁焕："……"

管事最终花九百两买下了一处宅子，按林好的吩咐安排人修葺。

阿星这边一开始并不顺利。

流浪街头能生存下来的小乞儿心眼儿都不会少，突然冒出一个穿着体面的美貌少年说给他们提供住处，供他们吃喝，他们的第一反应就是对方没安好心，说不定要把他们哄到什么可怕的地方去。

反倒是年老体衰眼看要撑不下去的老乞丐，没怎么犹豫就跟着阿星走了。

一把要埋的老骨头了，拿来熬汤都出不了几滴油，还怕什么呢？

对阿星领回来的二三十个老乞丐，林好很快就有了安排。

新买的宅子还在修葺，洒扫、烧火之类的活计大半老乞丐能承担，对于几乎没有行动能力的老乞丐，她则安排了大夫诊治。

这些人上了年纪，不可能像小乞儿那样识字学手艺，将来主要的活计就是打理宅子，照顾年幼乞儿。

林好感到惊喜的是，其中一个病倒的老乞丐曾是私塾先生，只要把病养好，都不必另请先生了。

阿星瞧着林好不是心血来潮，咬牙换回乞儿装扮。

林好诧异地问："阿星你从哪儿找来的衣裳？"

阿星神情有些尴尬，小声道："我先去找以前熟悉的同伴，等他们住进来相信了，再让他们去找其他人。"

"这个主意好。"林好给了阿星一个赞赏的眼神。

阿星抿了抿唇，不放心地问："你真的有钱养那么多人？"

林好笑着推他："快去吧。钱的事不用你操心，我还有很多金银首饰呢，实在不行随便卖一件都能换不少钱。"

阿星下意识地道："你是不是傻……"后面的话在少女清澈如水的目光下被他咽了回去。

他能有今日，也是因为她的傻。

阿星从骨子里拒绝再穿上这样的衣裳，这会让他想起居住桥下看着生病的弟弟无能为力时的绝望。

可是他要是不好好去完成这个傻瓜想办的事，她就更吃亏了吧。

"我去了。"阿星别扭地说了一声，跑了出去。

林好望着少年飞奔的背影，扬了扬唇角。

换回乞丐装束的阿星果然得到了乞儿的信任，宅子修葺好时，住进来的小乞儿有一百多人。

林好做这些并没特意瞒着家里人，刘伯听说了，过来了一趟，挑出十来个习武的苗子带回将军府。

将军府的护卫本就要从小调教，一般是从家生子中挑选，或是通过牙人买来幼童，刘伯此举既让一部分乞儿有了出路，又帮将军府省下了银钱，可谓一举两得。

时间很快就进入了腊月，北风凛冽，大雪纷飞，冷得让人觉得出门是受酷刑。

如意班的人终于到了一年来最清闲的时候，除了去大户人家表演，就是躲在租来的大杂院中烤火。当然，日复一日的练习不能停，一日不练生疏了，就是砸了饭碗。

其中，练得最刻苦的就是小枫。

再过两日，如意班就要去武宁侯府，为武宁侯夫人的寿宴助兴。如意班的人喜气洋洋，知道可以过一个肥年了。

班主背手走来，数落围着炉子取暖的几个人："就知道偷懒，不知道马上要去侯府了吗？到时候那么多贵人看着，要是演砸了，以后饭都没得吃，只能上街要饭去！"

几个人被训得不敢搭腔。

"小枫呢？"班主扫视了一圈问。

"小枫去后头练舞绸了。"一人回道。

班主更生气了："看看小枫，从早练到晚；再看看你们自己，不长进！"

等班主走了，一人嘀咕道："小枫不是因为换成了舞绸，才练个不停吗？"

武宁侯府这次举办寿宴，到场的都是贵人，据说连太子都要去呢，如意班自然不能舞大刀，而小枫最擅长的就是舞刀。如意班的人虽各有所长，但为了互相配合，每一样技艺都会练习。由于擅舞绸的人病了，班主便安排小枫顶替。

班主虽在几人面前夸小枫刻苦，其实最不放心的就是小枫，毕竟舞绸不是小枫最擅长的，那么重要的场合，小枫万一失手就麻烦了。

他溜溜达达，去了大杂院后边的空地。

红绸被甩出各种弧度，绕着干净清秀的少年飞舞，哪怕没有高难度的动作，也让人觉得赏心悦目。

班主满意地点点头。

他当初在街头看到小枫舞刀，一眼就瞧中了这孩子。如意班常去高门大户表演，表演的人长得好看就讨喜多了。

等小枫一套动作耍完，班主招招手："小枫，歇一歇。"

这样冷的天，小枫却鼻尖冒汗，微微喘气，一笑露出洁白整齐的牙齿："班主，您找我。"

"怎么不在院子里练？外头没个遮挡，怪冷的。"

小枫擦了擦汗："练起来还有点儿热呢。我练得久，在院子里会吵着别人休息。"

班主很欣慰："你这孩子就是让人省心。别练太久了，该歇着就歇着。"

"知道了，班主，我再练一会儿就回去。"

班主点点头，慢悠悠地走了。

小枫盯着班主的背影，好一会儿没有动作。

天变得昏暗，雪粒子纷纷扬扬落在他的头发和衣裳上，小枫摸了摸凉凉的鼻尖，将手中的绸带抛了出去。

他练得专注，没有留意到一个头戴斗笠的灰衣人渐渐走近。

红色的绸带裹着锋芒飞出去，那一端却被灰衣人抓住，弧线也被拉直了。

小枫警惕地问："你是谁？"

灰衣人松开绸带走到小枫面前。

小枫紧紧地盯着他，却因斗笠的遮挡看不清对方的面容。

"你有什么事？"小枫尽量让声音平静下来。

灰衣人伸出手，手心里静静地躺着一柄小小的飞刀。

原来那锋芒，是小枫借红绸的遮掩甩出去的飞刀。

小枫面色大变。

"你想怎么样？你到底是谁？"

灰衣人沉默着。

雪渐渐大了，在二人间簌簌落下，凝固的空气似是结了冰。

小枫的指尖抖得厉害，呼出的白气浓得散不开。

终于，灰衣人开口了。

"我是谁不重要。重要的是，这把飞刀恐怕杀不了人。"

小枫瞳孔一缩，眼中的杀机再也藏不住。

灰衣人带着笑意的声音响起："别冲动，你应该很清楚，动起手来吃亏的是你。"

那笑意很淡，如飘落的雪，没有一丝温度。

小枫如坠冰窟，死死地盯着灰衣人。

斗笠遮住了灰衣人的眉眼，只露出线条精致的下颌和完美的唇形。

小枫突然生出一个念头：这个灰衣人很年轻，说不定跟自己差不多大。

灰衣人手指修长，把玩着那把小小的飞刀："飞刀还算锋利，但你想杀的那个人，会有无数高手不顾性命挡在他的身前，这把飞刀可能刚刚擦破他的肌肤，就落入别人的手中了。"

灰衣人语气淡淡，但是说出的每一个字都如惊雷，砸在小枫的心头。小枫用极大的毅力克制住差点儿脱口而出的疑问，冷冷地道："我不知道你在说什么。"

"我可以帮你。"灰衣人无视小枫的话，淡淡地道。

小枫猛地睁大眼睛："你说什么？"

隔着斗笠，灰衣人在小枫眼里越发神秘莫测。

"我说我可以帮你，我们的目标是一致的。"

"我不知道你在说什么！"小枫猛摇头，重复着刚才的话。

"这样啊。"灰衣人轻轻叹息一声，"合作的机会你不愿抓住，那你只能承受失败的后果了。无论成功还是失败，你只有一次出手的机会，毕竟你的结局只有一个。"

小枫盯着对方翕动的唇，如被人施了定身术，动弹不得。

这个突然出现的灰衣人，到底是诈他，还是真的清楚他的计划？

可灰衣人又是如何知道的？

他要做的事，泄露分毫都会招来杀身之祸，所以他从没对任何人提过。

"用命换一个注定失败的结果，你甘心吗？"灰衣人问完，静静地等着。

小枫却说不出话来。

巨大的恐惧与怀疑如大山压下，小枫只觉喘不过气来。

"那就算了。"灰衣人的声音波澜不惊，他把飞刀塞进小枫的手中，转身便走。

鹅毛般的大雪漫天飞舞，那道灰色的身影仿佛随时会隐匿于天地间，地上分明的脚印也很快被新雪覆盖。

"等等！"小枫反应过来之前，留人的话已脱口而出。

灰衣人脚步一顿，静静地停留在原地。

小枫咬了咬唇，拔腿追上去，站到灰衣人面前。

"你认为，我要杀谁？"小枫一字一顿地问。

灰衣人定定地看了小枫片刻，忽然靠近一步，在小枫的耳边轻轻吐出两个字："太子。"

小枫浑身一震，脸上血色褪尽。

他真的知道！

"你……怎么知道的？"这话，小枫说得无比艰难，也代表他承认了。

"这个你不必知道。"灰衣人淡淡地道。

"那让我怎么相信你？"

灰衣人笑着道："你相不相信，对你来说毫无意义。假如我是故意哄你，转头就会把你的不轨之心传扬出去，你未踏入武宁侯府的大门就会死无葬身之地。所以你只要稍微用理智分析，就应该明白我出现在这里是真心找你合作的。"

小枫内心天人交战，许久后用力抹了一把脸。

脸颊早已被化掉的雪水浸得冰凉，他仿佛站在没有退路也没有生路覆满冰雪的悬崖上。

他不要退路，也不要生路，只要太子死！

他听到自己颤抖的声音响起："你打算怎么帮我？"

灰衣人伸出手来，手心上躺着一个小小的瓷瓶。

雪光中，瓷瓶无声地折射出冷光。

"这是……"

"毒。"

小枫睫毛颤了颤。

灰衣人的声音平静无波，好似在说家常："一种难得的剧毒。把毒涂在飞刀上，只要飞刀划破那人的皮肤，轻则必须刮骨剜肉才能保住性命，重则当场毒发身亡，比你靠一柄小小的飞刀刺中要害的机会大多了。"

"可我要是做不到呢？飞刀如果直接被人挡下来了怎么办？"也许是因为看到了成功的希望，小枫反而患得患失起来。

"你能做到的。"灰衣人看着十五六岁的少年，语气笃定。

眼前的少年确实做到了。

这把小小的飞刀会划破太子的皮肤，沾上太子的鲜血。

只可惜，小小的皮外伤给不了太子多少伤害。

飞刀被涂上这种剧毒就不一样了，运气好刺入要紧的部位能要太子的命，运气差也会让太子吃大苦头。

"你怎么确定？就像你刚刚说的，那个人有很多人保护。"

灰衣人沉默片刻方才开口，声音很轻："真的失败了，还有我。我与你一样，没有退路，只想要他死。"

这一刻，小枫突然没有了怀疑。

他相信这个人说的是真的。

他没什么可犹豫的了。这本来就是他要去做的事，而现在有人告诉他，他失败了，有人会接着做这件事，他该高兴才是。

小枫伸出手来，把小小的瓷瓶紧紧握在手中。

"祝你好运。"灰衣人说完，默默地转身。

小枫下意识地追了一步："你……"

灰衣人脚步没停，小枫也没再说话。

该说的都说完了，他们本来就是陌生人。

靖王府中，靖王与靖王妃就谁去武宁侯夫人的寿宴一事推来推去。

"王妃去吧，本来就是女眷的寿宴，你去最合适。"

靖王妃靠着熏笼，神色慵懒："咱们家与武宁侯府交情一般，这种场合，家里有人去就行了，我懒得与武宁侯夫人说话，还是王爷去吧。"

靖王纳闷儿了："好好的，怎么不想和人家说话了呢？"

女人都这么幼稚任性吗？

"话不投机。"靖王妃淡淡地道。

实则是她看望过一次孙秀华，有了武宁侯府二姑娘进宫抓伤外甥女脸的事，外甥女怀疑那次落水也是唐薇动的手脚。

靖王妃虽然对外甥女进宫服侍太子感到失望，可孪生姐姐留下的爱女被人欺负了，她还是会恼怒。

只是这个缘由,她就不好对靖王说了。

这时祁烁走进来,笑着问:"父王、母妃在说参加武宁侯夫人寿宴的事吗?"

靖王一家相处向来随意,听祁烁这么问,靖王与靖王妃齐声问:"烁儿,你觉得应该谁去?"

在父母的注视下,祁烁摸了摸鼻尖:"要不我替父王、母妃去吧?"

靖王妃下意识地摇头:"你不是不喜欢这类场合吗?"

靖王顿时不乐意了。

儿子不喜欢,他就喜欢了吗?

这女人真偏心儿子。

恰好祁焕也走了进来,靖王妃见了次子,顺口道:"要不让焕儿去吧。"

焕儿平时就不着家,最爱凑热闹。

靖王默默地喝了一口茶。

她倒也不是全偏心儿子。

祁焕一脸茫然,看看父母,再看看大哥:"去哪里?"

祁烁笑着道:"过两日是武宁侯夫人的寿宴,父王、母妃都不方便去,到时候我去一趟。"

祁焕看向靖王妃。

靖王妃还有些不放心:"烁儿你真的要去?"

烁儿有心疾,万一在那种乱糟糟的场合发作了怎么办?

"儿子是世子,父王、母妃不去的话,儿子代表靖王府过去最合适。"

听祁烁这么说,靖王妃点了点头。

"那我还去吗?"祁焕到现在还未弄清情况。

靖王妃睨了次子一眼:"都行,只是少给我去那些乌七八糟的地方。"

祁焕大呼冤枉:"儿子没有啊!"

他就那一次和朋友去逛金水河,结果朋友与另一拨人打了起来,最后闹到两边的家里人都知道了,母妃就揪着不放了。

兄弟二人离开正院,祁焕瞄着兄长,嘴角忍不住上扬。

"笑什么?"祁烁看了弟弟一眼。

祁焕挤挤眼:"大哥,你愿意替父王、母妃去武宁侯夫人的寿宴,是不是因为林二姑娘也要去啊?"

祁烁睨弟弟一眼:"别挤眼,显得太猥琐。"

眼看兄长大步走了,祁焕对着光滑的廊柱照了照:真的猥琐吗?

小郡主震惊的声音传来:"二哥,你在干什么?"

二哥走在路上就把柱子当成镜子照,这……这是有什么大病吗?

祁焕动作一僵,若无其事地道:"没干什么,我还有急事,先走了。"

祁琼一头雾水,转头就找林好吐苦水:"阿好,我可真羡慕你有姐妹。"

林好忍不住扬起唇角："郡主不必羡慕，姐妹有姐妹的好，兄妹有兄妹的好。"

祁琼想翻白眼。

林好的嘴角要是不翘那么高，祁琼估计就信了。

"婵姐姐最近都不出门了，忙什么呢？"

林好笑着道："还能忙什么？绣嫁妆呗。"

提起这个，祁琼扶额："差点儿忘了说，有个好消息要告诉你。"

"什么消息啊？"

祁琼将声音放低了些："我堂兄……就是魏王，竟然瘦了。"

这可真是件惊人的事，要知道她这么多年见到的堂兄都是一个"球"，还是一个越滚越大的"球"。

没想到前不久再见，堂兄竟能明显看出瘦了。

林好知道魏王会瘦下来，但是知道是一回事，魏王真正有了较大的变化，她的一颗心才能真正放下来。

她不能免俗，希望姐姐嫁一个翩翩美男子。

小郡主还在说着："我看魏王再瘦下去啊，说不定会很好看，你让婵姐姐放心吧。"

林好莞尔："知道了，多谢郡主告诉我这个消息。"

"下次见到魏王，我再留意，有变化就告诉你们。"祁琼问起其他，"武宁侯夫人的寿宴，你会去吗？"

林好摇头："母亲说让管事送份贺礼。"

这就是不去的意思了。

祁琼暗暗替大哥感到可惜。

"郡主会随王妃去吗？"

"我也不去，那日只有大哥代表靖王府去。"

林好对此没想太多，与小郡主分别回到家中，却被林氏告知要去武宁侯夫人的寿宴。

"娘不是说不去吗？"

京城各府之间有着千丝万缕的联系，人情往来繁多，关系近或有意攀附的，接到帖子自是亲自前往；若是关系平平甚至暗里不合的，就打发管事送一份礼了事。

林氏与武宁侯夫人合不来，突然又说要去，林好就想不明白了。

林氏嘴角上扬，透着压不住的喜悦："娘有个好消息告诉你。"

林好觉得这话怪熟的，配合地问："什么好消息？"

"魏王瘦了。"

"啊，是吗？"林好装出惊讶的模样。

林氏喜滋滋地道："错不了，得了这个消息后，娘偷偷去瞧了，真的瘦了不少。"

林好抽了抽嘴角。

像母亲好奇心这么强的也不多了。

林氏双手合十，口中念着："真是谢天谢地，魏王只要稳定地瘦下去，等与你大姐成亲的时候说不定还是个美男子呢。"

那样长女就不是嫁给一个"球"了，她这个当娘的也安心些。

"您还是没说怎么又要去武宁侯夫人的寿宴了。"

林氏一脸理所当然："说了啊，魏王瘦了。"

林好茫然。

这之间有什么关系吗？

林氏下巴微仰，难掩得意之色："你大姐被选为魏王妃，不知多少人说酸话。现在魏王瘦了，看她们还说什么。"

林氏不是忍气吞声的性子，准女婿出息了，当然要找回场子。

林好无奈："娘，倒也不必吧……"

林氏理了理垂落的发丝："反正闲着也是闲着。"

林好一想也是，那就去吧。

"阿好，那日你穿好看点儿。你大姐要在家中绣嫁妆，就不去了。"

"娘放心，女儿所有的衣裳首饰都好看。"

林氏笑了。

这倒是。

转眼到了武宁侯夫人寿宴当日，林氏带着林好出了门。

武宁侯府离将军府不远，其实步行很方便，但这种场合自然不能溜达着去，母女二人还是乘了马车。

林氏嫌车厢里闷，掀起车窗帘透气，一眼就看到了后面骑着马的祁烁，喊了林好一声。

林好靠过来："娘，怎么了？"

"靖王世子在后边，看样子也是去参加武宁侯夫人寿宴的。"

林好早就知道祁烁会去，所以听林氏这么说也没多少反应。

反而林氏叹了口气："也不容易，病歪歪的身体，以后还要把偌大的王府撑起来。"

骑马靠近正准备问好的祁烁："……"

他给林太太的印象不大好啊。

骑在马上的祁烁默默地叹了口气，不动声色地跟林氏打招呼："林太太是去武宁侯府吗？"

林氏飞快地换上一本正经的神色，点了点头："世子也去那里吗？"

"是。"隔着林氏，祁烁只能看到少女模糊的轮廓和浅绿的衣角。

他不由得扬起唇角。

林氏直面笑容冲击，忍不住多看了两眼，心道：这孩子别的不说，长得是真俊。

"王妃没去啊？"

"家母有些事，就让晚辈代她去了。"

"世子真是孝顺，王妃有福气。"林氏随口赞了一句。

祁烁谦虚地笑着道："林太太更有福气，林二姑娘懂事体贴。"

林氏下意识地挡了挡车厢里的女儿，心道：这小子眼睛还挺尖。

祁烁当作没看到林氏的动作，拱手道："就不打扰您了，晚辈先走一步。"

祁烁一抖缰绳，骏马疾驰而去。

林氏放下车窗帘，叹了口气："可惜了。"

"可惜什么？"

林氏在女儿们面前素来没有当娘的架子，叹道："可惜靖王世子白生了一副好相貌，身体却不行。要是他身体好些，当初来提亲还能考虑一下。"

林好听了这话，莫名其妙地有些尴尬："娘，都是过去的事了，就不要提了。"

当时她不同意这门亲事是因为知道靖王府的悲惨结局，不想把亲人牵扯进去。而今在太子耳边吹风的相士方成吉死了，靖王府能否避开祸事，对她来说就是未知数了。

也许结局就不一样了……

"阿好？"见女儿突然出神，林氏喊了一声。

"啊？"

"想什么呢？"

"没想什么。是不是到武宁侯府了？"林好收回飘远的思绪，熟练地转移话题。

"是到了。"林氏话音才落，马车就停了下来。

母女二人下了马车，由等候在外的侍女领着往里走。

到场的夫人们不少，彼此打着招呼。

林氏在这个圈子里一直显得格格不入。以前林老将军还是国公爷的时候，她也有过被人围绕的待遇，后来林老将军得罪了皇上，围着的人就散了。等到林老将军病故，林氏与温如归义绝，那些不动声色的冷淡与轻视就更多了。

而今见到林氏，这些夫人却不好怠慢——

再看不惯林氏的言行，人家现在也与天家是儿女亲家，她们表现出看不上林家，岂不是打天家的脸？

这些夫人一边主动跟林氏打招呼，一边腹诽：林婉晴真是命好，生了个争气的女儿。

唯一令夫人们感到安慰的是，魏王是个小山般的胖子，林大姑娘成为魏王妃虽风光，实则是冷暖自知。

呵，好事总不能全让林婉晴占了。

恰好这时，魏王到了。

"王爷里面请。"侯府管事一声喊，把人们的目光都吸引了过去。

武宁侯府男客与女客进入的门是分开的，虽然有些距离，但夫人们还是一眼认出来那个缩小了一圈的"球"是魏王。

咦，魏王怎么瘦了？

人们以为眼花了，一时连矜持都忘了，或是揉揉眼睛，或是伸长脖子。

魏王真的瘦了，竟然勉强看出几分眉清目秀来。

照这样看，魏王能瘦成一个美男子！

这个发现对众夫人来说无异于一桶陈醋泼过来，酸透了。

好事居然真的全让林婉晴占了。

她们下意识地看向林氏。

林氏下颌微仰，挺胸阔步走了进去。林好走在林氏身侧，险些没追上。

魏王瘦了的事，毫无疑问成了寿宴上夫人、姑娘们私语的话题。

另一个让贵女们想谈论的事，是武宁侯府二姑娘唐薇的缺席。不过这种场合被人听到就麻烦了，所以大家谈起魏王更起劲了。

武宁侯夫人满头珠翠，锦衣华服。寿辰这样的好日子，无数人前来祝贺，她却藏不住郁色——

她从长女那里听说，太子又被孙选侍勾住了心；次女因为毁了容，她寿辰这样重要的日子都不能现身人前。

这大半年来太不顺了，可让她再去烧香拜佛，她又有心理阴影了。但她到底不愿让外人看了笑话去，打起精神应付着。

宴席到了尾声，丝竹声一停，如意班登场了。

太子妃难得回娘家，看出母亲心情不佳，就拣她爱听的说："母亲，这杂技班是哪里请来的？真不错。"

这话也不全是哄武宁侯夫人开心的，如意班人人都有一手绝活儿，节目的观赏性极强。

武宁侯夫人被挠到得意处，笑着道："你弟弟非要请杂耍班来，我原还嫌太闹腾，没想到还不错。"

武宁侯夫人育有二女一子，唯一的儿子居中，名叫唐桦。

如果说成为太子妃的长女唐蕾是武宁侯夫妇的骄傲，那唐桦就是真正的宝贝疙瘩。

周围的夫人听了，纷纷称赞："小侯爷可真孝顺。"

甚至有人问："小侯爷多大了，是不是该说亲了？"

武宁侯夫人暂时忘却烦心事，得意地弯了弯唇角，矜持地道："还没及冠呢，亲事倒是不急。"

众人恭维了好一阵，注意力渐渐被舞绸的少年吸引过去。

唇红齿白的少年全然不像穷苦出身，将两条红绸舞出花来。

人是好看的，飞舞的红绸也是好看的，两者互相映衬，令人目不转睛，一些贵女甚至悄悄红了脸颊。

突然一条红绸飞出，绸尾竟卷起了一枝鲜花。

那枝鲜花被送到了林好面前。

林好一愣，看向少年。

少年却没看她一眼，又是一枝鲜花被红绸卷起。

"啊——"不少贵女尖叫出声，声音里透着小小的惊喜。

若在平时，这样的喊叫很是失态，在这样的场合却不显突兀。

武宁侯夫人越发得意，扫了一眼容光焕发的林氏：也不知道显摆什么，魏王就算瘦下来，也不过是个清闲王爷，怎能与蔷儿嫁的太子比？

要是比儿子……武宁侯夫人无声地笑了。

那就更没法儿比了，林婉晴压根儿没有儿子。

众夫人看杂耍的专注，贵女的惊呼，都表明如意班请对了，从而显出儿子不仅孝顺还会办事。

前边男客那里，隐隐约约有惊呼、喝彩声传来。

太子听到动静，就问唐桦："那边是什么情况？"

唐桦忙道："为了让母亲高兴，弟弟请来一个杂耍班子助兴。"

"杂耍班？听起来倒是比看戏有趣，让他们过来耍一耍。"太子随口道。

太子的要求，唐桦求之不得。

如意班是他请来的，能让太子满意，那他的脸上也有光彩。

唐桦交代了下人几句，下人匆匆往后边去了。

代表靖王府前来的祁烁的座位离太子不远，听到太子的话，他端起酒盅浅浅地啜了一口。

原来，是太子主动要看的。

周围人觥筹交错，与祁烁说话的人并不多——对这位病弱低调的靖王世子，该有的寒暄有了也就够了。

倒是唐桦，等着如意班过来时，随口搭了句话："小郡主怎么没随世子一起来？"

祁烁捏着酒杯，笑了笑："女孩子大了，不大想出门了。"

"还想着小郡主来了，二妹也有个伴儿。"

听唐桦提起唐薇，太子烦了，冷着脸问："如意班怎么还没到？"

飞扬跋扈的小姨子欺负了温柔解语的孙选侍，在太子心里，唐薇就是个烦人精。

太子正说着，如意班就到了。

厅中翩翩起舞的舞姬退了下去，让出地方，如意班的人开始各展绝技。喷火的，顶碗的，展现柔技的……每一样表演都引来阵阵叫好。

一边是奢华的酒宴，一边是常见于街头巷尾的杂耍，因为表演过于精彩，在座的宾客都有一种新鲜感，端着酒杯瞧得目不转睛。

看惯了高雅歌舞的太子也瞧出几分兴味来，对唐桦道："还不错。"

唐桦得了太子称赞，心情大好："姐夫您等着，等下的舞绸更好看。"

太子已经看到了。

清秀干净的少年利落地翻着跟头入场，最后站稳时，两道红绸从袖间飞出，令人目眩。

一片喝彩声中，红绸如龙，舞动起来。

表演很快就到了精彩之处，红绸突然往一个方向飞去。那里站着一个手捧青瓶的小姑娘，瓶中孤零零插着一枝鲜花。

红绸迎面飞来，小姑娘却面不改色。

瞬间，瓶中的鲜花就不见了，那红绸却飞向唐桦。

唐桦显然见过这手绝活儿，对此面不改色。

众宾客只觉眼前一花，红绸重新回到少年手中，而唐桦面前的桌上则多了一枝还在微微颤动的鲜花。

短暂的沉默后，喝彩声响起。

这之后，又是一番红绸飞舞，似把漫天彩霞搅动，又有数名宾客得到了红绸送来的鲜花。

祁烁的桌案上也多了一枝花。

那是一枝蜡梅。

花瓣金黄，暗香扑鼻。

祁烁拿起蜡梅闻着芳香，心中轻叹一口气。

太子见唐桦与祁烁都得了鲜花，他却没有，登时就不高兴了。

蜡梅自然不稀罕，可这种场合不就是图个喜庆，别人都有，他这个太子却没有，真扫兴。

纨绔公子哥儿的毛病唐桦一样不少，但是在太子面前就半点儿见不着了，只剩下贴心、机灵。一见太子的反应，唐桦频频向舞绸的少年使眼色。

不少宾客看在眼里，并不觉得唐桦这样不妥，而是觉得舞绸的少年不会来事。

在场的人中，身份最高贵的就是太子啊，这个少年怎么不知道给太子献花呢？

特殊的气氛会造成特殊的想法，不知不觉中，众人都把得到红绸送来的蜡梅当成了好彩头。

终于，少年开窍了，一道红绸向太子飞去。

太子端着酒杯，唇边不由得露出笑意。

红绸去得如此自然，甚至是在众人的期待中飞向太子，以至于掩藏在红绸中的飞刀与太子只有咫尺之距了，寒芒才被人发现。

立在太子身后仿佛隐形人的侍卫飞扑过去。

可惜刚刚的氛围实在太让人放松，保护太子的侍卫虽身手极好，但还是晚了一步。

在他把太子拉往身后时，飞刀刺中了太子的手臂。

少年身形停下，飞扬的红绸在他的面前缓缓坠落，他眼中的光彩黯了下去——

没有刺中太子的要害。

随着太子的一声惨叫，无数声音响起。

"有刺客!"

"保护太子!"

…………

桌案翻倒,杯盏滚落,场面一时无比混乱。

那些没有突发状况时竭力降低存在感的侍卫纷纷拔刀,冲向少年。

少年很快倒在了乱刀之下。

鲜血从嘴角溢出,他竭力抬头,看向太子。

视线已经一片模糊,看不清太子的样子了,他却不甘地睁大了眼睛,直到听到一声惊呼响起:"不好,暗器上有毒!"

暗器上有毒……

少年嘴角翘了翘,闭上了眼睛。

混乱中,有侍卫举刀杀人,有宾客狼狈奔逃,有舞姬失声尖叫……

祁烁则看着地上一动不动的少年,在心中说了声"抱歉"。

他不能去改变。

太子果然被伤了手臂。

事实上,在密不透风的保护下,能伤到太子的手臂已经是奇迹。他不能另设计一场布局更精密的刺杀,因为任何一个小小细节的变化,都可能导致竹篮打水一场空。

什么都不干涉,至少能让太子见血。

他能做的,就是利用好太子见血的机会,把一次只给太子带来皮外伤可算徒劳无功的刺杀变成毒杀。

只是伤在手臂,有那么多太医在,想要了太子的性命几乎没可能。

场面很快被控制住,中了毒的太子被送往客房救治,在场的宾客则不准离开。

不止如此,在后边吃酒的女客也被请了过来。

来的路上,武宁侯夫人腿肚子都是抖的,靠着侍女的搀扶才勉强能走路。

太子妃亦好不到哪里去,一张脸白得吓人。

林氏则悄悄叮嘱林好:"阿好,等到了前边可要紧紧地跟着我,不要乱走。"

"嗯。"林好乖巧地应着,心中波澜起伏。

梦中的这个时候她已经逃离京城,虽然三年后回来见了一些人,听说了一些事,不知道的却更多。

原来太子遇刺过吗?刺杀太子的是谁?太子的情况如何?

林好怀着无数疑问,随着人群来到大厅。

厅中的地上横七竖八躺着几具尸体,引起一些夫人、贵女的惊叫,她们没想象到这里是这般情形。

林好将视线落在小枫的身上。

少年静静地躺在血泊中,仿佛睡着了。

林好望着少年平静的脸,突然睁大了眼睛。

她想起来了！

原来，几次偶遇觉得眼熟并不是她的错觉，而是因为他们见过，小时候见过！

八年前，离曾经的温府不远处住着一户姓刘的官宦人家，家中有一儿一女。女儿是姐姐，那时候十六七岁；儿子是弟弟，只有七八岁。

在高官勋贵多如牛毛的京城，一个五品官的官位并不高，也谈不上富贵，可谓毫不起眼，但男主人踏实宽厚，女主人温婉和善，长女漂亮懂事，幼子活泼聪慧，一家人很和美。

坏就坏在长女生得太漂亮了。

七夕上街玩儿时，长女失踪了，第二日才被找回来。街坊邻居议论纷纷，说着对刘姑娘来说不好的话。找回来的当日，刘姑娘就悬梁自尽了。

林好那时还小，不太清楚刘家遭遇了什么，都已经忘记是从谁口中听说的，刘家似乎去报官了，可还没等官府调查，刘父就急病而亡，案子不了了之，刘母带着幼子离开了京城。

刘家的宅子空了好长一段时间，随着新主人住进来，刘家的事渐渐被四邻八舍遗忘。

刘家刚出事的那两年，她时而会想起那个与她差不多大的男孩。

她是个哑子，除了姐姐与义兄程树，几乎没有玩伴。有一日，她如往常那样在家门外看街上人来人往打发时间，那个男孩路过，突然举手问她要不要吃糖葫芦。

也许是男孩的笑容太灿烂，也许是他手中的糖葫芦红彤彤太诱人，明明从没在一起玩耍过，她却鬼使神差地点了点头。

她用缺了门牙的牙啃着糖葫芦，听同样缺了门牙的男孩说个不停。

那之后，他们偶尔会一起玩儿。总是她无声地听，他说个不停。

没多久刘家出事，他们便再没见过。

林好望着睡莲般安静的少年，眼里有了泪。

是你啊。

明明没有太深的感情与交集，难受与懊恼的情绪却铺天盖地，冲击着她的心。

她突然想到了那枝被红绸送到面前的蜡梅。

那个时候，她以为少年是随意为之，或是记得街头卖艺时她曾打赏过。现在想想，他是不是早就认出了勉强算是玩伴的她？

林好垂眸，不让人看到眼里的泪光，却不知有一双平静清澈的眼睛一直关注着她。

"各位可有知道这少年来历的？"发问的是一名锦麟卫，陪上峰锦麟卫指挥使程茂明前来吃酒的。

发生太子遇刺这样惊天动地的大事，程茂明匆匆进宫去了，留下几个得力属下调集人手，稳住现场。

锦麟卫目光灼灼，扫过在场的每个人。

众人都知道这少年就是刺杀太子的凶手，听了这话，把头摇得像拨浪鼓。

锦麟卫挥挥手："先把尸体清理了，如意班活着的人全都关起来！"

很快有人过来拖尸体。

林好看着小枫被拖走，地面上留下一道长长的血痕。

本就因为人太多而有些憋闷的厅中，血腥味更浓了。

别说那些夫人与贵女，就是一些男客都忍不住干呕起来。

主事的锦麟卫神色冰冷，丝毫没有放这些人离开的意思。

"如意班是谁请的？"

唐桦的脸色惨白如鬼，好一会儿他才开口："是我……"

无数道目光投来，唐桦忙为自己分辩："我也是在别的府上看如意班耍得好，才请来为家母的寿宴助兴的，谁能想到他们居然如此胆大包天！"

太子妃勉强维持着冷静为弟弟解围："侯府是殿下岳家，最在乎殿下的安危不过，谁能想到一个小小的杂耍班居然藏着逆贼……"

这话引来不少人点头。

谁能想到啊，一个眉清目秀的少年，居然敢行刺太子。他们只是来吃酒，怎么就搅进这么要命的事了呢？快放他们走吧。

处理此事的人也知道不可能把这么多贵人一直留在这里，让侯府管事带人统计了各府来客的身份，中途可有离开等情况，之后就先放众人回去了。

林好随林氏往外走时，看到许多举枪提刀的人把武宁侯府团团围住，里里外外地走动着。

外边开始飘雪了，雪粒子被裹在寒风中，凛冽如刀。

林好仰头看了看灰蒙蒙的天空，纷纷扬扬的雪粒子趁机灌了她一脖子。

"阿好，快点儿上车。"林氏见林好不动，催促着。

一旁有声音传来："林太太，我送你们吧，正好顺路。"

林氏看过去。

骑在马上的祁烁头发、衣摆上都落了雪，身姿笔挺如一株雪松。

林氏却顾不得留意祁烁的身姿如何，摆了摆手道："世子赶紧回府吧，当心着凉。"

祁烁沉默了好一会儿。

在林太太眼中，他似乎格外弱不禁风。

他看向林好，却发现她心不在焉，不知在想什么。

"那您与林二姑娘路上当心些。"余光再扫林好一眼，祁烁策马往前去了。

林氏拉着林好进了车厢，把一个暖炉塞进她手中："阿好，是不是害怕了？"

暖意从手心蔓延开来，林好苍白的唇恢复了几分血色。

"有一点儿。"她心绪纷乱，没精神与母亲闲聊，干脆承认了。

林氏虽不怕死人，可想到太子在武宁侯府被刺杀，也免不了心惊："连太子都能遇刺，世道越来越不太平了。也不知道太子情况如何，这一次恐怕不少人要遭殃。"

"太子应该没事。"林好喃喃道。

林氏神色有些古怪："阿好，你怎么知道太子没事？"

林好的目光恢复了灵动，却藏着郁郁，她道："太子有那么多高手护着，最多是皮外伤吧。"

梦里她重回京城，正值太子监国，却无人提起这场刺杀，最合理的推测便是这场刺杀给太子带来的伤害微乎其微。

可惜小枫白白丧命，也不知他与太子间有怎样的仇怨。

林好遗憾狗太子没事，而武宁侯府中正救治太子的御医可不这么想。

"不好，飞刀上淬的毒太霸道，恐要刮骨疗毒。"

另一御医面露惶恐，低声道："那要吃大苦头的，殿下……"

太子已陷入了昏迷，完全不知道将要承受什么。

几位太医到底不敢做主，只得请一位侍卫进宫请示。

这时候，泰安帝已经得到了太子在武宁侯府遇刺的消息。侍卫飞奔回来禀报时，只觉宫中气氛压抑，山雨欲来。

"太医说要刮骨疗毒？"泰安帝背着手踱了两步，很快有了决定，"让他们竭力救治，务必治好太子，否则脑袋就别要了。"

泰安帝心思深沉，不是那种易被蒙骗的糊涂皇帝，以他对那些太医不求有功但求无过的心态的了解，但凡太子的情况好一些，他们也不会提出刮骨疗毒这样的诊治手段。

也就是说，太子现在的情形十分糟糕，甚至……

想到最坏的可能，泰安帝坐不住了，几次走到殿门口又转回，如此几次，最终还是坐下来，沉着脸吩咐下去："每隔一刻钟来报一次太子的情况。"

武宁侯府那里，太医听了侍卫传回的泰安帝口谕，不敢耽搁，先给太子灌了麻睡散，再开始刮骨疗毒。

几位太医互相配合，忙得满头大汗，终于在掌灯之际等来了太子的苏醒。

太子是被疼醒的。

麻睡散不能大剂量服用，等药效过去，剜肉刮骨的疼痛就来了。

这可不是夸大的说法，而是真的剜肉刮骨了。

太子疼得嗷嗷叫，一点儿仪态都顾不得了。

对被扯断一根头发都恨不得拿梳头宫人的性命来平息怒火的太子来说，这个痛完全无法承受。

太疼了！

太医没办法，熬了安神助眠的汤药给太子服下，太子这才安静了。

昏睡中的太子被抬上马车，里三层外三层护着回了东宫。

看着面色苍白的太子，泰安帝很是心疼，压着怒火问太子的近身内侍王贵："太子身边明卫、暗卫都有，居然会让一个街头卖艺的伤了，你们都是死人吗？"

王贵"扑通"跪下来："奴才该死，奴才该死啊！"

"当时情况如何，你且给朕讲清楚。"

泰安帝已经从好几个人口中听到当时发生的事了，但毫无疑问，王贵是离太子最近且注意力全放在太子身上的人。

听王贵抹着泪讲完，泰安帝面沉似水："也就是说，是武宁侯之子唐桦使眼色示意那逆贼用红绸送花给太子的？"

此时，武宁侯就在宫门外跪着，唐家其他人则在侯府中接受审问。

一直陪着太子的王贵不知道武宁侯第一时间来请罪，便是知道，也不会替其遮掩。

对王贵来说，他的主人只有太子一个，任何人伤害了太子都该死。

"是，奴才亲眼瞧见唐桦屡次冲那逆贼使眼色。也是因为这样，侍卫才没反应过来……"

泰安帝越听脸色越沉。

躺在床榻上的太子突然皱眉，表情痛苦。

泰安帝忙呼唤："圆儿，圆儿——"

太子的头微微动了动，整个人又没了反应。

泰安帝脸色一变："太医——"

一直守候在一旁的太医上前检查一番，回道："殿下还在睡。"

泰安帝这才松了口气，起身走到外间。

等在外间的庄妃劝道："皇上，天很晚了，您操心了一天，早点儿休息吧，龙体要紧。"

"圆儿这个样子，朕怎么安心休息？"

"太子吉人自有天相，一定会没事的。"

泰安帝养尊处优惯了，精神紧绷这么久确实乏累，在庄妃的劝说下终于点了点头。

泰安帝去了庄妃寝宫，由庄妃伺候着歇下了。

夜色深沉，琉璃瓦被皑皑白雪覆盖，雪还在落。

宫门前跪着的武宁侯成了个雪人，已经感觉不到手脚的存在，却不敢起来。

皇上一直没有见他。

难道他要跪死在这里？

武宁侯转动眼珠看了看飘飘扬扬的鹅毛大雪，身子一晃，晕了过去。

接到消息的内侍不敢惊扰皇上，亦怕武宁侯真的冻死了有麻烦，便吩咐人把武宁侯送了回去。反正武宁侯府有那么多官兵包围着，武宁侯要是被治罪，插翅难飞；要是不被追究，送回府就更没问题了。

翌日，泰安帝推迟了上朝时间，先去看望太子。

至于武宁侯在宫门前跪晕的事，泰安帝听过后连眼皮都没动，近身伺候的宫人隐隐猜到了帝王的态度。

路上，有内侍低声禀报："太子妃在寝宫跪了一夜，到现在还没起。"

太子出事，太子妃本该守在一旁，可太子是在武宁侯府遇刺的，人们就算不认为武宁侯府会害太子，出于谨慎也不能让太子妃再靠近太子。

听闻太子妃如此，泰安帝倒是淡淡地说了一句："让她起来吧。"

他还在等卖艺少年身份的调查结果，至于如何处理武宁侯府，他们若与行刺者沾上半点儿关系，他自然绝不留情；若是纯粹被利用，处置力度就要视太子的情况而定了。

泰安帝的皇位来得不太正，刚坐上那把龙椅时，他以雷霆手段处置了不少臣子，后来坐稳当了，就不太想给臣民留下冷酷无情的印象了。

泰安帝虽恼武宁侯府，但暂时还没动狠狠处置的念头。

泰安帝才走到太子寝殿，就听到了太子的哭号声。

"痛死了，痛死了——"从没吃过苦头的太子大声喊道，杯盏落地声传来。

泰安帝走进去，正见一个茶杯砸在地上，摔得粉碎。

"圆儿，你醒了。"

狂躁的动作一顿，太子看向门口，当即红了眼："父皇，儿子太痛了。"

泰安帝一听，眼圈也不由得红了，快步走过去握住太子的手，问战战兢兢的太医："没有止痛之法吗？"

太医忙道："效果极好的止痛汤药喝多了，对人多少都有影响。"

"能缓解一些疼痛的呢？"

太医低头："殿下服用的汤药中已经加了这类药物。"

泰安帝皱眉："就没别的办法了？"

"臣无能……"

帝王威严的目光扫过另外两位在场的太医，两位太医亦低下头去。

太子确定了太医无能为力，名为理智的那根弦彻底崩了，用完好的那只手揪着锦被，大声呼痛。

泰安帝面色阴沉地盯着三位太医："你们就一点儿办法都没有？"

感受到皇上压抑的怒火，一位太医斟酌着道："曾有金针止痛之法，可惜已经失传……"

太子一听，表情狰狞地吼道："你们不会，难道天下就没有会的人？"

三位太医齐齐跪下来，不敢吭声。

山外有山，人外有人，他们当然不敢说天下没有会此术的人。

无法忍受的疼痛令太子的脑子格外活络，他一把抓住泰安帝的衣袖："父皇，您张皇榜征集会金针止痛之法的能人吧！"

泰安帝微微迟疑。

"父皇，儿子真的疼得受不了，要疼死了！"

泰安帝垂眸看着太子。

太子的额头全是汗水，苍白的脸色与暴起的青筋让人一看就知道他正承受着巨大的痛苦。

泰安帝视线下移，落在太子受伤的左臂上。那里包着层层白布，上面渗出一圈圈褐色的血迹。

门口有声音传来："皇上还考虑什么？尽快张榜求医，太子也少受些罪。"

泰安帝立刻转身迎上去："母后，您怎么来了？"

太后由宫婢扶着走进来："太子出了这么大的事，哀家怎么能不来看看？"

太子一见太后，更委屈了："皇祖母——"

太后看了一眼可怜巴巴的孙儿，叹道："圆儿受苦了，再忍一忍，天下能人这么多，定然会有金针止痛术的。"

泰安帝不再犹豫，吩咐大太监去安排。

这时内侍进来禀报："魏王来探望殿下。"

一听是魏王，泰安帝阴沉的神色稍微舒缓，他让内侍把人请进来。

很快，一个缩水的"球"移进来，见泰安帝与太后都在，"球"微微一愣，随即反应过来："皇祖母与父皇都在啊。"

泰安帝还不觉如何，有几日没见过魏王的太后不由得仔细看了几眼。

这才几日，四郎竟然又瘦了，竟瞧出几分眉清目秀来。

"大哥，你好些了吗？"魏王走过去，一脸关切。

太子从来不把这个弟弟看在眼里，现在疼得受不了，就更懒得应付了。

魏王却不在意："昨日大哥遇刺，真把弟弟吓坏了，还好大哥吉人自有天相——"

太子不耐烦地打断魏王关心的话语："我想睡了，四弟回去吧。"

"哦，那弟弟就不打扰你休息了。"魏王好脾气地道。

"那你好好休息。"太后拍拍太子的手，似乎才想起来，"哀家来时，瞧见太子妃站在外面……"

太子一脸厌恶："孙儿不想见她。"

对于太子的喜怒形于色，太后其实是有些失望的，但面上半点儿不露："她是你的妻子，来侍疾也是尽她的本分。"

在太后看来，这般不给太子妃脸面，有些刻薄。

太子不是寻常的富贵子弟，而是储君，给子民留下刻薄的印象不太好。

泰安帝也道："朕听说昨晚太子妃跪了一夜为你祈福。"

就算过后对武宁侯府有所处罚，泰安帝也没动过废掉太子妃的念头。既然不准备动太子妃，场面就不能闹得太难看。

太子听宫中地位最高的两个人都这么说，只好道："儿子知道了。"

太后、泰安帝、魏王，祖孙三人一起离开了东宫。

"四郎，哀家瞧着你好像瘦了。"

泰安帝看了儿子一眼，肯定道："是瘦了不少。"

魏王有些不好意思："儿子都是要成亲的人了，一直那么胖也不好，就少吃多活动，没想到真的瘦了些。"

太后笑了："果然还是要娶媳妇了才能懂事。"

泰安帝对魏王能瘦很欣慰，叮嘱道："既然有效果，那就要坚持住。"

"父皇放心，儿子一定坚持住，等儿子彻底瘦下来，说不定能像父皇这般玉树临风呢。"

泰安帝听了这话，阴沉了两日的脸色稍稍放晴。

东宫里却死气沉沉。

太子看着一夜未睡面容憔悴的太子妃，只有厌烦："我现在不想看到你，你回去吧。"

太子妃泪盈于睫："殿下，我家人真的没想到会出这种事……"

"够了，我不想听这些！"太子表情狰狞，打断太子妃的求情，"你离我远点儿，滚！"

难以忍受的疼痛令太子耐性全无，他只想发火。

太子妃咬咬唇，含泪离开，余光扫过静静站着的孙秀华，心中又恨又恼。

原本不论这贱人如何受宠，她只要安安稳稳当着太子妃就不必太当回事，可以后这贱人恐怕要踩到她头上去了。

只能怪弟弟被人钻了空子……

太子遇刺一事，影响的不止武宁侯府，经过一日的口口相传，无数双眼睛关注着太子的情况，然后这些人就发现，衙役们开始在各处张贴皇榜。

皇榜内容经过读书人宣读，京城的百姓都知道了，天家要召懂金针止痛之术的人进宫。

在这个时代，消息是闭塞的，除了亲眼瞧见武宁侯府被官兵团团围住的百姓有所耳闻，绝大多数百姓并不知道太子遇刺了，见到皇榜只以为有贵人病了，要求名医。

落英居中，宝珠跑进来，声音清脆："姑娘，外面在张贴皇榜，要找懂金针止痛之法的高人。"

林好一听，把搭在屏风上的雪狐毛领大红斗篷拿下来："去看看。"

林好脚步匆匆往外走，心中很是疑惑。

张贴皇榜都是为了国家大事，这张榜求医可是稀奇事，梦中为何没有听人议论过？

难道说，梦中并无此事？林好脚步一顿，心头微动。

张榜求医明显是为了太子，如果梦中没有这件事，如今却有，那便说明太子的伤势有所不同。

可又是什么导致了不同？

林好心思百转，不知不觉走到皇榜前。

那里已经站了不少人，正兴奋地议论着。

林好抬头，把皇榜内容一字不落地读完，确定了是为太子求医。

这么说，狗太子的情况不太好？

小小的欣喜从心底滋生，很快又被困惑压过：太子若情况不好，太子遇刺这件事必然会留下浓墨重彩的一笔，而不是风过无痕。

所以，一定是哪里改变了。

林好轻轻揉了揉眉心，忽然，一阵骚动让她不由得随着人群往一个方向移。

"姑娘小心！"宝珠推开靠向林好的人。

一只手伸出，把林好拉过来，又很快放开她。

"世子也在？"林好早就反应过来手的主人是祁烁，才由着他拉一把。

"听说张贴了皇榜，来看看。"

林好顺着祁烁的目光看过去，一个清瘦的老者正在揭榜。

老者便是引起骚动的源头。

"没想到这么快就有人揭榜了！"

"是啊，这老者是谁啊？有人认识吗？"

"可能是哪个药堂的大夫吧。"

林好对人们激动的议论恍若未闻，注意力都在老者身上。

看背影，这位老者有些熟悉啊。

很快，看守皇榜的衙役就走过去："你是什么人？可知道揭榜的意思？"

老者手拿皇榜，指了指上面的字："这上面不是写着寻找懂金针止痛之术的人吗？老夫凑巧懂一些。"

衙役大喜："请随我来！"

老者点点头，随衙役走了，留下人们站在空荡荡的壁前议论纷纷。

林好以目光追逐随衙役远去的老者，险些没忍住追上去。

是老师，竟然是老师！

她悄悄拿走了老师与太子少师秦云川来往的书信，引出秦云川被贬一事，老师也如她所料在京城销声匿迹，万万没想到再见是在皇榜前。

老师难道要去见皇上了？

一时间，林好只觉离奇。

"林二姑娘在想什么？"耳边，祁烁清朗的声音响起。

林好回神，看向祁烁。

他很白，在冬日无力的阳光下，有种脆弱的美感。

林好又想到了那场大雨，那座山寺，那被一刀割喉的相士方成吉。

就连她十多年来认为的病弱温和的靖王世子都能因一个梦挥刀杀人，还有什么是不可能的呢？

梦中的三年于她是先知，是助力，却不能太过迷信。

往回走的路上，林好回答了祁烁："我在想，太子应该伤得不轻吧，竟需要张贴皇榜求医。"

"或许吧。"祁烁语气很淡，十分自然地问林好，"林二姑娘得不得闲？"

林好看着他。

祁烁笑着问："要不要聊聊昨日的事？"

听他这么说林好可就有空了，一口答应下来："好。"

二人去了附近的茶楼。

雅室清幽，茶香袅袅，合拢的窗子隔绝了外面的寒冷。

林好捧着茶杯温暖微凉的指尖，语气是在熟悉的人面前才有的随意："世子想聊什么？"

祁烁看着她。

少女眉梢尖尖，眼波平静。

"林二姑娘……与昨日那叫小枫的刺客可有渊源？"

林好握着茶杯的指尖紧了紧，骨节泛白，她嘴角却噙着微笑："世子这么直接地问我与刺杀太子的人是否有渊源，若是换了别人，恐怕要恼了。"

"林二姑娘不会。"祁烁语气笃定。

林好眼神淡淡地看着他。

"林二姑娘和我一样，都不喜太子。"

林好神色有了些微变化。

她认真地看了祁烁一眼，对他的坦白有些惊讶。

一阵沉默后，她问："世子为何不喜太子？"

在世人看来，靖王府低调，太子储君之位无比稳当，两者根本没有冲突的可能，靖王世子直言不喜太子，殊为不智。

祁烁平静地道："太子无德。"

林好弯了弯唇角。

这个理由，还真是合理又任性。

"那世子怎么知道我不喜太子？"林好再问。

祁烁微微扬眉："难道喜欢？"

林好登时哑口无言。

祁烁提起茶壶为她的茶杯添了热水，语气平淡得仿佛在唠家常："小枫不惜性命刺杀太子，定是因太子而遭过大不幸，可惜官府一时查不出他的来历。若能知道小枫的身份，或许就能知道太子做过什么。"

这话令林好的心一动，她静观其变，就是等着合适的时机对付太子，这可能就是个机会。

如果通过小枫挖出太子的不堪，皇帝即便疼爱这个儿子，心中终归会存下一点儿失望。

冰冻三尺非一日之寒，失望积累多了，说不定就会有变化了。

她从没奢望过一次就扳倒太子。

喝了几口热茶，林好开口："我确实认识小枫，他是我幼时的玩伴……"

祁烁静静地听着。

林好讲完，脸色有些难看："我猜，小枫姐姐出事，可能与太子有关。"

"知道了小枫的来历就好办了。如今那些人都在拼命调查，等着向皇上交差，只要把小枫的身份透露出去，他们自然会查明当年的真相。"

小枫这样的本该留活口，但他昨日遇到的是负责太子安全的侍卫。对这些侍卫来说，太子安全是唯一且最重要的事，一旦太子遇险，务必把危险彻底清除。

只是这样一来，负责后续调查的各衙门就头疼了——

一个街头卖艺后来进入杂耍班的孩子，短时间内查明其来历哪有那么容易？

"后面的事，就拜托世子了。"

离开茶楼走上白雪皑皑的街头，林好心头仿佛压了积雪，又冷又沉。

小枫的一条命只能换来皇上对太子的一点点不满，想想可真是不公。

"糖葫芦，又大又甜的糖葫芦——"小贩的叫卖声传来。

"林二姑娘稍等。"祁烁快步走向小贩，回来时手中多了一串糖葫芦。

他把糖葫芦递过来："酸酸甜甜的食物会让人心情好一些。"

林好盯了红艳艳的糖葫芦一瞬，接过来。

"谢谢。"